평민
김정호의 꿈

평민 김정호의 꿈

이기봉

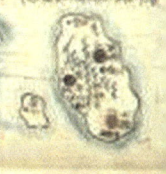

새문사

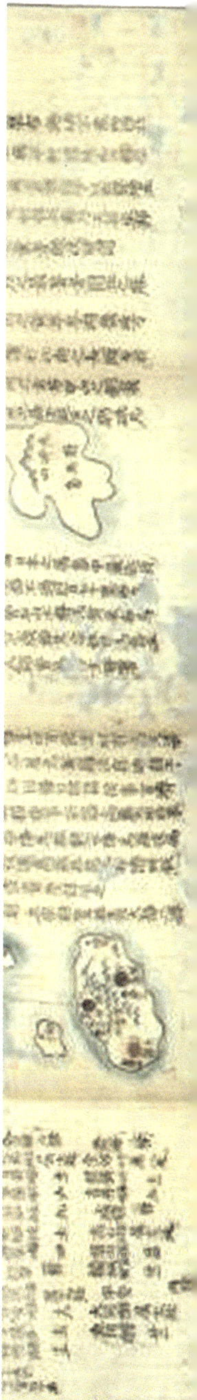

머리글

2003년 말 나의 강의를 들었던 한 학생이 출판사에 취직하면서 김정호의 어린이용 위인전 집필을 부탁해 왔다. 한국인과 외국인 각각 36명에 대한 위인전 전집을 내는데, 사실에 기초해서 집필한다는 원칙 때문에 신상 기록이 거의 남아 있지 않은 김정호를 빼려 했다고 한다.

하지만 여러 번의 소비자 설문 조사에서 김정호가 항상 4-5위 정도로 높게 나와 뺄 수 없었다는 상황을 전하면서 자신이 들었던 강의 내용에 입각해 볼 때 내가 쓰면 잘 쓸 수 있겠다고 생각했다는 말을 곁들였다. 듣기 좋으라고 하는 말임을 모르지 않았지만 필자의 강의를 기억해준 사실 하나만으로도 고마워 해보겠다고 승낙을 하였다.

나는 그 해 규장각에 소장되어 있던 김정호의 《동여도》 23첩을 영인·간행하면서 해설을 썼다. 그 과정에서 김정호와 그의 작품에 대한 여러 연구를 섭렵할 수 있었는데, 몇몇 부분에서 기존의 견해와 다른 나만의 시각도 가질 수 있었다. 그렇더라도 고지도 연구 경험이 2년밖에 안 된 초보 연구자였을 뿐이었기에 김정호와 그의 작품에 대한 기존 연구를 꼼꼼하게 읽으면서 다시 정리하였다. 그러기를 한두 달, 2004년 1월 어느 때쯤 내가 생각하는 김정호의 연표와 중요 시기마다 어떻게 묘사할 것인지에 대한 견해가 정리되었고, 이제 본격적으로 글만 쓰면 되는 상황이었다. 하지만 막상 쓰려고 하니 캄캄해지기 시작했다.

어린이용 위인전! 정말 어려운 글이었다. 어린이의 눈높이에서 어린이의 말투로 이야기를 써나간다는 것, 길지 않은 분량 속에 한 사람의 일생을 담는다는 것, 그것이 전문적인 일임을 얼마 되지 않아 깨달을 수 있었다. 그냥 딸에게 옛날이야기를 해주는 식으로 하면 되지 않겠나 쉽게 생각했던 것이 큰 착각이었다. 썼다 지웠다를 여러 번 하면서 좌절감이 몰려오기 시작했다. 시간은 자꾸 가는데 글의 진척은 전혀 이루어지지 않았고, 어떻게 할까 어떻게 할까 여러 날 고민해도 해결책은 떠오르지 않았다. 그러던 중 어린이용이란 생각을 하지 말고 그냥 써보자는 생각이 들었고, 그래서 시험 삼아 써 본 것이 김정호와 신헌이 만나는 장면이었다.

이렇게 써본 글을 우연히 후배에게 주었더니 한번 다 써보는 것이 어떻겠느냐는 제안이 들어왔다. 이 말에 용기를 얻어 그로부터 수십일 동안 업무 이외에는 아무것도 하지 않은 채 이 글을 쓰는 데만 열중했다. 정말 꿈같은 시간이었다.

나중에 몇몇 후배에게서 생각보다 재미있다며 옛날에 글 솜씨가 있다는 소리를 들은 적이 있느냐는 쑥스러운 질문도 받았다. 또 나의 이야기를 쓴 것이 아니냐는 질문도 받았다. 듣기 싫지 않은 말이었지만 김정호는 이미 살았던 사람이고 나는 아직 살아야 할 날이 많은 사람이었다.

지금도 내가 이 글 속의 김정호처럼 살 수만 있다면 더 바랄 것이 없겠는데, 그것이 쉽겠는가?

이 글을 쓰기 시작한 지 벌써 만 6년이 되었다. 정말 글을 책으로 낸다는 것은 쉽지 않은 일이다. 원래 책의 출간을 목표로 쓴 글은 아니었는데, 오랜만에 만난 후배에게 보여주니 다 읽고나서 출간을 하라는 말과 함께 어떤 출판사까지 섭외해 주었다. 이후 우여곡절 끝에 새문사에서 드디어 세상에 내 책을 내놓게 되었다.

지금까지 이 글에 대한 평은 대동소이大同小異했는데, 요약하자면 '이야기의 구조가 밋밋하여 독자들에게 잘 다가가기에는 다소 부족한 것이 아닌가'였다. 그러나 '고지도 연구자가 쓴 것이고, 기존에 알려졌던 김정호의 모습과는 너무나 달라 많이 끌린다'는 것이었다. 나는 이런 평을 해준 모든 분들께 감사드리고 있다. 그럼에도 불구하고 일반적인 관점에서 볼 때 김정호는 재미있게 산 사람이 아니기에 수많은 작품을 남길 수 있었다는 메시지를 전하고 싶다. 우리 자신의 옆을 보라! 무언가에 몰두하는 사람을 누가 재미있다 하겠고, 또 누가 좋아하겠는가? 그것이 솔직한 사실이 아닌가.

국민 드라마였던 허준에서도, 장금이에서도, 이순신에서도 남녀의 삼각관계나 권력의 선악관계와 같은 긴장구도가 늘 있었다. 그래서 사람들이 열광했고, 시청률이 높았다. 나 역시 앞의 세 드라마를 정말 열심히 보았고, 감동했던 것 역시 사실이다. 이제 열 한 살인 나의 딸은 '이순신' 하

면 '아빠가 제일 좋아하는 드라마'라고 말한다. 내 딸이 허준과 장금이에게 열광했던 내 모습을 보지 못했기 때문에 하는 말이다. 나의 이 글에는 그런 긴장구도까지는 없다. 그토록 열광했고 감동했던 드라마와 전혀 다르게 글을 쓴 나의 의도를 독자들께서는 어떻게 생각하실지 궁금하다.

2004년 2월 나의 생각에 김정호는 이 글 속의 모습처럼 살았고, 만 6년이 지난 지금도 변함이 없다. 나중에 누군가가 내 책을 기초로 허준처럼, 장금이처럼, 이순신처럼 긴장감이 철철 넘치는 드라마를 만들어준다면 두 손 들어 환영하겠다.

여러 글의 서문에서 자주 보던 문구 중의 하나가 '책을 내는 순간, 자신의 글에 대한 판단은 독자의 몫'이라는 것이다. 이 책 속의 모든 장면에 대한 판단은 독자들께서 해주실 것이라 믿는다. 소설적 재주가 없으면서도 소설 같은 글을 썼는데, 부족한 글을 다듬어 출판해 주신 **새문사**와 관계자 여러분께 진심으로 감사드린다.

이 책을 내면서, 김정호에 반하여 그를 알리고자 열심히 노력했을 뿐만 아니라 스스로도 김정호처럼 진실 되게 살았던 두 분을 세상에 꼭 알리고 싶다.

첫 번째 분은 2001년에 돌아가신 故 이우형 선생님으로, "정호야, 임마! 내가 어제 니 제사 지내줬다! 내가 너 때문에 밥 먹고 살거든."이라고 말씀하시던 모습이 생생하다. 개인적인 친분은 별로 없었지만 몇 번의 만남만으로도 김정호와 그의 작품을 세상에 알리기 위해 동분서주하셨던 선생님에게서 정말 김정호 같은 삶의 자세와 시대를 넘나드는 열정을 배울 수 있었다.

두 번째 분은 2007년에 돌아가신 故 최현길 선생님으로, "어휴, 이것 좀 보세요. 김정호 선생님이 어떻게 저렇게 그릴 수 있었을까요? 나는 이 지도를 볼 때마다 숨이 막혀요."라고 말씀하시던 모습이 눈에 선하다. 김정호의 《동여도》에 반하여 누구의 도움도 받지 않고 1년 6개월 동안 남북 7m에 가까운 대작을 그대로 재현해 내신 선생님에게서 이 시대 대한민국 장인의 숨결을 느낄 수 있었다.

나의 삶에 대해 불만이 많으면서도 책이 나오기만 하면 누구보다 기뻐해주는 아내 임은주와 '우리 아빠 책 하나 또 썼네'라는 반응만 보이는 딸 이강인에게 감사한 마음을 전한다. 늘 하는 말이지만 내가 줄 수 있는 최고의 선물은 책뿐이기에 앞으로도 더 좋은 책을 쓸 수 있도록 잔소리를 계속 해줄 것이라 믿는다. 끝으로 나의 어머니 안을영 여사께 이 책을 바친다. 어머니 성함을 세상에 내놓을 수 있음에 아들로서 진심으로 감사드리고, 힘들고 어려운 세상이지만 그래도 넌지시 웃음을 지어 보이시는 어머님 모습이 아름답고 자랑스럽다.

비 개인 날, 창덕궁 돈화문 속 북한산 풍경이 내 인생의 감격으로 남는다.

2010년 1월

이기봉

차례

머리글 · 4

1. 칠패시장과 판각 13
2. 한문과 지도 26
3. 기획된 지도의 제작 47
4. 최한기와의 만남 65
5. 지도의 제작 방법을 찾아서 84
6. 좌절과 새로운 출발 106
7. 《청구도》 초본의 제작 122
8. 또 다른 좌절과 《청구도》의 완성 147

9　신헌과의 만남　180

10　『동여도지』의 준비와 낱장 목판본 지도의 제작　204

11　『동여도지』초본의 완성과 최성환과의 만남　224

12　《동여도》의 완성　246

13　《대동여지도》의 간행　269

14　《대동여지도》의 재간과 『대동지지』의 미완성　284

칠패시장과 판각

숭례문에서 삼개(마포)로 가는 길목에 '만리재'가 있었다. 만리재에서 동북쪽 숭례문까지 10리가 조금 못 되었고, 서남쪽 삼개까지는 20리가 조금 넘었다. 고개가 높고 커서 '큰고개'라고도 불렸으며, 북쪽에는 '애오개(아현)'라는 작은 고개가 있었다. 먼 옛날 최만리란 사람이 살았다고 해서 붙여진 이름인데, 해마다 정월 보름이 되면 삼문밖과 애오개 사람들이 모여 돌팔매로 편싸움을 하였다. 삼문밖이 이기면 경기도에 풍년 들고, 애오개가 이기면 다른 도에 풍년 든다 하여 용산과 삼개 사람들은 애오개를 도와주었다.

새벽이 되면 만리재는 삼개에서 도성을 오가는 사람들로 늘 북적였다. 강화도의 염하를 지나 한강으로 옮겨진 서해의 풍부한 해산물은 삼개에 내려졌다. 그래서 삼개에는 수십 척의 바닷배가 늘 정박해 장관을 이루었으며, 생선과 새우젓 냄새가 가실 날이 없었다. 장사치들은 남보다 빨리 팔기 위해 어두컴컴한 새벽녘에 삼개를 떠났다. 지게를 진 사람, 소에 바릿대를 씌워 모는 사람. 삼개를 떠난 사람들은 아침 해가 목멱산에 떠오르기 전에 칠패시장이나 숭례문에 닿아야 했다. 그래서 그들의 발걸음은 늘 바빴으며, 주변에서 울어대는 개소리도 그냥 스쳐 지나가는 바람과 같았다.

아침이면 초가집에서 솟아나는 연기가 만리재 마을을 안개처럼 뒤덮었다. 간혹 기와집도 눈에 띄었으나 가물에 콩 나듯이 찾기가 어려웠다. 대가집 양반이 이런 마을에 살 리가 만무했다. 대부분 평민들이요, 잘 해야 군졸들이었다.

이곳의 하루는 상인들이 다 지나간 후에야 시작되었다. 상인들을 향해 짖어대는 새벽녘의 개소리는 마을 사람들에게 더 이상 소리가 아니었다. 개소리에 잠을 깨는 만리재 사람은 없었다. 상인의 하루와 만리재의 하루가 같을 수 없었기 때문이다. 상인들을 향해 짖어대는 새벽녘의 개소리는 늘 그렇게 거기에 있는 정자나무 같은 것이었다. 만리재에서 새벽녘의 개소리에 잠을 깨는 사람은 십중팔구 잠시 머무는 손님들뿐이었다. 만리재 이 오후두 두성에서 삼개로 떠나는 사람과 소들로 늘 북적였다. 만리재의 개들은 오후에도 늘 그렇게 울부짖었지만 재잘재잘 떠들어대는 아이들의 목소리는 오후가 되면 들리지 않았다.

만리재의 아이들은 밥을 먹기 무섭게 숭례문 앞쪽의 칠패시장으로 달음질 쳤다. 수없이 부딪히며 할 일 없이 오가는 많은 사람들. 여기저기 진열된 신기한 물건들. 옥신각신 가격을 흥정하는 주인과 손님. 각설이타령을 부르며 시장을 한바퀴 도는 거지떼들. 그 모든 곳이 아이들에겐 놀이터였다.

삼개에도 사람과 집, 배가 많았다. 그러나 만리재의 아이들이 한나절에 갔다 오기에는 너무 멀었다. 간혹 용기 있는 아이들만이 갔다 올 수 있었다. 삼개를 한나절에 갔다 올 수 있는 나이가 되면 이미 아이가 아니었다. 항상 일을 해야 했기에 일터는 있었지만 놀이터는 없었다. 날마다 아이들은 칠패시장을 휘저으며 돌아다녔고, 여기저기서 깔깔대며 웃어댔다. 웃다가 야단맞고, 머뭇거리다 도망가고. 아이들은 늘 그렇게 하루를 보냈다. 그런데 유독 그런 아이들과 떨어져 한 가게 옆에서 무언가를 열심히 쳐다보는 아이가 있었다.

"저것이 뭐지? 먹는 것도 아니고, 뭘 만드는 도구도 아닌데 왜 여기에서 팔고 있지? 그렇다고 서당에서 읽는 글도 아닌데 사람들이 사간다 말이야."

그 아이의 궁금증은 커 가는데 가게 주인이 무서워서 물어보지도 못했다. 그렇게 몇 날 며칠을 그 가게 옆에 웅크리고 앉아 그 물건만을 바라보고 있었다.

하루는 가게에서 그 물건을 사가지고 나오던 한 남자의 눈에 그 아이가 들어왔다. 저만치 갔던 그가 다시 돌아오며 아이의 등 뒤에서 왜 여기에 웅크리고 앉아 있냐고 작은 목소리로 물었다. 갑작스런 그 남자의 물음에 화들짝 놀란 아이는 뭔가 들킨 듯한 표정으로 돌아서며 머리를 긁적긁적 할 뿐이었다. 남자는 그런 아이의 모습이 오히려 더 신기하였다. 그래서 왜 다른 아이들처럼 재미있는 곳에 있지 않고 이곳에 있는지를 물었다. 그 아이는 수줍은 듯 머뭇거리다 그의 표정을 보자 안심하고 입을 열기 시작했다.

"아저씨. 죄송한데요. 그것이 뭔데 사 가시는 거예요. 뭐 먹는 것도 아니고, 무엇을 만드는 것도 아닌 것 같은데요. 그렇다고 서당에서 보는 글도 아니구요."

"너 지도를 처음 보는구나? 그래서 신기하여 여기에 앉아 있었던 것이구."

"지도요! 지도가 뭐예요?"

"너 호기심이 굉장히 많구나! 음…… 너 동래 가봤냐?"

"동래가 어디예요?"

"왜 임진왜란 때 왜놈들이 처음 쳐들어왔다는데 말이다."

"아…… 아버지에게 들은 적 있어요. 그런데 가보지는 못했는데요. 저는 만리재와 이곳밖에 가본 곳이 없어요."

"나도 안다. 네가 동래를 가봤을 리 없지. 나도 말만 들었지 가본 적이 없어. 그냥 물어본 거야. 그런데 내가 방금 이 가게에서 산 지도에는 동래가 있거든. 여기 좀 봐라."

"어디요?"

"어디라고 가르쳐줘도 네가 알 수가 있겠니? 너 글씨도 모르잖아."

"예. 그런데요."

"여기야. 여기. 여기서 가려면 배타고 한강을 내려가 서해와 남해를 쭉 돌아 이렇게 가면 동래가 나오지. 육지로 가려면 이렇게 쭉 내려가야 하고. 말로는 이렇게 쉽지만 수백 리를 가야 하니까 수없이 잠을 자야 갈 수가 있어."

"와 그런 거예요?"

"야. 너 꼭 아는 것같이 말하는구나. 알기는 뭘 알아."

"아저씨. 아저씨는 뭐 하시는 분인데 지도를 사가요? 우리 아버지는 군교軍校인데요 지도가 없거든요?"

"아버지가 군교라…… 군교에겐 특별히 지도가 필요할 리 없지. 하지만 나는 삼개에서 새우젓을 파는 사람이야. 그러다보니까 새우젓이 어느 동네에서 오는지 정도는 알아야 하지. 그리고 도성뿐만 아니라 한강 깊숙이 들어가 물건을 파는데 어디가 어딘지는 대충 알아야 하거든. 그래서 지도가 필요한 거지."

"아! 그렇군요."

"야. 너 꼭 알게 된 것처럼 말하는구나. 알긴 뭘 알아. 너 이 가게 주인에게 소개시켜 줄까?"

"예?"

"어이. 주인장. 이 아이가 당신 물건에 관심이 많네요. 구경이나 한번 시켜주시오."

갑작스런 제안에 아이는 얼결에 대답했지만 그 남자는 그런 대답에는 관심이 없었다. 그냥 거의 농담처럼 가게 주인에게 구경이나 한번 시켜주라고 소리치듯 말한 것 뿐이었다. 그냥 잠시 대화 나누며 즐거웠던 것에 대한 보답이나 해주자는 식이었던 것 같기도 했다. 손님의 목소리를 들은 가게 주인도 그렇게 하겠다고 농담처럼 대답을 쉽게 하였다. 아이는 이 짧은 시간 속에서 무엇이 어떻게 되고 있는 지 판단할 수 없었다. 그 남자가 자리를 뜬 후 손님이 없어 한가한 가게 주인은 따분함을 달래기라도 하려는 듯 그 아이를 불렀다.

"애야! 너 이거 구경해 보고 싶냐?"
"예……."

그 아이는 얼떨결에 대답했지만 가게 주인은 기다렸다는 듯 손짓을 하였다. 무슨 힘에 이끌리듯 가게에 다가선 아이의 눈에는 어두컴컴한 대문 안쪽이 무섭기도 했다. 가게가 대문 안쪽에 있었던 것은 아니었다. 처마가 막 끝나는 곳부터 조그만 방문 바로 안쪽까지 물건들이 진열되어 있었을 뿐이었다. 진열된 물건에는 관심이 많았지만 막상 가까이 다가가니 컴컴한 대문 안쪽이 무섭다는 느낌이 더 강하게 들었다. 힐끗힐끗 대문 안쪽을 바라보는 아이의 모습이 주인에게는 관심 있는 행동으로 비춰진 것 같았다.

"너 저기에 관심 있냐?"
"아…… 아니요."

아이는 대답했지만 주인은 전혀 개의치 않고 이야기를 계속 했다.

"관심 있으면 들어가 보렴."

아이는 떠밀리듯 컴컴한 대문 안쪽으로 들어가게 되었다. 안쪽에 들어가니 처음에는 컴컴했지만 조금 지나자 눈에 익어서인지 생각보다 그리 컴컴하지는 않았다. 아주 작은 마당이 있었고, 안쪽의 조그만 마루와 방에는 여기저기 종이와 먹물, 실이 흩어져 있었다. 그 한 켠에는 끌과 나무판, 기타 여러 도구가 정리되어 있었다. 전혀 의외의 광경에 아이는 눈이 휘둥그레져 있었고, 호기심이 오히려 더 커지게 되었다. 가까이 다가가 자세히 보니 아까 그 남자가 말했던 지도의 모양이 몇 개 있었고, 알 수 없는 글이 쓰여 있는 종이도 여러 장 있었다. 아이는 밖에 진열된 것의 상당 부분이 이곳에서 만들어졌던 것임을 직감할 수 있었다. 재미있는 광경에 시간 가는 줄 모르고 보고 있는데 가게 주인이 밖에서 불렀다.

"너 재미있었냐? 생각보다 오래 봤구나."
"어…… 아저씨, 죄송합니다."
"아냐. 그냥 보기만 했지?"
"예."
"그러면 됐다. 본다고 닳는 것도 아닌데 뭐 죄송할 것까지야 없지."
"아저씨 고맙습니다."
"고마워? 내가 오늘 좋은 일을 했나? 고맙다는 말까지 듣게."
"아저씨 그게 아니라……."
"무서워할 것 없다. 내 농담을 했으니. 오래 있었던 것을 보니 너 진짜 재미 있었나보구나? 재미있으면 다음에 또 와라. 기회가 되면 만드는 것도 구경시켜 줄 테니."
"아저씨 또 와도 되요?"
"너 내가 거짓말 하는 것 같니? 맨날 거짓말쟁이만 만났나……."
"아…… 아니. 그게 아니구요. 구경하면 좋겠다는 생각이 들어서요."
"그래? 그러면 언제라도 오렴……."

그 아이의 이름은 김정호라고 했다. 사람들은 그 아이가 황해도 토산에서 태어났다가 아버지를 따라 서울에 왔다고 하나 확실하지는 않다. 그의 아버지는 군교라고들 했다. 어느 관청인지는 정확하게 알려져 있지 않았지만 관청의 문을 지키는 일을 한다고들 했다. 아이의 어머니가 어떤 사람인지는 아예 알려지지도 않았다. 아이에게 형제자매가 있었던 듯한데 사람들은 정확히 몇 명이 있었는지도 알지 못했다. 아이가 자라 어른이 되고, 늙어 죽은 후에는 이런 모든 것이 하나의 일화로만 떠돌았다. 아이의 가계는 철저하게 베일에 가려져 있었던 것이다. 그렇다고 아이의 집이 역모의 죄를 지은 집안이어서 숨길 수밖에 없었기 때문도 아니었다.

원래 산야에 피는 풀들은 봄이 되면 싹이 트고, 초여름이 되면 꽃을 피워 벌과 나비를 희롱한다. 한여름엔 따가운 태양과 땅속의 자양분을 합성하여 튼튼한 씨앗을 만들고, 가을이 되어 서늘해지면 씨앗을 남긴 채 저 세상으로 가버린다. 그들이 어디서 왔고, 어디서 살다가, 어디로 갔는지 아무도 기억하지 못한다. 아이의 집은 산야의 풀과 같은 평민의 집안이었다. 역사는 평민 개개인을 기억하지 않는다.

아이는 틈 나는 대로 그 가게에 들렀다. 어두컴컴하게만 여겨졌던 대문 안쪽의 작업장이 점점 익숙해 졌다. 처음에는 대문을 들어선 후 조금 있어야 환해졌지만 자꾸 들르다 보니 대문을 들어서자마자 환하게 다가왔다. 처음에는 장난스럽게 쳐다보던 각수들도 자꾸 찾아오는 아이의 행동을 아주 당연한 것처럼 여기게 되었다. 그리고 당연하게 여길수록 아이는 없어서는 안 될 존재가 되었다.

아이는 능숙한 손놀림으로 나무판을 파 내려가는 각수들의 모습이 처음에는 재미있었다. 그러다 차츰 재미를 넘어 흥미를 느끼게 되었고, 아이는 그들이 없는 틈을 타 몰래 끌을 만져보기도 했다. 어느 날 아이는 각수들 몰래 나무판을 파보고 싶었다. 그러나 덜컥 겁이 났다. 나무가 얼마나 비싼 것인데 그것을 파다가 망치기라도 하면 각수들에게 엄청나게 혼날 것 같았다.

각수들의 손놀림이 아무리 좋다고 하더라도 만들다 잘못되는 것이 간혹 나왔다. 잘못된 것이 나오면 그들의 입에서는 바로 험한 욕이 튀어나왔다. 그러나 어쩌겠는가? 어쩔 수 없이 그것을 버릴 수밖에. 주인도 너무 많이 틀리면 각수들을 엄청나게 혼냈지만 어느 정도 틀리는 것은 있을 수 있는 일이라 여겨 보통은 그냥 눈 감고 지나갔다. 아이는 그런 모습을 보면서 버리는 것을 자기가 가질 수 있다면 얼마나 좋을까 하는 생각을 갖게 되었다. 어차피 버릴 것인데 뭐 어떻겠는가라는 생각도 했다. 그러나 각수들이 주인에게 가끔 야단맞는 것을 볼 때면 그럴 엄두가 나지 않았다. 그렇지만 아이의 호기심은 시간이 갈수록 더욱 강해졌고, 어느 날 각수들이 자리를 비운 사이 잘못된 나무판 하나를 슬쩍 감춰보았다. 각수들이 돌아왔지만 아무런 눈치도 채지 못하고 있었.

각수들이 잠시 자리를 비우는 시간에 아이는 몰래 숨겨둔 잘못된 나무판을 꺼내 스스로 새겨보기 시작했다. 처음에는 잘못 새겨 손을 다친 일도 있었다. 피가 흘러나왔지만 소리를 지를 수도 없었다. 각수들이 들어와도 피가 난 손을 보여줄 수 없었다. 가끔 들키기도 했지만 물건을 나르다 그랬노라 어물쩡 넘어갔다.

그렇게 몰래 몰래 나무판을 숨겨 파들어 가기를 여러 달, 어느 날 아이는 지기가 판 나무판의 모습이 각수들의 작품과 별로 다르지 않음을 깨닫게 되었다. 아이는 너무나 신기했다. 할 수 있다는 자신감에 욕구는 더욱 커져서 대담한 연습을 하기 시작했다. 처음에는 각수들이 오는 시간보다 훨씬 먼저 끝냈지만 차츰 가까스로 위기를 면하게 되었다. 그러던 어느 날 그만 들키고 말았다.

"이게 뭐야. 이보게 이거 자네가 한 건가?"
"아니 난 한 적이 없네만. 그것 내가 그저께 잘못 파서 버린 것인데 어떻게 여기에 있지?"

"그러면 이 부분은 자네가 한 것이 아니란 말인가?"

"응, 내가 한 것이 아니네."

나무판을 보고 이야기하던 각수들의 시선이 동시에 아이를 향했다. 아이는 어쩔 줄 몰랐다. 드디어 들키고 말았구나. 이것을 어쩌지. 아이는 당황해서 말도 못했다.

"그럼 이것 네가 한 거냐?"
"저…… 아저씨. 죄송해요. 너무 하고 싶어서 몰래 했어요. 용서해 주세요."
"네가 한 게 분명해?"
"예, 제가 했어요. 제발 용서해 주세요."
"너 언제부터 이렇게 했냐? 솔직해 말해봐."
"지난 겨울부터였어요. 지금이 여름이니까 벌써 반 년이 되었어요."
"이보게, 주인어른 좀 불러보게."

아이의 눈은 겁에 질려 눈물이 그렁그렁했고, 입술은 새파랗게 변해있었다. 무릎을 꿇은 다리는 파르르 떨리었고, 주인을 부른다는 말에 고개를 떨구고 있었다. 이윽고 주인이 들어오자 아이의 입에서는 울음이 터져 나왔다.

"이보게들. 왜들 그러나. 쟤는 왜 울고 있는 거야?"
"주인어른. 이것 좀 보세요."

"대체 뭐길래."
"이거 말이에요."
"잘못 파서 버린 것 아닌가?"
"아니요. 이 부분을 보세요."
"와 굉장히 잘 만들었는데. 이거 자네가 한 건가?"
"아닙니다. 쟤가 한 거예요."
"뭐? 저 어린애가 말이야?"
"예. 맞습니다."
"얘야. 이거 네가 한 게 분명하니?"

각수들과 주인의 대화는 아이를 더욱 주눅 들게 하였다. 아이는 더욱 크게 울었고, 너무 울어 목이 쉬어 있었다.

"얘야! 그만 울고 대답 좀 해봐라. 이거 네가 한 거 맞느냐 말이다."
"예…… 제가 한 건데요. 용서해 주세요."

아이는 울먹이는 목소리로 거우겨우 대답하고 있었다. 주인의 눈이 놀란 토끼처럼 동그래져 있었다. 주인의 목소리가 점점 커지자 이제 죽었구나 생각하는 아이에게 전혀 의외의 답이 돌아왔다. 주인의 목소리가 갑자기 부드러워졌다.

"얘야. 그만 울고 일어나라. 정말 대단한 걸. 언제부터 이런 실력을 쌓았니? 내 너를 맨날 어린애로만 봤는데 그게 아니구나. 하고 싶으면 진작 말하지 그랬어. 하기야 네가 하고 싶다고 해도 내가 허락하지 않았겠지.

그래 그래 더 이상 말이 필요 없겠다. 얼른 일어나라. 내 너를 혼내주려 하는 것이 아니야."

"예에?"

"놀랬냐? 너를 나무란 것이 아닌데, 목소리가 커져서 무서웠나보구나. 다들 네가 만든 것에 놀라서 목소리가 커진 것이지 너를 야단치려 했던 것은 아니야. 어쨌든 대단한 실력이구나. 몰래 해보고도 이 정도면 너는 판각에 타고난 소질을 갖고 있다고 해야 될 것 같다."

확 바뀐 상황에 아이는 어리둥절할 뿐이었다. 야단을 맞을까 봐 몰래 했던 자신의 행동이 오히려 칭찬을 받고 있으니 아이는 감당하기 어려웠는지도 모른다. 아이의 나이는 이제 열 살이 조금 넘어가고 있었다. 그런 아이의 작품이라고 하기에는 믿기지 않는 일이 벌어졌으니 아무도 상상하지 못했던 것이 사실이다. 그랬기 때문에 모두 놀랄 수밖에 없었고, 목소리가 커질 수밖에 없었던 것이다.

가게의 주인은 이제 아이에게 어엿한 일꾼의 지위를 부여해야겠다고 생각했다. 지금까지는 그냥 재미있어 놀러오는 아이 정도로 생각해 자잘한 일을 시기기는 했지만 판가일 구경 값이라 생각하고 아무런 보상도 생각해본 적이 없었다. 아이도 구경 나왔다 여겼기 때문에 뭘 받아가겠다고 생각하지 않았다. 그냥 재미있어 왔고, 각수들이 새참 먹을 때 옆에서 약간씩 얻어먹는 것만으로도 좋았을 뿐이었다.

이제 상황은 바뀌었고, 가게 주인은 아이의 아버지를 만나 이곳에서 일할 수 있도록 허락해 달라고 청하였다. 군교인 아버지는 아들도 군교를 시키고 싶어 했다. 그래서 처음에는 가게 주인의 청을 거절했다. 물론 아들이 너무 어리기 때문에 벌써부터 일을 시키고 싶지도 않았다. 자신이 농사를 지었다면 그 나이에도 여러 일을 시켰겠지만 군교라 특별히 시킬 일은 없었다. 서당에라도 보내고 싶었지만 들어가는 비용이 만만치 않았다.

아이의 소질에 놀란 가게 주인은 아버지를 다시 찾아갔다. 아이가 판각에 뛰어난 소질이 있으니 제발 같이 일하게 해달라고 빌다시피 부탁하였다. 판각 소질이 워낙 뛰어나 이것만으로도 평생 충분히 먹고 살 수 있을 것이라고 말했다. 그래도 아이의 아버지는 판각보다는 군교가 더 안정된 일이라고 생각했기에 쉽게 허락하지 않았다.

두 번째도 거절당해 기분 나빴어야 할 가게 주인이 또 찾아왔다. 아이의 아버지는 몇 번이고 찾아오는 가게 주인의 모습을 보면서 아이의 장래를 다시 한 번 생각해보았다. 아버지는 아이가 인정받을 수 있는 곳에서 일하는 것도 나쁘지 않겠다는 생각이 들었고, 그곳에서 일하면 부자는 아니더라도 먹고 사는 데는 지장이 없을 것이니 그것도 괜찮으리란 생각을 하게 되었다.

가게 주인의 세 번의 방문 끝에 아버지는 아이에게 판각 일을 업으로 삼는 것을 허락하였다. 아이는 판각을 하는 것이 좋았지만 자신이 그 일을 평생 업으로 삼아야 하는지에 대해서는 생각해본 적이 없었다. 그런 생각을 하기에는 아직 아이의 나이가 어렸다. 그냥 재미있으니까 한 일인데 가게 주인과 아버지는 세 번이나 부탁과 고민하는 일을 반복하고 있었다. 아이는 아버지의 허락 후 매일 판각 일터에 가게 되었다. 시간이 지나 주인이 수고했다며 쌀섬을 얹어 주자 그때서야 아이는 자신이 한 일이 쌀섬을 얻을 수 있는 일이었음을 깨달을 수 있었다.

한문과 지도

아이는 가게 작업장에서 매일 일했다. 판각 일이라는 것이 농사와 달라서 쉬는 날이 없었다. 늦가을이 되어 바람이 쌀쌀해지면 농사꾼 중의 일부는 노름에 빠지는 경우도 있었다. 그러나 판각 일은 쌀쌀해진디고 쉬는 일이 아니었다. 흰눈이 펑펑 내리거나 매서운 추위가 몰아치면 농사꾼은 내년 농사가 잘 되려나보다 생각했지만 각수는 흰눈이 펑펑 내리든 매서운 추위가 몰아치든 내년이 어떻게 될 지를 상상할 필요가 없었다.

아이는 추운 겨울에도 가게 작업장에 나가 곱은 손을 호호거리며 나무판을 다듬고, 종위 위에 거꾸로 그림을 그렸다. 그리고 그 종이를 나무판에 붙인 후 끌로 조심스레 새길 뿐이었다.

아이가 그림을 그리고 나무판을 새기는 것은 여러 종류였다. 어떤 때는 대가댁에서 부탁한 명필을 새긴 적도 있었고 또 어떤 때는 대가댁 조상의 묘와 주변의 산지를 새기기도 했다. 더 나아가 천자문을 새긴 적도 있었다. 그러나 아이는 그것이 글씨라는 것은 알았지만 무슨 내용인지는 알 수 없었다. 그냥 구불구불한 멋있는 그림 같기만 했다. 가끔씩은 어릴 적 보았던 지도를 새기기도 했다. 아이는 지도의 내용이 무엇인지 알지 못했다. 그냥 다듬고, 거꾸로 그리고, 새기라고 해서 했을 뿐이었다.

가게주인은 아이가 새긴 지도를 보면서 잘 만들었다고 칭찬해 주었다. 천하도라느니, 중국도라느니, 일본국도라느니, 유구국도라느니 여러 말이 귓가에 스쳐갔다. 동국팔도대총도, 함경도, 평안도, 황해도, 강원도, 경기도, 충청도, 전라도, 경상도라는 말도 자주 들렸다. 아이는 자꾸 들으면서 그것이 여러 지역을 가리키고 있는 말들임을 서서히 알게 되었다.

아이의 솜씨는 점점 좋아지고 있었다. 어느 날부터 가게주인은 아이를 "야!"라고 부르지 않고 "이보게 정호"라고 불렀다. 가게주인이 그렇게 부르자 동료 각수들도 모두 "이보게 정호"라고 불렀다. 아이는 호칭의 변화에 처음에는 당황하고 부끄러웠다. 그러나 그것도 여러 번 듣자 익숙하게 되었고, 누가 "야!"라고 부르면 한 번 더 쳐다보게 되었다.

김정호는 이제 열일곱, 어엿한 어른으로 대접받고 있었던 것이다. 이미 열여섯 살 때부터는 가게주인이 김정호만을 찾았다. 동료 각수들은 처음에는 시기의 눈초리를 보냈으나 이내 자신들이 어려울 때마다 김정호를 찾았다. 김정호는 이미 판각 일터에서 가장 솜씨가 뛰어난 사람으로 인정받고 있었던 것이다. 이때부터 김정호는 글씨를 몰라 창피하다는 생각을 자꾸 하게 되었다. 다들 김정호만 찾는데 판각 솜씨는 뛰어났지만 내용을 모르니 답답하기 그지없었다.

초승달이 떠 있던 어느 밤. 김정호는 칠패시장에서 염초청다리를 지나

만리재 집으로 향하고 있었다. 그리 늦은 밤은 아니었으나 달빛이 약해 길이 잘 보이지 않았다. 그래도 매일 다니는 길이라 걷기에 그리 불편한 것은 아니었다. 무언가를 골똘히 생각하며 걷던 김정호가 그만 돌부리에 걸려 넘어지고 말았다. 전혀 예상치 못하게 넘어진 것이라 엉덩이가 너무 아팠고 다리도 욱씬욱씬 거렸다. 금방 일어나지 못하고 통증이 사라지길 기다렸다. 아픈 다리를 절뚝거리며 간신히 일어나는 김정호의 얼굴엔 뜻밖에 뭔가 결심한 듯한 근엄함이 서려 있었다.

김정호는 자신이 글씨를 알지 못해서 창피하다는 생각을 계속 하고 있었던 것이었다. 그래서 어떻게 할까 고민 고민하다가 매일 가는 길인데도 넘어지고 만 것이다. 김정호는 이왕 하는 일, 그 내용도 이해할 수 있는 사람이 되자고 결심했다.

그 다음날 판각 일터에 간 김정호는 주인에게 진열대의 천자문을 하나 달라고 했다. 물론 공짜로 달라는 것은 아니었다. 나중에 품삯에서 제해달라며 천자문을 요구했던 것이다. 가게주인은 그런 김정호의 요구를 미리 예상하고 있었다는 듯 흐뭇한 미소를 지으며 이 천자문은 김정호를 위해 거저 주는 것이라고 했다. 김정호는 그럴 수는 없다고 여러 번 거절했지만 가게주인이 한사코 공짜로 가져가지 않으면 안 주겠다고 해서 할 수 없이 그러겠노라고 대답했다.

가게주인은 대문 안으로 들어가는 김정호의 등 뒤로 이런 날이 올 줄 알았다고 이야기 했다. 뜻밖의 말을 들은 김정호는 한 번 돌아보며 허리를 굽힌 후 대문 안으로 들어갔다. 주인이 자신의 판각 솜씨만을 인정한 것이 아니라 이 가게에서 만드는 모든 것을 총괄해줄 것을 미리부터 마음먹고 있었음을 직감할 수 있었기 때문이었다. 판각 일을 총괄하려면 단순히 판각 솜씨만 좋아서는 안 되었다. 최소한 판각되는 것의 내용은 알아야만 했고, 그러기 위해서는 글자와 문장을 이해할 수 있어야 했다.

　김정호는 일하는 틈틈이 천자문을 보았다. 그러나 글자 공부는 혼자 할 수 있는 것이 아니었다. 천자문의 글씨들은 아무리 보아도 그냥 그림이었을 뿐 어떤 뜻인지 스스로 알 수는 없었다. 답답하던 김정호는 조금 일찍 판각 일터를 나왔고, 그 길로 동네 서당을 찾아갔다. 의외의 손님을 맞이한 훈장 선생도 미리 예상하고 있었다는 듯 그를 반갑게 맞이해 주었다. 훈장 선생도 김정호가 훌륭한 판각쟁이라는 소문을 익히 들어 알고 있던터라 언젠가는 자신을 찾아올 것이라 내다보고 있었던 것이다. 그런 훈장 선생이기에 천자문을 가르쳐달라는 김정호의 부탁을 그 자리에서 흔쾌히 허락하였다.

　김정호는 주인에게 천자문을 배울 수 있는 시간을 달라고 부탁하였고, 가게주인은 기다렸다는 듯 그렇게 하라고 대답하였다. 하루 중 몇 시간만 가게에 들러 판각에 대한 동료들의 일을 자문하였지만 가게주인은 그런 김정호의 모습에 전혀 불만을 터뜨리지 않았다. 영문을 몰라 어리둥절하는 동료 각수들을 이해시키는 것도 가게주인의 몫이었다.

　서당에서 천자문을 배우는 아이들은 나이또래가 대여섯살 어린애로부터 열 몇 살에 이르기까지 다양하였다. 그중 김정호는 나이가 제일 많은 편이었다. 좀 부끄럽기는 했지만 그것도 며칠 지나자 전혀 의식하지 않게 되었다. 김정호는 누구보다 열심히 배웠기 때문에 서당에서 나가는 진도가 마음에 들지 않았다. 그래서 할 수 없이 훈장 선생에게 다르게 가르쳐 줄 수 없는지를 부탁했고, 이번에도 훈장 선생은 기다렸다는 듯 흔쾌히 허락하였다. 김정호는 다른 아이들이 진도를 나가는 동안 전혀 다른 공부를 하고 있었고, 의문이 날 때마다 훈장 선생에게 물어보았다. 아이들의 불만이 있었지만 훈장 선생은 전혀 개의치 않고 김정호의 물음에 모두 답해 주었다.

김정호의 한자 실력은 나날이 향상되고 있었다. 천자문은 다른 아이들보다 네 배나 빠르게 끝냈으며, 소학과 명심보감도 그 해가 가기 전에 모두 독파하였다. 김정호의 자질을 익히 알고 있던 훈장 선생이었지만, 평민인 김정호가 그렇게까지 열성적으로 공부할 지는 전혀 예상치 못했다. 자신이 가르친 제자 중에 그와 같이 열심히 하면서도 실력이 뛰어난 제자가 있다는 것이 흐뭇하기만 했다.

김정호가 어느 정도까지 한문을 배웠는지는 모른다. 그러나 웬만한 한문 서적은 다 읽을 수 있으며, 웬만한 글쓰기도 능숙하게 할 수 있는 실력을 갖추고 있었던 것만큼은 분명하다. 평민이면서 그 정도의 능력을 겸비하기 위해서는 말을 배우기 시작하면서 한문을 접했던 양반보다 몇 배의 노력을 경주해야 했을 것이다. 김정호는 그렇게 한문 실력을 키워가면서 단순한 각수가 아니라 출판 전체를 총 지휘할 수 있는 능력까지 겸비할 수 있게 되었다.

열여덟 살이 된 김정호는 가게주인에게 판각뿐만 아니라 서적의 내용, 크기, 모양 모두를 믿고 맡길 수 있는 사람이 되어 있었다. 자신의 능력이 높아지면 높아질수록 김정호의 책임은 더욱 무거워졌고, 덩달아 욕망도 커져만 갔다. 대가집에서 들어오는 주문이야 원하는 대로 만들어주면 되는 것이었다. 그러나 주문에 의한 것이 아니라 기획된 목판 인쇄물은 소비자의 기호를 정확히 파악해야 잘 팔릴 수 있는 것이었다. 김정호는 어느덧 기획된 목판 인쇄물의 내용과 크기, 모양과 장식 모두 고려하여 만들 줄 아는 그런 인물이 되어 있었다.

열아홉 살이 된 어느 봄날, 김정호는 시끌벅적한 칠패시장의 가게 앞양지바른 곳에 앉아 무언가를 골똘히 생각하고 있었다. 김정호 앞으로 수백 명의 사람들이 와자지껄하며 지나갔다. 그러나 그날만은 김정호의 눈과 귀가 닫혀 있었고, 온 신경이 머리에만 가 있었다. 김정호는 무엇을 만들어야 잘 팔릴 수 있을까 곰곰이 생각하던 중이었다. 그동안 훈장 선생에게 받은 믿음은 제쳐놓더라도 주인의 믿음에 뭔가 보답하고 싶었던 것이다.

그런 믿음에 보답하는 길은 단 하나밖에 없었다. 자신이 기획하여 만든 것이 많이 팔려서 주인에게 많은 엽전꾸러미를 안겨주는 것이었다. 대가집에서 주문한 것도 돈을 벌 수는 있지만 갑자기 몇 배로 늘리기는 힘들었다. 물론 잘 만들어 소문이 나면 주문이 많이 들어올 수도 있으나 그렇다고 해서 갑자기 많이 늘어나기란 쉽지 않다는 생각이 들었다. 그러면 천자문을 만들면 어떨까 생각해 보았다. 그러나 그것도 워낙 많은 곳에서 만들어 팔기 때문에 그리 좋은 방법이라고 생각되지 않았다.

이리저리 생각하던 김정호의 얼굴에 미소가 퍼지기 시작했고, 뭔가 결심한 듯 갑자기 벌떡 일어났다. 김정호는 그 순간 해가 막 서산에 걸리려 하고 있다는 것을 깨달았다. 아 그렇게 빨리 시간이 지나갔단 말인가? 김정호는 죄송함에 가게를 쳐다보았다. 그러나 가게주인은 아는 듯 모르는 듯 딴청만 피우고 있었다. 머리를 긁적이며 김정호는 주인에게 허리를 굽혔고, 가게주인은 아무 일도 없었다는 듯 고개를 끄덕일 뿐이었다.

대문 안에 들어서니 열심히 일하는 동료 각수들이 보였다. 그러나 그들도 김정호가 얼마나 나가 있었는지 아는 듯 모르는 듯 전혀 이상한 눈빛을 보내지 않았다. 잔뜩 긴장했던 김정호도 그때서야 자리에 앉아 못다 한 일을 처리하기 시작했다.

해는 서산을 넘어가고, 어둠이 서서히 다가오고 있었다. 동료들은 하

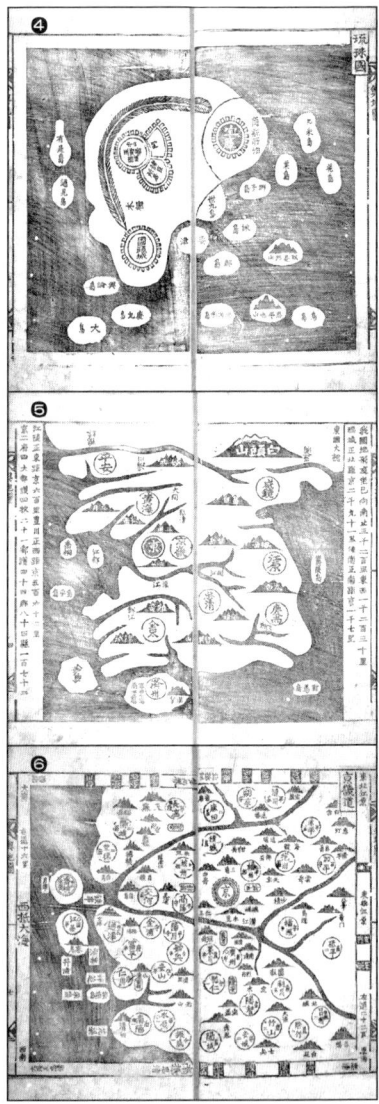

《동국여지도》(규장각한국학연구원)

❶ 천하도
❷ 중국도
❸ 일본국
❹ 유구국
❺ 동국대총
❻ 경기도

❼ 충청도
❽ 경상도
❾ 전라도
❿ 강원도
⓫ 황해도
⓬ 평안도
⓭ 함경도

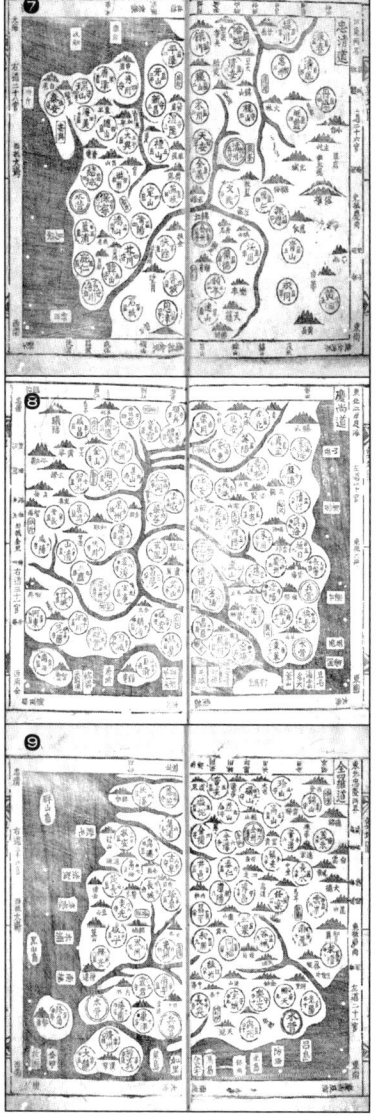
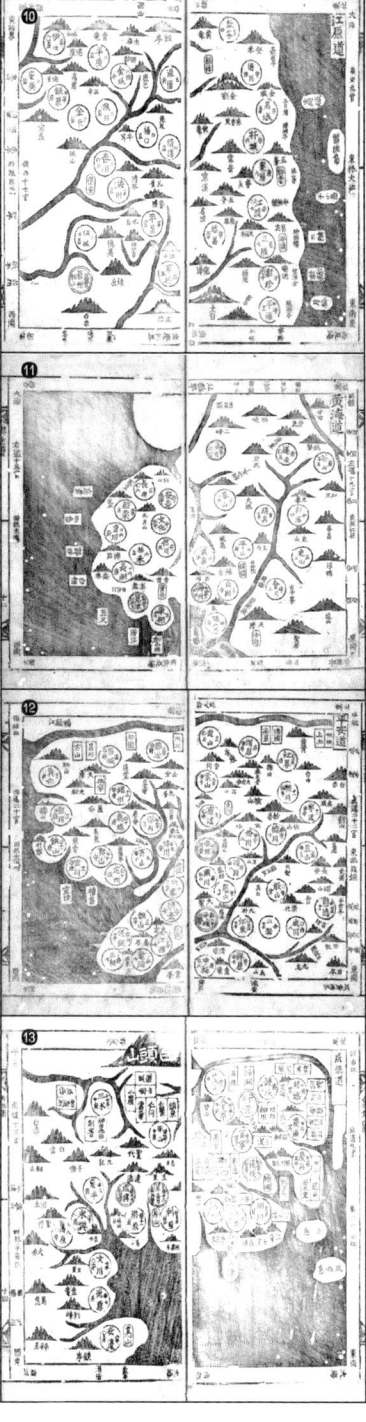

던 일을 멈추고 정리를 하기 시작했고, 하나 둘 집으로 향했다. 맨 마지막에 대문을 나서던 김정호는 깜짝 놀라고 말았다. 대문 앞에 가게주인이 떡 하니 버티고 서 있었던 것이다.

"주인어른, 저……."
"아무 말 말게나. 뭔가 골똘히 생각하더니만 결론을 지었나?"
"예…… 저……."
"말해 보게나. 내 자네를 믿는 것 다 알지?"
"주인어른, 부탁이 하나 있습니다."
"부탁? 그렇게 오래 생각하더니만 나에게 부탁할 것을 생각했는가?"
"예…… 저…… 죄송합니다만 새로운 것을 하나 만들고 싶습니다."
"새로운 것? 그래서 그렇게 오랫동안 생각했구만? 내 웬만하면 들어줄 테니 말해보게나."
"주인어른. 감사합니다."
"뭐 감사할 것까지야. 자네가 일을 척척 잘해주니 내 걱정이 없네. 그러니 부탁하나 못 들어주겠나?"
"다름이 아니오라 새로운 지도를 하나 만들고 싶습니다."
"지도?"
"예."
"지도는 요즈음도 많이 만들고 있지 않은가?"
"예. 만들고 있는 것은 저도 알고 있습니다. 그런데 그 지도들이 너무 소략합니다. 물론 소략하지만 꾸준히 팔리고 있다는 것도 잘 알고 있습니다. 소략한 지도와 함께 좀 더 새로운 지도도 함께 만들면 더 잘 팔리지 않을까 하는 생각이 들었습니다."

"그래? 어떤 지도 말인가?"

"주인어른. 요즘 지도는 대부분 천하도로부터 각 도의 지도까지 짝으로 만들어 팔고 있지 않습니까? 이번에 만들고 싶은 지도는 그냥 우리 조선만 그린 지도입니다. 좀 더 정확하고 자세한 내용이 들어가 있는 지도입니다. 항간에 그러한 지도가 있다는 소문을 익히 들어 알고 계시지요?"

"알고 있네만. 나도 한 번 본 적이 있다네."

"예. 오후 내내 그 지도를 목판으로 찍어내면 어떨까라는 생각을 했습니다. 물론 저는 아직 보지 못했습니다. 따라서 만약 만든다면 많은 지도를 수집하여 연구해 봐야 할 것입니다."

"그런 생각이었나? 그런데 그것이 만들기도 쉽지 않고, 만든다고 하더라도 잘 팔릴까 걱정이네."

"예. 저도 그런 생각을 해 보았습니다. 그리고 정확하거나 자세하다고 해서 잘 팔리는 것은 아니라고 생각합니다. 우리 같은 사람이라면 정확하고 자세하다는 것과 함께 어떤 크기와 어떤 내용으로 만들어야 잘 팔릴 수 있을까를 생각하지 않을 수 없다고 봅니다. 그 부분은 제가 지도를 수집하여 연구해 보겠습니다."

"음…… 나는 깊게 생각해보지 않아 확실히는 모르겠네. 나만 자네가 생각한 것이라면 믿을만하다고 보네. 나중에 혹시 실패하더라도 큰 손해는 나지 않을 것 같으니 한 번 해보게나. 혹시 아나. 그것이 잘 팔릴 지."

"주인어른. 이해해 주셔서 감사합니다."

"아니야. 아직 감사하기는 이르네. 내 자네가 하는 일을 지켜보면서 잘 팔리지 않을 것이란 판단이 들면 언제든지 그만두게 할 수도 있어."

"주인어른. 지당하신 말씀이십니다. 저도 주인어른께서 그만두라시면 언제라도 포기하겠습니다. 어쨌든 이렇게 허락해 주셔서 너무 감사합니다."

"어 참 이 사람. 아직 감사하다는 말 하지 말라니까."

"주인어른. 한 가지 더 부탁드릴 것이 있습니다."

"부탁? 또 새로운 것이 있나?"

"새로운 것이 아닙니다. 새로운 지도를 만들려면 많은 지도를 수집하여 비교 검토하고, 어떻게 만들어야 잘 팔릴 수 있을지 판단해야 하는 시간이 필요합니다. 이 시간이 얼마나 걸릴 지는 잘 모르겠습니다. 주인어른께서 제가 낮에 어디를 다녀오더라도 이해해 주셨으면 해서 말씀드리는 것입니다."

"괜찮네. 어차피 자네는 이곳 일을 총괄하면 되는 것이니까 기존의 일을 하는 데 많은 시간이 들지는 않을 걸세. 다만 기존의 일만 잘 되도록 하면 되네. 그렇게만 한다면 자네가 어디를 가더라도 이해해 주겠네. 만약 기존의 일이 잘 안 되면 내가 자네를 나무라겠네."

"주인어른. 고맙습니다. 기존의 일은 잘못 되지 않도록 하겠습니다."

"이 사람 보게. 아까는 감사하다는 말을 쓰더니 이번에는 고맙다는 말로 바꾸네. 그런데 그리 하려면 자네 돈도 필요하지 않겠나?"

"죄송합니다. 그것까지는 차마 말씀드리지……"

"다 아네. 내가 이 가게 망할 정도까지 지원해줄 자신은 없네만, 그렇지 않은 선에서 지원해 주지. 필요하면 이야기하게나."

"주인어른. 너무 감사드립니다. 저를 항상 믿어주셔서 너무 송구스럽습니다. 믿음에 보답할 수 있도록 열심히 하겠습니다."

"또 감사란 말만 하네. 그런 말은 나중에 하고, 내 자네 말을 잘 알아들었으니 앞으로 잘 해 보게나."

김정호에 대한 가게주인의 믿음은 그가 생각했던 것보다도 더욱 두터웠다. 김정호는 가게주인을 대할 때마다 미안하고 감사한 마음이 점점 커지기만 했다. 그런 가게주인에게 김정호는 어떤 식으로라도 보답하고 싶었고, 이번이 좋은 기회라고 생각했다. 집에 돌아온 김정호는 그동안 자신이 만들었던 목판본 지도를 다시 한 번 들춰 보았다. 크기와 책자의 모양, 겉표지의 꾸밈새는 종류마다 달랐지만 내용은 거의 동일하였다. 천하도, 중국도, 일본국도, 유구국도, 동국팔도대총도, 각 도의 지도. 대부분 짝으로 만들어 팔았지만 필요한 사람에 한하여 낱장으로도 팔았다. 사가는 사람은 일반 양반이 대부분이었고, 관리들도 가끔 있었다. 그동안 김정호는 이런 지도들을 만들면서 최초로 만든 사람은 어떻게 만들었을까 이제껏 생각해 본 적이 없었으나 오늘은 도대체 이 지도를 처음에 어떻게 만들었는지에 대한 궁금증이 생겼다.

　김정호는 글자를 몰라 답답했던 시절이 생각났다. 그러면서 왜 지도를 만들면서는 답답한 느낌이 들지 않았을까, 그런 생각을 하지 못했던 자신이 신기하기도 했다. 단순히 그냥 만들어왔던 자신의 모습을 뒤돌아보며 이제는 그렇게 만들지는 않겠다는 생각에 가슴이 설레기 시작했다.

　옛사람들은 어떻게 지도를 만들었을까?
　다시 한 번 자신이 만든 지도를 살펴보았다. 물론 답은 나오지 않았다. 답이 그렇게 쉽게 나온다면 지도를 만든다는 것은 매우 쉬운 일이었을 것이다. 다시 지도를 보았다. 천하도나 외국지도는 자신이 살고 있는 곳이 아니라 아는 사실도 별로 없었다. 그러나 동국팔도대총도와 각 도의 지도는 자주 듣고 보았던 지명들이라 아주 익숙하였다.

　동국팔도대총도에는 경도와 8도, 중요한 산과 강이 적혀 있었다. 각

도에는 호수와 고을 수, 논밭의 결수가 적혀 있었다. 그때서야 깨달음이 왔다. 아! 이래서 관직에 나아가고자 하는 양반이나 관리들이 사갔던 것이구나. 각 도에 있는 고을 수와 호수, 그리고 논밭의 결수가 나와 있으니 전국적인 통치 관련 자료들이 일목요연하게 다가왔던 것이다.

각 도의 지도에도 중요한 산과 강이 있는 것은 마찬가지였으나 특히 눈에 띄는 것은 각 고을명이 다 적혀 있을 뿐만 아니라 서울로부터 걸리는 날 수, 각 고을 원님 벼슬의 높낮이를 쉽게 구분할 수 있었다. 또한 통영, 병영, 수영을 비롯하여 각 지역의 진보가 모두 적혀 있었으며 찰방이 파견된 역도도 다 표시되어 있었다.

이 지도만 보더라도 전국의 행정과 군사적 내용이 모두 한눈에 다 들어왔다. 현재 지도를 사가는 사람들이 필요로 하는 정보가 무엇인지 대략적으로 이해할 수 있었다. 그러나 이 지도만 봐서는 어떻게 그린 것인지 알 수가 없었다.

김정호는 보는 사람을 놀라게 할 정도로 정확한 지도라고 항간에 떠도는 조선전도를 찾아 나서기로 하였다. 우선 그런 지도를 찾아야 목판으로 만들던지 할 것이기 때문이었다. 그러나 아직 떠도는 소문만 들었지 어디에 있는지 정확히 알 수는 없었다. 그 때 그런 지도를 한 번 봤었다는 가게주인의 말이 떠올랐다.

다음날 김정호는 동도 트기 전에 일어났다. 그런 지도를 찾을 수 있다는 희망에 잠도 잘 오지 않았기 때문이었다. 한편으로는 가게주인에게 얼른 물어봐 빨리 찾아보고 싶은 욕심이 앞섰기 때문이기도 했다. 아침밥을 먹는 둥 마는 둥 하고 얼른 가게로 향했다. 부지런한 가게주인은 오늘도 일찍부터 진열장을 정비하고 있었다. 보통 때보다 훨씬 일찍 나온 김정호를 본 가게주인은 역시나 하는 생각에 흐뭇한 미소를 지었다.

"역시 자네군. 내 오늘은 자네가 이렇게 일찍 올 줄 알았어. 어제 잠도 제대로 자지 못했지? 내 말 틀리나?"
"주인어른, 어떻게 그런 것을 쉽게 맞추십니까?"
"이 사람아 내가 자네를 한두 해 보는가? 이제 자네의 성격을 다 아네. 내게 그 지도를 어디서 보았는지 물어보고 싶어서 일찍 온 게 아닌가?"
"하나도 틀리지 않고 모두 맞습니다. 주인어른을 뵈면 놀랄 때가 많습니다."
"나를 칭찬한다? 듣기 싫지는 않네. 좀 거만해져 볼까? 내가 그 정도는 되어야 자네같이 유능한 사람을 붙들어 둘 수 있는 것 아닌가?"
"주인어른, 너무 과찬이십니다. 제가 뭘 유능하다고 그러십니까?"
"이보게 오늘만 봐도 그렇지 않은가? 너무 겸손해 하지 말게나. 그런 인사말은 그만하고 내가 그 지도를 어디서 봤는지 그것부터 말해주어야 자네가 좋아할 것 아닌가?"
"주인어른, 아닙니다."
"아니긴 뭐가 아냐. 내 자네 마음 다 아네. 저기 숭례문을 지나 서부 양생방 관우물골에 가면 임진사라는 분이 살고 계시네. 이곳에 지도를 구하러 가끔 오시는 분이라 잘 알고 있네. 그 집을 찾아가서 내가 보내서 왔다고 하면 잘 해주실 것일세."
"주인어른, 감사합니다."
"이 사람아, 감사하다는 말 좀 그만 하면 안 되겠나?"

김성호는 자신을 너무도 잘 알고 있는 가게주인에게 오늘도 고마운 마음이 넘쳐흘렀다. 한편으로는 자기를 너무 잘 알고 있어 거짓말하기도 어렵다는 사실에 두렵기도 했다. 그러나 원래 거짓말을 하지 않는 자신이기에 그냥 피식 웃음만 나왔다. 그저 고마울 뿐이었다.

김정호는 칠패시장을 나와 숭례문을 지나게 되었다. 아버지가 매일 이 문을 지난다는 것은 알고 있었지만 자신이 이 문을 지나는 것은 처음이었다. 칠패시장이야 수백 번도 더 와봤지만 김정호에게 숭례문은 그저 저만치 있는 존재였을 뿐이었다. 멀리서 보는 것보다 밑을 지나가니 웅장하기 그지없었다. 숭례문 밑에 서니 자신의 존재가 더욱 작게 느껴졌다. 양쪽에는 십여 명의 군졸들이 근엄한 얼굴로 열병해 있었고, 문 안쪽에는 다른 십여 명의 군졸들이 막사에서 휴식을 취하고 있었다.

처음 오는 곳인지라 김정호는 어리둥절했다. 칠패시장에도 집이 많았지만 숭례문을 지나고 보는 집은 그것보다 훨씬 많았다. 더구나 기와집의 수도 더 많았으며, 길도 널찍하니 크게 뚫려 있었다. 문 하나를 사이에 두고 너무나 다른 세상이 펼쳐져 있음을 실감할 수 있었다. 자신이 왜 이런 곳을 지척에 두고 이제야 왔는지 이해가 가지 않았다.

그러나 오늘은 그런 생각에 잠길 때가 아니었다. 이 사람 저 사람에게 물어보며 임진사댁을 겨우겨우 찾을 수 있었다. 임진사댁은 그렇게 크지도 작지도 않았다. 비록 기와집은 아니었지만 조가를 올린 모습이 기품이 있었다. 대문 앞에 서서 인기척을 하였더니 금방 하인인 듯한 사람이 걸어 나왔다.

"거 누구십니까?"
"예. 죄송하지만 대감마님께 홍봉한이란 분이 보내서 왔다고 좀 전해주시오."

"홍봉한이란 분이라구요? 좀 기다려 보시오."

잠시 들어갔던 하인인 듯한 사람이 다시 나오더니 대감마님이 들어오라 했다고 전해주었다. 삐익— 소리를 내며 열린 대문을 통해 들어가니 앞마당이 깔끔하게 정리되어 있었고, 'ㄱ'자로 꺾여진 가운데에 마루가 있었다. 잠시 머뭇거리다 보니 마루 안쪽의 안방인 듯한 곳에서 수염을 곱게 기른 나이 지긋한 노인네가 나오고 있었다. 임진사임을 직감한 김정호는 얼른 고개를 숙였다.

"음. 홍봉한이 보냈다고?"
"예. 그렇습니다. 대감마님."
"요즘 그곳에 통 가보지를 못해 궁금했는데 무슨 소식이라도 있어 자네를 보냈는가?"
"아닙니다. 소식을 보낸 것이 아니라……."
"소식을 보낸 것이 아니면 뭣 때문에 자네를 보낸 것인가?"
"다름이 아니오라 대감마님이 갖고 계시다는 지도를 보고 싶어서 왔습니다."
"지도라. 내가 전에 홍봉한에게 보여줬던 그 지도 말인가?"
"예 그렇습니다."
"그 지도는 보여주기 어려운 것인데. 너무 자주 보면 지도가 너덜너덜해질 것 같아 남에게는 잘 안 보여준다네."
"대감마님. 저의 주인께서 보내셨다고 하면 대감마님이 잘 해주신 기라 말씀하셨습니다."
"그래? 그렇게 말했다면 자네에게 지도를 꼭 보여주란 말이구만. 자네 나중에 그 말에 책임질 수 있겠나?"

"예. 책임질 수 있습니다."

"그런가? 그러면 진짜인지, 아닌지는 나중에 가리기로 하고 우선 올라오게나."

혹시나 안 보여주면 어쩌나 하는 생각에 가슴 졸이던 김정호의 마음이 올라오라는 말 한마디에 겨우 풀렸다. 마루를 거쳐 방 안에 들어서자 김정호의 가슴은 쿵쿵 뛰기 시작했다. 아랫목 오른쪽의 문갑을 여는 임진사의 손을 보니 도대체 어떤 지도가 나올지 궁금하기만 했다. 임진사는 곱게 접힌 한지를 꺼내 들어 방 안에 펼쳐놓기 시작했다. 지도가 펼쳐질수록 김정호는 문 쪽으로 자꾸 밀려나야만 했다. 그리고 지도를 모두 펼쳐 놓으니 대략 세로가 김정호의 가슴까지 오는 크기였다.

지도를 보는 순간 김정호는 숨이 탁 막히는 듯 했다. 자신이 여태 그려 온 지도와는 너무 달랐다. 먼저 해안선과 하천의 유로가 아주 자세할 뿐만 아니라 압록강과 두만강 부분이 북쪽으로 훨씬 올라가 있었다.

각 고을의 이름은 원 안에 두 개의 글자로 쓰여 있었고, 도마다 색을 달리하고 있었다. 압록강과 두만강변을 비롯하여 전국의 진보가 파란색 작은 원으로 표시되어 있었고, 그 옆에 이름이 적혀 있었다. 찰방이 파견된 역은 노란색 긴 사각형 안에 이름이 적혀 있었으며, 목장과 봉수도 그려져 있었다. 산줄기는 자신이 그동안 만들었던 지도와 달리 이어진 산 모양으로 그려져 있었으며, 중요한 산의 이름이 적혀 있었다. 오른쪽 여백에는 한사군으로부터 고려까지의 행정구역 명칭과 소속 고을 수가 적혀 있었다. 놀란 김정호를 지켜보며 임진사는 흐뭇한 듯 웃고 있었다.

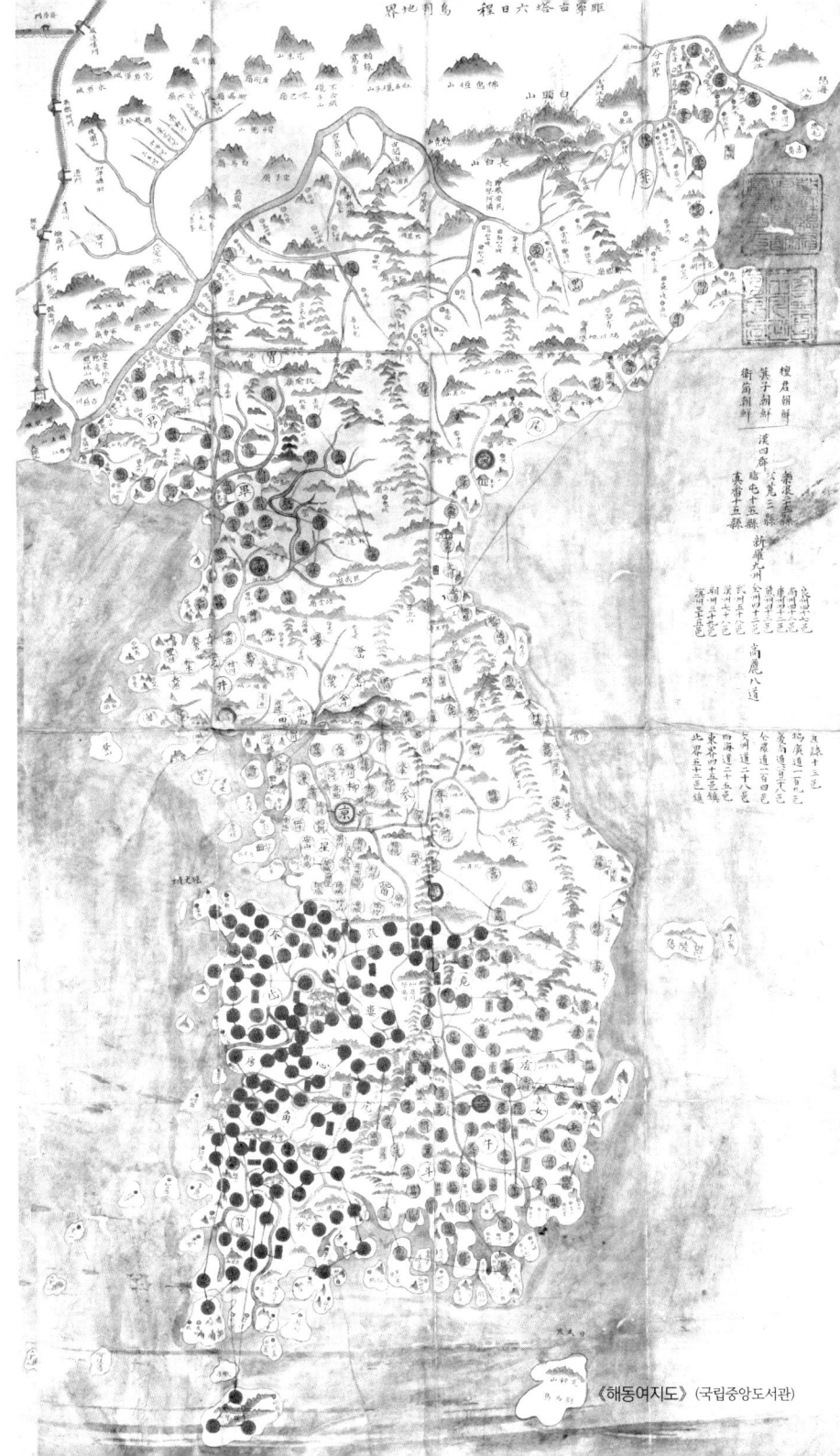

《해동여지도》 (국립중앙도서관)

"대감마님. 이런 지도…….."
"처음 봤단 말인가?"
"예. 처음 봤습니다."
"자네, 지도를 목판으로 새기는 사람인가?"
"예. 그렇습니다."
"그런데 이런 지도를 어째서 처음 봤단 말인가?"
"아니 그게 무슨 말씀이십니까?"
"이 사람아. 이런 지도는 많이 돌아다니고 있다네. 내가 가지고 있는 지도는 작은 축에 들어가는 것일 뿐일세. 나도 조판서댁에서 잠깐 본 것 뿐이네만 이 지도 크기의 두 배나 되는 지도도 본 적이 있다네."
"네? 그런 지도도 있었습니까?"
"어 이 사람 지도 헛만들었구만. 그저 만들라고 하는 것만 만들었지 지도가 무엇인지도 모르는 사람이구만."

정곡을 찌르는 듯한 임진사의 말에 김정호는 얼굴이 화끈거렸다. 실제로 임진사의 말이 하나도 틀린 것이 없었기 때문이었다. 임진사는 김정호의 얼굴을 다시 가만히 쳐다보고 있었다. 김정호는 임진사의 시선이 어려워 자꾸 고개를 떨구었다. 그러나 임진사가 지도도 모르는 놈이라고 쫓아낼까 봐 걱정이었다. 어떻게든 이 지도를 더 자세히 보고 싶었고, 그러려면 고개만 떨구고 있어서는 안 된다는 생각에 용기를 내어 임진사의 얼굴을 다시 쳐다보았다. 별안간 자신을 향하는 김정호의 눈빛을 접한 임진사의 얼굴에 오히려 당황하는 기색이 역력했다.

"왜 쳐다보느냐?"

"저…… 대감마님의 말씀은 전적으로 옳습니다. 저는 지도가 무엇인지도 모르고 지금까지 지도를 만들었습니다."

"그런데?"

"어제 별안간 지도도 모르고 지도를 만들었다는 생각에 부끄러운 마음이 들었습니다. 오늘 이 지도를 보고, 대감마님의 말씀을 들으니 더욱 부끄러워집니다."

"이 사람 보게. 생각보다 솔직한데? 더 이야기해 보게나."

"대감마님. 앞으로 부끄럽지 않고 싶습니다. 여기에 온 것도 부끄럽지 않은 사람이 되려고 온 것입니다. 제가 오늘 이 지도를 오랫동안 볼 수 있도록 허락해 주십시요."

"자네. 이 지도가 그렇게 보고 싶은가?"

"예 그렇습니다. 보여만 주신다면 만지지도 않고 눈으로만 보겠습니다."

"이 사람. 생각보단 열정이 많구만? 자네의 말을 믿겠네. 내 앞에서 잠시 보게나."

임진사의 한 마디 한 마디는 김정호의 가슴을 올려놨다 내려놨다 하였다. 임진사의 허락이 떨어지자 김정호의 얼굴엔 그제서야 웃음이 돌았다. 임진사의 허락으로 김정호는 지도를 한참 동안 볼 수 있었다. 보면 볼수록 감탄스러웠다. 저런 지도를 목판으로 만들면 잘 팔리리라는 생각이 들었다. 게다가 임진사는 이런 지도가 많이 돌아다닌다는 말도 해주었다. 그것은 이 지도를 목판으로 만들면 사 갈 사람이 많다는 의미이기도 했다.

짧은 시간 동안에 김정호는 이 생각 저 생각이 머리를 스쳐갔다. 사서 갖고 싶은 유혹도 있었다. 그러나 자기 앞에서만 지도를 보라는 임진사의 말을 생각하면 팔 리가 만무했다. 그리고 오늘 같은 초면에 그런 얘기를 꺼내면 다음번에라도 이 지도를 볼 기회가 영영 사라질 것만 같았다.

김정호는 한참을 들여다 본 연후에 임진사에게 감사하다는 말을 여러 번 하고 그 집을 나섰다. 그 집에 들어선 것은 아침이었지만 해는 이미 중천에 떠 있었다.

기획된 지도의 제작

　　　　　　　　　며칠만에 김정호는 다시 임진사의 집을 찾았다. 임진사를 찾은 바로 다음날 또 가고 싶었지만 너무 빨리 찾아가는 것도 실례라 생각하여 며칠을 그냥 보냈다.

　김정호에게 그 며칠은 눈 떠서 눈 감을 때까지 그 지도에 대한 생각으로 꽉 찬 나날이었다. 그러기에 임진사를 찾아가는 오늘은 또 다시 가슴이 쿵쾅거릴 수밖에 없었다. 그 지도를 다시 볼 수 있다는 것만으로도 김정호의 가슴은 벅차오르고 있었다.

　임진사댁 대문에서 인기척을 하자 하인인 듯한 사람이 다시 나왔다. 이제는 한 번 봐서 안다는 듯 더 이상 묻지 않고 잠시 기다리라고하고 잠시 후 나오더니 방안으로 들어오라는 임진사의 말을 전해주었다. 김정호는 겨우 두 번째인데도 익숙한 듯 마루를 올라 방문을 열었다. 아랫목에 근엄하게 앉아 있는 임진사를 보자 김정호는 공손하게 허리까지 굽혀 인사를 드렸다.

"자네가 또 왔구만. 내 다시 올 것이라 예상은 했었네."
"예? 대감마님. 어떻게 그럴 것이라고 생각하셨습니까?"
"내 그날 지도를 열심히 보는 자네의 얼굴을 옆에서 오랫동안 지켜보았네. 참 열정 많은 사람이더군. 이런 사람이라면 그날 지도를 달라든지, 아니면 베끼고 싶다든지 말을 할 것이라 생각하기도 했지. 그런데 자네는 그냥 감사의 말만 하고 돌아가더구만. 아마 초면에 그런 부탁 한다는 것이 어렵다고 생각한 것 아닌가?"
"아…… 예……."
"내가 맞췄나? 아마 맞췄을 거라고 생각하네. 만약 그날 그런 부탁을 했다면 자네가 아무리 열정 있는 사람이라도 내 절대 허락하지 않았을 걸세. 다행히 자네는 나에게 그런 부탁을 하지 않더구만. 그래서 자네가 얼마 안 있다가 다시 올 것이라 확신했네."
"송구스럽습니다 대감마님."
"아 아닐세. 내가 예상했던 것이 맞았으니 나는 기분이 좋을 뿐이지. 자 다른 말 그만하고 하나 물어보겠네. 이 지도 갖고 싶은가?"
"아…… 아닙니다. 제가 감히 대감마님의 지도를 갖고 싶다는 생각을 어찌 할 수 있겠습니까? 그런 말씀 하지 마십시오."
"이 사람 내가 놓는 덫은 다 피해가는구만. 자네가 갖고 싶다고 했으면 내가 금방 쫓아버렸을 것일세. 자네가 그런 파렴치한 사람이라고 생각은 하지 않았네만 한 번쯤 시험은 해봐야겠다는 생각이 들어 말해본 것이니 너무 기분 나빠 하지는 말게나."

"아 아닙니다. 기분 나빠 하다니요. 그런 소중한 지도를 갖고 계신 분이라면 당연히 그렇게 하셔야 한다고 생각합니다."

"기분 나빠 하지 않는다니 다행이네. 나에게 이 지도는 아주 소중한 것이야. 이 지도를 얻기가 참말로 힘들었다네. 저번에 시중에 많이 돌아다닌다고 했네만 모두 손으로 그린 것이라 쉽게 구할 수는 없네. 또 나처럼 지도가 상할까 걱정하여 잘 보여주지 않는 사람도 많다네. 그래서 자네처럼 그림을 잘 그리는 사람을 시켜 겨우겨우 한 장 베껴온 것이라 누구에게 보여주기도 쉽지 않네."

"예. 대감마님이 지도를 얼마나 소중하게 여기시는지 잘 알겠습니다. 그런 지도를 저에게 보여주시다니 다시 한 번 감사드립니다."

"자네. 그 지도 다시 보고 싶어서 왔나?"

"예. 죄송하지만 다시 보고 싶어서 왔습니다."

"내 자네 마음을 다시 한 번 맞춰볼까?"

"대감마님. 무슨 말씀이십니까?"

"내 자네 마음 다 아네. 저번에 자네 눈빛을 보면서 쉽게 짐작할 수 있었네. 자네는 이 지도를 갖고 싶은 것이야. 그러나 달라고 할 사람은 아니지. 그리고 내가 돈을 받고 팔 사람으로 보이지도 않았겠지. 그런데도 갖고 싶을 것이란 말이야. 달라고는 할 수 없고, 갖고는 싶고 그러면 결론은 뻔하지 않은가? 베껴서라도 갖고 싶은 것 아닌가?"

"대감마님. 무슨 말씀을……"

"이번의 말은 시험하는 것은 아니니 마음 편하게 하시게. 내 자네 마음을 다 알고 있네. 그리고 지도를 쳐다보는 자네의 눈빛을 보면서 베끼는 것 정도는 허락하기로 마음 먹었네."

"예? 정말이십니까?"

"괜찮다네. 그런 눈빛을 가진 사람이라면 나는 충분히 그렇게 해줄 수 있네. 자네 이것 베껴다가 목판으로 만들어 찍어내고 싶은 것 아닌가? 내 허락할 테니 그렇게 하시게. 나는 그림을 잘 그리지 못하니 베끼고 싶어도 그러지를 못해. 그러니 자네가 베껴다가 목판으로 찍어 두 부 정도만 공짜로 나를 주면 누이 좋고 매부 좋은 것 아닌가? 농담 반 진담 반이네 만 두 부 정도는 줄 수 있겠지?"

"대감마님. 그렇게 되면 두 부가 아니라 다섯 부라도 드려야지요."

"아니 다섯 부는 너무 과하고 두 부만 주면 되네."

"감사합니다. 대감마님. 제가 말씀드리기도 전에 알아서 허락해 주시니 정말 몸 둘 바를 모르겠습니다."

"알았네 알았어. 그렇게만 해주면 되니 더 이상 말하지 말게나. 오늘은 베낄 도구를 가져올 사람이라고 생각하지는 않았네. 말을 할까 말까 망설이다 그냥 돌아갈 지도 모른다고 생각했지."

"대감마님의 생각이 참말로 깊으십니다. 대감마님이 저의 속내를 훤히 들여다보고 계시는군요."

"알겠네 알겠어. 오늘은 지도만 보고 다음에는 베낄 도구를 챙겨 오게. 그러면 내가 자리를 넓게 준비해 주겠네."

김정호는 지도를 보고 임진사댁을 나오면서 정말 사람 잘 만났다는 생각을 여러 번 했다. 임진사도 자신이 몸담고 있는 가게주인과 하나도 다를 바가 없었다. 유유상종이라고 했던가. 그래서 둘은 자주 만나지는 못할지언정 친하게 되었을 것이다.

김정호는 다음날 종이와 물감, 붓을 가지고 임진사댁에 가서 하루 종일 지도를 베꼈다. 행여 임진사댁 지도에 흠이 나지 않을까 조심스레 다루었기 때문에 이른 새벽에 가서 해가 질 무렵에 일을 끝낼 수 있었다. 이제껏 나무판에 붙일 그림을 많이 그려왔던 터라 지도를 베끼는데 어려움은 없었다. 그리고 밑이 비치는 얇은 종이를 가지고 가서 베끼면 훨씬 쉽다는 것을 이미 알고 있었다. 대가댁에서 부탁한 명필을 새기려면 그런 작업이 필수적으로 따랐기 때문이었다.

지도를 베껴다 집에 깔아놓고 여러 날 보았으나 이것을 어떻게 그렸는지 지도만 보고는 해답을 얻어낼 수 없었다. 아무리 골똘히 생각해봐도 도저히 풀 수 없는 문제였다. 김정호는 일단 이 물음에 대한 해답을 찾는 것을 포기하기로 했다. 대신 이 지도를 어떻게 목판으로 찍어낼까 고민하는 것이 현재로서는 낫다는 생각이 들었다. 원래 이 지도를 구하려고 했던 목적도 그것이었다. 그래서 지도의 특징을 자세히 관찰하여 꼼꼼히 기록하여 두었다. 그러기를 여러 날, 이 지도를 그대로 목판에 새기기엔 문제가 있다는 결론에 도달하게 되었다. 일단 자신이 그린 목판 지도와 비교해 보았다.

자신이 지금까지 그려온 지도는 새로 구한 지도에 비하면 진짜 보잘 것 없었다. 모양이 단순한 것이 가장 큰 원인이었다. 만약 새로 구한 지도가 조선의 모습을 정확히 그린 것이라면 자신이 그동안 찍어냈던 지도는 실제와 거의 맞지 않는다고 볼 수 있었다. 그러나 그 안에 적혀 있는 내용은 오히려 자신이 그동안 찍어냈던 지도가 더 자세했다.

두 지도의 가장 큰 차이는 그동안 찍어냈던 지도에는 각 도별 호수, 논밭 결수, 각 도의 고을 수가 적혀 있는데 새로 구한 지도에는 그런 것이 없는 것이었다. 따라서 새로 구한 지도는 정확하기는 했지만 통치적인 측면에서 전국을 일목요연하게 파악할 수 없다는 단점을 가지고 있었다.

그동안 찍어냈던 지도에는 파견된 관리의 관직 높낮이, 서울로부터 걸리는 날수가 적혀 있는 반면에 새로 구한 지도에는 그런 것이 없었다. 따라서 각 고을의 등급이나 서울로부터 각 고을까지의 일정日程을 알고자 하는 사람들에게는 새 지도가 오히려 불편하였다.

김정호는 새로 구한 지도와 그동안 자신이 찍어냈던 지도를 비교하면서 꼭 정확한 것만이 좋은 것은 아니라는 생각을 굳히게 되었다. 그렇다고 하더라도 그동안 자신이 찍어냈던 지도가 모든 면에서 더 낫다고 볼 수도 없었다. 아무리 편리한 정보를 많이 싣고 있다고 하더라도 실제 모양과 많이 다르다면 그것 자체가 문제라고 생각했다. 그러면 두 지도를 어떻게 결합하여 만들어낼까? 지도가 많이 돌아다녀도 일일이 베껴야 하기 때문에 갖고 싶어도 그러기가 어렵다는 임진사의 말이 생각났다. 그렇다면 분명 목판으로 찍어내면 잘 팔릴 것이 아닌가? 김정호는 이런 가능성을 보면서도 선뜻 이 지도를 목판으로 찍어내기에는 주저하였다. 두 개를 결합시키면서도 더 잘 만들 수는 없을까?

이런 저런 생각에 김정호는 밤새는 줄 몰랐다. 새벽녘이 되어서야 자신의 마음을 다 정리할 수 있었다. 결론은 지금 세상에 돌아다니는 목판본 지도를 구할 수 있는 데까지 다 구해보자는 것이었다. 그것들을 비교해 보아 어떻게 하면 더 잘 팔릴 수 있는지 연구해보기로 하였다. 물론 손으로 그린 것이라도 정확한 지도가 있으면 그것도 구해보자고 마음 먹었다.

김정호는 이날부터 사방에 돌아다니는 지도를 수소문하는 일로 하루를 보냈다. 물론 판각 일터에서 하는 일 역시 꼼꼼하게 챙기는 것을 잊지 않았다. 그러나 하루 종일 머리 속을 떠도는 생각은 오직 어느 지도가 어디에 있을까 하는 것이었다.

우선 자신과 같이 목판으로 찍어내는 가게를 수소문하기 시작하여 운종가(종로)를 먼저 뒤지기로 하였다. 이곳에도 여러 가지 다른 것과 함께 지도를 목판으로 만들어 파는 곳이 몇 군데 있다고 들었기 때문이다. 임진사댁에 갈 때마다 숭례문을 몇 번 지났던터라 이제 그 곳을 지나는 것은 너무 자연스러웠다. 그러나 임진사댁은 숭례문을 들어가서 바로 있고 그 안쪽으로 들어가는 것은 처음 있는 일이었다. 널찍한 도로를 걸으며, 이곳저곳을 신기한 듯 바라보았다.

수교와 소광교를 지나니 광통교가 나왔다. 사람들은 이곳을 개천이라고 불렀다. 크기는 만리재와 칠패시장 사이에 있는 염초청다리의 개울과 거의 비슷했으나 다리의 모습은 염초청다리보다 훨씬 세련되고 정교했다. 역시 숭례문을 사이에 두고 안과 밖은 하늘과 땅만큼 달랐다.

광통교에서 바라보는 도성 안의 모습은 김정호를 또 한번 놀라게 했다. 서북쪽으로는 전체가 돌산인 모악이 하늘을 찌를 듯 우뚝 솟아 있었고 그 아래에 임진왜란 때 불탔던 경복궁이 지금도 복구되지 못하고 그대로 있었다. 서쪽으로는 역시 전체가 돌산이기는 모악과 마찬가지이지만 육중하게 누워있는 호랑이 같은 인왕산이 있었다. 약간 동북쪽으로는 응봉이 보였는데 그 아래에는 임금이 계신 창덕궁과 창경궁이 있다고 들었다. 동쪽으로는 나지막하지만 길게 뻗은 낙산이 보였고, 남동쪽으로는 목멱산이 자리 잡고 있었다. 응봉과 낙산을 제외하면 숭례문 밖에서도 언뜻언뜻 보이던 것이었으나 어디서 바라보느냐에 따라 산이 전혀 다르게 다가옴을 실감할 수 있었다.

광통교 바로 북쪽부터 여러 가게가 열 지어 있고, 약간 더 가니 종각이 하늘을 날듯이 서 있었다. 그동안 김정호는 숭례문을 열고 닫을 때 들리는 종소리가 종각에서 치는 것임을 익히 들어 알고 있었다. 그러나 직접 보기는 처음이어서 신기할 뿐이었다. 그 뒤쪽으로는 초가집은 거의 보이지 않고 기와지붕이 끝없이 이어져 있었다. 그곳이 조선의 최고 대가집이 모여있다는 도성의 북촌임을 직감할 수 있었다.

잠시 주변을 조망하며 놀라움에 멍하니 있던 김정호는 이내 정신을 차리고 오늘은 이런 경치를 구경하러 온 것이 아님을 깨달았다. 지도를 구하는 것이 그의 가장 중요한 목적이므로 다시 정신을 차리고 종각을 돌아 동쪽의 흥인지문까지 곧게 난 운종가로 들어섰다. 거리의 폭이 넓었고, 양쪽으로는 정렬된 가게들이 즐비하게 늘어서 있었다. 가게는 많았지만 도로가 좁았고 여기저기 좌판이 늘어서 지저분한 칠패시장과는 전혀 달랐다.

김정호는 지도를 찾는 것이 오늘의 가장 중요한 목적이라는 것을 잠시 또 잊었다. 곧게 난 운종가를 돌아보며 계속 걷고 있었던 것이다. 철물교를 지나 조금 가니 종묘 입구가 나왔다. 다시 동쪽으로 가니 두다리가 나왔고, 다시 첢다리를 지나니 어느새 흥인지문이었다.

고위 관리들의 행차때마다 잠시 멈춰 머리를 조아려야만 했기 때문에 여러 번 발길을 멈춰야 했다. 그 때마다 김정호는 고개를 약간 돌려 슬쩍슬쩍 그들을 쳐다보았다. 가마를 타고 당당하게 앉아가는 저들이 그 높으신 나으리들이란 말인가? 요즈음 그런 나으리들에 대한 평판이 좋지 않음은 조선 사람이라면 누구라도 알고 있었다. 김정호도 예외는 아니었기 때문에 고개는 숙이고 있었지만 존경심은 전혀 없었다. 그러면서도 몇 번씩 멈춰 고개를 숙여야 했으니 그 길이 그렇게 즐거울 리는 없었다. 어쨌든 김정호는 자신이 지도를 구하러 왔다는 것을 또 잊고 어느덧 흥인지문에 와 있었다.

항상 꼼꼼하다고 자인하던 김정호였기에 오늘 자꾸 자신의 목적을 잊는 것이 스스로도 신기했다. 처음 접하는 색다른 풍경은 보는 이가 어떤 성격의 소유자냐에 상관없이 호기심을 자극하며, 자신의 목적을 잊어버리릴 정도로 넋을 잃게 만드나보다.

홍인지문 앞에서 다시 정신을 차린 김정호는 운종가 안으로 돌아가서 이 사람 저 사람에게 지도를 만들어 파는 곳이 어딘지를 물었다. 그러나 대답은 쉽게 얻을 수 없었다. 전혀 의외의 상황에 김정호는 당황하기 시작했다. 사람들에게 물어보면 쉽게 찾을 수 있으리라고 생각했기 때문이다. 그러나 사람들은 지도 파는 곳이 어딘지, 심지어는 지도가 무엇인지도 모르는 경우가 많았다. 물어물어 찾아가려 했지만 오늘은 도저히 찾을 수 없다는 결론에 이르렀다. 이미 해는 중천에 떠 있었고, 판각 일터의 상황도 버려둘 수 없어 어쩔 수 없이 오늘은 포기하고 일터로 발길을 돌려야 했다.

돌아오면서 김정호는 지도란 것이 생각보다 어려운 것임을 피부로 느낄 수 있었다. 그동안 지도를 만들어 파는 곳에만 있어 지도가 많은 사람들에게도 필수적일 것이라는 단순한 생각을 했던 것이 사실이다. 그러나 현실은 그렇지 못했다. 일반인들에게는 지도가 그렇게까지 필요치 않은 것임을 느낄 수 있었다.

김정호의 지도 찾기는 다음날도 또 다음날도 계속되었다. 그때마다 물어물어 찾아간다는 것이 쉽지 않았다. 할 수 없이 가게주인에게 물어볼 수밖에 없었고, 가게주인은 그런 일이라면 진작 이야기하지 그랬냐며 오히려 놀랍다는 표정이었다. 지도란 지도를 만들거나 쓰는 사람들 사이에서는 아주 필요한 것이기에 지도가 유통되는 경로에 대해서도 가장 잘 알고 있었다. 그때서야 김정호는 지도에 대해 서서히 알 것 같은 기분이 들었다.

그동안 김정호는 지도만 만들 줄 알았지, 그것이 어떤 사람에게 필요하고, 어떻게 유통되는지는 몰랐던 것이다. 물론 전혀 몰랐던 것은 아니고 대략 지도를 사러오는 사람들을 알고 있었기에 짐작은 했었다. 그러나 그런 짐작으로 찾아 나서니 큰 도움이 되지 못했다. 역시 김정호는 열정은 강했지만 아직은 풋내기에 불과했던 것이다.

찾는 방법에 대해 조금씩 깨닫기 시작하자 지도 찾기는 서서히 성과를 내기 시작했다. 여기 저기 돌아다니는 목판본 지도가 하나하나 모이기 시작했다. 그러나 처음에 입수된 지도의 대부분은 자신이 만든 지도와 별 차이가 없었다. 이곳 저곳에서 지도를 많이 만들었지만 대략 비슷한 지도를 가지고 내용이나, 모양, 크기, 제본 방법이라는 측면에서 약간씩만 다르게 만들었던 것이다. 이것은 사람들이 그런 지도를 가장 많이 필요로 했기에 가장 많이 만들었던 것임을 의미한다. 김정호는 자신이 왜 그런 지도만 주로 만들어왔는지 서서히 깨닫기 시작했다.

그러던 어느 날 전혀 새로운 지도를 발견하게 되었다. 그 지도는 조선의 윤곽이 자신이 만든 지도와 큰 차이가 없음에도 불구하고 깨알 같은 글씨가 있다는 점에서는 아주 색달랐다. 그리고 도성 부분도 매우 확대되어 있었다. 그 지도를 붙잡고 몇 날 며칠을 검토해 보았다. 모두 이해할 수 있는 것은 아니었지만 그 안에 쓰여 있는 것은 대략 옛 지명과 효자, 열녀, 충신과 같이 유명한 사람이라는 것을 알 수 있었다. 그제서야 김정호는 이 지도가 옛 이야기를 읽을 때 참조하기 위해 만든 것임을 깨달을 수 있었다. 이 지도는 조선뿐만 아니라 중국에 대한 것도 있었다. 양반들이 옛 글을 읽을 때 필요한 것이었다.

김정호는 이런 내용이 어디에 나오는 것인지도 궁금해졌다. 그래서 여러 가지로 수소문해 보았더니 그런 내용 중의 일부가 『동국여지승람』, 『삼강행실도』 등에서 나온 것임을 알 수 있었다. 여기저기에 목판본이 많이 돌아다니고 있어서 구입하는 것도 그리 어렵지 않았다.

그러나 이제 비용이 문제되기 시작하였다. 성격상 될 수 있으면 남에게 부탁하지 않는 김정호이기에 이 문제는 상당히 중요했다. 구입하고는 싶은데 비용이 만만치 않으니 어떻게 하면 될까? 그런 책이 어디에 있는지 이미 수소문해 놓았지만 막상 가서 구입할 수 없으니 너무나 답답했다. 김정호의 얼굴에서 미소가 사라지기 시작했다. 책을 구입하는 것은 지도를 구입하는 것보다 비용이 훨씬 많이 들었기에, 김정호의 경제적 능력으로는 결코 호락호락한 일이 아니었다.

어떻게 할까? 어떻게 할까? 고민을 하면 할수록 답은 멀어져만 갔다. 가산을 모두 팔아 사기에는 용기가 나지 않았다. 김정호도 이미 다른 사람들처럼 열여덟 살에 혼인을 하였고, 핏덩이 같은 딸아이도 하나 얻었다. 그럭저럭 먹고 사는 일에는 문제가 없어 아내도 큰 불만은 없었지만 책의 구입 비용이 만만치 않았기 때문에 만약 이대로 계속된다면 경제적으로 큰 타격이 아닐 수 없었다. 김정호는 아내에게도 말하지 않고 혼자서만 끙끙 앓고 있었다.

김정호는 생각보다 여린 사람이었다. 자신이 하고 싶은 일은 꼼꼼하게 끝까지 밀고 나가는 완벽주의자이기는 했지만 그런 것을 남에게 강요하는 사람은 아니었다. 그런 사람이기에 사고는 싶지만 살 수 없는 상황이 더욱 고민스러웠다. 그리고 그런 고충을 내놓고 이야기할 수 없기에 얼굴에선 점점 미소가 사라져 갔고, 가끔은 밥을 먹다 중간에 수저를 내려놓기도 했다. 행동이 조금 이상하기는 했지만 주위 사람들이 눈치 채지 않도록 조심했기 때문에 시간은 그렇게 흘러만 가고 있었다.

어느 날 판각 일을 정리하고 막 대문을 나오는데 가게주인이 뒷짐을 지고 서 있었다. 뭔가를 들킨 사람처럼 당황하는 김정호를 본 가게주인은 얼굴에 인자한 미소를 지으며 무슨 일이냐 물었다. 가게주인은 김정호에게 뭔가 고민이 생긴 것 같은데, 그것이 돈 문제인 것 같다고 했다. 항상 자신의 마음을 꿰뚫고 있는 가게주인에게 들키지 않으려고 조심했는데도 가게주인은 이미 눈치채고 있었다. 할 수 없이 사실대로 털어놓았고, 가게주인은 그런 정도면 자신이 비용을 대주겠노라고 했다. 몇 번 거절했지만 가게주인이 자신을 그 정도로밖에 안 보느냐고 호통을 치는 바람에 하는 수 없이 받아들일 수밖에 없었다.

가게주인의 도움으로 구입한 책은 생각보다 분량이 매우 많았다. 그 내용을 모두 읽느라고 김정호는 상당한 시일을 보내야 했다. 『삼강행실도』의 내용은 재미있었지만 큰 흥미를 느끼지는 못했다. 반면에 『여지승람』은 재미없는 듯 하면서도 김정호의 마음을 사로잡고 있었다. 훌륭한 인물과 훌륭한 시문의 내용이 많았지만 내용이 어렵기도 했고, 지도와 별로 관련이 없는 것 같아 보였다. 그것보다는 일목요연한 체제, 각 정보의 방향과 거리가 아주 자세히 적혀 있는 사실 등에 특히 관심이 갔다. 김정호는 이런 것들이 지도의 제작과 무슨 관계가 있다는 것을 직감할 수 있었다. 그러나 현재 김정호의 관심은 새로운 지도의 제작이 아니었다. 있는 지도에 어떤 내용을, 어떻게 표현하느냐가 가장 큰 관심 거리였다. 그래서 잠시 그 문제는 덮어두기로 하였다.

이후 김정호는 책보다는 지도의 수집에 더욱 열을 올렸다. 그런 과정에서 주기가 상세한 몇 종류의 목판본 지도를 더 구할 수 있었고, 소략하지만 백리척이 있는 필사본 채색지도도 구할 수 있었다.

지도 구입을 멈추고 지금까지 구한 지도를 검토하여 장단점을 비교해야겠다는 결론에 도달한 김정호는 두세 달을 각 지도의 분석에 몰두했다. 각 지도에 들어가 있는 정보의 종류, 그 표현 방법을 모두 검토하였고, 자신의 지도에는 어떻게 해야 하는지에 대한 결론도 꼼꼼하게 얻게 되었다. 기존의 것으로부터 많은 것을 얻어왔지만 김정호가 새롭게 혼합하여 적용한 방식도 많았다.

예를 들자면 각 기호의 표기에 대한 설명을 주기에 적어놓는 방식이었다. 이런 방식은 필사본 지도에는 있지만 유행하는 목판본에는 거의 없었다. 또 도별로 군현의 색을 달리하는 것도 필사본 지도에서 따온 것이었다. 목판을 찍을 때 군현의 색을 달리하지 않고 일단 찍어낸 다음 색을 다시 입혔다. 이것은 목판본과 필사본의 장점을 결합한 것으로서 많은 사람들이 사갈 수 있도록 고안해낸 것이다.

그리고 각 군현에는 각 도에서 해당 군현이 좌우 또는 동서, 남북 중 어디에 속했는지도 적어놓았다. 이밖에 서울로부터의 거리, 고을에 파견된 관리의 등급, 면의 수 등을 지도에 기입하였다.

이러한 정보의 표현 방법에서 복잡한 한자로부터 따 온 특별한 기호를 사용하는 것은 김정호의 창안이었다고 볼 수 있다. 물론 그런 기호에 대한 설명은 주기에 모두 적어놓았다. 또한 면의 수를 적어 넣은 것도 다른 목판본 지도에서는 찾을 수 없는 내용이었다.

김정호는 통치자, 즉 관리들에게 지도가 잘 팔리기 위해서는 각 고을 면의 수도 적어 넣을 필요가 있다고 생각했다. 이것은 비록 양이 너무 많아 베끼기도, 구입하기도 어려웠던 대가집의 필사본 군현지도책을 어렵게 보면서 생각해낸 것이었다. 그 군현지도책에는 각 고을의 면 이름과 수가 자세히 적혀 있었다. 나중에 그것이 필요하다는 생각을 하게 되자 김정호는 대가집에 찾아가 어렵사리 그 지도책을 다시 볼 수 있게 되었고, 그 중 면의 수에 대해서만 자세하게 적어왔던 것이다.

주기에는 이밖에도 특별한 유래, 지도에 다 표시되지 못한 역의 수 등 여러 가지가 빽빽하게 들어갔다. 더 나아가 잘 팔려 다시 찍어낼 때 혹시 바뀔지도 모를 주기 내용을 고려하여 지도와 주기는 다른 판에 새겨 넣었다. 여기다가 당시에 유행하던 도리표, 즉 서울과 각 고을, 더 나아가 각 고을 사이의 거리를 적어 넣은 표도 입수하였다. 이 표는 여행을 하거나 공문서를 전달할 때 매우 편리하여 많은 부분에서 사용되고 있었다. 김정호는 바로 이런 점에 착안하여 지도와 도리표를 동시에 결합시키면 다른 지도보다 비싼 가격에 더 많이 팔릴 수도 있지 않을까 생각하게 되었다.

새로운 지도에 대한 구상을 끝내기까지 꼬박 일 년의 세월이 흘렀다. 이 일만 했다면 더 일찍 끝냈을 것이지만 판각 일도 포기할 수 없었기 때문에 일은 더디게 진행되었다.

새로운 구상을 끝낸 김정호는 이른 아침에 가게로 향했다. 부지런한 가게주인은 아침 일찍 나와 여기저기를 정리하고 있었다.

"이 사람 정호 아닌가? 오늘 일찍 오는 걸 보니 뭔가 새로운 구상이 끝난 것 같구만. 그 일 끝낸 것 맞지? 벌써 일 년이나 되었으니 분명히 그럴 것이라 생각하네만."

"주인어른. 맞습니다."

"그냥 짐작으로 말한 것이네만 맞췄다니 기분은 좋구만. 다른 말 그만하고 그것이 무엇인지 빨리 듣고 싶네."

가게주인과 함께 안으로 들어간 김정호는 우선 그동안의 배려에 대해 감사의 말을 하였다. 그러나 서둘러 듣고 싶은 가게주인은 그런 인사말은 그만하고 빨리 본론부터 말하라고 재촉하였다. 김정호는 워낙 꼼꼼한 사람이라 자신이 정리한 것을 종이에 자세히 적어왔고, 그것을 하나하나 짚

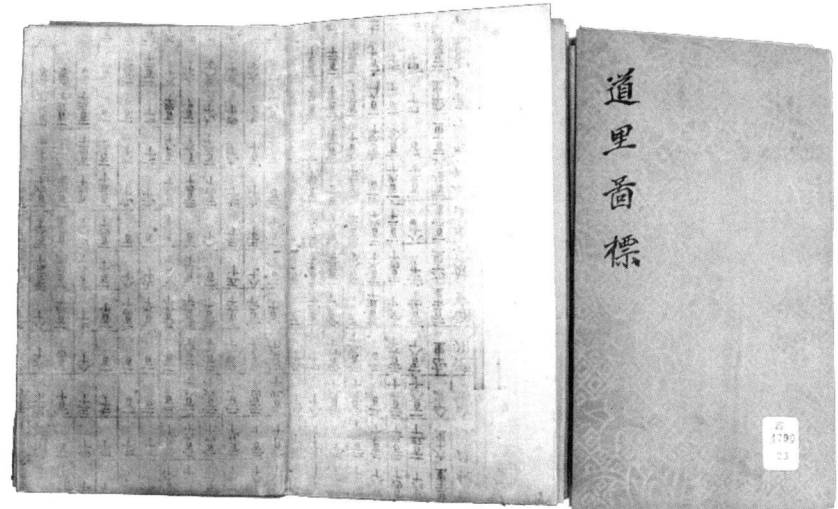

『도리도표』(규장각한국학연구원)

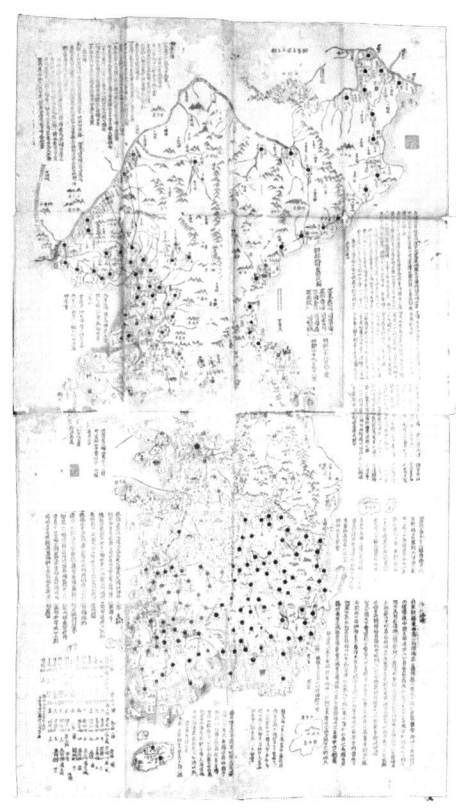
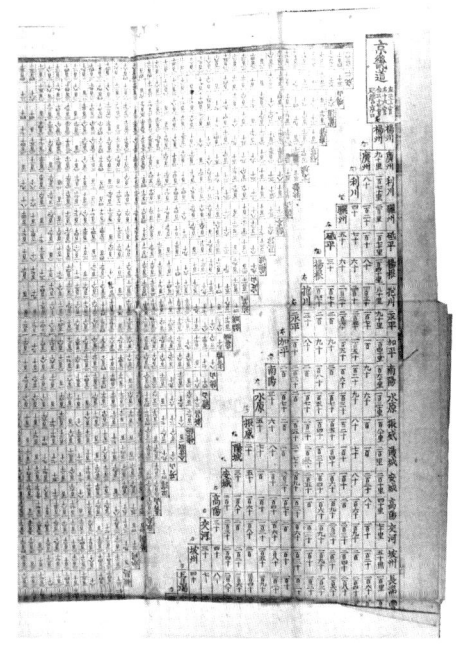

『도리도표』의 조선전도(좌)
『도리도표』 안의 도리표(우)

3 · 기획된 지도의 제작

어가며 가게주인에게 설명하였다. 묵묵히 듣고만 있던 가게 주인의 얼굴에는 흐뭇한 미소가 돌고 있었고, 가끔씩 고개를 끄덕이기도 하였다. 가게주인의 반응이 아주 좋다고 판단한 김정호의 얼굴에도 안도의 웃음이 살짝 깔리고 있었다. 자세한 이야기가 끝나자 둘은 동시에 일어서며 손을 맞잡았다.

"이보게 정호. 내 자네를 믿은 것이 역시 헛되지 않았네. 자네를 만난 지 벌써 십 년이 넘었네만 자네는 나를 한 번도 실망시키지 않았어. 자네를 우연히 만났지만 그것은 나에게 정말 행운이었네. 고맙네 정호."

"주인어른 무슨 말씀이십니까? 주인어른께서 그동안 보내주신 믿음에 저는 항상 송구할 따름이었습니다. 제 능력에 비해 항상 분에 넘치게 믿어주시니 저야말로 주인어른을 만난 것이 행운이었습니다. 주인어른을 못만났더라면……."

"됐네, 됐어. 자네의 마음 다 아네. 서로 행운이라 하니 그보다 좋은 것이 어디 있겠나? 이번에 자네가 구상한 것이 정말 기대가 되네. 이것은 자네를 믿어서가 아니네. 내 오랫동안 이 일을 하면서 갖게 된 직감일세. 꼭 성공하리라고 생각하네. 내 자네 덕분에 엽전 벼락 맞을 지도 모르겠구먼. 오늘부터는 그동안 만들어오던 지도는 잠시 접어둔 채 자네가 구상한 것만 하게나."

"감사드립니다 주인어른. 그동안 많은 폐를 끼쳐드렸는데 이번 일도 이렇게 흔쾌히 허락해 주시니 정말 감사합니다."

"이 사람 감사의 말을 하는 시간도 아깝네. 나는 자네가 구상한 지도와 도리표를 빨리 보고 싶네. 뭐 엽전도 벌고 싶지만 나는 자네가 구상한 것을 빨리 보고 싶은 마음이 더 크네. 내가 믿은 사람이 멋지게 만든 것을 보면 나 자신도 굉장한 보람을 느끼거든. 빨리 시작하게나."

　김정호는 가게주인의 한결같은 믿음으로 이 세상에 그 모습을 드러낼 수 있었다. 김정호는 늘 노력했고, 가게주인은 그런 김정호를 늘 믿어주었다.
　자신의 노력과 그것을 믿어주는 후원자. 이 두 가지가 없었다면 평민 출신의 김정호는 역사 속에 그냥 묻혀버렸을 것이다. 소질은 있지만 노력이 없다면, 더 나아가 소질과 노력은 있지만 그것을 알아주는 후원자가 없다면 평민 출신은 역사에 이름을 남길 수 없다. 역사는 평민들에게 늘 잔인했고, 양반에게는 늘 너그러웠다. 잔인한 역사를 뚫고 평민 출신이 역사에 이름을 남긴다는 것은 쉬운 일이 아니었다.
　보통 평민처럼 사라져가는 많은 양반층이 있었음에 반해 평민 출신 김정호가 역사에 그의 흔적을 강하게 남겼다는 것은 그를 믿고 인정해준 후원자의 존재가 없었다면 상상하기 어려운 일이다.
　김정호가 구상한 새로운 작품은 가게주인의 전폭적인 지원 아래 빠른 시일에 만들어졌다. 목판에 먹물을 칠하고 한지를 정성들여 누른 후 찍어낸 첫 번째 지도 주위에 김정호와 가게주인, 그리고 동료 각수들이 잔뜩 긴장하고 있었다. 드디어 먹물이 곱게 먹은 한지를 들어올리자 그들이 여태까지 만들었던 지도와는 전혀 다른 지도가 모습을 드러냈다. 이미 지도의 모습은 목판을 새기는 과정에서 여러 번 만들어졌기 때문에 그 자리에 있었던 모든 사람이 알고 있었다. 그러나 그것은 완성품이 아니었다. 그러기에 목판의 먹물을 머금고 탄생한 새로운 지도는 또 다른 감동을 선사했다.
　새롭게 태어난 김정호의 지도를 보는 순간, 모두 감탄의 탄성을 질렀다. 그렇게 김정호가 기획한 첫 번째 지도는 탄생하였고, 연이어 수십 장의 지도가 먹물을 머금고 이 세상으로 나왔다. 도리표 역시 이미 목판에 새겨져 있었기 때문에 지도와 만나고자 서둘러 세상으로 튀어나왔다. 지도와 도리표가 묶이고, 곱게 단장된 겉표지를 붙이자 하나의 완전한 상품이 되었다.

김정호의 첫 번째 기획 상품은 가게 진열대의 한 구석을 당당하게 차지하였다. 지도를 사러 온 사람들에게 가게주인은 이것도 한 번 보라며 넌지시 권했다. 원래 가게주인은 지도를 사러온 사람들에게 특별히 권하는 적이 거의 없었다. 그런 가게주인이 권하자 지도를 사러왔던 사람들은 "뭐 길래 그렇게 권하느냐"고 중얼거리며 받아든 책을 펼쳐보았다.

책을 펼치면서 백이면 백 모두 놀라는 눈빛이 역력했으며, 어떻게 만든 것이냐며 관심을 보였다. 이윽고 뒷면을 넘겨보는 순간 "와! 이것 내가 갖고 싶었던 건데 목판으로 찍었네!"라며 더욱 감탄의 소리를 질렀다. 반응은 예상대로 좋았다. 돈을 많이 가져온 사람은 그 자리에서 바로 사갔다. 그러나 값이 기존 지도보다 두세 배 비쌌기 때문에 돈을 부족하게 가져온 사람은 다음번에 사갈 테니 다 팔지 말고 남겨두라 신신 당부하며 돌아갔다.

최한기와의 만남

　　　　　　　　　　김정호의 첫 번째 기획 상품은 높은 호응을 받으며, 원래 지도를 사가지 않았던 사람들까지도 끌어들였다. 그렇게 김정호의 첫 번째 상품은 지도를 실용적으로 사용하고자 하는 사람들 사이에 서서히 퍼져나갔다. 물론 김정호에게 지도를 베끼게 해주었던 임진사댁에 가게주인의 허락을 받아 다섯 부를 보냈다. 한사코 두 부만 받겠다는 임진사를 설득하여 겨우 다섯 부를 줄 수 있었다. 가게주인에게는 엽전이 쌓여가고 있었고, 김정호의 얼굴에는 그동안의 믿음에 보답했다는 만족감이 가득했다.

　　김정호의 스물한 살은 1년여의 노력 끝에 얻은 결실로 흐뭇하게 지나가고 있었다. 방긋방긋 웃어대는 딸아이의 재롱과 약간은 무뚝뚝한 처의 얼굴도 김정호에게는 모두 행복이었다.

그 해 겨울이 지나고 김정호가 스물두 살이 되어가던 따뜻한 봄날의 이른 아침, 이름 모를 양반네가 하인을 데리고 김정호의 대문 앞에 서 있었다.

"주인장 계십니까? 저 주인장 계십니까?"

하인의 우렁찬 목소리에 막 판각 일터로 나가려던 김정호가 옷소매를 추스르며 마당으로 나왔다. 이른 아침에 김정호의 집을 찾는 사람은 거의 없었다. 게다가 하인을 데리고 나타나는 사람은 지금껏 한 명도 없었다. 그러니 우렁찬 목소리를 낸 사람 옆에 또 다른 사람이 서 있는 광경은 김정호에게 색다를 수밖에 없었다. 하인을 데리고 다닐 정도라면 거의 대부분 양반이었다. 그런데 양반이 김정호의 집까지 방문한다는 것은 그 당시에 보기드문 일이었다. 하인 옆에 서있는 양반은 언뜻 보기에 수수한 차림이라서 하인이 없었다면 평민이라 착각할 수 있는 그런 사람이었다. 색다른 광경에 당황하며 김정호는 대문을 열었다.

"누구십니까? 이른 아침에 어떻게 저의 집을 찾으셨습니까?"
"이 분은……"
"노서방. 그만 하게나. 내가 직접 말씀드리겠네. 나는 회현방 창동에 사는 최한기라 합니다. 죄송하지만 주인장께서 김정호란 분 맞습니까?"
"예. 그렇습니다. 어떻게 이 누추한 곳을 찾으셨습니까?"
"죄송하지만 잠깐 들어가 말씀드릴 수 있겠습니까?"
"뭐. 들어오시는 것은 상관없습니다. 그럼 저의 방으로 드시지요."

최한기가 대문을 통해 들어서니 마당 여기저기가 모두 깨끗이 정리되어 있었다. 역시 짐작한 대로 꼼꼼한 사람임을 마당을 통해서도 쉽게 느낄 수 있었다. 방문을 여니 아낙네가 아이를 업고 막 나오려 하고 있었다. 최한기를 보더니 허리를 한 번 굽히고 이내 방문을 빠져나갔다. 김정호의 안내로 아랫목에 앉게 된 최한기는 방안을 죽 둘러보았다. 여러 권의 책이 허름하지만 꼿꼿한 문갑 위에 잘 정리되어 있었다. 최한기는 방안을 보면서도 역시 자신의 짐작이 맞는다고 생각했는지 엷게 미소를 짓고 있었다. 김정호도 자신의 누추한 집에 선뜻 들어와 아무 거리낌 없이 앉는 최한기의 모습에 다른 양반과는 뭔가 다르다는 생각을 하고 있었다.

"저…… 나으리께서는 어떤 일로 저의 집을 찾으셨습니까?"
"주인장이 저를 불러서 이렇게 왔습니다."
"아니 그게 무슨 말씀이십니까? 제가 나으리를 불렀다니요?"
"저를 부르신 적이 없습니까? 저는 주인장이 불러서 왔는데요."
"아니. 나으리 똑바로 얘기해 주십시오. 그것이 무슨 말씀이십니까?"

뜬금없는 말에 당황하는 김정호를 보면서 최한기는 옷소매 안쪽으로 손을 넣어 책 힌 권을 꺼내들었고, 김정호는 이내 그것이 자기가 이번에 만든 것임을 알 수 있었다. 최한기는 그 책을 꺼내 놓으면서 느긋하게 말을 건넸다.

"주인장 이거……."
"예. 나으리 무슨 말씀을 하시는지 알겠습니다. 그 책을 보고 저를 찾아오신 것이지요? 그래서 제가 나으리를 불렀다고 말씀하신 것이구요?"

"그렇소이다, 주인장."

"나으리 감사합니다. 저를 직접 찾아오시는 분은 처음입니다. 그런데 나으리. 책을 이미 갖고 계시면서 저를 찾아오신 이유가……."

"아. 제가 또 다른 책을 구하러 온 것은 아닙니다. 저는 이 책 하나만으로도 만족합니다."

"아니 그러면 어떻게 오셨습니까?"

"주인장. 단도직입적으로 말씀드리죠. 주인장과 벗하고 싶어서 왔습니다."

"나으리. 아니 그건 또 무슨 말씀이십니까? 저와 벗을 하고 싶으시다니요. 나으리는 양반이고 저는 상놈인데 무슨 말씀이십니까?"

"주인장. 저를 잘 보십시오. 제가 양반 상놈 가릴 것 같습니까?"

"나으리. 그게……."

"저는 주인장과 신분 얘기하러 온 것이 아닙니다. 저는 흉금을 터놓고 서로 이야기하고 싶어서 왔습니다. 주인장의 지도를 처음 보았을 때 무척이나 놀랐습니다. 물론 저는 이미 다른 지도를 몇 장 갖고 있습니다. 그리고 주인장이 만든 지도보다 더 크고 자세한 필사본 지도도 있구요."

"아니. 그런데 왜 제 지도를 보시고……."

"주인장의 지도가 저에게 많은 고민을 하게 만들었습니다."

"나으리. 자꾸 모를 말씀만 하시고 계십니다. 저의 지도보다 더 크고 자세한 지도를 갖고 계시다면서 저의 지도를 보고 고민하셨다니요."

"내 주인장의 지도를 보면서 크고 자세한 것만이 좋은 것은 아니라는 생각을 하게 되었습니다. 지도를 만들어 몇 사람만 볼 수 있다면 그것이 무슨 소용이 있겠습니까? 내 미처 그 전에는 이런 생각을 하지 못하고 있었습니다. 주인장처럼 목판으로 찍어낸다면 많은 사람이 볼 수 있지 않겠습니까?"

"나으리. 이미 목판본으로 찍은 지도가 세상에 많이 돌아다니고 있는데……."

"주인장. 저도 잘 알고 있습니다. 그러면 주인장은 그런데도 왜 이런 새로운 형식의 지도를 만들어 찍어냈습니까?"

"저. 그것은……."

"말씀하지 않아도 다 압니다. 바로 그것입니다. 주인장의 생각과 저의 생각이 맞닿아 있단 것이지요."

"아니 무슨 말씀이신지 도통 알 수가 없습니다. 저는 한 마디도 드리지 않았는데요."

"그럼 자세하게 한 번 말씀해 주십시요."

"저는 저의 주인어른이 저를 믿어주신 것에 대한 보답을 하기 위해 그 책을 만들었습니다. 그리고 주인어른을 위하는 일은 책이 많이 팔려서 돈을 많이 벌도록 해드리는 것이었구요."

"주인장. 제가 그동안 미처 생각하지 못했던 것이 바로 그것이었습니다. 저는 솔직히 돈을 많이 벌고 안 벌고는 큰 관심이 없습니다. 그러나 많은 사람들이 이런 지도를 가질 수 있는 방법이 무엇인가에 대해서는 관심이 많습니다. 물론 제가 지도를 만드는 사람이 아니기 때문에 그런 방법에 대해 심각하게 고민한 적은 없습니다. 그러다가 주인장의 지도를 보게 된 것이고, 그 속에서 그런 고민을 하게 된 것입니다. 그리고 답도 얻어냈구요."

"아니. 그 답이 무엇입니까?"

"주인장이 만든 것처럼 지도를 목판으로 찍어내는 것이지요."

"확실한 뜻은 잘 모르겠지만 그렇게까지 생각해 주시니 감사합니다.

그렇더라도……."

"물론 목판으로 찍어내는 지도가 이미 있었다는 것은 저도 익히 들어 알고 있습니다."

"그런데 왜……"

"주인장도 잘 알고 계시지 않습니까?"

"나으리. 제가 뭘 알고 있다고 하시는 건지……."

"주인장. 그 지도 만들면서 많이 고민하셨죠? 저는 그 지도를 꼼꼼히 검토하면서 주인장의 고민을 읽을 수 있었고 그래서 당신을 꼭 한번 만나 보고 싶었습니다. 더 나아가 그런 사람과 벗하면 정말 좋겠다는 생각을 갖게 되었습니다."

"나으리. 대충 알 것 같습니다만 좀 더 구체적으로 말씀해 주십시요."

"주인장. 주인장은 그 전에도 지도를 많이 만들었다고 들었습니다. 그리고 그런 종류의 지도는 이미 저도 몇 부 갖고 있습니다. 그런데도 이런 지도를 만들었다는 것은 기존의 지도가 너무 소략하다고 생각해서 아닌가요?"

"네. 그랬습니다만."

"그래서 좀 더 정확한 지도가 없나 찾아보셨을 것이구요. 정확한 것은 잘 모르지만 어쨌든 새로운 지도를 어렵사리 구하는 과정에서 아마 더 큰 지도가 있다는 것도 알게 되셨을 겁니다만."

"족집게이십니다. 어떻게 그렇게 맞추실 수 있습니까?"

"주인장. 그러니까 주인장과 제가 마음이 통했다는 것 아닙니까? 계속 말씀드릴까요?"

"예 나으리. 계속 하십시요."

"주인장. 그 지도를 얻어 보고 몇 날 며칠을 고민하셨죠? 그리고는 당황하셨을 겁니다. 정확하고 자세한 것은 좋지만 그대로 목판으로 찍기엔 뭔가 부족한 듯 했을 겁니다."

"이번에도 정확히 맞추셨습니다. 나으리의 말씀을 더 듣고 싶습니다."

"그렇게 말씀하시는 것을 보니 주인장과 저는 확실히 마음이 통한 것 같습니다. 저의 생각이 맞는다고 하시니 저도 기분이 좋습니다. 그러면 계속 하겠습니다. 주인장께서 당황하신 것은 당연합니다. 그런 지도는 많은 사람이 이용할 것을 염두에 두지 않고 만든 것이기 때문입니다. 그 지도는 사람들이 일상적으로 중요하다고 생각하는 정보를 싣고 있지 않았던 것이죠. 그래서 주인장은 그 지도를 그대로 목판으로 찍어내는 것이 문제라고 생각하셨으리라 봅니다. 주인장은 그때부터 지금 세상에 돌아다니고 있는 목판본 지도를 모두 모으고자 하셨을 것입니다. 그런 지도를 모은 이유야 분명하겠죠. 처음에는, 어떤 정보를 싣고 있는가 알고 싶으셨겠죠. 그런 지도에 나와 있는 정보가 지도를 일상적으로 사용하는 사람들이 원하던 지도였을 테니까요. 그 다음에는, 그런 정보를 어떻게 표현했는지 알아보고 싶으셨을 테고요. 아무리 좋은 내용이라도 알아보기 어려우면 이용하기가 너무 어렵습니다. 그래서 사람들이 일목요연하게 볼 수 있도록 한 것 아닌가요?"

"나으리 들으면 들을수록 족집게십니다."

"더 족집게가 되어 보겠습니다. 주인장은 한 때 정확한 지도를 어떻게 만들었는지도 궁금하게 여기고 찾아보려 하셨을 것입니다."

"나으리. 그것은 어찌 아셨습니까? 이 지도는 다른 지도의 모양을 하나도 고치지 않은 것이기 때문에 그런 생각의 흔적이 전혀 없다고 생각합니다만."

"주인장의 말씀이 맞습니다. 그런데 그 지도의 옆쪽을 보십시오. 주인장은 기존의 목판본 지도에 없는 것도 무언가를 참조하여 적어 놓았습니다. 그 중에는 저도 가지고 있는 『여지승람』의 것을 그대로 옮겨놓은 것도 있습니다. 그것을 보고 주인장이 『여지승람』을 꼼꼼하게 검토했다는 것을 알 수 있었습니다. 목판본 지도를 만들면서 『여지승람』을 꼼꼼하게 검토한 사람이 과연 있을까? 저로서는 쉽게 상상되지 않습니다. 그래서 저는 그 지도의 제작자, 즉 주인장께서 정확한 지도를 어떻게 만들었는지에 대해서도 관심을 가졌을 것이라고 생각하게 되었던 것이지요."

"나으리. 이 부분도 정확하십니다. 다만 정확한 지도를 만드는 방법은 지금도 알고 있지 못합니다. 그것을 알려면 더욱 많은 연구가 필요하다고 생각해서 포기했습니다. 제 형편에 그렇게 할 수가 없어서지요."

"주인장. 그러면 여건이 되면 그런 것도 해보고 싶으신 겁니까?"

"그게 맘대로 되겠습니까?"

"왜 맘대로 안 된다고 생각하십니까?"

"나으리도 너무 하십니다. 다 알고 계시면서 모르는 척 하십니까?"

"주인장. 제가 뭘 다 알고 있다고 그러십니까?"

"나으리. 참말로 너무 하십니다. 세상에 저 같은 평민이 그런 일을 할 수 없다는 것 다 아시면서 자꾸 저에게 물으니 정말 너무 하십니다."

"주인장. 저는 그렇게 생각하지 않습니다. 물론 신분의 벽이 매우 높다는 것은 잘 알고 있습니다. 그러나 주인장 보세요. 요즘 양반이 아니면서도 시집을 내는 사람이 많이 나오고 있지 않습니까?"

"나으리. 저도 소문은 들었습니다. 그러나 그 분들은 그래도 중인입니다. 어렸을 때부터 공부를 할 수 있는 신분이죠. 그런 분들에겐 재력도 있구요. 그런데 저에겐……."

"주인장. 그렇게 생각하지 마십시요. 좀 더 생각을 바꾸어 보세요. 제가 알기로 지금으로부터 100년 전에는 중인이라 하더라도 시집을 낸다는 것이 거의 불가능했다고 들었습니다. 그런데 지금 중인들이 시집을 내고 있습니다. 그러면 평민이라고 그렇게 하지 말란 법 있습니까?"

"나으리의 말씀을 들으니 그렇기도 합니다. 그러나 아무리 그래도 중인과 평민의 차이는 큽니다. 괜히 평민으로 그런 일을 했다가 주위 사람들에게 낭패만 볼 것이 뻔한데요."

"주인장. 그러면 할 수도 있다는 얘기죠?"

"아 아니…… 그런 것이 아니구요."

"그러지 마십시요. 주인장은 하시고 싶은 마음이 분명히 있습니다. 다만 평민이라는 것이 자꾸 마음에 걸리는 것이고, 반대로 평민이라는 핑계로 그런 마음을 자꾸 누르려고 하는 것일 뿐이죠. 그렇지 않습니까?"

"나으리. 제 마음을 꼭 짚고 계신 것은 이번에도 정확합니다. 제가 자꾸 나으리의 말씀에 빨려 들어가는 것 같습니다. 그렇더라도 평민은 그런 일을 할 수 없다고 봅니다. 그리고 아까도 말씀드렸듯이 저에게는 그런 일을 할 만큼 재력도 전혀 없습니다."

"재력요? 일단 그것은 접어두고 말씀하시죠. 주인장, 평민도 할 수 있다고 생각하십니까? 아니면 그렇지 않다고 생각하십니까?"

"나으리, 죄송합니다. 단도직입적으로 말씀드리자면 저는 하지 않겠습니다."

이야기가 아침에 시작되었는데 벌써 해는 중천에 걸리고 있었다. 최한기는 원래 다른 사람과 대화를 나누는 것보다는 혼자 책을 읽고 생각하기를 좋아하는 사람이었다. 그런데 오늘은 쉼 없이 튀어나오는 자신의 이야기에 스스로 흠칫 놀라고 있었다.

그런 자신의 모습을 보면서 최한기는 자기가 진짜 김정호를 좋아하고 있다는 것을 알게 되었다. 더 나아가 신분의 벽을 넘어 꼭 벗이 되고 싶다고 생각하였다. 자신이 얼마나 바랐으면 이렇게 따지듯이 김정호를 몰아붙이고 있을까? 스스로도 이해되지 않는 행동을 하고 있었다.

김정호는 족집게처럼 자신의 생각을 알아채는 최한기에게 소름끼칠 정도로 놀랐다. 한편으로는 그런 최한기가 대단한 사람이라는 생각도 하게 되었다. 최한기의 첫인상은 그저 평범하였다. 아니 평범하다 못해 양반이면서도 평민처럼 보였다. 그런 그가 이렇게까지 자신의 속내를 꿰뚫어보리라고는 생각하지 못했다. 게다가 자신과 서슴없이 벗하자고 하며, 평민도 할 수 있다는 것을 강조하고 있지 않은가? 도대체 이런 양반도 있었나? 임진사를 봤을 때도 겸손함에 고개가 숙여졌었는데 최한기는 더욱 그렇지 않은가? 그러나 김정호는 평민이 그런 일을 할 수 있을 것이라 상상할 수 없었다.

그런 김정호를 반나절의 이야기로 설득하려는 최한기는 아직 혈기왕성한 스물세 살의 젊은이였다. 그러나 최한기는 패기만 있었던 것이 아니었다. 남보다 속 깊게 생각하는, 어쩌면 애늙은이 같은 기질도 갖고 있었다. 최한기는 몇 번을 이야기해도 어려워하는 김정호를 보면서 이대로 하다가는 오히려 역효과만 날 것이란 생각이 갑자기 머리를 스쳤다.

20년 넘게 당연하게 여겨오던 것을 반나절의 이야기로 설득할 수 있다고 생각한 본인이 부끄럽기까지 했다. 그래서 최한기는 갑자기 말을 끊었다. 궁지에 몰려 고양이를 물 것 같은 쥐의 신세였던 김정호도 그제서야 긴 숨을 몰아 쉴 수 있었다. 쉴 새 없는 최한기의 말들을 김정호는 피하고 싶었지만 피할 수가 없었다. 맞상대 하자니 숨쉬기가 어려웠고, 피하자니 상대는 너무나 진지한 사람이었다.

쉴 새 없이 오가던 이야기가 멈추고 잠시 침묵이 흘렀다. 그런데 두 사람은 오히려 그것이 더 어색했다. 더 나아가 그 침묵을 과연 누가 깰 수 있을지 서로 눈치만 보는 듯 했다. 그동안 말을 쏟아 붓던 최한기도, 필사적으로 방어의 몸짓을 취했던 김정호도 먼저 말을 꺼내기가 어색한 상황이 또 다시 지속되었다.

두 사람은 이러지도 저러지도 못해 서로 눈을 피하고 있었다. 그러다 결심한 듯 고개를 들어 동시에 상대방을 쳐다보았다. 갑자기 참을 수 없는 웃음을 터뜨리고 있었다. 초면의 사람들이라고 생각할 수 없는 상황이었다. 서로가 마음이 통하는 사이라서 그런지는 모르지만 알고 지낸 지 오래된 사람들처럼 둘은 그렇게 웃고 있었다. 웃음이 끝나자 말투는 다시 원 상태로 돌아갔지만 침묵은 사라졌다. 물론 더 이상의 격렬한 이야기는 진행되지 않았다. 다만 최한기가 다음에 또 오마 했고, 김정호도 오고 싶으면 언제든 와도 좋다고 대답하면서 둘은 헤어졌다.

최한기는 다음날 저녁에 또 찾아왔다. 김정호는 최한기가 이렇게까지 빨리 다시 오리라고 생각하지 않았다. 그러나 최한기를 본 김정호는 내심 기분이 좋았고, 둘은 방으로 들어가 천천히 이야기를 나누었다. 이번의 이야기는 어제의 만남과는 조금 달랐다. 최한기가 따지듯 묻고, 김정호가 방어하듯 대답하는 그런 식이 아니었다. 최한기는 김정호를 좋아하고 벗이 되고 싶었지만 따지듯 이야기했던 자신을 반성하게 되었다. 그래서 이번에는 김정호가 되도록 많이 이야기할 수 있도록 하였다. 아침이 아니라 저녁에 찾아온 것도 일하고 있는 김정호를 배려한 것이었다.

비록 방은 어두웠지만 작은 호롱불 아래에서 이야기는 열기를 더해갔다. 둘은 서로의 삶에 대해 이야기하면서 양반과 평민의 차이를 더욱 실감할 수 있었다.

그렇게 밤은 깊었고, 휘영청 보름달이 처마에 걸려 있었다. 이야기는 계속 되었지만 내일을 준비해야 하는 김정호를 배려하여 최한기는 여기에서 이야기를 멈추었다. 둘은 서로의 이야기를 들으면서 차이를 실감했지만 반대로 그런 이야기를 서로 들어줄 수 있는 사이가 될 수 있으리라 느꼈다. 이번에는 김정호가 최한기에게 내일 저녁에도 올 것을 부탁하였고, 최한기도 그럴 작정이었다고 흔쾌히 약속했다.

다음날도 비슷한 시간에 이야기가 시작되어 비슷한 시간에 둘은 서로 헤어졌다. 대부분이 그동안 살아온 시간에 대한 이야기였다. 시간이 지날수록 둘은 이질감보다는 동질감을 더욱 느끼게 되었고, 아직 말투는 서로 근엄했지만 마음은 이미 벗이 되어 있었다.

처음 만난지 나흘째 되는 날 저녁에 최한기가 또 김정호의 집을 찾았다. 이야기는 그 전날 끝난 부분부터 시작되었고, 서로 살아온 이야기가 다 끝나 더 이상 할 이야기가 없게 되자 갑자기 침묵이 다가왔다. 둘 다 살아온 이야기를 주고받을 때는 이야기가 끊어지지 않았으나 더 이을 이야기가 생각나지 않았던 것 같았다. 아니 생각나지 않은 것이 아니라 이야기하기가 어색했다는 것이 맞다. 처음 만나던 날의 분위기로 돌아가지 않을까 서로 걱정하고 있었던 것이다. 공격하고 방어하고. 사흘 밤을 이야기하면서 서로의 믿음이 깊어진 것 같았는데 또 그런 분위기로 돌아가면……. 그러나 둘의 사이는 이미 첫째 날과는 달라져 있었다. 잠시 고민했지만 김정호가 먼저 말문을 열었다.

"나으리. 저번에 했던 이야기 말인데요……."
"주인장. 그 이야기는 좀 나중에 하고, 이제 호칭이 좀 부적합한 것 같지 않소? 나는 이제 주인장 주인장 하는 것이 더 어색하오. 주인장은 어떠시오.?"

"나으리. 저도 좀 어색하다 생각했습니다. 하지만……."

"주인장. '하지만'이 뭐요? 아직도 신분을 생각하시오? 신분의 차이를 따지면 우리가 지금까지 어떻게 이야기를 계속 했겠소? 좀 바꿔 생각하는 것이 어떻소?"

"그래도……."

"주인장. 자 이제 우리 벗으로 지냅시다. 내 주인장과 같은 벗을 둔다면 행복하기 그지없을 것 같소."

"나으리. 저도 나으리 같은 벗을 둔다면 행복하기 그지없겠습니다."

"주인장. 지금 벗이라고 했소? 우리 그냥 벗으로 지냅시다. 나는 이번에 생원시에 합격했소. 그러니 최생원이라 불러주시오."

"그래도……."

"자꾸 그래도 그래도 하지 말고 최생원이라 불러주시오. 아니지 내가 먼저 호칭을 바꿔보겠소. 나는 그냥 정호라고 부르리다. 이보게 정호. 이제 최생원이라 부르게."

"그래도 어찌…… 최생원……."

"정호. 그렇게 하면 되네. 나으리가 뭔가 징그럽게. 나는 최생원이네. 최생원. 다시 한 번 불러보게나."

"…… 최생원. 좀 어색합니다."

김정호와 최한기는 그렇게 벗이 되었다. 벗이 되는데 가장 큰 벽은 신분이었고, 그런 신분을 가장 잘 나타내 주는 것이 호칭이었다. 남들이 있는 곳에서야 어쩔 수 없다고 하더라도 둘만 있을 때도 신분적 차이가 나는 호칭을 쓴다면 마음속으로야 벗이 될 수 있다지만 그것은 한계가 있었다. 만약 서로의 의견차이가 있거나 격렬한 논쟁을 할 때면 호칭의 차이는 금방 한쪽에 대한 다른 쪽의 일방적 우위를 조장할 수밖에 없었다. 최한기는 김정호와 언제라도 허심탄회하게 말하고 싶었고, 그러기 위해서는 신분의 벽을 무너뜨려야 했다. 더 나아가 이렇게 신분의 벽을 무너뜨리는 것은 자신보다 신분이 낮은 김정호가 제안할 수 있는 것이 아니었다. 낮은 신분이 높은 신분에게 먼저 친구가 되자고 요구하는 것을 상상할 수 있을까? 그래서 최한기가 먼저 호칭을 바꿀 것을 요구했고 김정호는 몇 번의 망설임 끝에 받아들인 것이다.

"이보게 정호. 우리 둘이 벗이 되었으니 화제를 돌려 아까 자네가 말하려던 것을 다시 시작해 보도록 하게나. 무엇인지 짐작이 되네만 자네부터 이야기해 보게나."

"최생원. 자네는 나를 처음 만날 때부터 평민인 내가 그 일을 할 수 있다고 생각했나?"

"이보게 정호. 당연한 이야기를 왜 물어보나. 다른 양반들이야 어떻게 생각하든 나는 누구든 노력하면 그 일을 할 수가 있다고 생각하네. 다만 세상이 불공평하니 기회는 양반에겐 대문이고, 평민에겐 바늘구멍일 뿐이지. 만약 똑같이 대문이거나 바늘구멍이라면 양반과 평민의 차이는 없다고 생각하네."

"최생원. 고마우이. 그렇게 생각하는 사람은 이 세상에 거의 없을 걸세."

"이 사람 정호. 뭐가 고마운가? 잘못된 세상을 똑바로 보았을 뿐인데. 그게 고마우면 앞으로 고마울 일이 얼마나 많겠는가? 앞으로 그런 일로 고맙다는 말 하지 말게. 고맙다고 말하면 자네와 나는 이미 벗이 아니게 되네. 나는 자네와 평생 벗이 되고 싶거든."

"알았네. 더 이상 그런 말 하지 않겠네. 내 최생원이 처음에 그 일을 제안했을 때 정말 하고 싶었네만 하고 싶은 것과 할 수 있는 것은 다른 문제지 않은가? 그러니 할 수 없다고 할 밖에."

"이보게 정호. 지금은 어떤가?"

"지금도 하기 어렵다고 생각하네."

"자네 아직도 신분을 따지는가?"

"아 아니……."

"뭘 아닌가? 만약 따지지 않았다면 하기 어렵다는 말이 어떻게 나오나? 분명 따지고 있는 것이야. 물론 이해는 하네. 나하고는 신분을 안 따진다고 하더라도 이 세상 모두가 그런 것은 아니니까. 그렇더라도 나와는 따지지 않기로 했으니 내 앞에서는 신분 때문이라는 생각은 하지 말아 주게나."

"그러겠네. 최생원. 미안하네."

"이번에 미안하다는 말은 내 정식으로 받겠네. 앞으로 나에게 미안한 일 하지 말도록 하게."

"알았네. 알았어."

"그런 자네 그 일 할 수 있다는 것이지?"

"말솜씨는 정말 대단하군. 내 최생원 때문에 꼼짝을 하지 못하겠네. 최생원과 있으면서 하지 못하겠다고 하면 내 신분을 따지는 것이 되니 그렇게 할 수 없는 것 아니겠나? 그러니 할 수 있다고 말해야지."

"이 사람 정호. 이제는 자네가 나를 놀리는구만. 진짜 하고 싶으면서 상황 때문에 그렇게 대답한다구?"

"그렇네. 이제 진짜 하고 싶은 마음이 들었네. 내 저번에도 하고 싶었지만 최생원 말처럼 신분을 생각하면서 그런 마음을 접고 말았네. 이제는 최생원을 만났으니 그런 마음은 갖지 않아도 되겠네. 고마우이."

"그런데 나는 자네가 지도를 어떻게 만드는지만 아는 것이 아니라 더 나아가 이 세상 사람들이 가장 필요로 하는 지도를 만드는 것이 꿈이었으면 좋겠네."

"나도 이번에 지도를 만들면서 그런 생각을 했었네. 정확하고 자세한 것도 좋지만 더욱 중요한 것은 세상 사람들이 필요로 하는 정보를 보다 쉽게 전달할 수 있는 지도를 만드는 것이네. 물론 두 가지가 결합되면 더욱 좋은 것이구."

"이보게 정호. 나는 자네가 두 가지를 결합시켜 이 시대 최고의 지도를 만들 수 있다고 생각하네. 자네는 솜씨만 좋은 것이 아니라 꼼꼼한 성격, 노력, 끈기, 탐구하고자 하는 욕구. 그런 일을 하기에 필요한 모든 심성을 갖추고 있네."

"최생원. 나를 너무 띄우지 마시게."

"아니네. 자네를 띄우는 것이 아니네. 자네를 그렇게 보지 않았다면 내가 찾아오지 않았을 걸세. 나는 자네가 만든 지도를 보면서 자네의 여러 면이 모두 상상되었네. 그래서 보고 싶어졌고, 이런 사람을 벗으로 둔다면 평생 행복할 것이라고 생각했네."

"나를 인정해 줘서 고맙네. 나는 주인어른이나 임진사에게 과분한 믿음을 받았는데 또 최생원에게 이런 믿음을 받고 있네그려."

"이보게 정호. 내 이야기 더 들어 보게나. 나도 내 꿈이 있다네. 나는 옛날과 같은 방식만으로는 앞으로 힘든 세상이 될 것으로 예상하네. 내 요즘 많은 책을 읽고 있네. 그런데 양이(洋夷)로부터 들어오는 책 속에는 옛 것만으로 생각할 수 없는 새로운 것이 많다네. 물론 그렇다고 내가 그 새로운 것을 모두 옳다고 보는 것은 아니야. 우리의 옛것에도 좋은 것이 얼마든지 많다네. 다만 우리의 옛것만 맞는다고 우겨서는 안 된다고 생각하네. 아직 우리의 옛것과 양이로부터 들어온 새로운 것 중 어느 것이 더 나은지 판단하지는 않았네. 계속 검토하면서 어느 것이 나은 건지 서서히 판단하려고 하네. 나은 것이 있다면 옛것이든, 양이로부터 새로 들어온 것이든 과감히 채택하려고 하네. 물론 두 개의 장점을 모두 취해 또 다른 새로운 것을 만들 수도 있고. 나는 그런 것을 앞으로 해보고 싶다네."

"최생원. 대단하네. 나는 그런 것을 생각도 해보지 못했는데 말일세."

"이 사람. 그런 말 마시게나. 나는 자네보다 환경이 훨씬 유리했네. 그리고 자네의 꿈보다 내 꿈이 더 크다고도 생각하지 말게나. 자네는 자네가 하고 싶은 일이 있는 것이고, 나는 내가 하고 싶은 일이 있는 것이네. 어느 것이 더 크고, 중요한 지 잴 수 없는 것이네. 모두 소중한 것일세."

"최생원의 말은 힘이 있네. 내 미처 생각하지 못했던 것을 잘 말해 주는구만. 앞으로도 신세를 많이 져야 하겠네."

"무슨 소린가? 신세를 지다니. 가만 있자…… 가만히 생각해 보니 자네 나에게 앞으로 신세를 질 것이란 말이 맞는 것 같네. 그러나 일방적인 일이란 없지. 나 역시 자네에게 신세를 많이 질 것일세."

"무슨 말인가? 최생원 같이 똑똑한 사람이 나에게 신세를 지다니."

"이 사람아. 똑똑하고 안 똑똑하고 그 기준이 무엇인가? 자네는 자네의 꿈이 있고, 나는 나의 꿈이 있네. 그런 꿈을 이룬다면 누가 더 똑똑하고 안 똑똑하고를 따질 수 있겠나? 또 자네에게 내가 필요하다면 나는 잘하는 것을 통해 도와주겠네. 내가 필요로 한다면 자네는 자네가 잘하는 것을 통해 나를 도와주면 되는 것이고. 내가 어찌 세상일을 다 알고 있고, 다 할 수 있겠나? 특히 나는 자네가 하고 싶은 일이 필요한 일이라 생각하지만 나는 그것을 할 수가 없네. 자네처럼 판각을 잘 하는 것도 아니고 지도에 대해 곰곰이 생각한 사람도 아니네. 그러니 능력이 없는 것이지."

"최생원의 말이 옳다고 보네. 나는 미처 생각하지 못한 것이네. 나도 자네가 하고 싶은 일을 할 수 없다네. 지금까지 그런 꿈을 꿔오지 않았기 때문에 그런 것을 잘 할 리가 없다고 생각하네. 혹시 최생원이 아는 것이 내 일에 도움이 되면 언제라도 도와줄 거라고 보네. 나도 그런 일이 있으면 언제든지 자네를 도와주겠네."

"이제야 자네와 내가 마음이 맞았군. 자네나 나나 서로 꿈을 가지고 있고, 그 꿈을 이루고자 노력할 것이 분명하니 그럴 수밖에."

"최생원의 말이 또 맞네. 나도 이제는 동감이네. 그러니 신분이 다른 우리 둘이 나흘 만에 이렇게 벗이 될 수 있었던 것 아니겠나?"

이미 보름달은 처마보다 훨씬 낮은 서산에 걸려 있었다. 저 멀리서는 삼개에서 숭례문을 향해 가는 사람들로 개들이 울부짖기 시작했다. 평소에 김정호는 개소리에 깬 적이 없었다. 아니 개소리를 개소리로 여긴 적이 없었다. 그런데 오늘은 그 개소리가 아침이 다가오는 신호로 들렸다. 김정호와 최한기는 밤을 꼬박 새운 후 개소리에 둘 다 놀라고 있었다. 그렇게까지 오랫동안 이야기를 나누었다고 생각하지 못했기 때문이다. 그러나 둘은 오히려 행복했다. 세상에서 둘도 없는 벗을 얻었으니 하룻밤 샌 것은 아무런 문제가 되지 않았다.

김정호는 벗만 얻은 것이 아니라 이제부터 새로운 일을 시작하게 된 것이었다. 그의 평생 목표는 정확하고 자세하며, 사람들이 필요로 하는 정보를 보다 쉽게 세상에 전할 수 있는 지도를 만드는 것이 되어 있었다.

지도의 제작 방법을 찾아서

최한기는 김정호에게 창동에 있는 자기 집으로 한번 놀러 오라고 하였다. 그동안 최한기가 김정호를 찾아만 갔지 김정호는 최한기의 집을 방문한 적이 없었다. 최한기는 미안하기도 하고, 자기 집에 있는 서적과 지도를 구경시켜 주고 싶기도 했다. 김정호도 최한기의 학식에 이미 감동하고 있던 터라 그의 집을 방문하여 그런 학식이 어디에서 나온 것인지 알고 싶었다.

그러나 김정호의 가슴을 가장 쿵쾅거리게 만든 것은 최한기가 가지고 있다는 지도들이었다. 그런 지도들 중에 이미 자기가 가지고 있는 것도 있겠지만 최한기는 김정호가 구입하거나 간행한 지도보다도 더 크고 자세한 지도를 몇 개 가지고 있다고 했다. 그런 지도의 존재는 이미 오래전부터 알고 있었지만, 실제로 본 적은 없었다. 그러기에 더욱 가슴을 졸이며 최한기의 집을 찾을 수밖에 없었다.

최한기의 집도 초가집이었다. 그러나 김정호의 초가집보다는 훨씬 크고 마당도 넓었다. 대문 옆에는 하인이 사는 방도 붙어 있었고, 안채와 사랑채도 떨어져 있었다. 김정호가 대문을 두드리자 하인이 나왔고, 김정호라고 하니까 얼른 들어오라고 했다. 이미 최한기가 김정호란 사람이 오면 극진히 모시라고 말해 놓은 터라 다른 곳처럼 하인이 오가는 절차가 없었다. 하인이 김정호가 왔다고 최한기에게 전하자 최한기는 마루에서 뛰듯이 나와 김정호를 맞이하였다. 최한기는 얼른 사랑채로 김정호를 안내하였고, 깔끔한 행랑을 통해 방으로 들어갔다.

잘 정돈된 방안을 보는 김정호의 얼굴에는 놀라는 표정이 역력했다. 방안은 책으로 가득했는데, 김정호는 이제껏 이렇게 많은 책을 본 적이 없었다. 책이 많을 것이라 짐작했지만 이렇게까지 많을지 상상하지 못했던 것이다.

김정호와 마주 앉은 최한기의 얼굴은 계속 싱글벙글이었다. 김정호가 자신의 집을 방문한 것이 그렇게도 좋은 모양이었다. 그런 최한기의 얼굴을 보는 김정호의 마음도 기쁘기 그지없었다. 자신을 이렇게까지 환대해 주는 양반 벗을 가지게 되었다는 사실 하나만으로도 김정호는 세상을 다 얻은 것 같았고 이런 벗과 함께 한다면 자신도 못할 것이 없다는 생각이 들었다.

최한기는 아무리 양반이라고 하더라도 자신의 마음에 들지 않으면 벗으로 삼지 않는 외골수 성격의 소유자였다. 그런 최한기였기에 김정호처럼 항상 관찰하고, 검토하여 연구하려는 사람을 벗으로 둔 것 자체가 너무나 기쁜 일이었다. 어쩌면 자신과 거의 비슷한 기품을 가진 김정호였기에 더욱 좋아하게 된 것인지도 모른다. 더구나 자신이 잘 모르는 분야를 김정호는 잘 알고 있었고, 그것 자체가 최한기의 호기심을 자극했다. 둘은 마주 앉자 잠시 웃다가 최한기가 먼저 말문을 텄다.

"어서 오게나. 내 자네가 오니 너무 기분이 좋네."

"고맙네, 최생원. 나를 이렇게 환대해 주니 정말 고맙네."

"이 사람아, 환대라니. 나는 그저 항상 만나는 그런 벗을 만난 것일 뿐일세. 자네를 만나는 오늘은 특별한 환대가 아니라 항상 그렇게 만나는 그런 자리일 뿐이야."

"그런가? 내 최생원의 집에 처음 와서 그런지 나에게는 환대로만 보이네."

"그런 인사말은 그만두고. 내 자네가 지금 가장 하고 싶은 것이 무엇인지 맞춰볼까?"

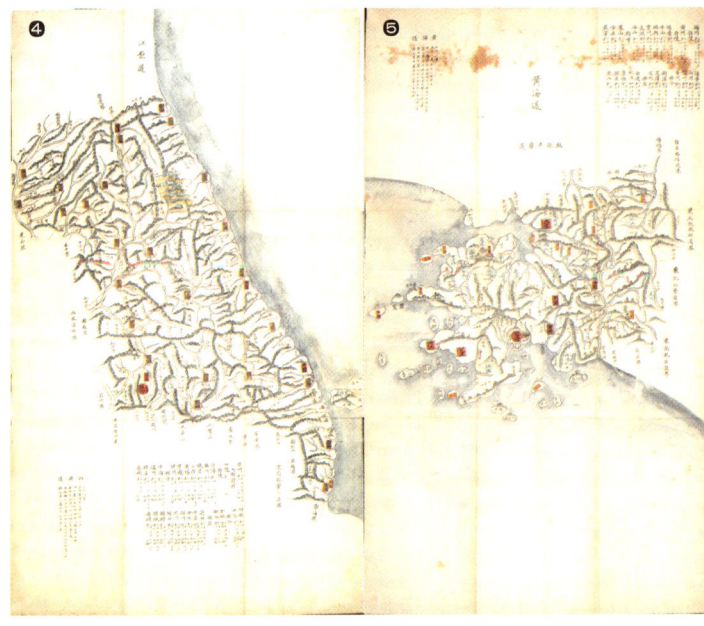

《팔도지도》 (규장각한국학연구원)
❶ 경기 · 충청도
❷ 전라도
❸ 경상도
❹ 강원도
❺ 황해도
❻ 평안도
❼ 함경남도
❽ 함경북도

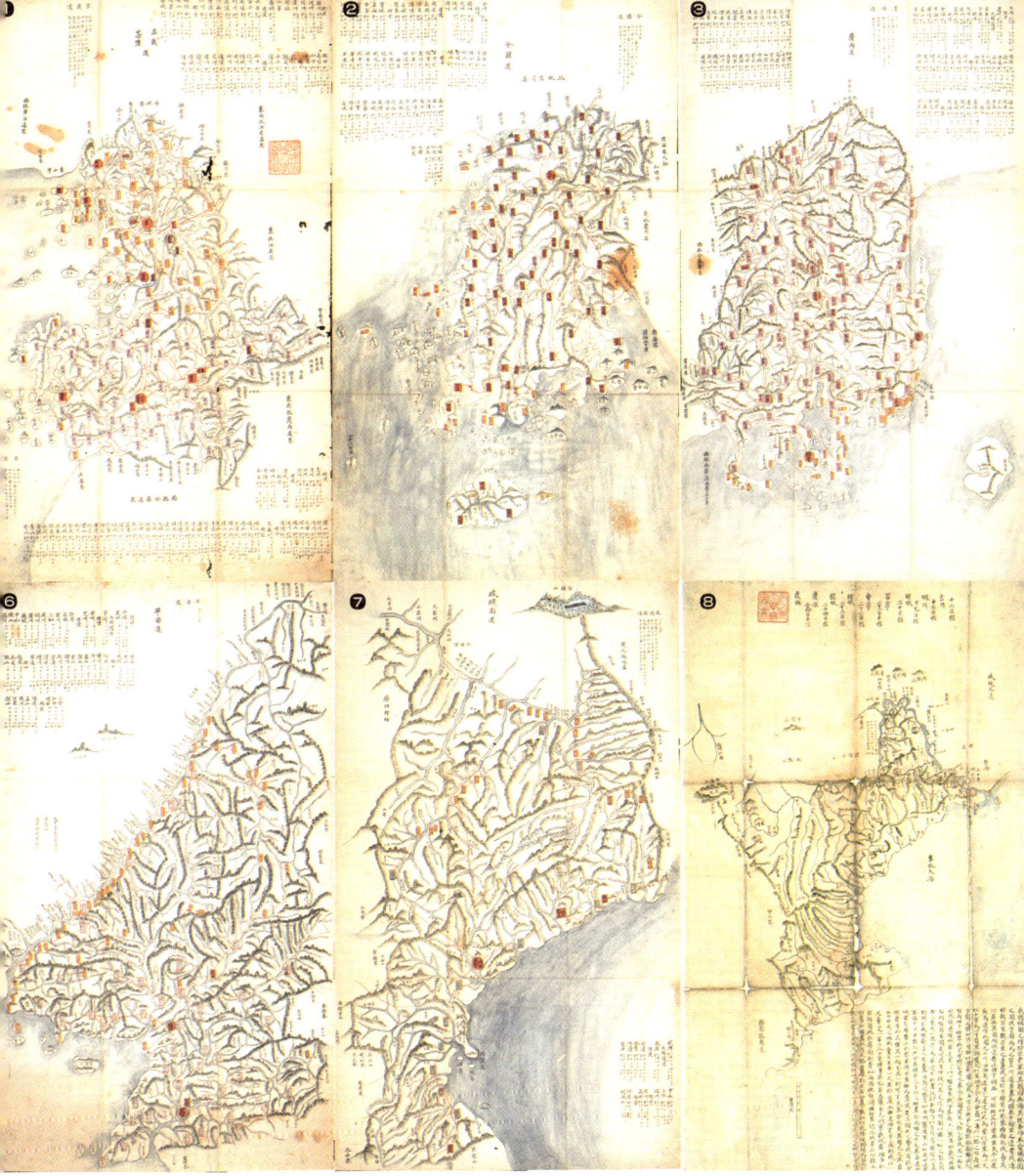

"이 사람 또 나를 분석하고 있었구만. 보나마나 또 맞추겠지 뭐."

"그렇게 생각하면 너무 싱겁지 않은가? 그냥 틀릴 수도 있다고 생각해주면 더 재미있을 것인데 말이네. 어쨌든 자네 저 많은 책들보다는 내가 가지고 있다는 그 지도가 보고 싶은 것이지?"

"오늘도 정확히 맞췄네. 미안하네만 그 지도부터 먼저 볼 수 있겠나."

김정호의 마음을 꿰뚫고 있던 최한기는 지도를 이미 잘 볼 수 있는 위치에 준비해 두고 있었다. 김정호와의 짧은 대화가 끝나자마자 최한기는 지도 두 장을 꺼내들었고, 먼저 다른 한 장부터 방바닥에 펼쳐놓기 시작했다. 김정호는 지도가 펼쳐질수록 방문 쪽으로 몸을 점점 옮겨야 했다. 임진사댁에서도 이런 일은 있었지만 오늘 펼쳐지는 지도는 세로의 크기가 그때의 두 배 이상이 되는 것 같았다.

최한기의 손끝이 조심조심 지도를 펼칠 때마다 김정호의 입이 더욱 벌어지고 있었다. 역시 듣는 것과 보는 것은 하늘과 땅 차이였다. 지도가 다 펼쳐지자 거의 방안을 꽉 채운 것 같았다. 그만큼 지도가 컸고, 이런 지도를 최한기가 소장하고 있다는 사실이 고맙기도 했다. 지도를 보는 김정호의 눈가에는 그저 놀랍다는 표정뿐이었다. 김정호는 말을 잇지 못하고 이리저리 지도만 살펴보았다. 자신이 이번에 목판으로 찍어낸 지도나 그 과정에서 함께 구해 봤던 그 어떤 지도보다 크고 자세했다.

"최생원. 자네가 이렇게 훌륭한 지도를 소장하고 있을 줄 내 미처 몰랐네."

"이 사람아. 이미 말해서 알고 있었으면서 그런 말을 하나?"

"최생원. 듣는 것과 보는 것은 하늘과 땅 차이네. 자네도 알고 있으리라 생각하네만."

"자네 말이 맞네. 나도 그런 경험을 많이 했지만 막상 다른 사람에게는 잘 적용시키지 않는단 말이야. 그게 다 착각인데도 잘 되지를 않네. 자네도 그렇지 않나?"

"그렇다네."

"이보게 정호. 오늘 하루 종일 봐도 되니 실컷 보게나. 내 자네를 위해 자리를 피해주겠네."

"최생원 뭐 그럴 것까지야……."

"이 사람아. 아무래도 내가 있으면 자네가 맘 놓고 볼 수 없지 않겠나?"

김정호의 대답도 듣지 않고 최한기는 방을 나갔다. 역시 상대방을 생각하는 최한기는 정말 훌륭한 벗이었다. 김정호는 최한기의 배려로 오전 내내 그 지도를 볼 수 있었다. 그렇게 오래 보면 지겹기도 할 것이지만 김정호는 오전 내내 감탄을 연발하였다. 이렇게 훌륭한 지도를 어떻게 만들었을까?

해가 중천에 뜨자 최한기가 들어왔고, 실컷 보았느냐고 김정호에게 물어보았다. 약간 더듬는 김정호를 보면서 최한기는 더 보고 싶은 마음은 알겠지만 다른 지도도 보여줄 테니 여기서 멈추는 것이 어떠냐고 하였다. 김정호가 고개를 끄덕이자 조심스레 지도를 접어 두고, 다른 지도를 꺼내 다시 펼치기 시작했다. 김정호의 눈은 역시 놀라운 광경에 동그래져 있었다. 앞의 지도와 조금 다르기는 했지만 대부분 비슷했다. 최한기는 이번에도 방을 나갔고, 김정호는 이제 으레 그러려니 하고 지도를 살펴보았다. 이리저리 지도를 보고 있는데 최한기가 얼마 있다가 다시 들어와서 앉으면서 말을 건넸다.

"이보게 정호. 많이 보았나?"
"최생원. 이렇게 훌륭한 지도를 보여 줘서 고맙네."
"이 사람아. 자네 것을 보여줬는데 뭐가 고맙다는 것인가?"
"아니 그게 무슨 말인가? 자네는 가끔 내가 알 수 없는 소리를 한단 말이야. 어떻게 이 지도가 내 것이란 말인가?"
"이보게 정호. 그 지도는 내가 가지고 있지만 실은 자네 것이네. 가지고만 있어야 뭐 하나. 그 가치를 알고 있지 못하면 가지고 있어도 가지고 있는 것이 아니네. 그 지도는 자네에게 가치 있는 것이니 실은 자네 것이지."
"최생원. 자네 논리는 참 희한하기도 하네. 자네의 마음이라 생각하고 그냥 넘어가겠네."
"이 사람아. 내 마음이 아니라 그 지도는 진짜 자네 것이네. 그러니 자네가 갖고 있는 것이 맞네. 그러나 내가 자네에게 준다고 해도 자네는 그냥 가져갈 사람이 아니지. 나야 주고 싶지만 절대로 받을 사람이 아니니 그냥 주지는 않겠네. 내 충분한 시간을 줄 테니 그대로 베껴 가게나."

역시 꿈이 있는 사람은 달랐다. 자신의 꿈이 있으면 나의 꿈만큼 남의 꿈도 소중히 여긴다. 그것을 인정할 줄 아는 사람이 진짜 꿈을 갖고 있는 것이다. 최한기는 자신의 꿈에 대한 열망에 비추어 김정호의 꿈에 대한 열망을 이해하고 있었다. 또 자신이 남의 것을 공짜로 가져오는 것을 스스로 용납하지 않기 때문에 김정호도 그럴 사람이라고 미루어 짐작했던 것이다. 이것은 정확히 맞았다.

김정호는 남의 것을 그냥 가져가지 않는 사람이다. 한사코 공짜로 준다고 우기면 어쩔 수 없이 가져오나 그럴 때에도 항상 마음속에 뭔가 잘못된 것 같은 느낌을 갖고 있는 그런 사람이었다. 이런 사람에게는 공짜로 주는 것 자체가 부담을 주는 것이다. 최한기는 그것을 잘 알고 있었기에 지도를 공짜로 주고 싶었지만 그렇게 하지 않았다.

김정호는 가게주인의 너그러운 아량 속에 최한기의 집을 수시로 들락날락하였다. 갈 때마다 종이와 붓, 그리고 먹과 물감을 가지고 갔고, 최한기의 충분한 배려로 아무런 방해를 받지 않고 지도를 베낄 수 있었다. 약간이라도 잘못된 것을 용납하지 않는 김정호였기에 최한기의 지도를 베끼는 작업은 그리 쉽지 않았다. 점 하나라도 놓치지 않기 위해, 모양 하나라도 동일하게 그리기 위해 김정호는 온 힘을 다해 지도를 베꼈다. 두 장의 지도를 베끼는데는 거의 한 달이 걸렸다.

그런 김정호의 모습을 지켜보는 최한기의 마음은 김정호가 꼭 꿈을 이루어낼 것이라 확신하게 되었고, 자신이 사람을 잘 보았다는 사실에 만족감에 젖어 있었다. 최한기는 김정호가 자신의 집을 들락날락할 때 아무렇지도 않은 듯 자신의 일만 계속 하였다.

지도를 다 베껴온 김정호는 자신의 방에서 시간 나는 대로 듬듬이 검토하였다. 내용을 검토하기 위해 백지의 책자를 구해다 꼼꼼하게 기록하기 시작했다. 각 도마다 지도에 있는 지명을 정리하였고, 다시 각 지명의 종류를 분리하여 기록하였다. 이런 작업에 드는 시간이 만만치 않았다. 가끔은 밤을 새서 일하기도 했다. 그럴 때마다 김정호는 새벽녘의 개소리를 듣게 되었고, 자신이 밤을 새워 일했음을 그때서야 깨달았다. 가게의 판각 일도 함께 겸했기 때문에 시간은 그렇게 많지 않았다. 지도에 대한 검토 욕구는 많고, 시간은 별로 없고.

김정호는 늘 그 지도가 머리 속을 떠나지 않았다. 그러나 김정호는 온종일 지도에 매달릴 수 없는 자신의 처지를 나쁘게 보지 않았다. 일을 하면서도 지도를 검토할 수 있는 시간을 가질 수 있는 자신을 다른 사람에 비해 행복다고 여겼기 때문이다. 다만 없는 시간을 쪼개어 지도를 검토해야 했기에 김정호에게 쉬는 시간은 없었다.

　지명에 대한 도별·종류별 분리 작업이 끝나자 김정호에게 갑자기 알 수 없는 좌절감이 밀려왔다. 도대체 강이 이렇게 흘러가고 있음을, 산이 이렇게 뻗어가고 있음을 이 지도를 그린 사람은 어떻게 알 수 있었을까? 또한 각 지명이 그 위치에 기록되어야 함을 어떻게 알 수 있었을까? 이 지도를 처음 그린 사람은 분명히 어떤 자료를 참조했을 것이고, 그런 자료를 지도로 만들기 위해 어떤 방법을 개발해냈을 것이 분명했다. 이런 의문은 자신이 새로운 형식의 목판본 지도를 만들기 위해 지도들을 검토하면서도 들었었다. 그러나 그때는 목판본 지도가 잘 팔릴 수 있도록 찍어내는 것이 가장 중요한 목표였기 때문에 그런 고민을 미루기로 했었다. 그리고는 최한기를 만날 때까지 까맣게 잊고 있었던 것이다. 그러나 이번 지도를 검토하면서 그 고민에 대해 다시 생각하게 되었고, 저번처럼 미룰 수가 없었다.

　그러나 아무리 생각해봐도 처음에 지도를 어떻게 만들게 되었을까 도대체 알 수가 없었다. 도대체 이런 지도를 어떻게 만들 수 있었을까? 이 단 하나의 물음이 김정호의 머릿속에 꽉 차서 다른 생각을 할 수가 없었다. 최한기를 만나서 이야기도 해보았다. 그러나 최한기는 지도에 대해서 관심은 있었지만 그렇게 세세한 문제까지 고민하는 사람이 아니었다. 그도 할 일이 너무 많았고, 다른 부분에 생각을 돌릴 수 있는 시간이 없었다. 단 하나 김정호에게 더 많은 지도를 구해서 비교 검토해 보면 답이 나올 수 있을지 모른다는 애매한 조언만 해주었다. 김정호도 그런 생각을 어렴풋이 하고 있었으나 지금 바로 지도 그리는 방법을 알고자 하는 욕구가 너무 컸기에 많은 지도에 대한 비교 검토 속에서 답이 나올 수도 있다는 생각을 잠시 잊고 있었던 것이다. 그러기에 최한기의 조언은 김정호에게 새로운 계기가 되었다.

김정호는 집에 돌아와 저번에 가서 보았던 조대감댁의 지도를 다시 생각해내게 되었다. 그때는 지도만 보고 필요한 내용만 메모해 오는 정도에서 끝났다. 그러나 이번에는 조대감댁에서 보았던 지도를 베껴 와야 한다고 생각하였다. 조대감댁은 당시에 나는 새도 떨어뜨린다는 두 세도가 집안 중의 하나였다. 아마 그래서 그런 지도도 갖고 있었는지 모른다. 김정호는 생각을 정리하여 조대감댁을 향했다.

조대감댁은 양반들만이 살고 있다는 도성의 북촌에 있었다. 이곳에 가려면 숭례문을 지나 종각을 넘어야 했다. 그러나 이 길은 이미 스물세 살이 넘어가는 김정호에게 아주 익숙해져 있었다. 이제 도성안의 풍경이 낯설지 않기 때문에 광통교에 서서 주변을 바라보지도 않게 되었다.

조대감댁은 으리으리한 기와집이었고, 이 집에 와본 지도 벌써 몇 년이 지났다. 대문에 선 김정호는 이 집에 처음 왔을 때의 자신이 떠올랐다. 그 때는 얼마나 떨었는지. 지도를 보고자 하는 욕구가 너무 컸기 때문에 두려운 마음을 누르고 겨우 왔었다. 나라 안의 코흘리개도 다 알만한 유명한 집에 일개 평민이 찾아간다는 것은 쉬운 일이 아니었다. 그 때 김정호는 여러 번 거절당했고, 그래도 꿋꿋이 찾아간 덕분에 겨우 허락을 받아 지도를 볼 수 있었다. 이번에도 떨리기는 마찬가지였다. 단지 지도를 보기만 하려고 간다면 그렇지는 않았을 것이다.

그러나 이번에는 지도를 베끼고 싶어 가는 것이다. 조대감댁에서 쉽게 지도를 베끼도록 허락해줄 리 만무했다. 그런 것을 뻔히 알고 가는 김정호이기에 어쩌면 처음 갈 때보다 더 떨렸는지도 모른다.

대문 밖에서 인기척을 하자 하인은 문도 열지 않은 채 누구냐고 물었다. 김정호의 인기척 방식이 그가 양반이 아니라는 것을 하인에게 알려주었기 때문이었다. 조대감댁 하인은 인기척 소리만 들어도 그가 어떤 신분의 사람인지 이미 쉽게 알고 있었다. 워낙 많은 사람들이 오가는 집이었기 때문에 방문하는 사람도 많았고, 그런 사람 모두를 들여보내줄 수 없었기 때문에 하인은 누구를 들여보내야 할지 판단해야 했다. 아니 들여보내줄 지를 판단하는 것이 아니라 조대감에게 누가 왔는지를 알려주어야 하는지 아닌지를 판단한다고 하는 것이 옳을 것이다. 그러니 평민이 가서 조대감댁의 대문을 연다는 것은 하늘의 별을 따는 것과 마찬가지로 어려웠다.

조대감이 너무 바빠 김정호 같은 평민을 만날 여유가 없으니 다른 날 오라는 소리를 듣고 김정호는 몇 년 전에 지도를 보러 왔으며, 지도 보는 것을 조대감에게 허락 받은 적도 있다는 것을 몇 번이나 이야기했다. 하인도 김정호의 말을 듣고 그때의 일을 기억해냈지만 그래도 오늘은 바쁘니 다음에 오라고 했다.

김정호도 거절당하는 것이 좋을 리 없었다. 그러나 지도를 베껴야 하기에 기분이 좋고 나쁨을 따질 수 없었다. 어떤 굴욕을 당하더라도 지도를 보고 베끼고 싶은 것이 당시 김정호의 절박한 심정이었다. 그러기를 다섯 번인가 여섯 번, 김정호의 끈질긴 노력에 감탄했는지 하인이 조대감에게 그간의 사정 이야기를 전했고, 한번 들여보내라는 명을 받게 되었다.

삐익…… 조대감댁의 육중한 대문이 열렸고, 그 문턱을 넘어가는 김정호는 감개무량하였다. 꼭 들어가겠다고 다짐을 하였었지만 과연 들어갈 수 있을까 회의가 든 적이 한두 번이 아니었기 때문이다. 드디어 오늘은 들어가는구나! 김정호는 감개무량하였다. 넓은 마당을 넘어 정원을 돌고, 다시 작은 문을 지나 조대감이 사람을 접견하는 건물의 앞마당에 들어섰다. 조대감은 방에 있지 않고 마루에 서서 김정호를 기다리고 있었다. 그것은 반갑게 맞이한다는 뜻이 아니라 웬만하면 마루에서 일을 끝내고 김정호를 돌려보내려는 생각이었다. 조대감을 본 김정호는 머리가 땅에 닿도록 허리를 굽혀 예의를 갖추었다.

"대감마님. 오랜만에 뵙겠습니다."
"그래. 내 윤서방의 말을 들어 네가 여기에 온 적이 있다는 것을 알고 있다. 지금 보니 그때의 너의 모습이 기억난다. 그때도 정말 끈질겼지. 이번에도 그렇게 끈질겼다며?"
"아…… 아닙니다."
"아니다. 겸손할 것 없다. 너와 같은 평민이 우리 집 대문을 넘었다는 것만으로도 끈질기다는 징표가 된다. 오늘도 지도를 보고 싶어서 왔느냐?"
"대감마님. 죄송합니다만 그렇습니다."
"내 저번에 보여줄 만큼 보여줬다고 생각하는데. 더 이상 보여준다는 것은 있을 수 없는 일이다. 내 너의 끈질긴 행동에 여기까지 오게는 했다만 지도를 보여줄 수는 없구나. 이제 돌아가거라."
"대감마님. 저번에 지도를 보여주신 것은 정말로 감사드립니다. 죄송하지만 한 번만 더……."
"내 너의 마음을 알 것도 같다만 아까 말했듯이 그렇게는 해 줄 수 없으니 돌아가거라."

 김정호는 조대감의 거절에 더 이상 대항해봐야 아무 소용이 없다는 것을 직감할 수 있었다. 이럴 때 더 요구해야 조대감의 노여움만 살 것이라고 생각한 김정호는 곧 조대감의 말에 따르기로 하였다. 그래서 감사하다는 인사만 남기고 다시 조대감집의 대문을 나서게 되었다. 김정호의 뒷모습을 바라보는 조대감은 그놈 맹랑하다며 혀를 쯧쯧 차고 있었다.
 대문을 나선 김정호는 또 다른 좌절감에 힘겨워 했다. 그러나 한편으로는 이런 정도의 일을 미리 예상하고 있었기 때문에 좌절감을 쉽게 극복할 수 있었다. 목멱산 위에 떠 있는 태양이 유난히 눈부셔 김정호는 하늘을 한번 쳐다보았고, 눈부신 햇빛에 눈살을 찌푸렸다. 태양빛이 강해 눈살을 찌푸리게 된다고 태양을 싫어해서야 되겠는가? 태양빛이 싫어도 그 아래에서 살아야 하는 것이 세상의 이치였다. 세상일이라는 것이 싫다는 마음만으로 살아갈 수 있는 것이 아니었다. 싫어도 해야 하는 일이 좋아서 하는 일보다 훨씬 많은 것이 이 세상이다.
 김정호는 여러 가지 생각을 하였다. 조대감댁의 지도를 보지 않고는 자신의 일을 진척시킬 수 없다. 그러니 어떻게든 조대감댁의 지도를 보아야 하고, 조대감의 노여움을 사지 않으면서도 지도를 보는 방법, 더 나아가 지도를 베끼는 방법을 강구해야 했다. 그러나 아무리 궁리를 하여도 특별한 방법은 생각나지 않았다. 보기도 어려운데 베끼는 방법까지 강구해야 하다니 불가능하게 여겨졌다.
 김정호는 어쩔 수 없이 다시 찾아가는 방법밖에 없다는 결론에 도달했다. 그러면 어떻게 찾아갈까? 조대감의 마음을 바꾸어놓을 수 있는 방법이 없을까? 겨우 생각해낸 것이 자신이 새로 만든 지도책을 다섯 부 가지고 가는 것이었다. 그 지도책을 만들었을 때 조대감댁에 감사를 표하는 것을 잊었었다. 이번 기회에 감사를 표하면서 환심을 살 수 있지 않을까라는 생각이 들었다. 김정호는 달리 방법이 생각나지 않아 자신이 만든 지도책 다섯 부를 가지고 조대감댁을 한 달 만에 다시 찾았다.

김정호는 이미 조대감댁 하인과는 안면이 있는 사이였다. 하인은 끈질기게 찾아오는 김정호의 태도에 감동했던지 아주 우호적이었다. 그래서 조대감에게 자신의 존재를 알리는 것은 이제 쉬운 일이 되었다. 하인은 이번에는 김정호가 지도를 선물로 가지고 왔다고 고했고, 조대감은 별로 기대를 안했지만 김정호가 별 방법을 다 쓴다는 생각에 호기심을 갖게 되었다. 그리고 그 방법이 무엇일까, 더 나아가 어떤 지도이길래 선물이라고 가져왔을까 궁금하기도 했다.

마루에 서 있는 조대감을 보며 김정호는 또 여느 때처럼 머리가 땅에 닿도록 허리를 굽혀 예의를 갖추었다. 조대감은 은근한 호기심을 갖고 김정호를 바라보고 있었다. 그러나 단지 호기심이었을 뿐 김정호에게 지도를 보여주려는 마음은 없었다.

"그래. 네가 오늘 나에게 지도책 선물을 가져 왔다구?"
"예. 대감마님. 저번에 대감마님의 도움을 받아 만들어낸 것입니다."
"그러면 이리 가져와 보거라."

다섯 부의 지도책은 보자기에 곱게 싸여져 있었다. 김정호는 보자기 채 조대감에게 주지 않고 보자기를 풀어서 갖다 주었다. 자신이 다섯 부나 가져 왔음을 알려 호기심을 자극하고, 이 자리에서 조내감이 한 번이라도 들춰보기 쉽도록 하기 위해서였다. 예상대로 조대감은 호기심을 가지고 책을 들춰보기 시작했다. 초조하게 바라보던 김정호는 조대감의 얼굴에 당황의 빛이 서리는 것을 보며 조금씩 기대를 갖게 되었다.

"이것 봐라. 생각보다 잘 만들었는 걸? 지도 뒤에 도리표도 붙였고, 갖고 다니기에 아주 편리한 크기로 되어 있구나. 어디 멀리 갈 때 이것을 가지고 가면 의외로 도움이 많이 되겠구나."

"대감마님. 송구하옵니다."

"네가 이런 걸 만들었다면 진작 가져오지 이제야 갖고 오느냐? 그리고 이걸 만들 때 나에게 받은 도움도 있다면서."

"죄송합니다. 대감마님. 미처 그 생각을 하지 못했습니다. 그래서 오늘 죄송한 마음에 다섯 부를 가져온 것입니다. 지도책이 마음에 드시면 주위 분들에게 선물로 드릴 수 있지 않을까 해서입니다."

"내 네가 만들자마자 가져오지 않은 것은 괘씸하지만 나 역시 그때 너에게 무슨 대가를 보고 지도를 보여준 것은 아니니 그 문제는 더 이상 언급하지 않겠다. 그리고 오늘이라도 이렇게 다섯 부나 가져왔으니 고맙게 받겠다."

"대감마님 이해해 주셔서 감사합니다."

"그런데 늦게나마 나에게 이런 선물을 하는 것은 뭔가 대가를 바라고 하는 것이 아니겠느냐? 그러지 않고서야……."

"대감마님. 죄송합니다. 저……."

"됐다. 네가 저번에도 몇 번씩 우리 집에 찾아온 것을 내 다 기억한다. 그리고 나도 받았으니 뭔가 보답은 해야 하지 않겠느냐? 지도를 다시 볼 수 있게 해주마. 내 바빠 직접 꺼내줄 수는 없으니 윤서방을 따라가거라. 윤서방! 큰애를 시켜 지도를 보여주도록 하게나. 그리고 훼손되지 않도록 조심시키구."

　김정호는 조대감의 허락을 바라기는 했지만 이렇게 쉽게 허락이 떨어질 줄 상상하지는 못했다. 혹시 저번에 지도책을 안 가져왔다고 야단만 맞는 것이 아닌가라는 생각도 해보았다. 그렇게 될 가능성이 더 많다고 생각하였다. 세도가에 연줄을 대고자 하는 사람이 매우 많았고, 그런 연줄을 대기 위해서 들어가는 비용이 만만치 않았다. 김정호는 벼슬하고자 하는 사람은 아니었으나 자신의 목적을 이루기 위해 뭔가 가지고 갔다는 측면에서는 연줄을 대고자 하는 사람과 별반 다를 바가 없었다.

　가지고 간 것을 엽전의 가치로 따지면 극히 보잘것없는 수준이었으니 기대는 하면서도 이루어질 수 있을까에 대해서는 매우 회의적이었던 것이 사실이었다. 다행히 조대감이 자신의 지도를 좋게 보아 주었고, 그 덕분에 자신이 이루고자 하는 목적을 달성할 수 있었다.

　윤서방이라는 하인을 따라 조대감이 '큰애'라고 지칭하는 사람이 있는 곳으로 갔다. 가서 만나보니 이 집의 큰아들이었다. 나이는 김정호보다 조금 위로 보였다. 말쑥한 외모에, 옷차림도 격식이 있었다. 밖에서 이 집을 이야기하는 내용과 큰아들의 모습은 상당히 다를 것 같았다. 큰아들은 아버지의 명이라는 소리를 듣자 지체 없이 김정호를 방으로 불러들였다. 그리고는 이내 김정호가 보고 싶어 하는 지도를 큰 문갑 안에서 꺼내 놓았다.

　몇 권의 지도책으로 되어 있는 것으로 각 면에는 각 고을을 그림처럼 그린 지도와 기본적인 주기가 붙어 있었다. 그런데 큰아들이 지도책을 꺼낼 때 김정호의 눈에 띄는 것이 하나 있었다. 그 문갑 안에는 그 지도책만 있는 것이 아닌 것 같았다. 몇 권의 책이 더 있었고, 낱장을 몇 번 접어놓은 것 같은 것도 여러 개 보였다. 김정호는 이내 저것도 지도가 아닐까 궁금한 마음이 들었다.

그러나 김정호는 그런 궁금한 마음을 더 이상 표현하지 않았다. 말쑥한 외모에 격식 있는 옷차림의 큰아들이 과연 아버지가 명한 것 이외에도 다른 것을 할 수 있는 권한이 있을지 알지 못했기 때문이다. 만약 권한이 없을 때 권한 밖의 일을 물어보면 오히려 그것이 더 나쁜 결과를 가져올 수도 있다. 김정호는 이런 저런 생각에 오늘은 보고 싶었던 지도만을 보는 것이 최선이라는 결론에 도달하였다.

별로 말수가 없는 큰아들은 김정호가 지도를 자세히 보는 내내 옆에 앉아 있었다. 이런 지도가 흔하지 않은 것이기 때문에 혹시 훼손하지 않을까 걱정이 되었던 것 같다. 최한기처럼 친한 벗이야 지도를 맡겨놓고 하루 종일이라도 밖에 나가 있겠지만 그런 일은 흔한 경우가 아니었다.

김정호는 조금 불편하기는 했지만 크게 신경 쓰지는 않았다. 너무 오랫동안 보는 것은 대가집에 큰 실례라고 생각하여 최대한 짧게 보았지만 지도에 대해 잘 파악할 줄 알았던 김정호는 한장 한장 넘기면서 나름대로 볼 것은 다 보았다. 그리고 가져간 종이 위에 중요한 것도 적어놓았다. 보고 적는 것을 제지받을 것이라고 생각했지만 의외로 그렇지는 않았다.

"참 오래 보는구나. 자네 지도에 관심이 많은가보지?"

별로 말수가 없다고 생각했던 이 집의 큰아들이 말문을 열자 김정호는 화들짝 놀라고 말았다. 생각해 보니 김정호에게는 짧은 시간이었지만 그것을 지켜보는 사람에게는 결코 짧은 시간이 아니었다. 게다가 김정호에게 오래 본다는 말을 했기 때문에 자신이 무슨 큰 실수라도 저지른 것은 아닌가 걱정스러웠다.

"저…… 죄송합니다. 나으리."
"나에게 나으리라는 말은 좀 어색하구나. 나는 이번에 진사 시험에 합격했으니 그냥 조진사라고 불러다오."
"예…… 조진사님. 정말 죄송합니다."
"괜찮다. 지도에 정말 관심이 많은가보구나. 내 여러 사람에게 이 지도를 보여주며 지켜본 적은 있지만 이렇게 꼼꼼하고 오래 지도를 보는 사람은 자네가 처음이었어. 그래서 솔직히 기다리기 힘들었지만 언제까지, 어떻게 보는지 지켜보고 싶었다."
"죄송합니다. 조진사님. 저……."
"괜찮다고 했지 않았느냐. 지도를 더 보고 싶으면 더 보도록 하거라. 내 기다려 주겠다."
"저 오늘은 이만……."
"오늘은? 그러면 다음에 또 오겠다는 말이냐?"
"아 아니 그게 아니라……."
"오늘 너를 지켜보는 것이 생각보다 재미있었다. 내 요즘 따분한 일만 있었는데 너를 지켜보는 것은 좀 색다른 일이었다. 나에게 재미를 주었으니 내 다음에도 한 번 더 볼 수 있는 기회를 주도록 하겠다. 너무 자주 오면 아버님께서 좋아하실 것 같지 않으니 시간이 좀 흐른 다음에 오너라."
"감사합니다. 조진사님."

큰아들의 반응은 김정호가 전혀 생각하지도 못한 것이었다. 오늘 그 지도책을 보게 된 것도 우연의 일치였는데 다음에 또 볼 수 있는 기회가

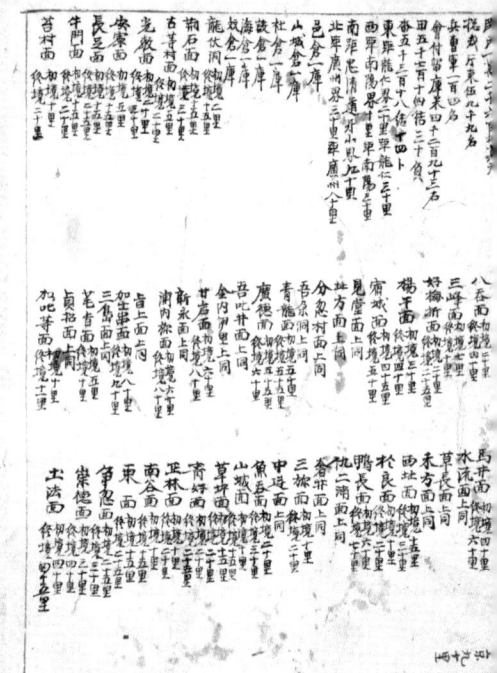

《지승》(규장각한국학연구원)의 수원부

생겼다는 것은 김정호에게 너무나도 신기한 우연이었다. 다시 볼 수 있는 희망이 생겼지만 그것은 시간이 흐른 다음이었다. 김정호는 집에 돌아와 일단 조대감댁에서 적어온 것을 다시 정리해 보았다.

시도의 내용을 보면 대부분 읍치에서 주변을 바라보는 형태로 산을 배치하였고, 대부분 산줄기가 이어져 있었다. 읍치 안에 있는 건물이 사세히 그려져 있으며, 읍치의 넓이가 넓었다. 그것을 보면 읍치에서의 1리와 읍치가 아닌 곳에서의 1리는 지도에 다르게 표시되었음을 알 수 있었다. 각 고을의 모습은 세로로 긴 네모 모양의 동일한 종이 안에 대부분 꽉 차게 그려져 있었다. 또 큰 고을과 작은 고을을 막론하고 모두 동일한 크기의 종이 위에 그려져 있었다.

이것을 보면 각 고을에 표시된 1리의 길이도 저마다 달랐다고 볼 수 있다. 이 지도책에 나오는 지도는 거리를 동일한 비율로 줄여 그린 것이 아니었다.

지도가 없는 다른 쪽에는 그 고을에 대한 여러 정보가 빼곡히 쓰여 있었다. 저번에는 이것 중에서 면이 몇 개 있는가만 적어 왔는데 이번에 자세히 보니, 각 고을의 호수와 군보軍保, 전답의 결수, 다른 고을 경계까지의 거리, 각 면의 초경初境과 종경終境 등 거리 정보가 아주 자세하게 적혀 있었다.

김정호는 궁금했다. 다른 고을 경계까지의 거리 그리고 각 면까지의 거리 정보가 이렇게 정확하게 적혀 있는 것은 어째서일까? 그러면서도 지도에는 각 거리의 비율이 전혀 맞지 않게 그려져 있었다. 만약 이 지도책을 중앙에 있는 관리만이 볼 것이라면 굳이 거리정보를 이렇게까지 자세하게 적어놓을 필요가 있었을까? 지도가 하나의 책으로 묶여 있으니 한 장 한 장 떼어서 가져갔을 것 같지도 않았다. 그렇다면 당연히 각 고을에 내려가는 사람이 본 것도 아닐 텐데. 그리고 각 거리 정보가 있다면 비슷한 비율로 지도를 그려도 될 텐데 그렇게 하지 않은 것은 무엇 때문일까?

김정호의 호기심은 점점 더 커졌다. 조진사댁에서 본 시노는 어쨌든 거리를 정확하게 하여 그린 지도는 아니었다. 그렇다면 자신이 본 조선의 전도도 그런 지도였을까? 그러나 자신이 본 조선의 전도는 아무리 보아도 아주 자세하게 그려졌을 뿐만 아니라 정확하게 그리려고 노력한 것으로만 보였다. 만약 그렇다면 어떻게 그런 지도를 그렸을까? 김정호는 각 정보의 거리를 어떻게 줄여서 그렸느냐가 관건이라는 결론에 도달하였다

그때, 본 지는 오래되었지만 『여지승람』에 각 지점의 거리 정보가 매

우 자세하다는 것을 다시 떠올릴 수 있었다. 그래서 자신의 방안에 꽂혀 있던 『여지승람』을 오랜만에 다시 들춰보게 되었다. 한장 한장 넘겨볼 때마다 각 지점의 거리 정보가 눈에 확 들어왔다. 게다가 옛날에는 눈여겨 보지 않았던 방위까지도 이제는 눈에 띄었다. 만약 각 지점의 거리와 방위 정보를 이용하여 잘만 그리면 하나의 지도가 될 수 있다는 결론에 도달하게 되었다.

그러나 그런 정보를 어떤 방법으로 해야 잘 그려나갈 수 있는지에 대해서는 아직 생각이 떠오르지 않았다. 가장 큰 문제는 방위였다. 『여지승람』을 자세히 검토해 보았더니 방위는 보통 동서남북 네 방향으로 되어 있는 것이 거의 전부였고, 동북, 동남, 서북, 서남을 합쳐 여덟 개로 되어 있는 것도 간혹 있었다. 거리 정보가 있다고 하더라도 단순히 동서남북으로만 되어 있다면 각 지점을 어디에 표시해야 하느냐에 따라 지도는 전혀 다른 모양이 될 수 있었다. 그렇더라도 김정호는 이제 지도를 만드는 방법에 대해 한 발 내딛고 있다는 느낌을 갖게 되었다. 그런데 발을 내디디면 내디딜수록 호기심은 더욱 커져 갔다.

도대체 어떻게 그려야 정확한 지도를 만들 수 있을까? 해가 떠서 해가 지고, 또 해가 뜨고 그렇게 시간은 계속 지나갔지만 의문을 풀 수가 없었다. 김정호는 그러는 동안에도 새로운 지도를 찾아 여기저기 다녔고, 더 나아가 『여지승람』과 같은 지리지의 중요성을 알게 되었기 때문에 더 자세한 지리지가 혹시 있지 않나 수소문 하였다.

조대감댁에는 이후 몇 번을 더 가게 되었다. 김정호에게 호감을 보였던 조진사는 아버지에게 고하지 않고 지도를 보여주었다. 그런 조진사에게도 김정호는 자신이 만든 지도책을 두 부 선물하였다. 그런 선물 때문이었는지 아니면 호감을 가져서였는지 조진사는 김정호에게 잘해 주었다. 다만 최한기처럼 김정호와 이런 저런 이야기를 나누는 그런 관계는 아니었다. 그냥 가서 잠시 안부를 묻고 약간의 궁금한 일상사만 이야기하는 정도였다.

어쨌든 김정호는 조진사의 배려로 지도를 베끼지는 못했지만 지도 옆의 주기는 모두 적어 올 수 있었다. 이 주기에 적혀 있는 거리와 방위 같은 위치 정보는 김정호에게 매우 소중한 것이었다. 특히 『여지승람』에는 면의 위치 정보가 전혀 없었다. 열심히 뭔가를 베껴가고, 꼼꼼히 지도를 조사하는 김정호를 본 조진사는 다른 지도도 슬쩍 보여주었다. 그 지도의 크기와 내용은 최한기가 가지고 있는 것과 거의 같았다.

좌절과 새로운 출발

　　　　　　　　　김정호의 지도 제작에 대한 욕구는 나날이 커져갔지만 모든 시간을 그것에 할애할 수는 없었다. 김정호에게는 이제 일곱 살쯤 된 자식과 처가 있었다. 스물다섯 살이 되던 무렵의 그가 몇 명의 자녀를 두었는지는 확실하지 않다. 그러나 어쨌든 김정호에게는 책임져야 할 가족이 있었으며, 그들을 위해 일을 해야 했다. 너그러운 가게 주인의 배려로 상당히 자유로운 생활을 하였다고는 하나 판각의 일을 완전히 밀어놓을 정도로 자신의 일에 몰두할 수는 없었다.

　먹고 살 수 있을 정도의 벌이에 투자하고 난 여가 시간에 정확한 지도의 제작을 위한 그의 탐구가 이루어졌다. 그렇게 하지 않으면 일을 진행시킬 수 없었기에 일에 대한 집중력은 더욱 강해질 수밖에 없었다.

　새로운 지도 제작을 위한 김정호의 수집 열정은 대단했다. 어디에 자신이 보지 못한 지도가 있다는 소식을 접하게 되면 판각에 들어가는 최소한의 시간을 제외한 모든 시간을 투자하였다. 그런 지도는 양반 대가집에 있는 것이 일반적이었다. 그런데 그런 대가집에서는 지도를 베낄 수 있기는커녕 보는 것조차도 꺼려 하였다. 그래서 하나의 지도를 보기까지 김정호의 눈물겨운 인내와 노력이 필요하였으며, 많은 시간을 투자해야 했다. 새로운 지도여서 베껴야 할 때는 몇 배나 더 힘들었다. 그러나 워낙 참을성이 많고, 성실한 김정호였기에 다는 아닐지라도 상당히 많은 지도를 수집할 수 있었다.

지리지를 비롯한 지도와 관계된 서적의 수집에도 상당한 노력을 경주하였다. 시중에서 구할 수 있는 것이라면 돈을 주고 구입하였고, 그렇지 못할 경우 어떻게든 부탁하여 필사하였다.

김정호가 정확한 지도의 제작에 큰 욕심을 갖기 전까지는 그의 가족이 먹고 사는데는 문제가 없었다. 가게주인으로부터 인정을 받았고, 그가 만든 지도가 잘 팔리고 있었기 때문에 보상도 다른 사람보다 많았다. 그러나 지도 제작에 대한 욕구가 커지면 커질수록 집안 살림은 점점 어려워질 수밖에 없었다. 그렇다고 김정호가 가족을 내팽개치는 그런 사람은 아니기에 김정호의 고민은 더욱 컸던 것이다.

지도를 구입하는 것이 아니라 베끼는 경우에도 비용은 만만치 않았다. 종이와 물감을 구입하는 비용도 김정호에게 너무나 벅찬 일이었다. 가끔은 가게주인이 고민하는 김정호를 도와주겠다고 했다. 그러나 김정호는 한사코 거절했으며, 받지 않았다. 그의 고집이 만만치 않아 몇 번 받은 적은 있었지만 그것만으로는 지도와 책을 수집하는데 크게 모자랐다.

이런 김정호를 도와줄 사람이 처한기였디. 그는 꼭 필요한 책이라면 금액에 구애받지 않고 구하려 하였기에 김정호의 상황을 충분히 이해하고 있었다. 그리고 최한기가 사려는 책의 양이나 비용에 비하면 김정호가 사려는 지도와 책은 그렇게 많은 비용을 요하지 않았다. 물론 최한기의 이런 도움도 김정호는 한사코 받지 않고 어떻게든 혼자서 해결하였다. 그러나 최한기의 고집 역시 대단했다.

최한기는 김정호가 자신의 도움을 거절할 때마다 남의 도움을 조금 받아 꿈을 이루는 것이 좋은 것인지, 아니면 혼자서 모든 것을 다하려다 결국 꿈을 이루지 못하는 것이 좋은 것인지 물어보았다. 그런 도움이 대가성이 없는 진심에서 우러나오는 것이니 꿈을 이루는 것만으로도 도움을 준 사람에 대한 보답이라는 이야기를 하기도 했다. 결국 최한기의 마음이 김정호의 고집을 꺾었고, 김정호는 자신이 감당할 수 없을 때에 한하여 도움을 받겠다고 했다. 최한기도 김정호의 자존심을 잘 알고 있기에 그 정도 선에서만 도와주기로 하였다.

지도와 지리지, 기타 지도와 관련된 서적에 대한 수집 작업은 여러 어려움을 겪으면서 진행되었다. 이러한 어려움을 뚫을 수 있었던 가장 큰 원동력은 김정호의 집념과 인내였다. 여기에다가 가게주인이 간간히 도와주는 것, 가장 어려울 때 최한기가 도와주는 것이 큰 힘이 되었다.

그렇게 어렵사리 구해진 지도 관련 자료들은 김정호의 끈질긴 검토와 비교를 통해 서서히 정리되고 있었다. 김정호는 원래도 쉬는 적이 별로 없는 사람이었지만 이 때는 더욱 그러했다. 먹고 살기 위해 쓰는 시간을 제외하면 거의 모든 시간을 자료의 검토와 비교 그리고 정리하는데 투자하였다.

김정호에게는 자는 시간도 아까웠다. 그래서 가능한 한 밤 늦게까지 일을 하는 경우가 많았다. 당시에 호롱불을 켜기 위해 들어가는 비용도 만만치 않았다. 그러나 김정호에게는 그런 비용보다는 자신의 꿈이 더 소중했다. 가장 친한 벗인 최한기를 만나는 횟수도 상당히 줄어들었다. 서로 둘도 없는 벗이었으나 각자 하고 싶은 일이 달라 진짜 이해가 되지 않는 것이 있어 최한기에게 물어봐야 할 때와 어쩔 수 없이 그의 도움을 받아야 할 때만 만났다.

김정호의 나이는 어느덧 스물여섯이 되었다. 그동안 지도의 제작과 관련되어 쌓아놓은 지식이 이제는 상당한 수준에 도달하였다. 그 과정에서 확실하게 알게 된 것은, 첫째, 지도는 지리지에 나와 있는 여러 위치의 거리와 방위 정보를 바탕으로 만들어지는 것이고, 둘째, 이런 정보를 종이 위에 동일한 비율로 표시하기 위한 방법을 개발해야 정확하고 자세한 지도가 만들어질 수 있으며, 셋째, 여러 정보를 통일적으로 이해할 수 있도록 하기 위해서는 여러 기호를 개발하여 사용해야 한다는 것이다. 이 중 둘째 번 것은 이미 70여 년 전에 세상을 떠났던 정상기란 사람에 의해 개발되었다는 것을 알게 되었다.

정상기는 100리척이란 것을 개발했는데 이것은 100리의 거리를 지도 위에 동일한 길이로 표시하기 위한 방법이었다. 100리척에는 10리마다 눈금이 있어 지리지에 나오는 거리 정보를 지도 위에 같은 비율로 표시하기 위한 하나의 기준이 되었다. 더군다나 지리지에는 120리나 130리로 되어 있더라도 산이 많은 곳은 평지의 100리와 같은 길이로 지도에 표시하게 하였다. 이것은 골짜기를 돌아가거나 산을 넘으면서 잰 거리는 종이 위의 평면에 나타낼 때 더 짧게 해야 함을 의미하였다.

김정호는 자신이 기존과는 다른 목판본 지도를 만들기 위해 정확하다고 알려진 지도를 수집하면서 100리척을 볼 수 있었다. 그러나 거기에는 100리척에 대한 설명이 없었기 때문에 그것이 무엇을 의미하는지 알 수 없었다. 당시에는 정확한 지도의 제작보다 기존의 지도를 어떻게 하면 잘

《팔도지도》(규장각한국학연구원)의 발문과 백리척

팔릴 수 있게 만드느냐가 중요한 관심사였기 때문에 그냥 지나쳐버렸었다. 그러나 이후 정확한 지도의 제작 방법을 이해하기 위해 여러 지도를 수집하면서 정상기의 발문이 적힌 지도를 여러 장 입수하게 되었는데 그 발문에 100리척을 만들게 된 경위가 적혀 있었다. 그 발문을 여러 번 읽고 정리하는 과정에서 겨우 100리척의 의미를 이해할 수 있었고, 당시에 돌아다니는 정확한 지도라는 것이 100리척의 개발로 가능하게 된 것임을 알 수 있었다.

그 과정에서 어렴풋이 짐작하고만 있었던 지리지의 위치 정보와 정확한 지도의 관계도 분명히 이해할 수 있게 되었다. 그런 지도를 통해 정상기란 사람이 정확한 지도를 만들기 위해 얼마나 많은 노력을 기울였는지, 얼마나 많은 시간을 투자했는지를 생각하면서 김정호는 존경심을 갖게 되었다.

그러나 김정호의 욕망은 정상기 지도의 수준에 멈추지 않았다. 이미 조대감댁에서 전국적인 군현지도책을 보았던 터라 면과 각 고을의 경계선까지도 자세하게 표시되어 있을 정도의 정확한 지도를 만들고 싶은 것이 김정호의 꿈이었다. 정상기가 그렸다는 지도의 사본들에는 면의 이름이 간혹 나오기는 하지만 자세하지는 않았다. 각 고을의 경계선은 말할 것도 없었다.

그러던 터에 최한기로부터 놀랄만한 소식이 전해졌다. 최고의 세도가였던 김대감댁에 다른 지도와는 비교가 되지 않을 정도로 크고 정확한 지도가 있다는 것이었다. 최한기도 보지는 못했지만 경상도 곤양군수를 지내고 개성으로 낙향한 양아버지를 만나러 갔다가 우연히 들은 것이라고 했다. 최한기는 김정호가 지도를 열심히 찾고 있다는 것을 잘 알고 있었기 때문에 혹시 양아버지가 자기가 모르는 지도를 알고 있는지 해서 넌지시 물어보았던 것이다. 양아버지도 그 지도를 보지는 못했지만 김대감댁을 드나들던 고위관직자의 아들인 친구로부터 들었다고 했다.

이런 소식을 접한 김정호는 가슴이 두근거려 뜬 눈으로 밤을 지새워야 했다. 그 지도가 도대체 어떤 지도이기에 다른 지도와는 비교가 되지 않을 정도로 그리고 정확하다는 이야기가 전해졌는지 너무나 궁금했다. 그러나 김정호는 무턱대고 김대감댁을 찾아가는 것이 무의미한 일임을 잘 알고 있었다. 조대감댁에 가서 지도를 보는 것도 정말로 힘들었는데 조대감댁보다도 더 위세를 떨치던 김대감댁이라면 훨씬 더 힘들 것이 분명했다. 그러나 다른 방법이 생각나지 않았다. 좋은 방법이 없을까 이리저리 궁리하기를 여러 날, 그래도 답은 나오지 않았다.

답답한 나날을 보내던 김정호에게 최한기가 찾아왔다. 서로 자기의 일에 바빴기 때문에 특별한 일이 있을 때에만 만나곤 하였다. 최한기를 맞이한 김정호는 얼른 방안으로 안내하였다. 평소에는 그리 바쁘게 움직이지 않던 최한기가 오늘따라 유난히 뛰듯이 방으로 들어왔다. 김정호는 뭔가 심상치 않은 일이 생겼다고 짐작하였다. 김정호와 마주 앉자마자 최한기는 기다릴 수 없었다는 듯 말문을 꺼냈다.

"이보게 정호. 좋은 소식을 가지고 왔네."

"그게 무슨 소린가 최생원. 좋은 소식을 가지고 왔다는 말은 나와 관계된 것이라는 의미인가?"

"당연하네 이 사람아. 자네가 요즘 잠을 잘 못잔다는 것을 내 잘 알고 있네. 내가 저번에 알려주었던 소식 때문에 밤낮으로 그 생각을 하고 있지 않았나?"

"역시 최생원이네. 자네는 자주 만나지 못해도 나를 항상 옆에서 지켜보고 있는 사람 같으이."

"이보게 정호. 그런 말은 그만두고 본론에 들어가겠네. 확실하지는 않지만 자네 그 지도를 볼 수 있는 길이 열릴 것 같네. 내 아버님과 친하게 지내던 분 중에서 도성에 살고 있는 사람이 있나 수소문해 본 끝에 그런 분을 몇 분 찾았네. 물론 그런 분이라고 하여 모두 자네에게 도움이 되는 것은 아니겠지만."

"아니 최생원. 그렇게까지 그 일에 신경을 썼었나? 자네 일도 바쁠 텐데……."

"이번 일은 아무리 생각해 봐도 자네 혼자서 해결할 수 없으리라 생각했네. 그래서 나도 그냥 넘어갈 수 없었지."

"최생원 고마우이."

"이 사람아 고맙다는 말보다는 어떻게 그 지도를 볼 수 있을까 생각하는 것이 더 중요하네. 더 들어보게나. 내가 수소문한 분 중에 김대감댁을 드나드는 분이 한 분 계셨네. 김대감댁과 상당히 친밀한 관계를 유지하시는 분 같았네."

"아니 그런 분이 자네 주위에 계셨는가?"

"이 사람아. 내 주위가 아니라 내 아버님 주위에 계셨던 것이지. 물론 그 분을 나는 아직 만나 뵌 적이 없다네. 그러나 아버님을 통하면 만날 수 있을 것 같고, 그 분에게 잘 부탁하면 김대감댁의 지도도 볼 수 있지 않을까 하네."

"최생원 정말 고마우이."

"이 사람아. 고마운 건 고마운 것이고, 어디 그렇게 해보는 것이 어떻겠나?"

"나는 그 지도를 볼 수만 있다면 어떤 방법으로라도 하고 싶네."

김정호의 꼼꼼하고 완벽주의적인 성격을 최한기는 잘 알고 있었다. 그래서 아무리 김정호에게 도움이 될 것이라고 판단해도 김정호에게서 긍정적인 대답을 얻지 않으면 최한기는 어떤 것도 하지 않았다. 이빈의 일도 마찬가지였다. 최한기가 먼저 일을 벌여놓고 그 결과를 김정호에게 알려주어도 되었으나 김정호가 어떤 반응을 보일지 모를 일이었다. 긍정적인 반응을 보이리라 예상했지만 혹시라도 편법으로 일을 처리하는 것 때문에 곤란해할 수도 있었다. 그래서 김정호에게 먼저 말해준 것이고, 다행히 긍정적인 답을 얻어 일을 추진할 수 있게 되었다.

최한기는 개성에 있는 양아버지에게 다시 한 번 다녀오는 수고를 마다하지 않았다. 그리고 양아버지에게 자신의 아들이니 만나면 잘 해달라는 편지를 얻어 김대감댁을 드나드는 사람을 찾아갔다. 양아버지의 편지가 효과가 있었던지 그 사람은 최한기를 매우 호의적으로 대했고, 김대감댁에 가서 지도를 보여줄 수 있도록 힘써주겠다고 했다.

드디어 김정호는 최한기와 함께 김대감댁 대문 앞에 서게 되었고, 미리 이야기가 되었던 덕분에 어렵지 않게 김대감댁 대청마루까지 갈 수 있었다. 대청마루에는 나이 지긋한 김대감이 서서 두 사람을 기다리고 있었다. 잘 차려 입은 옷차림, 큼직한 망건을 보니 역시 조선 최고의 위세를 떨치는 김대감다웠다. 대청마루에서 직접 자신들을 기다리고 있는 김대감을 보자 김정호는 이런 자리를 만들기까지 최한기의 노력이 얼마나 컸는지를 짐작할 수 있었다. 편법을 동원하기를 좋아하지 않는 최한기가 이런 자리를 만들기 위해 얼마나 힘들어했을 것일까? 그런 것들을 무릅쓰고 이런 자리를 만들었다는 것은 자신에 대한 믿음 때문이었을 것이다.

김정호는 김대감 앞에 서 있었지만 옆에 있는 벗 최한기에 대한 고마움이 머리를 꽉 채우고 있었다. 김대감에게 허리를 굽혀 예를 표하자 위엄 있는 목소리가 흘러나왔다.

"자네가 최생원인가?"

"예. 대감마님. 제가 최생원입니다. 이 쪽은……."

"얼마나 중요한 일이었기에 그런 방법을 다 동원했는가? 자네가 여기에 오기까지 몇 번의 청탁 과정이 있었다는 것을 들었네. 그런데 여기에 와서 나에게 부탁하고 싶은 것이 벼슬자리가 아니라지?"

"예. 대감마님. 저는 벼슬자리에는 별로 관심이……."

"최생원. 벼슬자리에 관심이 없다고 말하고 싶은가? 내 보기에 그것은 거짓말이네. 내 집의 대문을 넘은 대부분의 사람들이 벼슬자리 때문에 왔네. 벼슬자리 없이 세상을 살아가는 것이 얼마나 힘든데 그것에 관심이 없다고 하는가?"

"저…… 대감마님……."

"내 자네가 거짓말을 하고 있다고 생각하네만 그것은 더 이상 언급하지 않겠네. 물론 나도 벼슬자리가 아니라 지도를 보고 싶어 그렇게 어려운 과정을 거쳐 여기까지 오게 된 자네의 이야기를 들으면서 신기하게 생각했네. 근데 지금 보니 혼자 온 것이 아니지 않은가?"

"대감마님. 송구스럽습니다. 미리 말씀을 드려야 했지만 그렇게 하지를 못했습니다. 실은 지도를 보고 싶어 하는 것이 제가 아니라 이 옆에 있는 사람입니다."

"그래? 그럼 자네는 누군가?"

"예 대감마님. 저는 숭례문밖 만리재에 살고 있는 김정호라고 합니다."

"숭례문밖 만리재라. 그곳에는 양반이 거의 없을 텐데. 그러면 자네는 양반이 아닌가?"

"예. 대감마님 송구스럽습니다. 저는 양반이 아닙니다만……."

"아니 양반도 아닌 사가 어떻게 나의 집에 있는 지도를 보고 싶다는 말이냐?"

"대감마님. 송구스럽습니다. 저는 지도를 만들어 목판으로 찍어내는 일을 하고 있습니다."

"그래? 내 그런 지도가 많이 돌아다닌다는 것은 익히 알고 있고 본 적도 있네. 그런데 그건 아주 간단한 내용 뿐이던데. 내 집에 있는 지도는 그런 지도가 아니야. 그런 지도를 네가 봐서 뭘 하겠다는 거냐?"

6・좌절과 새로운 출발   115

"저……."

"그만 하거라. 내 네가 왜 내 집의 지도를 보고 싶은지 알고 싶지는 않다. 더 이상 듣고 싶지 않구나. 다만 내 양판서와 약속을 한 것이니 보여주기는 하겠다."

혹시나 김대감이 양반도 아닌 놈이 그런 것 봐서 뭐하겠느냐며 자신들을 쫓아낼까봐 가슴을 졸였으나 다행히 최한기가 부탁한 양판서의 입김이 작용하여 지도를 볼 수는 있게 되었다. 김대감은 하인에게 시켜 둘째 아들이 보는 앞에서 지도를 보여주도록 명하였다. 김대감의 둘째 아들은 몇 번이나 과거에 떨어져 겨우 아버지의 후광을 입고 입사入仕하게 된 사람이었다. 어쨌든 두 사람은 둘째 아들의 감시를 받으면서 지도를 볼 수 있었다.

둘째 아들이 방안에 펼쳐놓은 지도를 보는 두 사람의 입은 놀라서 다물어지지를 않았다. 세상에 이런 지도가 있었다니. 김정호가 이제껏 보아온 그 어떤 지도보다도 자세하고 컸다. 그 지도는 조선 전도가 아니라 각 도별로 그려놓은 지도였다. 아마 너무 커서 전도로 만들지 못하고 도별도로 만들어놓은 것으로 보였다.

초록색의 화려한 산줄기가 눈에 먼저 들어왔다. 강줄기의 굽이침도 매우 자세했거니와 각 고을의 경계선과 진보, 봉화, 역, 창고, 목장 등의 정보가 깔끔한 기호로 표시되어 있었다. 더 나아가 각 고을의 경계선도 표시되어 있었고, 면의 이름도 언뜻언뜻 보였다.

이런 지도를 볼 수 있는 기회는 거의 없었다. 지도의 자세함에 놀라 입을 다물지 못하고 있던 김정호는 짧은 시간안에 어떻게든 자세히 검토하기 위해 마음을 가다듬었다. 양반도 아닌 사람이 지도를 꼼꼼히 보는 모습을 김대감의 둘째 아들은 무표정하지만 신기한 듯 쳐다보고 있었다. 자신도 이 지도를 몇 번 보았지만 그냥 보고 지나치는 정도에 불과했다. 이렇게까지 자세한 지도를 자신이 왜 봐야 하는지도 잘 모르고 있었던 것이다. 그런데 양반도 아닌 놈이 와서 저렇게 자세히 보고 있으니 도통 알 수 없는 일이었다. 얼마 동안 보자 둘째 아들이 이제는 그만 봐야 한다며 돌아갈 것을 종용하였다.

최한기는 김정호가 더 오랫동안 볼 수 있게 해주고 싶었지만 김대감이나 그의 둘째 아들을 보아 그것이 어렵다는 생각을 하게 되었다. 더 이상 지체하다가는 오히려 봉변을 당할 것 같은 기분이었다.

아쉬움을 뒤로 한 채 방을 나와야 했고, 몇 번이나 보여줘서 감사하다는 표시를 머리가 땅에 닿도록 하였다. 그런 두 사람을 보는 둘째 아들의 입가에는 묘한 미소가 흐르고 있었다. 그런데 하인의 안내를 받으며 육중한 대문 앞에 선 최한기는 뜻밖의 말을 듣게 되었다. 김대감댁 하인은 최한기에게 엽전을 많이 가져오면 지도를 더 볼 수도 있다는 말을 넌지시 하였던 것이다. 최한기는 엽전을 주면서까지 무언가를 얻고자 하는 성격이 아니었지만 오늘의 그 말은 그냥 흘려보낼 수 없었다. 지금까지 본 지도 중 가장 새롭고 자세하다는 생각에 흥분을 가라앉히지 못하는 김정호를 쳐다보았다. 그러면서 최한기는 뭔가 결심한 듯하였다.

숭례문 근처에 이르러 집으로 가겠다는 김정호에게 최한기는 자신의 집 근방에 왔으니 한 번 들렀다 가라고 권했다. 최한기의 집은 숭례문 바로 안쪽의 창동이었다. 김정호는 최한기의 집을 그냥 지나가는 것도 예의는 아니라고 생각하여 잠시 방문하기로 하였다.

"최생원. 니무 고마우이. 내 얼마 안 살았지만 그런 지도는 처음 보았네. 어떻게 그렇게 자세하게 그릴 수 있었을까? 지도를 보면서 그런 생각이 머리를 꽉 채웠네."

"나도 그렇게 생각했네만 늘 지도만 생각하는 자네에 비하겠는가. 자네 앞으로 어떻게 할 생각인가?"

"내 지금까지 많은 지도를 보면서 정확하고 자세한 지도를 만드는 방법을 어렴풋이는 알게 되었네. 그러나 지금 그릴 수는 없네. 그러려면 내가 지금 갖고 있는 정보보다도 훨씬 많은 정보와 지도에 표시하는 좋은 방법을 개발해야만 하거든. 물론 100리척이라는 좋은 방법은 알아냈네만……. 그러나 그 지도를 보니 이미 정확하고 자세하게 만들어져 있는 것 같네. 그러니 내가 앞으로 뭐를 해야 하는지 더 생각해 봐야겠네."

"이 사람 정호. 그 지도가 자네에게 많은 고민을 하게 만들었구만. 그 지도 때문에 앞으로 뭐를 해야 할까에 대해서까지 다시 고민하게 될 정도이니."

"그러하네, 최생원."

"이보게 정호. 좀 조심스럽네만 그 지도를 더 자세히 보지 않고 앞으로 뭘 할까에 대해 고민할 수 있겠나?"

"이 사람 최생원. 또 나의 마음을 찌르는구만. 짧은 시간이었지만 그것이 쉽지 않다는 생각만 스쳤네. 내 그 지도보다 더 자세히 그릴 수 있을까? 솔직히 회의가 들었네."

"여보게 정호. 그러면 그 지도를 더 자세히 보지 않고는 앞으로 무엇을 할 수 있을지 결정하기가 쉽지 않겠구먼. 현재로서는 그 지도보다 더 자세히 만들 수도 없는 것이겠구. 또한 저번처럼 더 자세히 만드는 것이 아니라 보다 사람들이 이해하기 쉽게 지도를 만들려고 하여도 그 지도를 자세히 볼 수 없다면 할 수 없는 일이고."

"더 생각해 봐야 하지만 아직까지는 그렇네."

"이보게. 그 지도를 자네가 더 자세히 볼 수 있는 기회를 내가 만들어 보면 어떨까. 아니 아예 베껴올 수 있을지도 모르고."

"아니 그게 무슨 말인가? 김대감이 그것을 허락하겠나?"

"나도 김대감이 허락할 것이라고 생각하지 않네."

"그러면 어떻게 가능하단 말인가?"

"아까 그 집 하인이 나에게 뭐라고 속삭이던 것 보았지?"

"그렇네만. 그게 뭐였나?"

"다름이 아니라 엽전을 가져오면 지도를 더 볼 수도 있을 것이란 말이었네. 자네도 김대감댁이 벼슬을 팔고 있다는 것을 알고 있겠지? 뇌물만 있으면 벼슬도 살 수 있다는 것은 요즘 사람들이라면 다 아는 것이네. 그러니 지도를 보는 것도 마찬가지로 생각하면 되지 않겠나? 벼슬처럼 남의 눈에 띄는 것도 아니니 더 쉽지 않겠나? 아니 보는 것이 아니라 아예 지도를 베껴오는 것도 가능할 것일세."

"아니 자네도 뇌물을 쓸 줄 아는가?"

"이보게 정호. 나도 뇌물 써서 벼슬하는 것은 정말 싫네. 나는 그런 것이 싫어서 어쩌면 세상과 담을 쌓고 있는지도 모르지. 자기 일신이나 가문을 위해 세상을 파는 그런 사람들을 볼 때 심하게 말하면 구역질이 나네. 그러나 오늘 나는 뇌물을 쓸 수도 있다는 생각을 했네. 자네가 그리고 싶어하는 지도는 단순히 일신이나 가문을 위한 일이 아니지 않은가? 물론 자네가 그리고 싶어하는 지도가 뭐 이 나라와 이 백성을 위한 일이라는 거창한 목적에서 나온 것도 아니라고 생각하네. 그저 자신이 좋아서 하고 싶은 것이고, 자네가 그 분야에서 특출한 재주가 있어 갖게 된 꿈 아니가 하네. 이찌 보면 자네의 일신을 위해서 하는 일일 것이야."

"맞네. 자네 말처럼 내 이 세상을 구한다는 대단한 이상을 갖고 이 일을 시작한 것은 아니지. 나는 어쩌다 지도에 관심을 가졌고, 이왕 만들 거면 더 정확하고 자세하며 보기 쉬운 지도를 만들어야 한다는 꿈을 갖게 된 것일 뿐이지. 그러니 내 일신을 위한 일이라는 말이 맞다고 생각하네."

"이보게 정호. 역시 자네는 솔직해서 좋아. 그런데 여기서 생각해야 할 것이 자네의 일신을 위한 일이 벼슬을 엽전으로 사서 일신을 위하는 일과 다르다는 것이네. 자네는 누구에게도 해가 되지 않는 자네의 꿈을 위한 일을 하고 있네. 더 나아가 자네의 꿈이 이루어지면 이 세상 사람들에게 많은 혜택을 줄 수 있다고 생각하네."

"이 사람. 그렇게까지 거창하게 말할 필요가……."

"아니네. 더 들어보게. 그러나 엽전으로 벼슬을 사는 사람들은 정 반대의 일을 하고 있네. 그렇게 했더라도 이 세상에 혜택을 주는 사람이 전혀 없는 것은 아니지만 대부분의 그런 사람들은 자신이 투자한 만큼 세상에서 또 거두어들이려고 한다네. 결과는 뻔하지 않은가? 그들은 세상에 혜택은커녕 많은 사람들을 고통스럽게 하지."

"음……."

"나는 이렇게 생각했기 때문에 비록 방법은 나쁘더라도 뇌물을 주고 지도를 보는 것, 아니 베끼는 것도 할 수 있다는 생각을 하게 되었네. 물론 나의 벗이 평생 한탄 속에서 살아가는 것을 보고 싶지도 않았네."

"생각은 고맙네. 그러나 그 지도를 베낀다고 해서 더 뛰어난……."

"이 사람아 그런 말 하지 마시게. 나는 자네의 태도를 믿네. 연구하고 검토하여 비교해보고 정리하면서 또 다른 새로운 것을 만들어내려는 자네의 태도. 그것은 황금을 주고도 살 수 없는 소중한 재산이네. 그 지도를 자세히 보고나서 자네가 무엇을 어떻게 할 것인지에 대해 나는 전혀 모르네. 그러나 그런 것은 일단 베껴 오고 나서 생각할 문제네. 또 그런 것은 내가 왈가왈부할 것이 아니라 자네 스스로 결정해야 하는 것이기도 하고."

최한기의 속 깊은 마음을 보면서 김정호 역시 흔들리기 시작했다. 그러나 그 자리에서 그 일을 결정하기란 너무 어려운 문제였다. 최한기 역시 쉽게 결정한 것이 아니지만 김정호는 자신의 문제였기 때문에 결정이 더 어려웠다. 늘 꿋꿋하기만 한 벗 최한기에게 너무 많은 고통을 안겨주는 것은 아닌가? 엽전을 주면 그 일을 할 수 있다고 하지만 얼마만큼 주어야 할지, 아니 저쪽에서 얼마만큼 요구할지 그것도 모르는 일이었다. 최한기가 아무리 자신보다 경제적으로 여유가 있다고 하더라도 그 엽전이 가계를 기울게 할 수도 있는 것 아닌가? 만약 자신이 하고 싶어 한다면 최한기는 해줄 사람이기에 더욱 고민스러웠다.

조금만 시간을 더 달라며 결정을 미루고 벗의 집을 나왔다. 숭례문을 벗어나니 붉은 노을이 서산을 물들이고 있었다. 숭례문에서 만리재까지 터벅터벅 걷고 있는 김정호의 심정은 불그스레하여 칙칙하기까지 한 서산의 노을과 같았다.

《청구도》 초본의 제작

집에 돌아온 김정호는 착잡한 마음에 밥을 먹어도 먹은 것 같지 않았고, 잠을 청해도 이리저리 뒤척일 뿐이었다. 다음날 판각 일터로 나가 그동안 미처 처리하지 못했던 일을 깨끗이 해결했지만 마음은 여전히 무거웠다. 뭔가 걱정스럽게 바라보는 가게주인의 얼굴을 피해 몰래 다시 집으로 돌아왔다. 그러기를 여러 날 했다. 최한기의 말대로 하자니 너무 미안했고, 그렇다고 포기하자니 너무 힘들었다. 시간이 흐를수록 고민은 해결되지 않았고, 그렇다고 최한기가 찾아와 그렇게 하자고 재촉하지도 않았다. 그럴 사람이라고 생각도 안했지만 가끔은 최한기가 그렇게 해주기를 바라기도 했다.

고민고민하던 김정호는 결국 결정도 하지 못한 채 다시 최한기의 집을 찾게 되었다. 김정호를 맞이한 최한기의 얼굴에는 웃음이 하나 가득

했다. 그러나 김정호에게는 여전히 침묵이 흐르고 있을 뿐이었다. 이상하게 생각한 최한기가 먼저 말을 꺼냈다.

"자네가 멀리 보이길래 결심하고 온 줄 알았더니만 가까이서 얼굴을 보니 영 아니네."

"맞네. 도저히 어떻게 해야 할 지 결정을 못하겠네."

"이보게 정호. 그냥 하기로 하세. 내 자네에게 웬만하면 강요하지 않고 싶지만 오늘 자네의 얼굴을 보니 좀 강요해야겠다는 생각이 드네. 이런 얼굴로 평생을 살 것인가?"

"그렇지만……."

"됐네. 자네의 괴로움은 그 얼굴로 다 알려주었네. 나를 너무 걱정하지는 말게나. 나도 하고 싶은 일이 있으니 내 망할 정도로까지 자네를 도와주지는 못할 걸세. 자네 꿈도 소중하지만 나의 꿈도 소중하다네. 내가 내 꿈을 접으면서까지 자네를 돕는다면 자네 또한 편하겠는가? 그러니 서로 큰 무리 없이 꿈을 이룰 수 있는 선에서 일을 해결해 보겠네."

"그래도……."

"자네 '그래도' 하는 것을 보니 하는 쪽으로 마음이 기울어진 것 같구만. 그러년 두말할 필요없네. 그냥 하는 것으로 하세나."

김정호가 더 이상 말을 하지 못한다는 것을 최한기는 알고 있었다. 김정호의 마음이 너무 여린 것을 알기에 최한기는 그의 침묵이 하겠다는 의사표시라고 생각했다. 김정호도 하지 않겠다고 말을 하지 못했고, 어쩌면 자신의 침묵이 하겠디는 의사표시로 받아들여지길 바라고 있었는지도 모른다.

최한기는 지도를 보는 것이 아니라 베끼는 쪽으로 김대감댁 하인에게 의사를 타진하였다. 김대감댁 하인은 김대감은 모르는 일이고 둘째 아들과만 관계된 일이라면서 어디 가서 말하면 안 된다고 강조했다. 그러면서 몇 번 왔다 갔다 하더니 지도를 베끼는 대가로 지불해야 할 액수를 알려 주었다. 최한기는 내심 너무 많이 요구하면 어쩌나 걱정하고 있었는데 막상 하인으로부터 전해들은 엽전의 양은 최한기가 이 정도면 할 수 있다고 생각한 것보다 훨씬 적었다.

　역시 김대감의 둘째 아들에겐 지도가 그렇게 소중한 것이 못되었다. 최 말단의 벼슬을 요구하기 위해 일반적으로 가져가는 엽전의 십분의 일도 되지 않았다. 최한기는 다행이라 생각하였다. 최한기와 김정호는 엽전과 지도를 베낄 수 있는 도구를 갖추어 김대감댁으로 갔다. 넌지시 하인에게 엽전을 건넸으며, 김대감 몰래 하는 일이라 한적하여 사람의 눈에 띄지 않는 장소에서 작업을 하라고 했다. 물론 김대감댁의 둘째 아들은 그 자리에 없었고, 그 자리를 주선한 하인만이 왔다 갔다 하면서 주변의 눈치를 살폈다. 베끼는 작업이 하루에 끝날 리 만무했다. 두 사람이 사흘이나 그 집을 드나들고 나서야 지도를 다 베낄 수 있었다.

　지도를 다 베끼고 나오려는 두 사람에게 하인은 훨씬 훌륭한 지도책이 있다는 또 다른 소식을 알려주었다. 만약 그 지도책도 베껴가고 싶으면 이번 엽전의 세 배만 가져오면 된다고도 했다.

　그 소리를 듣고 돌아오던 김정호는 정말 난처하다는 표정을 지으며, 최한기도 쳐다보지 않은 채 땅만 보고 걷고 있었다. 하인의 또 다른 제안만 아니었다면 그 지도를 다 베껴 나오는 시간은 가슴이 두근거리는 희망의 시간이 되었을 것이다. 그러나 훨씬 훌륭한 지도책이 있다는 말 한마디에 김정호는 풀이 죽어 있었고, 최한기 역시 그런 김정호에게 차마 말을 걸지 못했다.

　최한기는 집으로 바로 돌아가려는 김정호를 억지로 자신의 집으로 끌었다. 집에 도착하자마자 최한기는 이왕 하는 것 훨씬 훌륭한 지도책도 베껴 오자고 하면서 그쪽에서 요구하는 엽전 양 정도는 자신의 가계에 큰 부담을 주지 않는다며 김정호를 계속 설득했다. 난처한 표정을 지으며 묵묵부답이던 김정호의 입에서 의외의 이야기가 튀어나왔다.

　"최생원. 자네의 마음 정말 고맙네. 미안하지만 자네의 마음을 그대로 받아들이겠네. 내 미안허이."

　최한기도 상상하지 못한 의외의 반응이었다. 저번에는 몇 날 며칠을 걸려서도 결정하지 못했던 것을 반나절도 안 되는 짧은 시간 안에 결정하고 있는 김정호의 모습은 누가 봐도 의외였다.
　그러나 김정호는 스스로 알고 있었다. 그 지도를 입수하지 못해 고민하는 자신의 모습은 벗 최한기에게도 고통이고 결국 자신도 두고두고 후회하면서 꿈도 이루지 못할 것이라는 것을. 그래서 이왕 그렇게 될 바에야 빨리 결정하여 실행하는 것이 훨씬 낫다는 생각을 하게 된 것이다. 그리고 최한기가 말했던 것처럼 자신이 진짜 훌륭한 지도를 만드는 것이 벗의 마음에 보답해주는 것이라는 생각도 굳히게 되었다. 비록 이번에는 먼저 알지 못했지만 김정호의 마음을 헤아릴 줄 아는 최한기도 금방 그 뜻을 이해하였다.
　김정호와 최한기는 바로 김대감댁을 찾지 않았다. 너무 조급하게 서두르면 저쪽에서 더 많은 돈을 요구할 지노 모르며, 엽전을 구하는데 시간이 걸리기도 했기 때문이다. 열흘 후에 겨우겨우 엽전을 모았고, 이번에 혹시 일이 잘못되면 최한기에게 피해가 갈까 걱정하는 김정호의 제안을 받아들여 김정호 혼자만 가게 되었다. 김대감댁 대문에서 만난 하인은 회심의 미소를 지었고, 일사천리로 일을 진행시켰다. 이번에도 김대감은 모르는 일이고 둘째 아들만 관계된 것이니 어디 가서 말하면 절대로 안 된다는 다짐을 받고자 하였다. 김정호야 그런 정도의 다짐은 얼마든지 해줄 수 있었다. 예전과 같은 장소에서 그 지도를 보게 되었고, 김대감댁 둘째 아들은 역시 그 자리에 없었다.

조심스레 보자기에 싸들고 온 지도책을 하인이 방바닥에 풀어놓자 김정호의 가슴은 또 다시 뛰고 있었다. 도대체 어떤 지도일까 너무나 궁금했다. 한편으로는 조대감댁에서 본 지도책은 아닌가 걱정이 되기도 했다. 만약 그렇다면 헛일로 엽전만 버려 최한기에게 피해만 끼치는 것이 된다. 한편으로는 베껴갈 수 있으니 그때보다는 훨씬 나을 것이라 생각하기도 했다.

하인이 펼쳐놓은 지도책은 일반적인 서적과 다를 것이 하나도 없었다. 하인은 지도책만 전해준 후 밖으로 나갔고, 방안에는 김정호 혼자만 남게 되었다. 지도책의 첫 장을 넘기는 김정호의 손끝이 파르르 떨리고 있었다. 첫 장을 넘기니 경기도 서른여덟 개 고을의 이름이 적혀 있었고, 가로 세로로 동일 간격의 선이 그어진 경위선도經緯線圖리는 것이 보였다. 좀 더 자세히 보니 각 선의 가로와 세로에는 숫자가 쓰여 있었고, 안쪽에는 경기도 고을의 이름이 원 표시와 함께 적혀 있었다.

김정호는 가로 세로로 동일 간격의 선이 그어진 것을 처음 보았다. 그러나 이 한 장만 가지고는 그것이 무엇을 의미하는지 알 수 없었다. 다시 한 장을 넘기니 양주 지도가 한 면에, 개성과 풍덕이 동시에 그려진 지도가 다른 한 면에 있었다. 그곳에도 가로 세로로 동일한 간격의 선이 그어

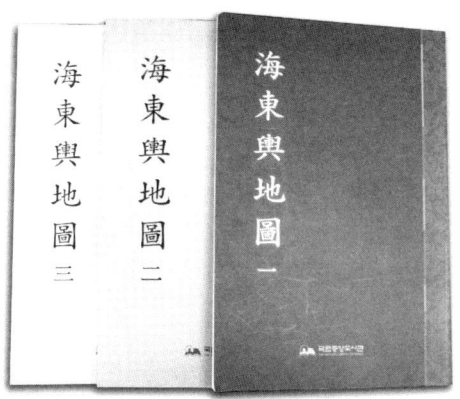
《해동여지도》(국립중앙도서관) 영인본

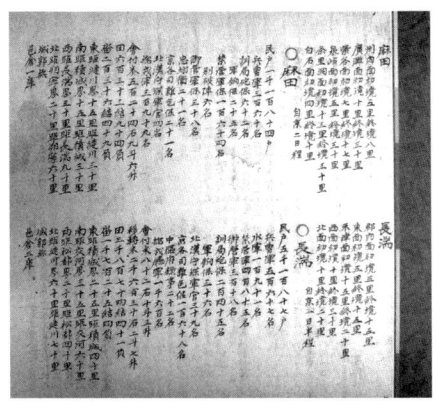
《해동여지도》 3권의 주기(마전장단)

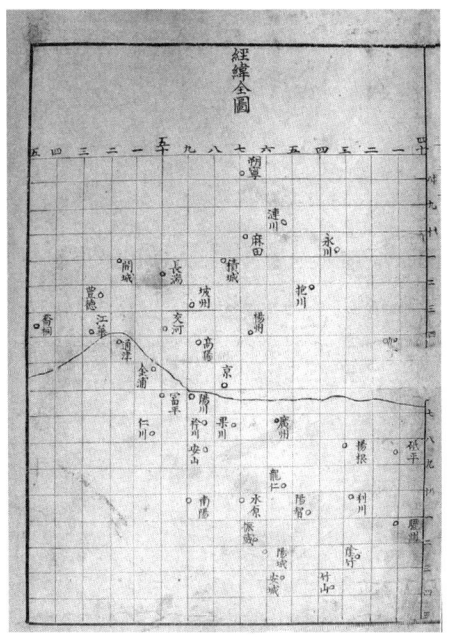
《해동여지도》의 〈경위전도〉

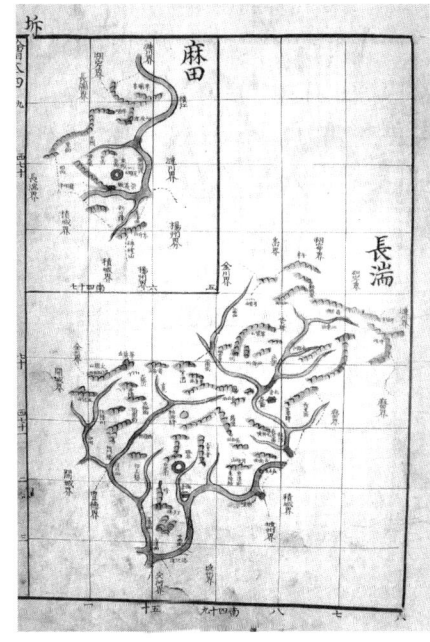
《해동여지도》의 마전장단

져 있었고, 가로 세로의 끝선에 숫자가 적혀 있었다. 이런 선들이 도대체 무엇이란 말인가?

김정호는 뭔가에 홀린 듯 계속 한장 한장 넘겨보았다. 고을만 바뀌었지 가로 세로의 동일간격, 각 선에 숫자가 쓰여 있는 지도들이 계속 이어지고 있었다. 어떤 면에는 한 고을만, 어떤 면에는 많게는 네 고을이 그려져 있었다. 각 도가 시작되는 곳에는 어김없이 각 도에 속한 고을의 이름이 적혀 있었고, 경위전도란 이름이 붙은 것이 모두 있었다.

그렇게 두 권의 책을 넘기고 세 번째의 권을 넘겨보니 지도는 없고 글자만이 쓰여 있었다. 자세히 보니 각 고을의 이름이 먼저 쓰여 있었고, 그 뒤로 호수, 군적, 전답의 결수, 각 고을 사방 경계까지의 거리, 성곽과 창고, 각 면의 초경과 종경이 적혀 있었다. 이것은 조대감댁에서 보았던 군현지도책의 각 지도 여백에 적혀 있는 것과 동일한 것이었다. 조금 더 살펴보니 각 도의 앞쪽에 쓰여 있던 고을의 순서와 각 지도의 순서는 정확히 일치하고 있었으며, 세 번째 권의 고을 순서도 마찬가지였다. 지도와 지지가 세트로 이루어진 전국적 군현지도책이었다.

지도를 검토하던 김정호는 이제껏 보았던 어떤 지도보다도 정확하며 자세하다는 것을 쉽게 알 수 있었다. 각 지도의 안쪽에는 면과 창고까지도 자세하게 기록되어 있는데 이렇게 자세한 것은 조대감댁에서 본 적이 있지만 그것은 꼭 그림처럼 그려져 있어 정확한 지도는 아니었다. 그러나 이 지도는 비록 산줄기가 그림처럼 되어 있었지만 첫눈에도 각 정보의 거리와 방위를 고려하여 그린 지도임을 쉽게 짐작할 수 있었다. 얼마 전에 이 집에서 베껴간 도별도를 보고도 놀랐지만 이 지도는 그것보다 훨씬 자세한 지도였다. 그 도별도가 이 지도를 바탕으로 만들어졌기 때문에 어떤 지도보다도 정확하고 자세한 내용을 갖게 되었으리라 생각되었다.

지도를 보면서 한참 놀라고 있을 때 하인이 이제 시간이 다 되었다며 문을 두드렸다. 김정호는 그제서야 자신이 상당한 시간 동안 지도를 살펴보고 있었음을 알 수 있었다. 하인도 어차피 이 지도를 베끼는데 저번보다 더 오랜 시간이 걸릴 것이라고 생각하고 있었기 때문에 오늘은 이만하고 돌아가라고 하였다. 김정호도 다시 올 수 있다는 희망이 있었기 때문에 미련 없이 그 자리를 떴다.

김대감댁을 나온 김정호는 자신도 모르게 빠른 걸음으로 최한기의 집을 향했다. 좀 걱정스런 모습으로 기다리던 최한기는 김정호를 보자 안도하며 반갑게 맞아주었다. 김정호는 최한기를 만나자마자 상황을 허겁지겁 더듬거리며 말해 주었다. 최한기는 김정호가 말을 더듬거리는 것을 거의 보지 못했기에 그가 정말로 대단한 지도를 보긴 본 것임을 짐작할 수 있었다.

최한기의 집을 나와 집으로 돌아온 김정호는 잠 못 이루고 뒤척였다. 도대체 어떻게 그린 지도일까? 새로운 지도를 보면 항상 설레는 김정호이지만 이 때의 흥분은 그 어느 때보다도 심했다. 오늘도 김정호는 새벽녘의 개소리를 들었고, 자신이 밤을 홀딱 새버렸다는 것을 알게 되었다. 더 이상 잠이 오지 않을 것이라 판단한 김정호는 이른 아침에 가게에 노착하였고, 자신을 빌어주는 주인의 배려로 오늘 할 일을 최대한 빨리 처리하였다. 일이 끝나기가 무섭게 김대감댁을 찾았고, 일사천리로 그 지도책을 베껴나가기 시작했다. 거의 열흘만에 지도책을 모두 베낀 후, 다시 최한기의 집을 찾았다.

"최생원. 이것 좀 보게나."

"이보게 정호. 그동안 왜 한번도 들르지 않았나? 내 궁금해서 죽는 줄 알았네."
"미안하네 최생원. 우선 이 지도부터 보게나."

지도를 한장 한장 들춰보던 최한기의 얼굴에도 놀란 표정이 역력했다. 김정호로부터 대충 어떤 지도라는 것을 듣기는 하였지만 실물을 대하고 보니 놀라움은 더욱 컸다. 이런 지도였기에 김정호가 말까지 더듬거렸다는 것을 이내 알 수 있었다.

"이보게 정호. 정말 대단한 지도네. 내 자세히 보지 않아 뭐라 말할 수는 없네만 직감으로도 대단히 정확하고 자세한 지도인 것처럼 보이네."
"최생원. 정말 그렇네. 도대체 어떻게 이런 지도를 만들었는지 정말 궁금하네."
"여보게. 이런 지도를 입수했으니 자네 앞으로 뭘 할 것인가?"
"이 사람아. 그것 뻔하지 않은가? 집에 가서 얼마가 걸릴지는 모르지만 이 지도책의 지도를 한장 한장 모두 검토해 봐야 하지 않겠나? 그동안 지도를 베끼는 데만 온 신경을 써서 도대체 어떻게 이런 지도를 만들게 되었는지에 대해서는 생각해보지 못했네."
"역시 자네네. 저번에는 앞으로 할 일이 무언지도 잘 결정하지 못하더니만 그것보다 훨씬 자세한 지도를 보고도 이번에는 다음에 무엇을 할 것인지 미리 결정하고 있으니 말일세. 자 그만 빨리 자네 집으로 가게나."
"고마우이. 자네와 얘기하고 싶은 마음도 크네만 내 빨리 가서 이 지도들을 꼼꼼히 검토해 봐야겠네."

김정호를 배웅하는 최한기의 머릿속엔 당분간 김정호를 보지 못할 것이란 생각이 스쳤다. 김정호는 어떤 일을 하나 붙들면, 그 일이 다 끝나거나 일을 진행시킬 상태가 되지 않는 한 최한기를 찾지 않았다. 조금이라도 빨리 집에 가려는 듯 김정호의 모습은 어두운 도성 속으로 금방 사라져 버렸다. 숭례문을 빠져 나온 김정호의 발걸음은 그 어느 때보다도 가볍고 빨랐다.

그 이후 김정호는 여러 달에 걸쳐 그 지도책의 분석에만 매달렸다. 판각 일터를 오가는 일 말고는 자신의 방에 틀어박혀 거의 바깥출입을 하지 않았다. 그만큼 그 지도의 내용은 김정호에게 충격이었고, 한편으로는 매력적이었다. 김정호는 몇 달 만에 최한기를 찾았고, 그동안 자신이 검토한 내용을 쉼 없이 내뱉었다.

"이보게 최생원. 내 그 책에 담겨 있는 비밀을 대부분 풀었네."

"이보게 정호. 당연한 것 아닌가. 다 풀지 않았다면 자네가 여기에 와 있겠나? 나도 빨리 듣고 싶으니 어서 말해 주게나."

"오늘은 내 자네에게 일방적으로 이야기할 것 같네. 좀 지루해도 끈기 있게 들어주게나."

"이 사람 무슨 말인가? 나도 궁금하기 그지없네. 그리고 자네가 몇 달 동안 푼 수수께끼를 들으면서 내가 무슨 말을 할 수 있겠나? 빨리 말해 보게나."

"고맙네 최생원. 우선 이것 잘 보게나. 각 고을에 그어져 있는 가로 세로의 선을 내 자세히 검토해 보니 20리마다 그은 것이네. 그리고 앞쪽에 경위전도라 표시된 곳에 그은 선도 모두 20리마다 그은 것이고. 경위전도에 그어진 가로 세로 선 끝에 적혀 있는 숫자를 각 고을의 가로 세로 선 끝에 적혀 있는 숫자와 비교해보면 정확히 들어맞는다네. 이것은 각 선의 숫자를 고려하여 각 고을의 지도를 이어붙이면 하나의 조선 전도가 된다는 것을 의미하네."

"그런가? 내 자세히 보지는 않았으니 일단 계속 하게나."

"그런데 지도책을 넘겨보면 20리의 선 간격이 다르게 그려져 있다네. 그것은 큰 고을과 작은 고을을 동일한 크기의 종이 위에 그려 넣으려고 하다가 보니까 작은 고을은 20리 간격이 넓어지고, 큰 고을은 20리 간격이 좁아져서 그런 것이네."

"이보게 정호. 그러면 왜 20리 간격의 선을 그은 것인가?"

"좋은 질문이네. 세 번째 권에 있는 면의 초경과 종경을 통해 비교해 보았네. 그런데 각 면의 위치는 읍치로부터의 초경과 거의 일치하네. 이렇게 일치하게 그리려면 거리를 일정한 간격으로 표시할 수 있는 기준이 필요하지. 가로 세로 20리 간격으로 그어진 선들은 그런 기준 역할을 하고 있는 것이네. 이 방법을 사용하면 눈대중으로 거리를 표시하는 것보다 훨씬 정확해질 수 있다네."

"그러면 방향은 어떻게 잡았나?"

"그것도 좋은 질문이네. 세 번째 권에 있는 면의 거리 정보에는 방향이 적혀 있지 않았네. 내 그래서 어떻게 방향을 잡아 거리를 표시했는지 참말로 궁금했다네. 그래서 몇 날 며칠을 고민했지. 그러다가 면이 아닌 다른 표시는 어떻게 한 것인지 별안간 궁금해졌다네. 그동안 세 번째 권에 있는 면의 거리 정보에만 신경을 쓰느라 면 이외에도 다른 정보가 표시되어 있다는 것을 잊고 있었던 것이지."

"그래서 찾았나?"

"찾았네. 갑자기 『여지승람』에 거리 정보뿐만 아니라 방향 정보까지도 적혀 있다는 것이 생각나더구만. 그 전에 『여지승람』을 한 번 꼼꼼히 검토한 적이 있었거든. 그러나 그때는 이런 지도를 보지 않았기 때문에 대충 짐작만 하고 지나갔던 것이지. 어쨌든 『여지승람』에 나오는 산의 거리와 위치 정보를 대조해 보았네. 그랬더니 이 지도에 나와 있는 위치와 대략 비슷하더구만. 그때서야 알았네. 이 지도를 만든 사람들이 『여지승람』과 같은 지리지를 참조하였다는 것을."

"그러면 다른 것은 어떤가?"

"『여지승람』에 없는 정보들도 이 지도에는 많이 있다네. 예를 들어 면과 같은 것은 『여지승람』에 없다네. 세 번째 권에도 방향 정보는 들어있지 않았네. 그러나 나는 확신할 수 있었네. 이 지도를 만든 사람들이 참고한 자료에는 이 지도에 표시된 모든 거리 정보와 위치 정보가 기록되어 있었을 것이네."

"역시 기존에 자네가 지리지의 정보를 가지고 지도를 만들었다고 말했던 것이 확인되는 것이네그려."

"맞네. 확실히 확인이 되었지. 그리고 기존에는 이렇게 가로 세로로 동일 간격의 선을 그어 지도를 만드는 방법에 대해서는 생각하지 못했네."

"그러면 위치 정보만 정확하게 알고 있으면 더 훌륭한 지도도 만들 수 있다는 것 아닌가?"

"그러하네. 그러나 나에겐 그런 위치 정보를 이 지도보다 더 많이 기록한 자료가 없다네. 『여지승람』과 비교하면서 몇 개는 다르게 위치를 표시한 것도 알게 되었네. 그래서 과연 어떤 자료를 참고 했기에 『여지승람』과 다르게 표시했는지 그것도 궁금하게 되었네."

"이보게 정호. 그러면 이 시노의 문제점은 없는가?"

"이보게 최생원. 이 지도도 몇 개의 문제점을 갖고 있다고 생각하네.

우선 지도 위에도 선이 그어져 있어 지명이 잘 안보일 때가 있지 않은가?"

"정말 그러네그려."

"이 지도를 좀 개선하려면 가로 세로로 동일 간격의 선을 그려 지도를 만드는 장점을 계승하면서도 마지막으로 나온 지도에는 선을 없애는 방법을 찾아봐야하네. 다음으로 아까 말했지만 각 지도를 보면 20리의 선 간격이 다르지 않은가? 이 지도를 꼼꼼하게 관찰하는 전문가는 그런 문제가 있더라도 지도를 이해하는데 큰 문제가 없네. 그러나 그렇지 못한 사람이 보면 각 고을의 크기를 잘못 이해할 수 있는 단점이 있다네. 이것도 좀 개선할 필요가 있다고 생각하네."

"내가 봐도 그렇게 보이네. 자네에게 설명을 들어서 그렇지 만약 그렇지 않았다면 착각할 수 있겠네."

"다음으로 각 고을이 모두 떨어져 있으니 어떻게 연결되어 있는지 이해하기가 어렵네. 물론 각 고을에는 경계를 맞대고 있는 고을 이름이 적혀 있고, 앞의 경위전도에 있는 숫자와 지도 위의 숫자를 맞혀 보면 고을들을 이어볼 수 있네. 그러나 그것도 이 지도를 꼼꼼하게 검토한 사람에게나 해당되는 것이지 그냥 보는 사람은 이해하기가 참말로 어렵네."

"이보게 정호. 정말 자세히도 연구했구만. 자네의 설명을 들으며 보니 쉽게 이해가 되네."

"그러면 자네 앞으로 어쩔 셈인가?"

"이 사람 최생원. 이번에는 내가 무엇을 할 지에 대해 미리 이야기하지 않네 그려."

"여보게 정호. 그것을 내가 맞추기에는 자네가 너무 많은 이야기를 해 주었네. 그러니 내가 어떻게 맞추겠나?"

"아까 말한 이 지도의 단점을 극복할 수 있는 방법을 연구해야겠네. 더 나아가 이런 방법이 언제부터 시작된 것인지, 그것이 우리 조선에서는 언제부터 이용되었는지에 대해서도 살펴볼 필요가 있다고 생각하네."

"역시 자네야. 내가 '역시 자네야'란 소리를 많이 하네만 자네의 이야기를 들으면 그런 말을 안 할 수가 없다네. 참 대단하네."

"이 사람 최생원. 나를 놀리지 말게나. 내 자네의 이야기를 들을 때도 똑같은 생각을 한다네."

"우리 서로 같은 생각을 하고 있었는가? 역시 자네와 나는 통하네."

김정호의 지도에 대한 연구는 또 다른 차원으로 접어들고 있었다. 이번에는 정확하고 세세한 지도를 제작하는 것이 목적이 아니었다. 이미 그런 지도가 있었다는 것을 알게 되었기 때문에 잠시 그런 목적은 접어둘 수밖에 없었다.

중요한 것은 이번에 베껴온 지도를 이용하기 쉬운 형태로 만드는 것이었다. 그러기 위해서는 우선 이 지도가 만들어지기까지 어떤 과정이 있었는지를 이해할 필요가 있었다. 이때부터 김정호는 지도의 변천사라고 할까, 지금까지 지도를 만드는 기술이 어떻게 변해왔는지를 검토하기 시작했다.

이런 저런 책자를 검토하면서 지도는 이미 중국의 문명이 최초로 시작된 하나라의 우왕때 획야분주劃野分州, 즉 중국을 구주九州로 나누어 다스리면서 만들기 시작했다는 것을 알게 되었다.

우왕이 한 곳에 앉아 전국을 파악하려면 자신이 다스리는 땅이 어떻게 생겼으며, 무엇이 어디에 있는지를 알고 있어야 했다. 그래서 땅위의 모습을 작게 축소한 시노가 필요했던 것이다. 그러나 지도에 담을 수 있는 내용은 한정이 있기 때문에 지역의 내용을 모두 담을 수는 없었다. 그런 단점을 극복하기 위해 어떤 지역의 내용을 자세히 적어놓은 지리지도 만들게 된 것이다. 우왕은 한 손에는 지도를, 다른 손에는 지리지를 들고 전국의 상황을 일목요연하게 볼 수 있었으며, 전국의 상황을 잘 이해하고 있었기 때문에 통치할 수 있었던 것이다.

더 나아가 중국 서진(西晉 : 265-317)의 배수(裵秀 : 224-271)가 지도를 그리는 여섯 가지 원칙을 만들었으며, 후대에 이것이 지도를 정확하게 그리는 중요한 기준이 되어 왔음도 파악할 수 있었다.

배수의 여섯 가지 원칙은 첫째, 실제 세계를 어떤 비율로 축소할 것인가를 정해야 한다. 둘째, 방위를 잡아나가는 기준을 정해야 한다. 셋째, 거리를 정확히 측정해야 한다. 넷째, 지형의 높낮이를 고려해야 한다. 다섯째, 경계선의 모나고 삐뚤어진 윤곽을 이해해야 한다. 여섯째, 도로나 하천 등이 구불구불한지 직선으로 되어 있는지를 이해해야 한다. 이러한 배수의 6가지 원칙만 잘 지키면 정확하고 세세한 지도를 잘 만들 수 있었다. 그리고 6가지 원칙 중 두 번째부터의 것은 모두 지도를 그리기 위해 필요한 정보였으며, 이런 것은 대부분 지리지에 적혀 있었다. 『여지승람』에 각 고을의 읍치로부터 각 지점과 이웃 고을과의 경계선까지 거리와 방위를 적어놓은 것은 바로 그런 이유 때문이었다.

지도와 지리지는 이용의 차원뿐만 아니라 제작의 차원에서도 상호 보완적인 것이었다. 즉 위치 정보를 정확하게 담고 있는 지리지 없이 지도가 만들어질 수 없으며, 정확한 지도 없이 지리지의 위치 정보에 대한 교정이 제대로 이루어질 수 없는 것이었다.

김정호도 지도와 지리지의 관계가 단지 이용의 차원만이 아니라 제작과 교정의 차원에서도 밀접한 관계가 있음을 이미 이해하고 있었다. 그러나 그것을 분명하게 정리하지는 못하고 있었는데 이러한 지도 변천사에 대한 검토를 통해 체계적으로 이해할 수 있게 되었다. 그런데 위치 정보를 지도에 정확하게 표시하는 방법은 생각보다 쉽지 않은 것이었다. 즉, 배수가 첫 번째로 지적한 실제 세계를 어떤 비율로 축소하여 그릴 것인가는 가장 중요하면서도 어려운 문제였다. 그런 문제를 해결한 것 중의 하나가 정상기란 사람의 100리척이었다. 그런데 김대감댁에서 베껴온 지도에는 100리척보다도 더 편리한 방법, 즉 20리를 동일한 간격의 가로 세로 선으로 그려놓고 지도를 그리고 있었던 것이다.

그런 방법이 언제부터 조선에서 이용되었는가를 찾아보았다. 여러 자료를 찾아보니 삼국사와 고려사에서도 지도가 있었다고 나와 있으며, 조선 초에도 여러 지도가 만들어졌음을 알 수 있었다. 그러나 그런 방법이 사용되었는지는 알 수 없었고, 다만 정조대왕 때 가로 세로의 선을 그어 지도를 만들었다는 것을 알 수 있었다. 그리고 이때 가로 세로의 선을 그어 만든 지도도 조사하였는데 숙종대왕 때의 윤영, 영조대왕 때의 황엽과 정철조의 것이 가장 우수했다는 것도 알 수 있었다.

지도의 제작 방법과 지도변천사에 대한 조사가 끝나자 김정호는 또 다른 연구를 시작하였다. 김대감댁에서 베껴온 지도는 장점이 많았지만 단점도 있는 지도였다. 그런 단점의 핵심은 사람들이 이용하기에 매우 불편한 형식으로 만들어져 있다는 점이었다. 아마 그 지도를 만든 사람은 제작 당시 많은 사람들이 이용한다는 전제하에 만든 것 같지는 않았다. 반면에 김정호가 사람들의 이용 편의를 중요하게 생각한 것은 그가 수많은 목판본 지도를 찍어냈던 사람이었기 때문이었다.

목판본 시도는 많은 사람들에게 지도를 보급하기 위해 만드는 것인데 그럴 경우 많은 사람들이 이용하기 쉬운 형식으로 만드는 것이 기본이 될 수밖에 없다. 물론 김정호는 많은 사람에게 혜택을 주려는 목적보다는 지도를 많이 팔기 위해 목판본 지도를 만들었다. 하지만 그런 과정에서 지도의 편리한 이용을 위해서는 어떻게 만들어야 하는가에 대한 문제가 아주 자연스럽고 가장 중요한 관심사였던 것이다.

김대감댁에서 베껴온 지도의 형식을 개선하기 위해서는 우선 20리마다 그려진 가로 세로의 선 간격을 동일하게 만들 필요가 있었다. 이를 위해서는 크게 그려진 작은 고을은 축소하고, 작게 그려진 큰 고을은 확대해야 하였다. 김정호는 그러한 방식에 대해 이미 이해하고 있었지만 역시 체계화되어 있지는 않았다. 다행히 최한기가 사물의 축소와 확대에 관한 내용이 『기하원본幾何元本』이란 책에 자세히 적혀 있음을 알려주었고, 그 책을 통해 이제 축소와 확대에 관한 체계적인 방식도 완벽하게 이해할 수 있게 되었다.

이 문제를 해결하고 나자 동일 간격으로 가로와 세로의 선을 그대로 정확하게 그리는 장점을 취하면서도 그 선들이 지도를 보는데 방해가 되지 않도록 방법을 궁리하게 되었다. 가로와 세로로 동일 간격의 선을 긋지 않으면 거리를 정확하게 표시할 수 없다. 그리고 이것은 지도를 처음

『기하원본』(규장각한국학연구원)

그릴 때뿐만 아니라 지도를 축소하거나 확대할 때에도 꼭 필요한 방법이었다. 그런데 이 선을 없애야 지도를 이용하는데 편리했다. 꼭 있어야만 하는데도 또 없애야 한다는 것, 참 어려운 문제였다.

김정호는 이 문제로 한참 동안 골머리를 앓았다. 있어야 하면서 없애야 한다. 완벽주의자적 성격을 갖고 있었던 김정호였기에 어찌 보면 말장난 같은 이 문제를 해결하지 않고는 한발짝도 더 나아갈 수 없었다. 도대체 어떻게 해야 이 문제가 해결될 수 있을까? 아침에도 점심에도, 저녁에도 잘 때에도 이 문제를 해결하기 위해 많은 고민을 했다. 도대체…… 도대체…… 머리 속에 빙빙 돌기만 하였고 답은 나오지 않았다.

그러다가 우연히 자신이 그동안 많은 지도를 베껴온 시간들이 머리 속을 스쳐 지나가게 되었다. 지도를 그대로 베끼기 위해서는 밑이 비치는 얇은 종이를 원본 위에 놓고 그려왔다. 그런데 이번에는 베끼는 것이 아니라 축소와 확대를 통해 새롭게 그리는 일이다. 혹시 둘 사이에 무슨 연관관계가 있는 것은 아닐까?

이런 저런 생각을 골똘히 하던 김정호의 얼굴이 드디어 함박웃음으로 가득 차게 되었다. 오랜 숙고 끝에 문제가 확연하게 해결된 것이다. 이번에는 원본을 그대로 베끼는 것이 아니니 밑이 비치는 얇은 종이를 원본 위에 놓을 필요가 없었다. 따라서 원본이 놓일 자리에 동일 간격으로 가로와 세로의 선을 그은 종이를 놓으면 어떨까를 생각하게 된 것이다. 그렇다면 새롭게 그리는 종이 위에 가로와 세로의 선을 긋지 않더라도 그리는 것과 마찬가지의 효과를 낼 수 있는 것이다.

문제가 한 가지 해결 될 때마다 김정호의 가슴 속에 솟아오르는 기쁨은 이루 헤아릴 수 없었다. 그러나 문제를 해결하고 나면 또 다른 새로운 문제가 나타났다. 그의 구상은 김내감댁에서 베껴온 지도를 보다 이용하기 편리한 형식으로 만들어내는 것이었다. 따라서 최종적으로 완성품을 만들어내기까지는 문제가 계속 발생할 수밖에 없었으며, 이것을 해결하지 않으면 완성품은 나올 수 없는 것이었다.

축소와 확대, 가로와 세로의 선을 그리면서도 그 선을 없애는 방법을 만들어냈지만 각 고을을 모두 연결시켜 그리는 문제는 또 다른 차원의 문제였다. 김대감댁에서 베껴온 지도를 만약 한 장에 다 연결하여 그린다면 남북이 대략 다섯 사람을 이어놓은 크기가 된다. 그런 지도를 만들어봐야 누가 이용하겠는가? 아니 그런 지도를 펴놓을 수 있는 공간도 없으니 불가능한 일이기도 했다.

김정호의 고민은 계속되었다. 그런데 이번에는 문제를 쉽게 풀 수 있는 방법을 어느 정도 알고 있었다. 즉, 자신의 머리 속에서 새로운 것을 만드는 것이 아니라 기존의 것을 응용해 보면 답이 나올 수도 있다고 생각하게 된 것이다. 그는 그동안 보았던 지도를 머리 속에 수없이 떠올려 보았다. 자세하고 정확한 지도의 상당수는 대부분 한 장으로 이루어져 있어 여러 겹으로 접어 보관하다가 보고 싶으면 방안 가득히 펼쳐놓아야 했다. 이 방식은 아무리 생각해봐도 이번의 지도에는 적용시킬 수 없는 것이었다. 그렇다고 김대감댁에서 베껴온 지도처럼 각 고을을 하나씩 그려 책의 형식을 취하는 것도 서로 연결해서 볼 수 없는 단점이 있어 이미 포기한 방법이었다.

김정호의 고민은 두 가지로 압축되었다. 첫째, 크고 자세한 지도를 그리면서도 작은 크기로 만드는 방법을 구상하는 것, 둘째, 작은 크기로 만들면서도 각 고을을 연결해서 볼 수 있는 방법을 구상하는 것이었다.

첫 번째 문제는 아무리 생각해도 전국을 동일한 크기로 나누어 그리는 방법밖에 없었다. 이를 위해서는 김대감댁에서 베껴온 지도책의 경위전도를 좀 더 개선하면 될 것 같았다. 즉, 전국을 가로와 세로의 동일 간격으로 나누고 하나의 사각형을 한 장의 지도로 생각하면 되는 것이었다. 그러면 어떤 간격으로 나눌까? 김정호는 당시에 일반적으로 유행하던 서적의 크기를 생각했다. 서적의 가로 세로의 비율을 계산해 보니 대략 7 : 10이었다. 그렇다면 가로는 70리로, 세로는 100리로 나누면 된다는 생각을 하게 되었다. 그리고 70리와 100리의 각 장은 김대감댁에서 베껴 온 지도보다 더 간격이 조밀해야 위치의 오류를 줄일 수 있으므로 가로와 세로로 10리씩 나누게 되었다.

두 번째 문제는 첫 번째 문제보다 더 어려웠다. 그래서 더 오랫동안 생각하였으며, 각 고을의 연결이라는 부분에서 그동안 자신이 만들었던 작은 목판본 지도책을 떠올리게 되었다. 이 지도는 옷소매에 넣어 가지고 다니며 볼 수 있도록 작게 만든 것이며, 작기 때문에 책으로 묶기 어려웠다. 그래서 병풍처럼 접었다 폈다 할 수 있게 만들게 되었다. 이 방법을 응용하면 괜찮겠다는 생각을 하자 문제의 해결에 급진전이 이루어졌다.

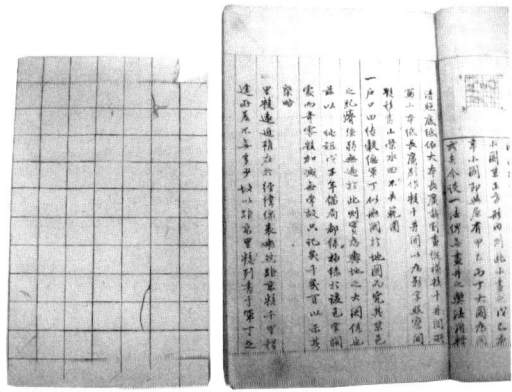

10리 방안 받침과 《청구도》(영남대박물관)

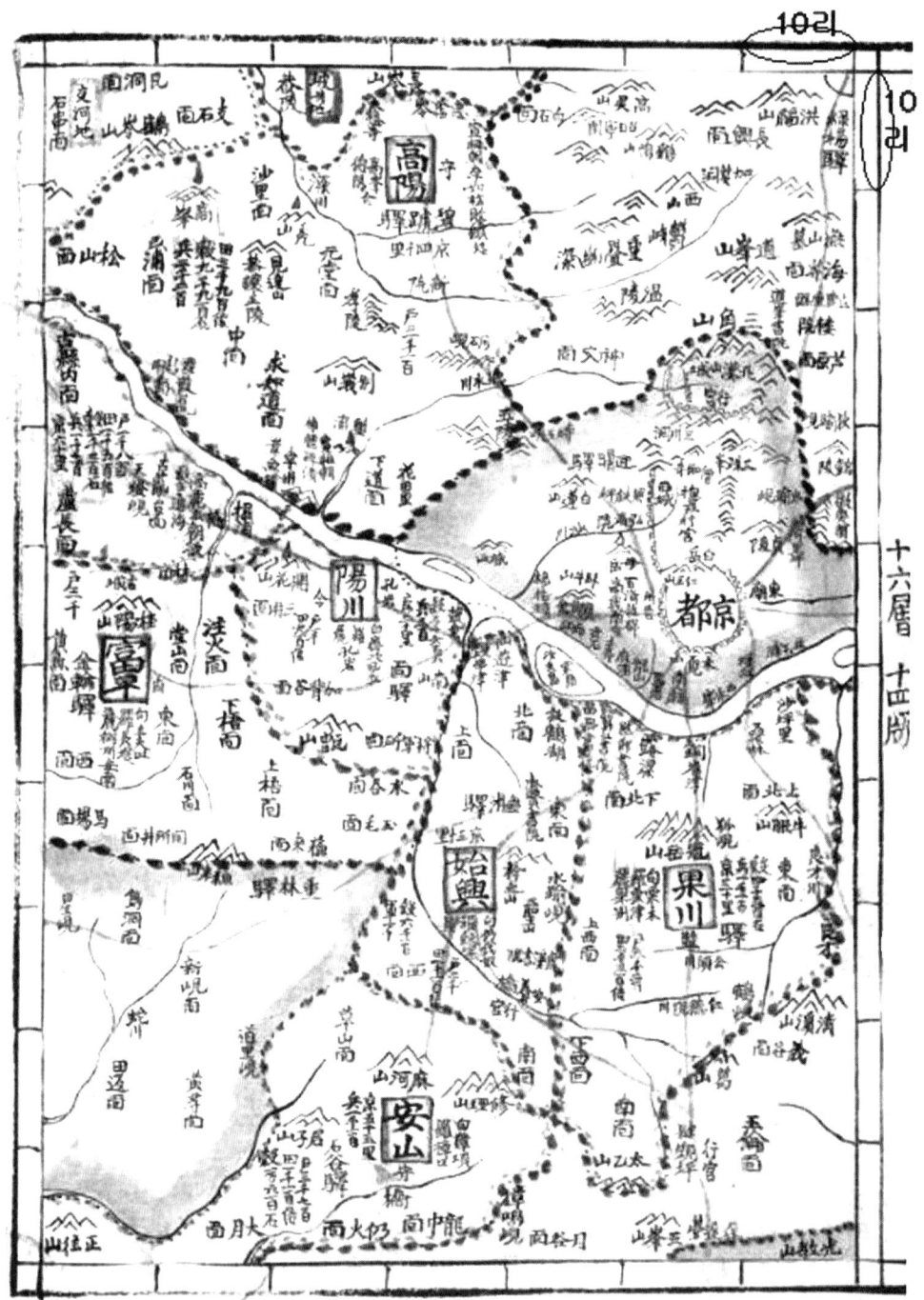

《청구요람》(규장각한국학연구원)의 방안

즉, 전국을 동일 간격으로 나눈 후 가로의 한 층마다 병풍처럼 접었다 폈다 할 수 있게 만드는 것이었다. 그렇게 만들면 가로 부분은 자연히 연결되는 것이고, 세로를 연결해서 보려면 각 층의 위와 아래를 붙여 보면 되는 것이었다. 그리고 이렇게 연결해서 보기 쉽도록 각 층 상단에 12간지를 적어놓으면 더욱 좋다고 생각했다. 즉, 위 아래로 연결되는 층을 찾기 위해서는 각 층에서 동일한 간지를 찾기만 하면 되는 것이었다.

이제 김정호의 구상은 끝났고, 김대감댁에서 베껴온 지도책의 장점을 살리면서 사람들이 쉽게 이용할 수 있는 지도를 만들기만 하면 되었다. 그가 이런 구상을 하기까지 얼마의 시간이 걸렸는지는 확실하지 않다. 구상을 끝낼 무렵 김정호의 나이는 대략 스물여덟이 되어 있었다.

새로운 형식의 지도를 그리는 방법에 대한 파악을 끝내자마자 김정호는 본격적인 지도 제작에 들어갔다. 밑이 비치는 종이를 가로 70리, 세로 100리의 크기로 잘라 수백 장을 만들었다. 동일한 크기의 종이에 10리 간격으로 가로 세로의 선을 그은 두꺼운 종이도 몇 장 만들었다. 이어 김대감댁에서 베껴온 지도에 붙어 있는 가로 세로의 번호를 가로 70리와 세로 100리로 다시 재편하려면 어떻게 나누어야 하는지 꼼꼼하게 정리하여 놓았다. 이윽고 가로 70리와 세로 100리의 얇은 종이 밑에 10리 간격의 선이 그어진 두꺼운 종이를 놓고 한장 한장 그려나가기 시작했다.

지도를 그려나가는 과정은 그 어떤 수도修道보다 더 집중력을 요하는 작업이었다. 확대와 축소를 하면서도 동일하게 그리려면 원본 지도 위에 표시된 각 지점의 비율을 일일이 계산하면서 새로운 지도에 표시해 나가야 했다. 조금이라도 잡생각을 하면 기존 지도와 새 지도는 전혀 다른 모양을 하게 된다.

오랜 작업 끝에 드디어 새로운 형식의 지도가 완성되었다. 늦봄에 시작되었지만 지도가 완성되었을 때는 이미 가을로 접어들고 있었다. 김정호는 지도가 완성되자마자 최한기를 찾아갔다. 지도를 구상할 때는 간간이 최한기를 찾았지만 지도를 만들 때는 그를 전혀 만나지 않았다. 그러니 최한기를 본 지도 벌써 몇 달이 되었던 것이다.

몇 달 만에 찾아온 김정호를 본 최한기는 드디어 완성했다는 것을 직감으로 알 수 있었다. 더군다나 김정호의 손에는 작은 보따리가 쥐어져 있었다. 그것이 바로 완성품이라는 것도 쉽게 짐작할 수 있었다. 김정호를 맞이한 최한기는 그 지도를 빨리 보고 싶은 마음에 인사도 않은 채 얼른 방으로 안내했다. 김정호도 인사보다는 빨리 지도를 하나하나 펼쳐놓으며 최한기에 보여주고 싶기에 말없이 방으로 따라 들어갔다. 마주 앉은 두 사람은 흐뭇한 미소를 지으며 서로 어쩔 줄을 몰랐다.

"이보게 정호. 드디어 완성했구만."
"이 사람 고맙네. 그동안 자네의 도움이 없었다면 나는 이 일을 해낼 수 없었을 걸세."
"이 사람아. 나의 도움이라야 보잘 것 없는 것이고, 다 자네가 한 것이지. 자 그런 말보다 먼저 그 지도부터 보고 싶네."

김정호가 보따리를 풀어 제치자 26개의 서책이 들어 있었다. 최한기는 김정호가 구상할 때 간간히 듣기는 했지만 어떤 형식의 지도가 나올지 상상할 수 없었다. 그런데 26개의 서책으로 나누어져 있다니⋯⋯ 김정호가 책을 펼치자 경계선을 맞닿게 그린 각 고을이 병풍처럼 연결되어 있었다.

김정호는 각 층을 연결해서 보려면 상호 연결되는 층들에서 동일하게 쓴 간지를 찾아 연결하기만 하면 된다고 했다. 한책 한책 펼쳐 보이는 김정호의 손은 감격에 겨웠고, 그것을 쳐다보는 최한기의 눈가에는 감동이 서려 있었다.

"이보게 정호. 완벽한 지도를 만들었구만."

"최생원. 이 지도는 완벽한 지도가 아니네. 완벽한 지도는 아직 만들지 않았네."

"아니 그게 무슨 소린가?"

"이 지도는 김대감댁에서 베껴온 지도를 내용은 그대로 둔 채 형식만 바꾸어 놓은 것일 뿐이네. 물론 이렇게 형식을 바꾸기 위해서 자네도 알다시피 굉장히 많은 시간과 비용이 들었네."

"아 그런가?"

"그러나 이것은 완벽한 지도를 만들기 위한 첫출발에 불과하네. 김대감댁의 지도가 아무리 완벽하다고 하더라도 많은 오류가 있을 것이네. 그 오류를 모두 교정해야 완벽해질 수 있네. 내 저번에도 『여지승람』과 비교하니 잘못된 것이 여러 군데 나오더구만."

"자네 정말 대단하네."

"내 말 더 들어보거나. 김대감댁의 지도에는 내용면에서 또 하나의 문제가 있네. 많은 사람들이 필요로 하는 정보 중 빠진 것이 많은데 그런 것을 다 보충해 넣어야 하네. 또한 정보를 표현하는 방식도 좀 개선할 필요가 있네. 이 지도는 각 고을을 모두 연결해서 그린 것이고, 김대감댁의 지도는 다는 아니지만 대략 고을을 분리해 놓은 것이네. 여기에서 생기는 표현 방식의 차이를 잘 분석해서 고쳐 놓아야 하네."

"자네 앞으로 할 일이 많겠구만."

"그렇네. 아무튼 이 지도는 첫 출발일 뿐이지 완성품이 아니라는 것은 분명하네."

"나도 알아듣겠네. 더 열심히 하게나."

또 다른 좌절과 《청구도》의 완성

초본을 만든 김정호는 곧바로 완벽한 지도를 만들기 위한 작업을 진행시켰다. 그가 생각한 완벽한 지도의 첫 번째 조건은 김대감댁에서 베껴온 지도의 내용에 오류가 있다면 그것을 교정하는 것이었다. 만약 그렇게 하지 않는다면 그것은 김정호 자신이 작품이 아니라 다른 사람이 만든 것을 베껴놓거나 약간만 바꾸어 놓은 것에 불과했다.

김정호는 지도에 표시된 정보를 교정하는 방법을 이미 알고 있었다. 지도는 자세하게 정리된 위치 정보를 바탕으로 만드는 것이다. 따라서 김대감댁에서 베껴온 지도의 내용을 교정하려면 다양한 지리지와 지도를 수집하여 정리하고, 비교 검토하는 과정이 필수석이다. 김정호는 이미 성종에서 중종때까지 만들어진 『여지승람』과 영조때 만들어진 『문헌비고』

를 비롯하여 어느 정도의 지리지와 지도를 확보하고 있었다. 이러한 지리지와 지도의 정리가 얼마나 많은 시간을 필요로 하는지는 모르지만 완벽한 지도를 만들기 위해서는 꼭 해야 하는 작업이었다.

『여지승람』에는 상당히 많은 장소의 위치 정보가 아주 세세하게 기록되어 있다. 그러나 김정호가 살던 시대로부터 이미 300년 정도 전에 만들어진 것이기 때문에 몇 가지 한계를 가지고 있었다. 첫째, 약 300년 동안에 여러 장소가 많이 변경되었는데 『여지승람』에는 그것이 반영되어 있지 않았다. 둘째, 『여지승람』이 만들어진 이후에 새롭게 추가된 주요 정보가 들어있지 않았다. 둘째 번의 것은 김정호를 가장 어렵게 만들고 있었다. 김대감댁에서 베껴온 지도에는 면의 위치도 자세하게 표시되어 있었지만 그것이 맞는 것인지 아닌지를 『여지승람』만 가지고는 판단할 수 없었다. 이런 것은 면에만 한정되어 있지 않았다. 따라서 김대감댁에서 베껴온 지도를 교정하고 싶다면 새로운 정보를 풍부하게 담고 있는 자료를 찾아 정리해야 했다.

영조때 만들어진 『문헌비고』에도 이러한 정보는 거의 담겨 있지 않았다. 대부분 산천에 관한 정보만 다시 재정리되어 있었을 뿐이었다. 또한 조대감댁에서 베껴온 주기에는 면의 거리 정보가 들어가 있었지만 방위 정보는 들어가 있지 않았다. 따라서 이것만 가지고 김대감댁의 지도를 교정할 수는 없었다.

그밖에 최근에 입수한 지리지에도 몇 가지 문제가 있었다. 첫째, 김정호는 전국적인 정보를 수록한 지리지를 확보하지 못했다. 상당히 많은 지리지를 확보했지만 전국을 포괄할 수 있는 자료가 없다면 부분적인 교정만 할 수 있을 뿐이니 김정호의 욕구를 만족시킬 수 없었다. 둘째, 지리지의 체계가 『여지승람』처럼 전국에 걸쳐 동일하게 이루어져 있지 않았다.

어느 고을은 아주 자세한 반면에 어느 고을은 너무 소략했다. 따라서 어느 것이 맞는 것이고, 어느 것이 틀린 것인지를 확인할 수 없었을 뿐만 아니라 전 지역에 걸쳐 동일한 정도의 교정을 가할 수가 없었다.

김정호는 기존에 이러한 자료에 대한 정보를 어느 정도 검토하기는 했지만 정리해 놓은 것은 아니었다. 따라서 이런 자료를 제대로 정리만 하면 김대감댁의 지도를 충분히 교정할 수 있을 것이라고 생각했다. 그러나 막상 정리를 시작하자 이러한 기대는 서서히 무너지기 시작했다. 결국 김정호는 절망감에 빠져들었다.

"아 자료가 없구나! 지금 나는 옛 지도의 내용이 맞는지 틀리는지 확인할 수가 없어. 이런 자료를 확보하기가 얼마나 어려운가? 그것도 모르고 내가 덤벼들었구나. 또한 나라에서 만든 지리지가 이토록 체계가 없다니. 이것을 어쩔 것인가? 아! 완벽한 지도는 현재로서는 불가능하단 말인가? 나는 그동안 완벽한 지도를 만들기 위해 밤낮을 가리지 않고 일해 왔는데, 그것이 다 꿈이었단 말인가?"

절망감에 좌절하던 김정호는 무턱대고 친구 최한기를 찾아갔다. 최한기는 얼마 전까지도 자신 있어 하던 김정호가 갑자기 얼빠진 얼굴을 하고 찾아온 것을 보고서 뭔가 심상치 않은 일이 있었음을 직감하였다.

"자네 왜 그러나? 우선 방으로 들어가게나."

터덜터덜 들어가는 김정호의 뒷모습이 안타까웠다. 최한기는 부인에게 술상을 부탁하고 방으로 들어갔다. 방에 들어가니 김정호는 여전히 침묵만 지키고 있었고, 최한기도 아무런 말을 할 수가 없었다. 이윽고 술상이 들어왔지만 침묵은 여전히 지속되었다. 최한기는 침묵도 깰 겸 김정호에게 술을 권했다. 그러나 술잔을 받아드는 김정호의 손에는 힘이 없었다.

"이보게 정호. 왜 그런가? 무슨 일 있었나?"
"최생원. 내 그토록 노력했건만 완벽한 지도는 만들 수가 없게 되었네."
"아니 그게 무슨 말인가? 지금껏 열심히 해 왔는데 만들 수가 없다니. 나는 자네의 출중한 재주와 노력을 믿네."
"최생원. 자료가 없네. 자료가 없어. 겉모습만 그럴듯하면 뭐하겠나. 내용이 틀렸는지 맞았는지 알 수가 없으니. 내 아무리 찾아봐도 무엇이 맞았고 틀렸는지 알아낼 수 없다네."
"그게 무슨 소린가 말이네."
"저번에 말했듯이 지도는 지리지에 쓰여 있는 거리 정보를 통해 만든다네. 그런데 현재 나에게는 그런 정보가 없네. 최근에 만든 지리지도 검토해 보았네만 정확하고 체계적이지가 못했네. 도통 들쭉날쭉해서 어느 것이 맞는 것이고, 어느 것이 틀린 것인지 알 수가 없네. 지도만 만들어온 내가 틀렸는지 맞았는지 분간할 수 없으니 그런 지도를 어디다 내놓겠는가?"
"이 사람 정호. 그런 일이 있었구먼. 그럼 이제 어떻게 할 작정인가?"
"나도 모르겠네. 지금은 어떻게 해야 할지 도대체 생각이 나지를 않네."

김정호는 원래 술을 먹지 않는다. 그런데 오늘은 잔을 들어 벌컥 마시는 것이 아닌가?

"최생원. 어떻게 하면 좋겠나. 마음 같아서야 술이나 실컷 마시고 싶지만, 그런다고 해결되는 것도 아니고."

김정호가 더 이상 술을 마시지 않을 것이라는 것을 최한기는 알고 있었다. 그러나 어떤 식으로든 그를 붙잡고 용기를 불어넣어 주어야 한다는 생각이 머리를 퍼뜩 스쳤다.

"이보게. 자네가 술을 마시지 않을 것이라는 걸 잘 알고 있네. 그렇다고 일찍 일어나지는 말게나. 나와 이야기나 실컷 해보세. 그러면 일이 풀릴 지도 모르잖나."
"최생원. 나도 그래서 왔네. 자네와 이야기하면 항상 일이 풀렸거든. 이번에도 그러고 싶어서 왔네."

잠시 생각에 잠기고 있던 최한기는 한숨만 쉬는 김정호를 보면서 갑자기 화제를 돌렸다.

"이보게. 완벽이라는 것이 있다고 생각하나?"
"최생원. 그게 무슨 말인가? 별안간 완벽이란 말이 왜 튀어나오나?"
"이 사람아 나에게 다시 묻지 말고 일단 대답이나 해보게."
"왠지는 모르지만 대답을 하라니 해 보겠네. 최생원. 나는 완벽이 있다고 생각하네. 나는 지금까지 10년 넘게 지도에만 매달려 왔네. 그 정도면 완벽한 지도를 만들 수 있을 것이라고 장담해 왔지."

"이 사람 정호. 자네 나이 이제 몇인가? 스물아홉 밖에 안 되지 않았나? 앞으로 살 날이 30년이나 남았네. 지금 자네가 완벽한 지도를 만든다면 앞으로 뭘 할 것인가?"

완벽을 이야기하다가 갑자기 나이를 이야기하는 최한기의 말에 김정호는 어리둥절 하였다. 도대체 나이와 완벽이 무슨 관계가 있길래 최한기가 이렇듯 따지며 묻고 있는지 알 수가 없었다.

"이보게 정호. 완벽한 것이란 없네. 완벽한 것으로 생각했지만 내년에도 맞으리란 보장이 있는가? 이곳에서 맞는 것이 저곳에서 틀린 것도 얼마나 많은가? 이보게. 지금까지 완벽한 지도를 만들고자 꿈꾸었는가?"
"최생원. 그건 또 무슨 말인가? 저번에는 나보고 완벽한 지도를 만들라고 하지 않았는가? 이제 와서 그런 말을 하는 것은 뭐 때문인가?"
"이보게. 이 세상에 완벽은 없네. 그러나 사람의 이상 속에는 존재하네. 완벽을 꿈꾸지 않는다면 무엇을 할 수 있단 말인가? 자신이 꿈꾸는 것이 완벽한 것이 아니라면 얼마나 허망하겠는가? 그래서 사람들은 자신이 추구하는 일이 완벽하다고 생각하면서 힘을 얻지."
"최생원. 완벽한 것이 없다고 하면서 또 완벽한 것을 추구하며 힘을 얻는다는 것은 무슨 말인가?"
"한 번 더 말하지만 완벽은 마음속에만 있는 것이네. 사람들은 마음속에 있는 완벽을 만들어내고자 죽을 때까지 노력하는 것이네. 그러나 완벽한 것을 만들 수는 없지."
"그러면 최생원. 내가 완벽을 추구했던 것은 다 허망한 꿈이었단 말인가?"

"그렇지 않네. 완벽을 향한 꿈은 소중한 것이네. 그러나 보람은 완벽을 향한 꿈을 이루기 위한 노력 속에서 나오는 것이네. 고치고, 또 고치고, 다시 또 고치고. 고친다는 것은 틀린 것을 맞는 것으로 만든다는 의미이네. 작지만 자신이 만들어낸 완벽이 있다는 소리지. 그러기에 그 과정 하나하나에 보람이 있는 것이지. 그런 고침이 하나하나 쌓이면 완벽한 작품이 될 수밖에 없네. 그때의 보람은 이루 말할 수 없겠지. 그러나 그 작품도 긴 시간 속에서 생각해보면 또 고쳐야 할 대상일 뿐이네. 그렇지 않다면……"

"최생원!"

묵묵히 듣고만 있던 김정호가 갑자기 최한기의 말을 끊었다.

"최생원 정말 자네…… 이런 말을 왜 미리 나에게 해주지 않았나? 내 미리 알았다면 이렇게까지 좌절하지 않았을 텐데."

"이 사람아! 말은 아무 때나 하는 것이 아니네. 내 이 말을 진작부터 알고 있었다 생각하지 말게나. 자네가 이 말을 내가 알 수 있도록 한 것이네."

"그건 또 무슨 말인가?"

"나는 자네의 모습을 보면서 완벽이란 무엇이며, 보람은 언제 오는 것인지 생각하게 되었네. 나도 그동안 미처 생각하지 못했던 것이지. 물론 그것을 생각하는데 그렇게 오랜 시간이 걸리진 않았네. 자네의 허탈한 모습을 본 잠시 동안에 그런 생각을 하게 된 거지. 내가 그동안 이런 문제를 생각할 계기가 없었다고나 할까? 그 점은 자네에게 고맙게 생각하네."

"이 사람 농담하지 마시게. 무슨 농담을 그렇게 심하게 하나."

"정호. 아닐세. 깨달음은 순간이네. 자네도 경험하지 않았나. 지도를 열심히 보다가 어느 순간 깨달음이 오지 않던가?"

"최생원의 말이 맞네."

"나도 그랬던 것일 뿐이지. 그러니 이번 일을 통해 자네와 나 모두 깨달음이 온 것이라 생각하면 되네."

"부끄럽네."

"부끄러워하지 말게. 이제 이런 말 그만 하고 다른 말 좀 하겠네. 자네 앞으로 어떻게 할 건가?"

"자네 말을 들으니 앞으로 어떻게 해야 할지 생각이 정리되네. 이번 지도를 완성해야겠네. 이번 지도는 현재까지 내 능력에서의 완성이지. 그러나 아직 내 능력이 부족하네."

"그러면 지도를 완성한 후엔 무엇을 하겠나?"

"내가 이번 지도에 불만족스러웠던 것은 아까도 말했듯이 지도의 내용이 틀렸는지 맞았는지 나 스스로도 알 수 없었기 때문일세. 이제 틀렸는지 맞았는지 알 수 있는 일을 해야지. 그것이 바로 지리지의 정리네. 그동안 나온 모든 지리지와 지도를 다 수집하여 정리하여 비교해보겠네. 그리고 거기에 나온 각 정보의 방향과 거리 중 어느 것이 맞는지 모두 확인해야지. 그렇게 하고 나서 이번 지도의 내용을 다시 교정해 나가겠네. 이 작업이 얼마나 걸릴지 모르겠네. 내 예상으로는 아마도 20년은 족히 걸릴 걸세."

"그렇게나 오래 걸리나?"

"그렇네. 그렇게 오래 걸리는 일이 아니라면 이번에 내가 절망하지도 않았을 걸세. 그러나 오늘 자네의 말을 들으니 절망하지 않아도 된다는 생각이 들었네. 그 과정 하나하나에 완성이 있고, 그런 완성에서 오는 보람이 분명히 있을 테니 말일세."

"이보게 정호. 역시 자네야. 정말로 그런 날이 올 수 있다면 좋겠네. 진짜 열심히 하게나."

"고맙네. 최생원. 자네가 없었으면 나는 여기서 끝나버렸을 거야."

"무슨 소린가? 자네가 나에게 도움을 준 것이지."

최한기의 방을 나오는 김정호의 발걸음은 날 듯이 가벼웠다. 김정호를 배웅하며 뒷모습을 바라보는 최한기의 얼굴에도 환한 웃음이 가득했다. 둘은 그렇게 또 다른 완벽을 약속하면서 헤어졌다. 집으로 돌아온 김정호는 지금 새로운 지도의 완성을 위해 할 수 있는 일이 무엇인가에 대해 곰곰이 생각했다. 지도에 적혀 있는 각종 정보의 위치 중 몇 개는 『여지승람』이나 현재 가지고 있는 자료를 통해 고칠 수 있었다.

그러나 그러한 자료도 틀린 것인지 맞는 것인지 아직 분명하지 않았다. 고쳐 봐야 또 다시 고쳐야 할 가능성도 많았다. 그러느니 그런 정보의 위치를 그대로 놔두는 것이 훨씬 낫다는 생각이 들었다. 나중에 그런 위치 정보를 모두 정리하고 나면 그때 가서 고치는 것이 훨씬 효과적이라고 판단한 것이다. 그러면 무엇을 해야 할까? 답은 하나밖에 없었다. 지도를 이용하는 사람들이 진짜 필요로 하는 형식의 지도를 만들어내는 것이었다.

그러한 지도를 만들기 위해서는 지도 이용자들이 무슨 정보를 필요로 하는지 그것부터 파악해야 했다. 물론 이런 것은 이미 김정호에게 아주 익숙해져 있는 문제였다. 기존에 나온 목판본 지도를 열심히 살펴보면 그 대답이 쉽게 나올 수 있었기 때문이었다.

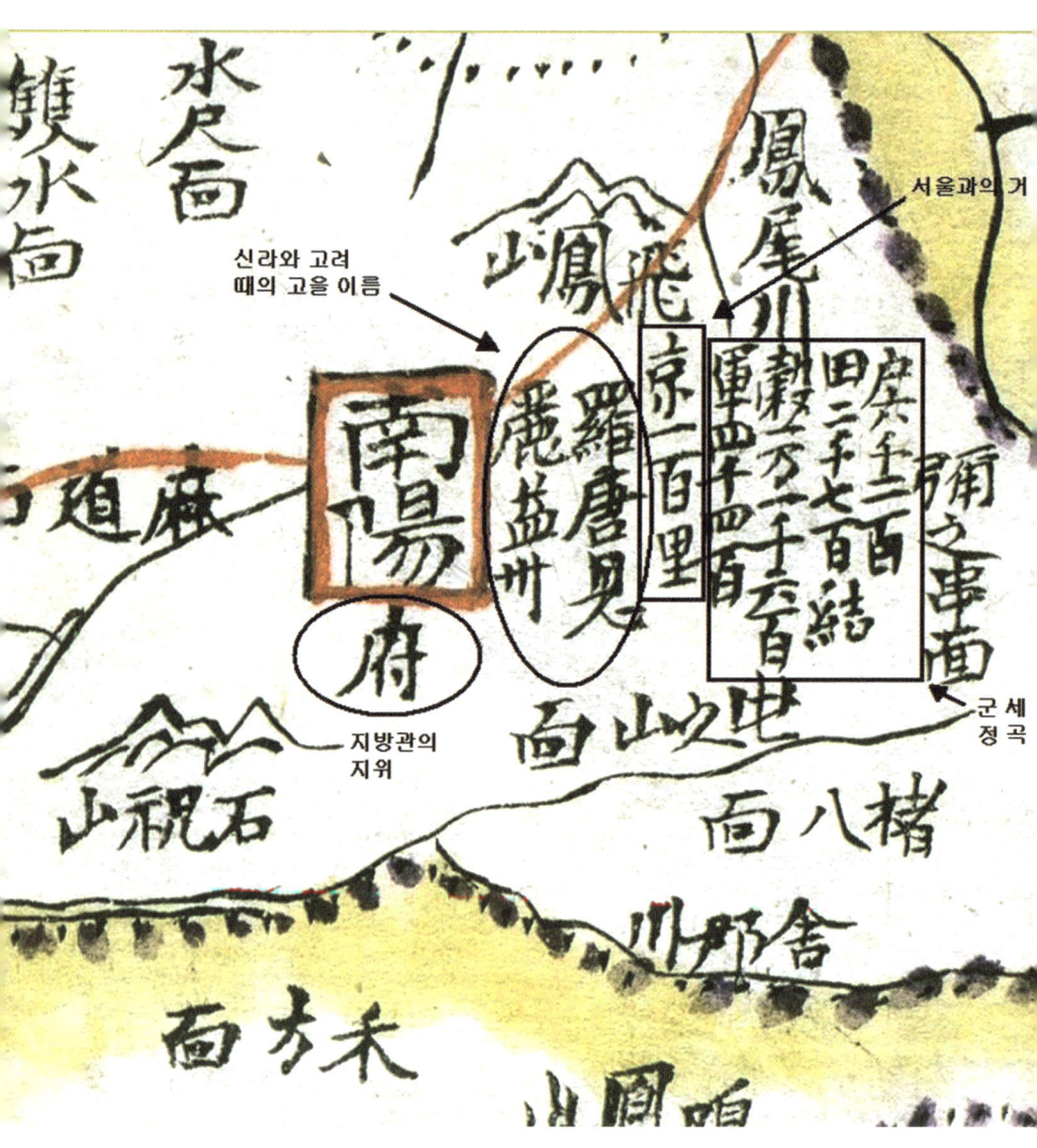

《청구요람》(규장각한국학연구원) 남양 지도 위의 지지 내용

사람들이 가장 필요로 하는 정보는 거리 정보였다. 얼마나 먼지, 얼마나 걸리는지 그런 것을 모르면 지도의 효용성도 크게 떨어질 수밖에 없다. 이 문제를 해결하기 위해 정상기는 100리척을, 김대감댁의 지도에서는 20리 간격의 가로와 세로선을 만들어놓은 것이 아닌가? 그러나 그런 방법은 지도를 전문적으로 아는 사람에게는 편리했지만 일반적인 지도 이용자에게는 그렇지 못했다. 그것보다는 목판본 지도에 나오는 것처럼 서울로부터의 거리를 그냥 숫자로 적어두는 것이 훨씬 나았다. 사람들은 그 숫자를 보기만 하면 거리를 알 수 있고, 그 거리를 가는데 얼마의 시간이 걸리는지도 쉽게 파악할 수 있기 때문이었다.

또한 사람들은 각 고을에 대한 정보도 필요로 했다. 특히 관리가 되고자 하는 사람이나 이미 관리가 된 사람은 이런 정보에 대한 필요성을 가장 많이 느끼고 있었다. 그리고 실제로 이런 지도를 가장 많이 사가는 사람들이 바로 그들이었다.

조대감댁에서 본 지도에도 각 고을의 가장 기본적인 내용이 지도 옆의 여백에 적혀 있었고, 김대감댁에서 본 지도책에는 3권에 따로 정리되어 있었다. 그러나 자신이 만든 초본에는 두 가지 방식 모두 맞지 않을 것이라는 생각이 들었다. 각 고을을 연결해서 그려 여백이 거의 없기 때문이었다. 그렇다고 그런 내용을 따로 정리해 놓는 것도 문제가 있었다. 김대감댁의 지도책에는 각 고을이 순서대로 그려져 있어 그 순서대로 기록해 놓으면 비교하면서 찾아보기가 쉬웠다. 그러나 자신이 새롭게 만든 초본은 고을 순서대로 그린 것이 아니며, 어느 고을이 앞인지 뒤인지도 분명하지 않았다. 이럴 경우 각 고을에 대한 정보를 따로 정리해 놓아봤자 지도와 대조하면서 본다는 것은 너무 불편한 일이었다.

그러면 어떻게 할까? 한참을 고민하던 김정호는 아예 각 고을의 경계선 안에 적어 넣는 방안을 생각하게 되었다. 그러나 이것도 문제가 있었다. 그 많은 내용을 모두 적어 넣는다는 것은 불가능에 가까웠다. 이 문제에 대한 해결책은 하나밖에 없었다. 가장 필요로 하는 내용만 간추려서 적어 놓는 것이었다.

그런 식으로 김정호는 각 고을의 호수, 논밭의 결수, 세곡의 양, 군정의 수를 선택하여 각 고을의 영역에서 가장 여백이 많은 곳에 적어 넣기로 했다. 이 네 가지는 관리들에게 꼭 필요한 것이었다. 당시 김정호는 많은 관리들이 백성들을 고통스럽게 하고 있다는 것을 잘 알고 있었다. 그렇다고 하더라도 김정호에게는 세상을 살릴 수 있는 사람들도 그런 관리라는 것을 믿고 있었다. 좀더 좋은 세상이 오면 그런 관리들이 백성을 위한 정치를 할 것이고, 그런 정치에 이런 정보는 꼭 필요할 것이라고 믿고 있었던 것이다.

이것뿐만 아니라 당시의 사람들에게 필요한 것이 하나 더 있었는데 중앙에서 파견된 관리의 등급을 적어 넣어주는 것이었다. 당시 각 고을에는 어느 등급의 관리가 파견되느냐, 즉 자신의 고을 높낮이가 어떠하냐에 따라 여러 가지 대우가 달랐다. 따라서 이런 정보는 당시에 상당히 중요한 것이었다. 그래서 다른 목판본 지도에도 이런 정보를 표시한 경우가 많았다.

김정호도 그런 정보를 표시할 필요가 있다고 생각했으며, 여러 목판본 지도에서 본 것처럼 각 고을에 파견된 관리의 이름을 표시하는 것이 좋다고 생각하였다. 그래서 각 고을의 명칭 아래쪽에 유수가 파견된 고을에는 '유留', 목사가 파견된 고을에는 '목牧', 부사가 파견된 고을에는 '부府', 군수가 파견된 고을에는 '수守', 현감이 파견된 고을에는 '감監', 현령이 파견된 고을에는 '령令'이라고 표시하기로 하였다.

김정호는 혹시 또 필요한 정보가 없나 목판본 지도를 다시 검토하였다. 그때 눈에 띈 것이 깨알 같은 글씨를 써넣은 지도였다. 그 지도는 그가 조선전도를 목판으로 파내기 위해 지도를 수집하는 과정에서 찾아냈던 것이었다. 그리고 그 내용은 조선의 과거에 관한 것이었는데 옛것을 배워 알고자 하는 사람에게 꼭 필요하였다. 김정호도 서당에서 한문을 공부한 적이 있었다. 공부의 깊이가 깊어질수록 책의 내용은 많아지고, 옛 지명이 상당히 많이 나왔다. 그런 지명을 볼 때마다 어디에 있는 것인지 몰라 상당히 답답했던 것이 사실이었다.

또 『여지승람』에서 보았던 것도 기억이 났다. 『여지승람』에는 그것을 만들 당시의 지명만 기록한 것이 아니라 옛 지명도 알려진 것은 전부 싣는 것을 원칙으로 하고 있었다. 그만큼 당시에는 옛것을 배우는 것이 아주 중요하였고, 그런 것을 잘 이해하기 위해 옛 지명을 아는 것도 필요했다. 옛 지명은 이미 사라졌지만, 그 당시의 사람들 속에는 살아 꿈틀대고 있었다.

김정호는 일반적인 지리지뿐만 아니라 선각자들이 써놓은 여러 책을 검토하여 옛 지명에 대해 정리해 보았다. 그러한 정리 과정에서 삼국 이전의 지명은 많지도 않을 뿐더러 남아 있는 것의 정확한 위치에 내해서도 사람마다 논의가 분분함을 알게 되었다. 결국 김정호는 삼국 이후의 지명만 적어놓기로 하였다. 그리고 사람들이 잘 알아볼 수 있도록 고구려의 지명 앞에는 '구句', 백제의 지명 앞에는 '제濟', 신라의 지명 앞에는 '라羅', 고려의 지명 앞에는 '려麗'를 써넣어 구분해 주기로 하였다.

당시 사람들의 가장 큰 관심거리 중에 옛날의 전투도 있었다. 승전을 거둔 전투이든, 패전을 거둔 전투이든 사람들의 입에 항상 오르내렸다. 더구나 여러 책 속에서 가장 많이 다루는 것 중의 하나도 이러한 전투

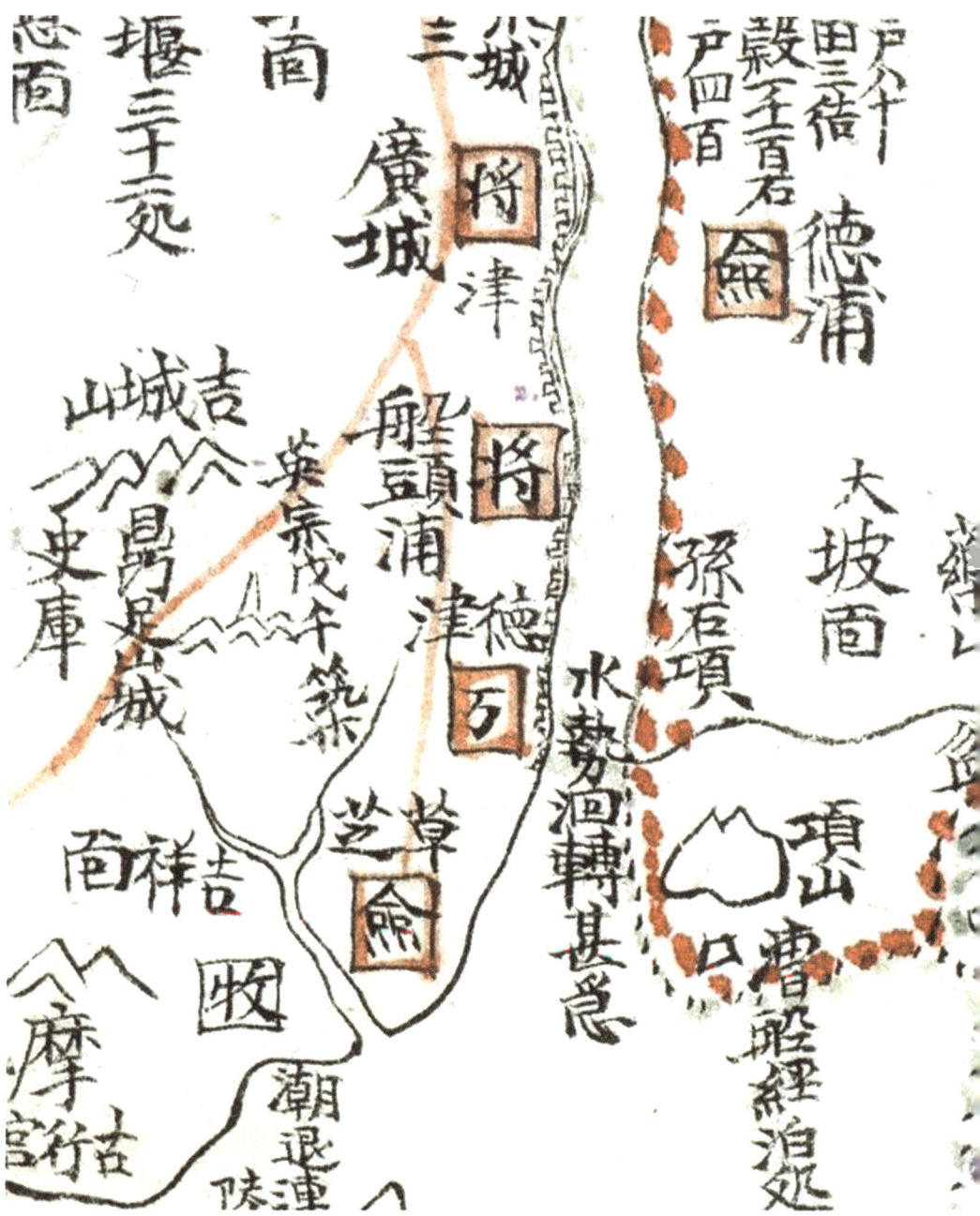

《청구요람》(규장각한국학연구원) 강화도 부근의 진보표시

이야기였다. 특히 임진왜란과 병자호란 등 외적의 침입에 의한 조선의 피해는 막심했고, 이 때문에 옛 전투에 대한 이야기가 사람들 사이에 더욱 회자되었다. 그중에서 승전을 거둔 전투는 조선 백성들의 자긍심을 일으키는 소재로, 패전을 거둔 전투는 조선 백성들에게 항상 방심해서는 안 된다는 경각심을 일으키는 계기로 작용하고 있었다. 김정호도 어린 시절부터 이런 이야기를 숱하게 들으며 컸기 때문에 사람들에게 필요한 정보라는 생각을 갖게 되었다. 그래서 김정호는 그런 전투가 벌어졌던 장소에다가 전투의 내용을 간단하게 적어 넣기로 했다.

마지막으로 김대감댁의 지도책에는 군사기지인 진보鎭堡의 표시가 모두 동일한 형태의 기호로 되어 있었다. 김정호는 이것이 일목요연하게 이해할 수 있는 좋은 방법이라고 생각했다. 그러나 문제점도 있었다. 당시에 진보에 파견되는 관리의 등급은 크게 첨사, 만호, 별장, 권관 등이 있었지만 김대감댁의 지도책에는 이런 구분이 되어 있지 않았다.

김정호는 각 고을에 파견된 관리의 명칭을 한 자씩 써서 고을의 높낮이를 구분할 수 있도록 해주었듯이 진보 역시 그렇게 해주는 것이 좋겠다는 판단을 하였다. 그래서 '첨僉', '만萬', '장將', '관管' 등의 글자를 특별히 넣어 주기로 했으며, 이 글자들을 써넣기에 좋은 사각형의 기호를 사용하여 위치를 표시해 주기로 했다.

대략 지도에 새롭게 첨가해야 할 정보를 정하고 나자 자신이 그린 초본을 다시 한번 들춰보고 싶었다. 그래서 한장 한장 넘기다 보니 뭔가 허전한 느낌이 들었다. 조선 사람들이 가장 중요하게 여기는 지역은 어디일까? 아무리 생각해봐도 임금이 계신 도성이었다. 도성은 그 어느 지역보다도 중요한 건물들이 빽빽이 들어서 있는 곳이며, 사람들 역시 그 어떤 곳보다 많이 살고 있었다. 이런 도성은 최소한 지도를 필요로 하는 사

《청구요람》(규장각한국학연구원)의 도성도

람이라면 그가 어느 지역에 살더라도 꼭 알아야 되는 필수적인 곳이었다. 그런데 초본에는 그 도성이 단지 하나의 작은 원으로만 표시되어 있을 뿐이었다. 이것은 전국의 거리를 동일한 비율로 줄여 정확하게 그리려 했기 때문에 나타나는 어쩔 수 없는 현상이었다. 김정호는 도성 지도를 편집하여 앞에다 첨가해 놓아 지도 이용자들이 편리하게 볼 수 있도록 할 생각이었다.

지도에 새롭게 첨가해야 할 정보를 정하기까지 상당히 오랜 시간이 걸렸다. 이러한 작업은 기존 지도와 김대감댁의 지도에 대한 면밀한 정리와 분석, 비교를 통해야만 했다. 그렇기 때문에 간단하게 해결될 수 있는 성질의 것이 아니었다. 어쨌든 김정호는 이 부분을 정리하였고, 한시름 놓게 되었다.

그러나 그것도 잠시, 다음 고민이 또 새롭게 다가왔다. 지도를 이용하기 좋게 만들었다고 하더라도 그것을 찾아보기가 불편하면 아무런 소용이 없는 것이다. 그런데 그의 지도는 과거에는 없던 새로운 형식이었다. 조대감댁이나 김대감댁의 지도책처럼 고을별로 그린 지도라면 고을의 이름을 수록된 순서대로 맨 앞에 적어주면 찾아보기가 쉽지만 이 초본은 고을별로 그린 지도가 아니라 고을의 경계선을 맞닿게 죽 이어서 그린 지도책이기 때문에 그렇게 할 수 없었다. 도대체 어떻게 해야 쉽게 찾아볼 수 있는 것일까? 이 문제 역시 해결이 쉽지 않았다.

다른 문제들이야 기존의 목판본 지도를 보거나 사람들이 필요로 하는 사항들을 분석하면서 해결하였다. 그런데 찾아보기의 문제는 전혀 달랐다. 물론 병풍처럼 접었다 폈다 하는 그런 지도는 이미 있었고, 그런 것에서 아이디어를 따서 초본의 형식을 만들었다. 그런 지도들도 각 고을을 이어서 그린 지도는 아니고, 여러 지도를 그저 나열해 놓은 것에 불과했기에 앞쪽에 지도의 목차만 적어놓으면 찾기가 쉬웠다. 그러나 이것은 생각보다 쉽지 않은 문제였기에 이 문제를 해결하기 위해 몇 날 며칠을 고민할 수밖에 없었다.

그러다가 문득 김대감댁의 지도책에 있었던 경위전도가 생각이 났다. 경위전도는 도별로 작성되어 있었으며, 각 고을 지도와 마찬가지로 20리 간격으로 가로와 세로의 선을 긋고 각 선 끝에 동일한 숫자를 적어놓았었다. 그리고 경위전도에 있는 고을 읍치와 각 고을 지도에 있는 고을 읍치의 위치를 동일하게 표시하여 각 고을이 어떻게 연결될 수 있는지를 잘 파악할 수 있도록 만들어 놓았었다.

김정호는 거기서 착안하여 조선 전도를 가로 70리, 세로 100리 단위로 나누어 만들었던 것이다. 같은 방식을 찾아보기에도 적용시킬 수 있다고 생각했다. 일단 작은 조선전도를 만들고 초본의 한 장에 해당되는 가로 70리, 세로 100리 간격의 선을 그었다. 그리고 세로는 위로부터 1층에서 29층까지, 가로는 오른쪽으로부터 1판에서 22판까지 글자를 적어 넣었다. 그 다음에 초본의 지도와 대조하여 각 고을의 이름을 작은 지도 위에 기입하였다. 이렇게 하면 작은 조선전도를 보고 각 지도를 찾아가기가 쉬웠다.

예를 들어 황해도의 안악은 세로 13층, 가로 18층에 있게 되어 초본의 지도에서 같은 위치를 찾아가면 되는 것이었다. 김정호는 이 방법을 개발해낸 다음 그것을 과거의 역사지명에도 그대로 적용하면 역시 찾기가 쉽다는 생각을 했다. 김정호는 더 기다리지 않고 모두 그려보았다. 그리고 나서 조선의 것은 '본조팔도주현도총목本朝八道州縣圖總目'으로, 신라 때의 것은 '신라구주군현총도新羅九州郡縣總圖'로, 고려 때의 것은 '고려오도양계주현총도高麗五道兩界州縣總圖'로 이름을 붙였다. 오랜 시간 끝에 생각하

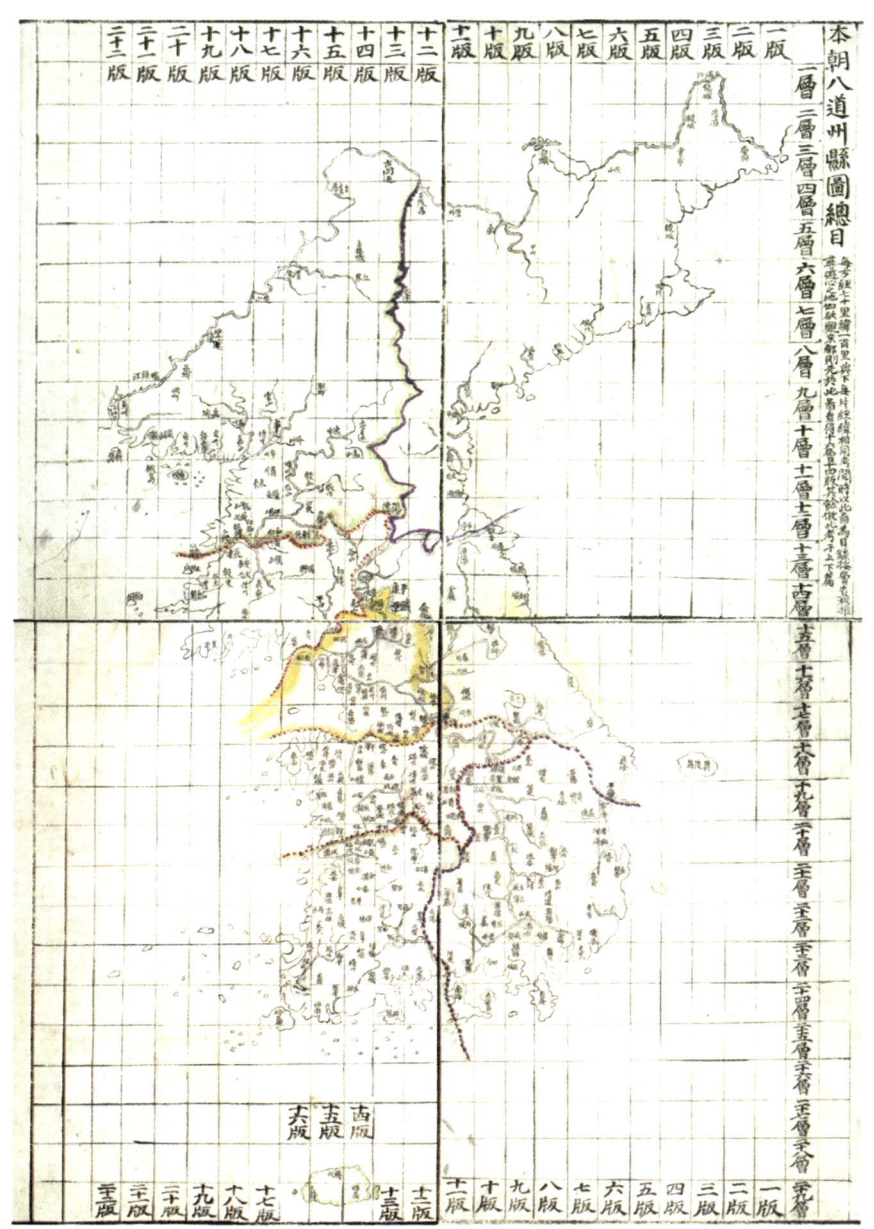

《청구요람》(규장각한국학연구원)의 〈본조팔도주현도총목〉

여 만들어낸 것이라 김정호는 특히 흐뭇했다. 그러면서 역시 여러 지도를 놓고 장점과 단점을 잘 비교하면 새로운 형식을 만들어낼 수 있다는 것을 다시금 확신하게 되었다.

이제 지도를 만들어도 된다는 생각이 들었다. 이전에 만든 초본은 내용을 교정한 것이 아니기 때문에 처음부터 다시 만든다는 생각으로 해야 했다. 그동안 고민하여 정리한 내용을 다시 꼼꼼히 검토하였다. 그런데 하나 언뜻 생각나는 것이 있었다. 이 지도를 만들어 세상에 내놓게 되면 필요한 사람들은 베끼려 할 것이 분명했다. 그런데 그렇게 베껴가는 과정에서 자신이 의도했던 것과는 다르게 잘못 베끼는 상황이 나올 수 있었다. 이것은 김정호가 그동안 필사본을 베껴오면서 들었던 의문 중의 하나였다. 비슷한 지도 여러 개를 비교해보면 가끔씩 위치가 잘못된 것들이 나왔는데 베끼는 사람이 만든 사람의 것을 잘못 베꼈기 때문에 나타난 일이었다. 이런 과정이 여러 번 반복된다면 처음에 만든 지도와는 전혀 다른 지도가 만들어질 수밖에 없었다.

김정호는 이런 생각을 하면서 그런 오류를 미연에 방지하는 방법이 무엇일까 또 곰곰이 생각하지 않을 수 없었다. 이리저리 생각한 끝에 하나의 결론을 얻을 수 있었다. 그 잘못은 베낀 사람에게보다는 만든 사람에게 있었던 것이다. 기호를 사용하지 않고 지명만 써넣는 경우 어디가 정확한 위치인지를 알 수 있는 방법이 거의 없었다. 베끼는 사람이 그대로 베낀다면 모르겠지만 솜씨가 서툴거나 시간이 부족할 경우 위치가 틀려질 수 있는 가능성은 항상 있었다. 김정호는 그제서야 이런 오류를 방지하기 위해서는 어떻게든 베끼는 사람이 정확한 위치를 알 수 있도록 해주어야 한다는 생각을 갖게 되었다. 이것은 기호를 사용하는 것보다도 더 중요한 문제였다.

그러면 어떻게 해야 하는가? 선례를 남긴 사람이 없기 때문에 이 문제도 김정호 스스로 해결해야 하였다. 기호를 사용하고도 싶었지만 모든 정보를 그렇게 하기도 힘들었다. 이런 저런 생각 끝에 각 지명의 맨 끝의 글자가 위치를 의미하며, 그런 자신의 의도를 앞쪽에 범례로 적어놓아야 하겠다고 생각하였다. 만약 베끼는 사람이 범례를 자세히 검토한다면 위치를 잘못 베끼는 오류는 범하지 않을 것이기 때문이었다.

이 문제를 해결하고 나자 김정호는 또 다른 문제점이 없는지 다시 한 번 꼼꼼히 검토해야 한다는 마음이 들었다. 그래서 자신이 그리려고 했던 원칙을 다시 한 번 정리하면서 검토하였다. 그랬더니 뜻밖의 문제가 또 하나 나타났다.

초본에는 없는 것이지만 자신의 원칙대로 지도를 그리면 문자가 지도에 많이 들어가게 되어 있었다. 그런데 김대감댁의 지도, 더 나아가 그가 본 대부분의 필사본 지도에는 산과 강이 하나의 줄기로 표시되어 있었다. 그리고 김정호도 당연히 그렇게 그리는 것이 이해에 도움이 된다고 생각하고 있었다. 그러나 김대감댁의 지도는 지명만 적어놓은 것이기 때문에 복잡하지 않았다. 그러나 김정호의 지도에는 여러 가지 정보가 더 추가되어 지도에 빈 여백이 거의 없게 된다. 빽빽이 들어찬 지도, 산줄기와 강줄기가 여러 문자와 겹치는 지도. 그러한 지도는 보는 이들에게 너무 많은 혼란을 줄 것이란 판단이 들었다. 그렇다고 자신이 새로 넣기로 한 문자 정보를 지우기는 어려우므로 기존의 지도에 있었던 다른 내용을 지울 수밖에 없었다.

그러면 어떤 것을 지울까? 강줄기를 지우기는 어려웠다. 대부분의 장거리 운송이 강을 통해 이루어졌기 때문에 강에 대한 정보는 꼭 필요하였다. 그렇다면 당연히 산줄기이다. 그러나 당시의 사람들에게 산줄기의 표시도 아주 자연스럽고 중요한 것이었다. 풍수가 사람들의 큰 관심사 중의 하나인데 산줄기를 없앤다면 사회의 일반적인 욕구를 벗어나는 것이 된다. 그렇다고 산줄기를 그리자니 지도가 너무 지저분해져서 이용하기에 어렵다. 김정호는 이리 저리 생각해 보았다. 그 결과 산줄기를 다 표현하는 것이 아니라 높낮이를 어느 정도 반영하여 겹쳐진 산 모양으로밖에 그릴 수가 없었다.

그렇다면 산줄기를 찾고 싶어하는 욕구는 어떻게 채워줄 수 있을까? 김정호는 산줄기를 파악할 수 있는 방법을 범례에 적어놓기로 하였다. 산줄기의 파악방식은 아주 간단했다. 산은 물을 넘지 못한다. 물은 산 속의 골짜기에서 발원하며, 굽이굽이 흐르면서 바다로 들어간다. 따라서 물줄기와 물줄기 사이에는 높이야 어떻든 산줄기가 있는 것이 된다. 만약 산줄기를 알고 싶은 사람이 있다면 물줄기를 피해 주요 산들을 연결하기만 하면 되는 것이다.

이 문제도 해결한 김정호였지만 아직도 무슨 문제가 없을까 고민하였다. 그러기를 여러 날, 특별한 문제점을 찾을 수가 없었다. 드디어 김정호는 본격적으로 지도를 그려나가기 시작했다. 우선 시험 삼아 서울 부근의 한 부분만 베낀 다음 그 위에 여러 정보를 넣어보았다. 그랬더니 또 의외의 문제가 생겼다. 자신이 넣고자 하는 정보를 다 넣기에는 지도가 조금 작았다. 시험 삼아 만들어보지 않고 그대로 다 베낀 다음 정보를 기입하려 했으면 글씨가 깨알같이 될 수밖에 없었던 것이다. 그렇게 된다면 눈이 나쁜 사람은 이 지도를 이용하기가 영 불편할 수밖에 없었다. 그러니 지도를 좀 더 크게 만들어야 한다고 생각했다.

지도를 베끼는 것과 더 크게 만드는 것은 하늘과 땅 사이의 일이었다. 그러나 일단 베끼는 것이 문제가 있다고 판단한 이상 그대로 갈 수는 없었다. 다시 밑이 비치는 종이 아래에 가로 세로 선의 두꺼운 종이를 놓고 새롭게 그려나가게 되었다. 이 작업도 엄청난 시간과 끈기를 요하였다. 서른 살이 넘어가는 그 겨울에 모든 작업이 끝나고 29층으로 된 지도가 다 만들어졌다.

그래도 김정호의 걱정은 여전하였다. 또 무슨 문제가 없나 이리저리 생각하였다. 아니나 다를까 몇 가지 문제가 새롭게 발생하였다. 첫째, 29층으로 나누어 병풍식으로 만든 것은 생각보다 불편할 것이라는 점이 발견되었다. 서로 연결해 보기 좋은 장점이 있지만 그것을 다 나누어 가지고 다니기는 정말 불편하였다. 그래서 일반적으로 보았던 책자들처럼 홀수층과 짝수층을 분리하여 두 권의 책으로 만들면 좋겠다고 생각했다. 이렇게 만들면 최소한 두 개의 층씩은 서로 연결해서 볼 수 있다. 만약 사람들이 어떤 지역을 보고자 할 때 두 개의 층만 연결해 보면 최소한 남북으로 세 개 정도의 고을을 볼 수 있다. 이 정도라면 어느 지역을 보고자 할 때 충분하다는 생각이 들었다.

김정호는 자신이 만든 지도의 이름을 조선을 가리키는 명칭 중의 하나였던 청구靑丘라는 명칭을 따서 《청구도靑丘圖》라 부르기로 하였다. 이제 어느 정도 다 정리가 된 것 같은 생각이 들었지만 그래도 어떤 문제가 없나 또 꼼꼼히 검토해 보았다. 이번에는 아무리 찾아도 특별한 문제점을 발견할 수 없었다. 이제 지도를 두 권의 책으로 묶기만 하면 되었다. 다만 앞쪽에 이 지도를 이해하거나 베낄 때 유의할 점에 대한 설명인 범례를 적어만 놓으면 되었다. 그런데 여기서도 또 하나의 생각이 떠올랐다. 김정호는 이미 이 지도가 하나의 완성품이지만 자신이 진짜 만들고 싶어했던 정도의 완성품은 아니라고 생각했다.

따라서 이 지도를 완성하자마자 내용교정을 가하기 위한 작업을 바로

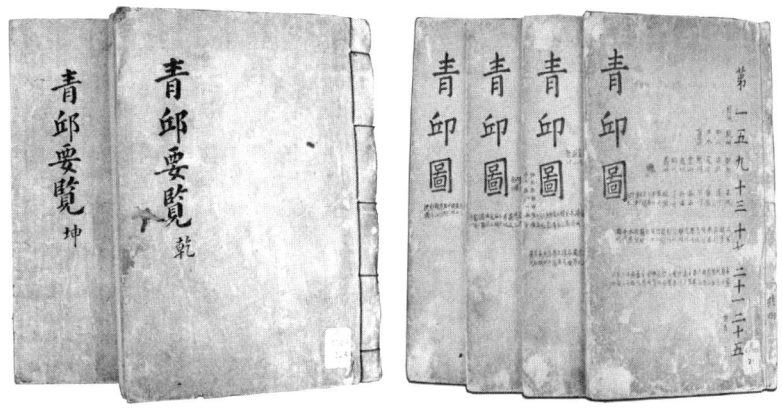

2권의 《청구요람》과 4권의 《청구도》 (규장각한국학연구원)

시작하기로 하였다. 그것이 바로 체계적인 지리지를 만드는 것이었다. 그러나 전국적이며, 체계적인 지리지를 만드는 것은 생각보다 쉽지 않은 작업이었다. 김정호가 살던 시대에는 국가 전체의 총력을 기울여도 그런 지리지를 만들지 못했다. 따라서 개인이 그런 작업을 한다는 것은 거의 불가능에 가까운 일이었다. 김정호도 상당수의 지리지를 수집하여 검토하면서 이와 같은 점을 잘 알고 있었다.

문득 김정호는 자신의 지도가 고위층에까지 흘러들어갈 가능성이 있다고 생각했다. 비록 아직 자기가 궁극적으로 원하는 완성품은 아니라고 생각했지만 자기가 할 수 있는 최대의 능력 범위에서 이용하기 쉽도록 만들었기 때문에 한편으로는 《청구도》에 대한 자신감을 갖고 있었다.

김정호는 만약 이 지도를 고위층들이 볼 수 있는 가능성이 있다면 그들을 설득하여 이 지도에 대한 교정 작업을 할 수도 있다고 보았다. 당시의 분위기로 봐서 고위층들이 《청구도》를 보더라도 전국적이고 체계적인 지리지를 만들 수 있는 가능성은 거의 없었다. 그러나 보다 완벽한 지도에 대한 열망을 갖고 있었던 김정호는 1%의 가능성이라도 믿고 싶었던 것이다. 열정적인 꿈과 목표를 갖고 있는 사람들이 가끔 범하는 실수가 바로 그런 것이다. 어떻게든 실현해 보려는 욕구가 크기 때문에 때로는 무리수를 두는 것이다. 그것이 무리수였다는 것을 쉽게 깨닫지 못한다면 그 사람은 평생 세상을 탓하면서 살 수밖에 없다. 김정호도 당시에는 그런 위험성을 감지하고 있지 못했다.

고위층들을 설득해 보려는 김정호의 욕구로 《청구도》의 간행은 몇 달이나 지체되었다. 고위층들에게 전국적이고 체계적인 지리지의 체제를 구체적으로 만들어 제시해야 했기 때문이었다. 김정호는 다시 기존 지리지의 체제에 대한 검토와 정리를 시작하였다.

이런 과정에는 『여지승람』이 가장 중요한 모범이 되었지만 이미 300년 정도 전의 것이었기 때문에 그 이후 변화된 상황을 모두 포괄할 수 없었다. 그런 것들은 김정호가 살았던 시기에서 가까운 시대에 제작된 지리지들의 검토를 통해 보완하였다. 이런 과정에서 『여지승람』의 시문과 같은 것은 완전 삭제하였고, 인물 등의 묘사도 대폭 축소하였다. 반면에 면 등 후대에 첨가된 부분들을 적극적으로 수용하여 총 38개 항목으로 조정하였다. 여기다가 각 항목의 내용 서술 방식까지 꼼꼼하게 기록하였으며, 특히 거리와 방위의 표시를 분명히 하도록 하였다.

예를 들어 면의 거리의 경우 단순히 읍치로부터 몇 리에 있다가 아니라 첫 경계와 마지막 경계까지의 거리를 모두 적게 하였으며, 경계가 되는 산이나 강 같은 지표와 다른 고을 면과의 경계 유무까지 자세히 적도록 하였다. 지리지에 기록된 내용이 모두 지도의 제작과 관련된 것은 아니지만 거리나 방향의 정보를 아주 자세하게 기록하도록 한 것은 김정호가 꿈꾼 지도와 밀접한 연관이 있는 것이다.

김정호는 이런 지리지의 제작뿐 아니라 국가가 직접 자신의 지도를 지방에 내려 보내 교정하면 좋으리란 생각도 하였다. 그리고 가능성은 희박하지만 만약 이런 것이 이루어진다면 훨씬 더 정확한 지도를 만들 수 있으리라고 생각했다. 그러나 지방에는 지도 전문가가 거의 없었다. 따라서 그냥 교정하라고 하면 오히려 잘못된 지도를 만들어 올려 보낼 가능성이 더 높다고 생각했다. 이런 오류를 줄이기 위해서는 정확한 지도를 만드는 방법을 알려주어야 했다.

  그러면 지도 전문가가 아닌 사람들에게 좀 더 정확한 지도를 만들게 하는 좋은 방법은 무엇일까? 각 지리지에는 동서남북 네 방향, 더 자세해야 동남, 동북, 서남, 서북 등을 합한 8개의 방향밖에 안 나온다. 이 정도의 방향만으로는 정확한 지도를 만들기가 쉽지 않다. 특히 지도 전문가가 아닌 경우에는 더욱 그러하다. 그래서 김정호는 최소한 12간지로 표시되는 12개 방향은 있어야 오류를 줄일 수 있다고 생각했다.

  그리고 가로와 세로로 동일한 간격의 선을 그어 지도를 그리는 방법도 지도 전문가가 아닌 사람에게는 문제가 될 것이라 보았다. 예를 들어 사방 10리 사각형의 경우 각 변은 문제가 없지만 대각선 부분은 약 14리에 해당된다. 지도 전문가의 경우 큰 문제가 없지만 그렇지 않은 사람은 이런 방식으로는 정확한 비율로 거리를 축소하기가 쉽지 않다. 이런 문제는 김정호도 그동안 깊게 생각하지 않은 부분이었다. 김정호 자신이 지도 전문가였기 때문에 그 정도의 문제는 쉽게 해결할 수 있었기 때문이다. 그러나 전문가가 아닌 사람들에게 지도의 교정을 맡긴다면 이것은 큰 문제였다. 김정호조차도 고민이 아닐 수 없었다.

  거리의 표시에서 오는 오차를 가장 적게 할 수 있는 방법은 무엇일까? 이런 저런 고민 끝에 읍치를 중심으로 10리 간격의 원을 그리면 그런 오

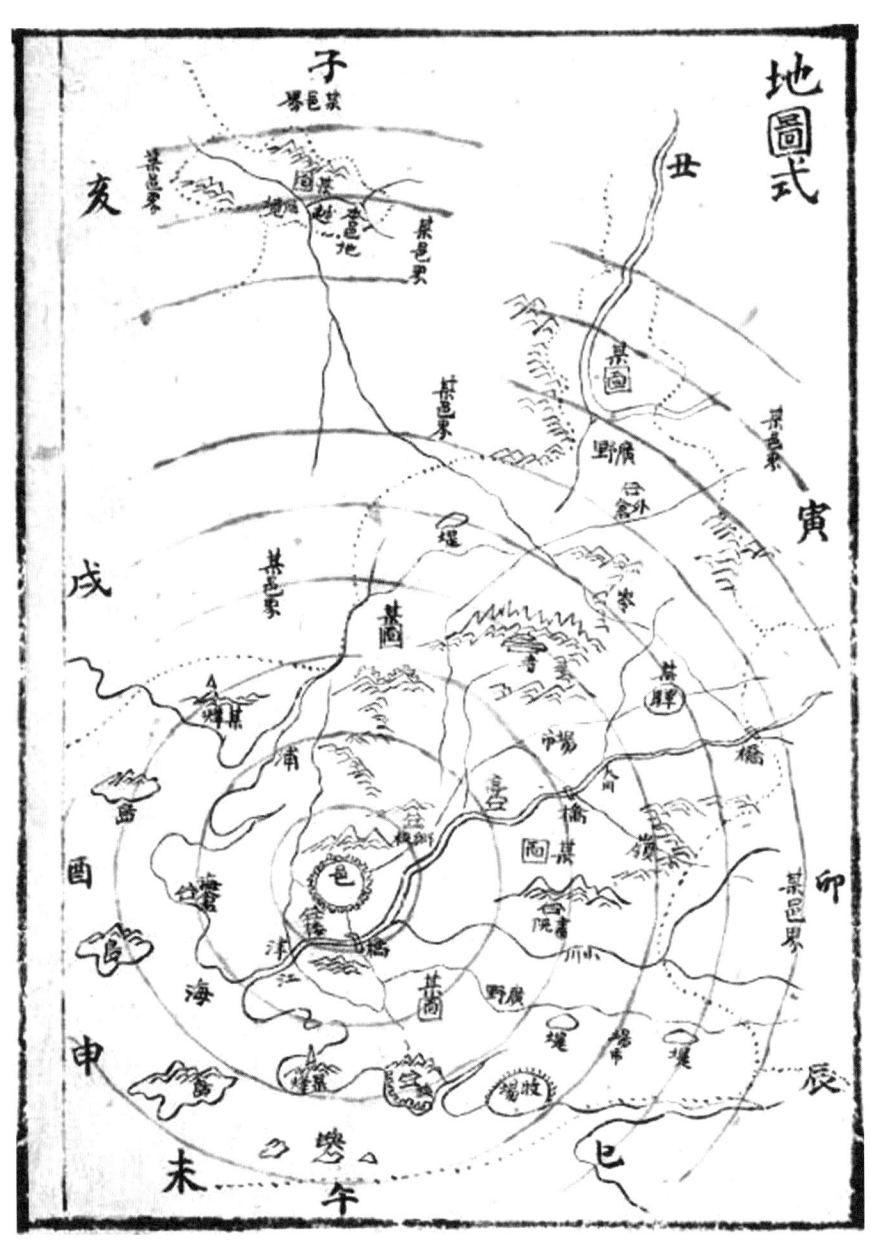

《청구요람》(규장각한국학연구원)의 지도식

차가 줄어들 것이라 여겨졌다. 이렇게 하면 읍치로부터 모든 방향으로의 거리 간격이 일정하게 표시되며, 지도 전문가가 아니라도 방향과 거리만 알면 제대로 표시해갈 수 있다. 김정호는 이와 같은 지도의 교정 방법을 문장뿐만 아니라 그림으로도 그려놓는 것이 지도 전문가가 아닌 사람들에게 필요하다고 생각했다. 그리고 그 이름을 지도를 그리는 방식이란 뜻의 지도식地圖式이라고 붙였다.

이후 몇 날 며칠을 고민했지만 더 이상의 문제점을 발견할 수 없었다. 이제 지도책을 완성하기만 하면 되는 것이었다. 그리고 이미 지도는 그려져 있었기 때문에 앞쪽에 범례만 새로 정리하여 삽입하면 되었다. 그런 과정이 모두 끝난 시기는 김정호가 서른한 살이 된 순조 34년(1834) 어느 봄이었다. 드디어 《청구도》가 세상에 그 모습을 드러내게 되었으며, 김정호는 뒤도 돌아보지 않고 최한기를 찾아갔다.

반 년 만에 찾아온 김정호의 모습을 본 최한기는 이제야 드디어 지도를 완성했음을 알 수 있었다. 김정호의 손에는 또 보따리가 쥐어져 있었다. 방으로 들어간 두 사람은 그 보따리에만 관심이 있었다. 김정호가 서서히 보따리를 풀면서 이야기를 꺼내기 시작했다.

"최생원. 자네의 말이 맞았네."
"이보게 정호. 그게 무슨 말인가?"
"그전에도 경험했었네만 내 잘 모르고 있었네. 이번에 《청구도》를 만들면서 한순간 한순간이 작은 완벽이더구만. 그리고 그 때마다 보람을 느낄 수 있었네. 어제 저녁, 모든 일이 끝났을 때 밀려오는 보람이란 이루 말할 수 없었네. 작은 완벽이 쌓여 너 큰 완벽이 된 것이지. 저번의 자네 말을 몸으로 느낄 수 있었네."

"내가 그런 말을 했던가? 참 자네도 별 말을 다 기억하네. 그런데 자네 그 지도의 이름을 《청구도》라고 지은 건가?"

"그 이름이 맘에 들어서 그렇게 했네. 내 찾아보니까 조선을 가리키는 용어들이 정말 많더구만. 그 중에 청구는 본디 동방 바다 밖에 있는 신선神仙이 사는 세계의 이름이라고 들었네. 또 하늘에 청구라는 별이 있고, 그 별이 조선 땅을 맡고 있어 조선의 별칭으로 쓰였다고도 하더구만. 우리 조선이 신선이 살고 있는 나라였으면 하는 바람에서 그런 이름을 선택한 것이네."

"《청구도》라, 그 이름 참 멋지네."

"그런데…… 이보게 최생원. 부탁이 하나 있네."

"아니 무슨 부탁인가? 다 그려놓고 나에게 무슨 부탁할 것이 또 있단 말인가?"

"이보게 최생원. 자네는 나의 가장 절친한 벗이네. 자네도 그렇게 생각하지 않는가?"

"이보게 정호. 뻔한 말을 왜 하나?"

"뻔한 것이기는 하지만 자네에게 부탁하는 것이 쉽지만은 않은 일이라서 미안하지만 서문을 써 줄 수 있겠나."

"이 사람. 무슨 어려운 부탁인 줄 알고 긴장했다네. 내 당연히 자네의 부탁을 흔쾌히 들어줄 것을 뻔히 알면서도 그렇게 어렵게 부탁하나. 나야 자네에게 그런 부탁을 받는 것이 영광이지 않은가?"

"이 사람 최생원. 자네와 나 둘이 있을 때야 벗이라 해도 아무 상관이 없네만 이 지도책이 세상에 퍼지면 벗이라 하기 어려운 것이 자네와 나의 사이 아닌가?"

"그게 무슨 말인가? 나에게는 뚱딴지같은 소리로만 들리네."

"이보게 최생원. 자네는 양반이고, 나는 평민이네. 평민의 것에 양반이 서문을 써준다는 것을 세상 사람들이 쉽게 납득하겠나? 나는 정말 어렵다고 생각하네. 그래도 자네에게 서문을 받고 싶은 것이 나의 마음인지라……"

"여보게 정호. 그렇게도 걱정했는가? 나에게는 그 일이 무척 쉬운 일이네. 나는 이미 신분보다는 사람의 능력을 중요하게 여기네. 그런 내가 자네에게 서문을 써주지 못해서야 말이 되겠는가?"

"고맙네 최생원."

"이 사람아 고맙긴 내가 영광이지. 중요한 건 내 아직 자네의 지도를 보지 못했다는 것이네. 빨리 보고 싶네. 자 서문 이야기는 나중에 다시 하세나."

김정호는 그제서야 자신이 《청구도》를 보여주지도 않고 말을 하고 있다는 것을 깨닫게 되었다. 부랴부랴 《청구도》를 펼쳐 보였고, 그것을 보는 최한기의 눈은 감동에 일렁이고 있었다. 짧은 시간에 《청구도》의 내용을 다 본다는 것은 불가능한 일이었지만 최한기는 김정호의 정성이 가득한 작품을 보고 있다는 것만으로도 즐거웠다. 한장 한장 넘기면서 간간이 김정호의 설명이 있었고, 그 때마다 최한기는 고개를 끄덕끄덕 했다. 김정호는 일단 《청구도》를 최한기의 집에다 놓고 가기로 했다. 최한기가 서문을 쓰려면 《청구도》에 대해 파악해야 한다고 생각했기 때문이다.

최한기는 《청구도》를 하나하나 꼼꼼히 검토해 나갔다. 이해가 안 되는 부분이 있으면 김정호의 집에 들러 물어보았고, 한 달만에 드디어 《청구도》의 서문과 《청구도》를 들고 최한기가 김정호의 집을 방문하였다. 이제 진짜로 《청구도》가 완성되는 순간이었다.

최한기를 방으로 안내한 김정호는 뜻밖의 구절을 보고 기절할 뻔했다.

"이 사람 최생원. 이게 무언가?"
"이 사람아, 뭐 잘못된 것이라도 있는가?"
"자네 나를 벗[友]이라고 쓰지 않았는가? 이 지도를 세상에 내놓지 말란 말인가?"
"이 사람아, 그게 또 무슨 말인가?"
"이 사람아, 자네가 서문을 써주는 것을 흔쾌히 승낙해주어 내 기분이 매우 좋았네. 그렇다고 나를 벗이라고 표현하면 어떻게 하나?"
"아니 그게 무슨 잘못이라는 말인가?"
"자네는 양반이고 나는 평민이네. 그런데 《청구도》에 나를 벗이라고 표현하면 그것을 세상에 내놓기가 어렵지 않은가. 조선의 양반들이 눈을 시퍼렇게 뜨고 있네. 그들이 이것을 보면 얼마나 난리를 치겠는가?"
"난 또 무슨 말인가 했네. 아무 걱정 말게나. 시퍼런 눈들이 번쩍여도 나는 꿈쩍하지 않을 걸세. 계속 번쩍이라고 하지 뭐."
"이 사람아 그래도……"
"괜찮네 괜찮아. 다 내가 감당하겠네. 나는 벗이라 쓰면서 얼마나 즐거웠는지 모르네. 벗을 벗이라 쓰는 것도 어려운 세상이란걸 알고 있네만 나는 그런 세상과는 아무 상관이 없네. 세상을 탓하며 벗을 벗이라 쓰지 못하면 그런 마음으로 내 무엇을 하겠는가?"

김정호는 최한기의 마음에 깊이 감동하였다. 최한기의 마음은 신분의 벽을 녹여 완전히 해체시킬 수 있을 정도로 뜨거웠던 것이다. 김정호와 최한기는 이제 둘 사이에서만 벗이 아니라 세상사람 모두 보는 앞에서의 벗이 되고 있었다. 최한기는 최한기대로 그런 그의 행동이 삶의 힘이 되었고, 김정호는 김정호대로 최한기의 그런 행동이 더욱 용기가 되었다.
　두 사람은 하고 싶은 일이 달랐지만 가고자 하는 길은 하나였다. 서로를 토닥거리며 한 길을 갔으며, 각자 하고 싶은 일을 마음껏 할 수 있었다. 김정호의《청구도》는 단순한 지도가 아니었다. 그 지도에는 신분의 벽이 무너져 있었으며, 두 사람의 뜨거운 우정이 담겨 있었다.
　최한기는《청구도》를 목판으로 새기는 것이 어떨지 김정호에게 물어보았다. 이렇게 훌륭한 지도를 많은 사람들이 구입하여 볼 수 있다면 그보다 더 좋은 일이 없을 것이라는 설득조의 이야기도 덧붙였다. 그러나 김정호는《청구도》가 자신이 만들고 싶은 지도의 첫출발에 불과하다는 말을 하며 고개를 저었다. 아직 미완성이었고, 그런 작품을 목판으로까지 찍는다는 것은 스스로 용납이 되지 않았다. 이것은 최한기가 좌절해 있던 김정호에게 용기를 주었던 말이기도 했다. 다만 필사본으로 몇 부는 더 만들어 두겠다고 했다. 그 중 한 부는 최한기가 보관하고, 나머지는 김정호가 보관하면서 이 지도를 베끼고 싶어 하는 사람들에게 제공하기로 했다.
　비록 미완성품이라고 생각하여 목판으로까지는 찍지 않았지만《청구도》에는 새로운 지도를 만들고 싶어 하는 김정호의 염원이 들어 있었다. 그런 염원은 고위층 사람들이《청구도》를 보고 감탄해서 그의 소원을 들어준다면 더 빨리 이루어질 수 있으리라 생각하였다.

9

신헌과의 만남

김정호는 이제 단순히 판각만 하는 평범한 각수가 아니었다. 자신이 새기는 것의 의미를 알지 못하면 알 때까지 노력하는 각수가 되어 있었다.

늘 자신을 이해하며 도와주던 가게주인도 김정호가 《청구도》를 만들기 이 년 전에 쉰세 살을 끝으로 세상을 뜨고 말았다. 가게주인은 세상을 뜨면서 자신은 아들이 없으니 김정호에게 가게를 맡아달라고 했다. 김정호는 여러 차례 거절했지만 김정호가 아니면 가게는 망한다고 누차 부탁을 했기 때문에 어쩔 수 없이 맡게 되었다. 그리고 판각 일터를 김정호의 만리재 집으로 옮겼다. 김정호는 가게주인에 대한 감사한 마음에 그 부인에게도 죽을 때까지 극진한 정성을 아끼지 않았다.

《청구도》는 소문에 소문을 타고 퍼져 나가고 있었다. 김정호도 은근히《청구도》가 고위층의 수중에 들어가기를 바라고 있었기 때문에 그렇게 나쁘지 않았다. 그리고 양반인 최한기가 평민인 김정호를 벗이라 표현한 것은 생각했던 것보다 큰 화젯거리가 되지 못했다. 아마도《청구도》를 베껴간 사람들이 지도 자체에 흥미를 느끼고 있어서 최한기가 쓴 서문에는 큰 관심이 없었기 때문인 것 같았다.

또한 김정호가 기대했던《청구도》의 교정 소식도 들려오지 않았다. 《청구도》를 입수한 고위층이 김정호의 범례보다는 주로 지도에만 관심을 두었기 때문으로 생각되었다. 설사 범례를 자세히 읽고 김정호의 의도를 이해했다 할지라도 세도정치가 판치던 당시의 조선에는 그것을 성사시킬 만한 힘이 없었다. 김정호는 내심 기대했던 고위층에 의한《청구도》의 교정이 거의 불가능하다는 것을 깨닫기까지 그렇게 오랜 시간이 걸리지 않았다. 사람들은 김정호의 지도를 완벽하다며 칭찬만 했지 교정이 필요한 지도라는 점은 전혀 인식하지 못하고 있었던 것이다.

《청구도》를 만든 그해 겨울 최한기는 김정호에게 부탁이 있다며 찾아왔다. 자신이 청나라에서 들여온 세계지도를 입수하게 되었는데 그것을 목판으로 새겨달라는 것이었다. 최한기는 청나라의 북경으로부터 들어오는 세계의 소식에 항상 귀를 기울이고 있었으며, 그쪽에서 오는 서적이라면 어떤 것이라도 일단 사 두었다. 최한기는 조선에 있었던 옛 책과 세계로부터 들어오는 새로운 서적을 탐독하고, 연구하고 비판하면서 김정호의《청구도》가 완성되기 사 년 전에 처음으로 책을 저술하였다. 이번에 김정호에게 목판으로 만들어 달라고 부탁한 것도 그런 작업의 연장이었다.

김정호는 최한기가 가지고 온 세계지도를 보고 상당히 놀랐다. 어렸을 때부터 목판본 세계지도(천하도)와 중국도를 많이 찍어냈었지만 그런

〈지구전후도〉(규장각한국학연구원)

지도와는 너무나 달랐기 때문이었다.

그동안 자신의 일만을 했던 두 사람이기에 서로의 일에 대해서는 놀랄 정도로 무관심했다. 최한기는 김정호를 늘 도와주려 했고, 무언가를 만들면 항상 김정호 다음으로 보는 사람이었기 때문에 상대적으로 김정호의 일에 대해 더 많이 알고 있었다. 그렇다고 하더라도 최한기는 주로 자기의 일에만 몰두하는 사람이었다.

김정호는 최한기를 도와주는 입장이 아니었기 때문에 최한기의 일에 대해서는 거의 알지 못했다. 그러니 최한기가 가져온 세계지도는 처음 보는 신기한 그림일 뿐이었다. 그러나 이미 탐구가, 아니 지도연구가의 세계에 들어선 김정호의 세계지도에 대한 관심은 생각 이상이었다. 그 지도를 목판으로 만들어 달라고 가져 온 그날, 밤을 꼬박 새면서 김정호는 세계지도와 관련된 이야기를 쉴 새 없이 물어봤고, 최한기는 자기가 알고 있는 한 많은 것을 대답해 주었다.

김정호는 그렇게 세계지도에 대해 흥미를 갖게 되었다. 김정호는 이미

《청구도》의 교정을 위한 작업을 시작하였고, 그 작업이 언제 끝날 지 기약이 없었다. 그러니 아무리 세계지도가 흥미롭다 할지라도 최한기와의 대화 이상의 시간을 투자할 만한 여력이 없었다. 다만 당시 최고의 판각쟁이가 되어 있었던 김정호였기에 그동안 늘 도움만 받아왔던 최한기에게 처음으로 실질적인 보답을 한다는 마음으로 목판을 새기게 되었다. 그 세계지도의 이름은 〈지구전후도地球前後圖〉였으며, 최한기는 김정호에 대한 고마움의 표시로 김정호가 판각했다는 사실을 특별히 새겨 넣게 하였다.

국가에 의한《청구도》의 교정이 불가능하다는 것을 인식한 김정호는 스스로 체계적인 전국지리지를 만들기로 결심했다. 이 일은 원래《청구도》가 끝난 바로 다음부터 시작해야 했으나 김정호도 인간이기 때문에 국가에 대한 미련을 버리지 못했다. 그 때문에 서른두 살이 되어가는 봄부터 착수하였는데 그 출발은 지리지의 자료를 구입하기 위한 김정호의 눈물겨운 싸움으로 시작되었다.

그동안 『여지승람』을 비롯하여 상당히 많은 지리지를 입수해 놓은 상태였으나 그것만으로는 김정호가 원하는 지리지를 만들기에 턱없이 부족했다. 더 훌륭한 지리지를 구하는 것은 지도를 구하는 것보다 더욱 어려웠다. 국가가 아니라 지방관을 중심으로 만들어진 여러 고을의 개별 지리지들은 시중에서 일부 구할 수 있었다. 그러나 그런 지리지들이 아무리 많다고 하더라도 전국 330여 개의 고을에서 차지하는 비율은 극히 보잘 것 없었다. 그밖에 일부 선각자들에 의해 만들어진 지리지와 유사한 것들도 구할 수 있었으나 지도를 그리기 위한 정보라는 차원에서 보면 크게 도움이 되지 못하였다.

김정호는 목표를 수정하여 지도를 제작하기 위한 지리지가 아니라 지리지 그 자체를 보다 완벽한 체제로 만들어보기로 하였다. 지리지가 지도 제작을 위한 가장 필수적인 정보를 담고 있는 것이 사실이지만 그렇지 않은 정보도 얼마든지 들어 있었다.

지도는 지리지만으로는 이해할 수 없는 위치 정보를 시각적으로 표현할 수 있는 장점이 있었지만 지리지는 지도에 표현할 수 없는 풍부한 내용을 담을 수 있는 장점이 있었던 것이다. 그러니 지리지의 제작은 지리지 자체의 특징으로부터 시작하지 않으면 극히 불완전한 것이 될 수밖에 없었다. 물론 이러한 체계적인 지리지 없이 지도를 제작한다거나 더 나은 지도로의 교정을 꾀한다는 것도 있을 수 없는 일이었다.

김정호는 보다 체계적인 지리지를 만들고 나서야 《청구도》의 교정이 가능하다는 것을 알고 있었다. 그래서 언제 끝날지도 모르는 지리지 제작의 길로 매진하게 되었다.

새벽녘의 닭 울음소리가 온 동네를 울리고, 어스름 보름달이 서산에 걸렸다. 하늘에는 별이 총총한데 어둠을 뚫고 바삐 움직이는 두 사람이 있었다. 서둘러 남대문에 도착했지만 성문은 굳게 닫혀 있었다. 두 사람은 종각 쪽을 연신 바라보았지만 종소리는 들리지 않았다. 초조한 듯 서성거리며 한참을 기다리자 둥—둥—. 드디어 종각이 울리고 육중한 성문이 찌찌찌찌찍— 서서히 열렸다. 두 사람은 뭐가 그리 급한지 달리듯 성문을 빠져나가 칠패 시장을 지나 염초청다리를 건너고 이내 만리재를 향했다. 어느덧 달과 별이 사라지고 동녘의 목멱산엔 붉은 기운이 하늘을 뒤덮었다. 초가에선 연기가 모락모락 피어오르고, 여기 저기 사람들의 움직임이 분주했다.

중화부사로 나가 있다가 짬을 내어 서울 집에 들렀던 신헌이 하인을 데리고 김정호를 급히 찾아가는 길이었다. 그러나 신헌은 김정호가 만리재에 산다는 이야기만 들었지 어느 집인지는 알고 있지 못했다. 아침 일로 분주한 사람들에게 물어물어 겨우 김정호의 집을 찾게 되었다. 작지만 단아한 김정호의 초가집을 마주본 신헌의 가슴은 뛰기 시작했다. 이 안에 김정호란 사람이 살고 있단 말인가? 그는 어떤 사람일까? 마음 속에 이 생각 저 생각이 떠오르며 빨리 만나고 싶었다. 하인을 시켜 자신이 이 집에 왔음을 알리도록 하였다.

"주인장 계십니까? 여보시오. 주인장 계십니까?"

찌익하는 문소리가 들리더니 수염이 덥수룩한 한 사내가 머리를 빼꼼이 내밀었다.

"거 누구시기에 이렇게 이른 아침에 누추한 저의 집을 찾으십니까?"

막 아침 식사를 하고 있었던 듯 입안에 밥을 우물거리며 대문을 바라보았다.

"주인장. 이 분은 중화부사로 계시는 신헌이란 분이요. 빨리 와서 맞으시오."

하인의 우렁찬 목소리에 놀란 사내는 얼른 대문을 열어젖혔다.

"아니 높으신 나으리께서 누추한 저의 집에 어인 일이십니까?"

9 · 신헌과의 만남

놀란 김정호를 바라보는 신헌의 얼굴에는 그윽한 미소가 엷게 깔려 있었다.

"댁이 김정호란 사람입니까?"
"나으리 그렇습니다만. 어인 일로 찾으셨습니까?"
"이 책 기억나시오?"

책을 받아 펼쳐본 김정호의 눈에는 놀란 기색이 역력했다.

"아니. 이것은 제가 만든 《청구도》입니다만. 어떻게 나으리께서 갖고 계십니까?"
"댁이 만든 것이 분명합니까?"
"제가 만든 원본은 아니고, 누군가 제 것을 다시 베낀 것입니다. 그런데 어떻게…… 아휴 나으리. 누추합니다만 우선 방으로 드시죠."

김정호의 안내로 마당으로 들어서니 놀란 눈의 아낙네와 아이 둘이 서둘러 밥상을 치우고 있었다. 밥상을 물리고 김정호는 신헌을 서둘러 방안으로 안내했다.

"아휴 나으리. 이쪽으로 앉으십시오."
"너무 어려워하시지 말고 주인장께서도 거기 앉으시오."

신헌은 아랫목에 앉아 다시 한 번 방안을 이곳저곳 둘러보았다. 여기저기 책자가 정리되어 있었고, 방 한구석에 곱게 간직된 지도책도 보였다.

"아니 어떻게 이렇게 많은 책을 갖고 계시오."
"나으리. 죄송합니다만 말을 놓으시지요. 중화부사님께서 저 같은 상놈에게 말을 높이시는 걸 남들이 알면 큰일 납니다."
"신경 쓰지 마시오. 나는 이것이 편하오."

중화부사라는 높은 직책의 신헌이 자신의 집을 찾아왔다는 사실이 김정호는 놀라웠다. 지도를 구하러 대가댁 나으리들을 여러 번 찾아간 적은 있었지만, 그런 나으리들이 자신의 집에 직접 찾아왔던 일은 지금까지 없었기 때문이었다. 그러나 당황하는 김정호를 보는 신헌의 눈길은 여전히 온화했다. 그런 신헌을 보면서 김정호 역시 안심하면서도 그가 왜 이곳에 찾아왔는지 궁금해지기 시작했다.

"나으리. 자꾸 여쭤보아 죄송합니다만 어쩐 일로 이런 누추한 곳을 찾으셨는지요."
"주인장 너무 서두르지 마시오. 나는 주인장을 실컷 보고 싶어서 왔으니 서둘러 가라 할까 겁나오."
"아니 그건 무슨 말씀이십니까?"
"내 주인장이 만든 《청구도》를 그저께 처음 보았다오. 요즘 평안도 중화에 가 있는 관계로 서울 소식을 잘 모르고 있었소. 잠시 짬을 내어 집에 들렀는데 아버님께서 새롭게 구입하신 책자가 있기에 궁금해서 한 번 들춰본 것이 《청구도》였소."
"제가 만든 것의 사본이 나으리 집에까지 들어갔습니까? 송구스럽사옵니다."
"아니오. 그렇게 생각하지 마시오. 나는 《청구도》를 한장 한장 넘기면서 감정을 누를 길 없었소. 그래서 이틀 밤낮을 꼬박 《청구도》만 보았소. 보고 또 보고."

"감사합니다. 나으리."

"아니오. 내 말 더 들어보시오. 내 주인장의 지도를 보면서 정밀함에 놀랐소. 물론 그렇게 정밀한 지도는 할아버지를 졸라 따라갔던 비변사에서 잠시 본 적이 있소. 그러나 주인장의 지도는 단지 정밀하기만 한 것이 아니라 보기에도 너무 편리했소. 범례를 보면서 주인장이 많은 고민을 했다는 것을 알 수 있었고, 지도 한장 한장 속에 정성이 담겨 있음을 쉽게 느낄 수 있었소."

"나으리. 과찬이십니다."

"주인장. 너무 겸손해 하지 마시요. 내 《청구도》에 대해 더 칭찬할 것이 많소만 더는 하지 않겠소. 다만 주인장이 만든 《청구도》를 보면서 많은 감동을 받았다는 것만은 분명히 하겠소. 나에게 그런 감동을 선사했으니 내가 주인장에게 감사해야 할 일이지요."

"나으리. 자꾸 이러시면 안 됩니다."

"아니오. 아니오. 어쨌든 그 감동이 너무 커서 어제 이 지도를 만든 사람이 누구며, 어디에 사는지를 우리 집 이서방에게 수소문하게 했던 것이오. 나는 내일 다시 중화로 가야 하기 때문에 실례를 무릅쓰고 이렇게 이른 아침에 찾아온 것이오. 양해를 바라오."

"아닙니다. 나으리. 나으리의 칭송을 받고 직접 방문까지 받게 되니 저로서는 영광일 따름입니다."

김정호는 평민인 자신이 만든 지도를 보고 감동했다는, 더 나아가 직접 집에까지 찾아와 준 신헌의 얘기를 들으면서 그가 참으로 겸손한 사람임을 직감할 수 있었다. 또한 허세만 부리는 세도가 양반이 아니라 자신과 같은 평민의 작품도 인정해줄 줄 아는 믿을만한 사람임을 느낄 수 있었다.

한편 신헌은 《청구도》와 같이 훌륭한 작품을 양반이 아닌 평민이 만들었다는 사실에 놀라고 있었다. 또한 으리으리한 기와집도 아닌 초라한 초가집의 방안에 많은 서적이 가지런히 정리되어 있는 모습을 보면서 양반만이 아니라 평민도 학자적 자질을 가진 사람이 있다는 것을 새삼 깨달을 수 있었다.

"주인장. 미안하지만 올해 나이가 몇이오?"
"나으리 웬 나이를 물어보십니까? 나으리는 지체 높으신 분이고, 저는 상놈이니 나이는 아무 상관이 없습니다."
"그냥 물어보는 것이니 알려주시오."
"정 그러시면 알려드리죠. 올해로 서른둘입니다."
"그래요? 주인장께서 나보다 여섯 살이나 위이구료. 내 비록 신분이 달라 공개적으로 벗이라고 할 수는 없지만 마음속으로는 벗으로 여기리다."
"나으리. 무슨 말씀이십니까? 벗이라뇨. 말도 안 됩니다."
"그러지 마시오. 내 나이로는 주인장의 동생뻘이요. 그러니 형님 대우를 해도 당연한 것이지요. 그러나 신분이 신분인 만큼 그렇게는 할 수 없고, 그렇다고 벗으로 하기에도 주위 사람들의 눈이 있으니 어렵잖소. 나도 어렵지만 주인장도 어려울 것이 아니겠소. 그러니 행색은 신분에 맞게 하고, 마음속으로는 벗으로 여기리다."
"나으리. 너무 송구스럽습니다."

"아니오. 주인장의 《청구도》가 나를 감동케 하고, 즐겁게 만들어 주었소. 내 비록 신분은 높지만 주인장을 아직 감동시키지도, 즐겁게 만들지도 못했소. 그러니 주인장이 나의 벗이 되어주는 것이 오히려 나에게는 과분하지 않겠소?"

김정호와 신헌은 서로 초면임에도 몇 마디의 대화만으로 오랫동안 동고동락한 벗처럼 되었다. 두 사람 사이에 신분의 벽은 아무런 장애가 되지 않았다. 양반이면서도 평민인 자신을 알아주는 신헌에게 김정호는 존경심과 믿음을 갖게 되었다. 평민인 김정호가 양반인 자신보다도 더 훌륭한 학자적 소양을 갖고 있음을 알고 있기에 신헌 역시 김정호를 존경하고 믿게 되었다.

"주인장. 나는 내일이면 이곳을 떠나야 하오. 주인장을 만나고 싶어도 당분간 만날 수가 없소. 그러니 미안하지만 오늘은 주인장과 많은 대화를 하고 싶소만."
"나으리. 저로서는 영광입니다. 궁금한 것이 있으시면 무엇이든 말씀해 주십시오."
"실은 《청구도》를 어떻게 그렇게도 완벽하게 그리게 되었는지 그것이 궁금하오만."
"나으리 과찬이십니다. 완벽하다니요. 송구스럽지만 《청구도》에 대한 저의 소견을 잠시 말씀드리고 싶습니다."
"과찬이라니요. 정말로 대단한 지도입니다. 실례라 생각하지 마시고 말씀하시오."
"죄송하지만 저는 《청구도》가 완벽하다고 생각하지 않습니다. 실은

《청구도》를 만들기 일 년 전까지도 완벽한 지도를 꿈꾸었습니다. 그러나 곧바로 완벽한 지도를 만들 수 없다는 결론에 도달하고 너무나 큰 좌절감에 빠지고 말았었지요."

"주인장. 말을 끊어 미안하지만 그렇게 훌륭한 지도를 진짜 완벽하지 않다고 생각하시오?"

"나으리 정말입니다. 저는 완벽한 지도를 만들고 싶었지만 그것이 불가능하다는 결론밖에 낼 수가 없었습니다."

신헌은 《청구도》처럼 완벽한 지도를 이제껏 보지 못했다. 내용이 자세한 것은 다른 지도에서도 본 적이 있었으나 찾아보고 이해하는데 이보다 더 쉬운 지도는 없었다. 또한 지도에 쓰여 있는 정보의 종류와 표현 방법에 있어 지도를 보고자 하는 사람들의 마음을 정확히 꿰뚫고 있었다. 게다가 가지고 다니기에 적당한 크기의 두 권의 책으로 만들어졌으며, 위아래를 서로 이어 붙여 볼 수 있어 편리했다. 그러기에 신헌은 《청구도》에 그토록 감동한 것이며, 그 저자를 보고 싶었던 것이다. 그런데 지금 《청구도》를 만든 김정호가 스스로 완벽하지 않은 지도라고 이야기하니 도대체 이해가 가지를 않았다.

"주인장. 나는 도대체 이해가 가지를 않습니다."

"나으리께서는 지도를 어떻게 그리는지 아십니까?"

"아니오. 나는 지도를 이용만 했지 그것을 어떻게 그리는지에 대해서는 생각해 본 적이 없소."

"그러면 지도 그리는 방법에 대해 잠시 설명해 드려도 되겠습니까?"

"어디 해 보시오. 재미있을 것 같소."

"지도를 그리려면 각 지점의 방향과 거리 정보가 필요합니다. 그리고 그러한 정보를 전국적으로 모두 갖추어야 정확한 지도를 만들 수 있습니다. 그래서 옛날부터 지도와 지리지는 아주 밀접한 관계를 가지고 있다고 말했던 것이지요. 나으리께서는 국초에 『여지승람』을 만들어 전국에 목판으로 찍어 배포했던 것을 아시지요?"

"나도 그것은 잘 알고 있소만."

"『여지승람』에는 거의 모든 장소의 방향과 거리 정보가 들어 있습니다. 방향과 거리를 제대로 표시할 수 있는 방법을 개발하면 『여지승람』 한 권으로도 훌륭한 지도를 만들 수 있습니다."

"『여지승람』에 방향과 거리를 적어놓은 것이 그렇게 이용될 수 있는 것이었소?"

"예 그렇습니다. 지금도 우리 조선을 그린 훌륭한 동국지도가 많이 돌아다니고 있습니다. 그런 지도가 모두 그렇게 만들어진 것이지요. 『여지승람』이 없으면 그런 지도를 만들 수 없습니다."

"아 그렇습니까. 내 미처 그런 사실을 알지 못했소. 부끄럽구료."

"나으리 그렇게 생각하지 마십시오. 저는 지도만 만드는 사람이고 나으리는 백성을 살리는 일을 하고 계십니다. 백성을 살리는 일이 얼마나 힘든 일인지 저는 잘 알고 있습니다. 그러나 저는 그 일을 할 수 없습니다. 그렇다고 부끄럽게 생각하지는 않습니다. 저는 지도를 만드는 사람이기 때문입니다. 만약 제가 지도를 제대로 못 만들면 그것이 부끄러운 일이지요."

"주인장. 지도만 잘 만드는 줄 알았더니 그렇지가 않구료. 주인장께서 나에게 큰 가르침을 주고 있습니다."

"나으리 송구스럽습니다."

"아니오. 아니오. 그렇게 생각하지 마시오. 나는 진짜 주인장의 이야기를 경청하고 있으니 계속 하시오."

신헌은 점점 김정호의 이야기에 빠져들고 있었다. 어쩌면 일개 지도쟁이에 불과하다고 생각할 수 있지만 중화부사인 자신의 앞에서도 당당하게 말하는 김정호의 모습에 점점 반해가고 있었다고나 할까? 김정호는 거침없이 자신의 이야기를 계속 이어갔다.

"저는 나으리를 가르치려고 이런 말씀을 드리는 것이 아닙니다. 저는 제가 만든 《청구도》가 왜 완벽한 지도가 아니라고 생각하는지에 대해서만 말씀드리는 것입니다."
"잘 알고 있습니다. 계속 해 보시오."
"나으리의 넓은 아량에 다시 한번 감사드립니다. 그러면 계속하겠습니다. 제가 만든 《청구도》는 저 스스로 모든 것을 만든 것이 아닙니다. 누군가 이미 50여 년 전에 가로와 세로로 동일 간격의 선을 그어 전국의 군현지도를 만들었습니다. 제 예상으로는 정종대왕(정조)의 전폭적인 지원을 얻어 만들어진 것으로 압니다. 다만 저는 그것을 김대감댁에서 보고 베껴왔을 뿐 누가 어떻게 그린 것인지는 듣지 못했습니다."
"그렇습니까? 그런데 그것을 왜 듣지 못했습니까?"
"그것은 말씀드릴 수 없습니다. 실지로 알고 있지도 못하지만 저에게 그런 소중한 지도를 베껴갈 수 있도록 허락해 주신 김대감댁 나으리의 부탁이셨습니다. 더 이상 알려고 하지 말라고 하시더군요."
"아 알았습니다. 더 이상 묻지 않겠습니다."
"그 지도를 보고 저는 놀라 까무러치는 줄 알았습니다. 이렇게 정확한 지도가 있다니. 정말로 놀랐습니다."

"주인장이 놀랄 만한 지도였단 말입니까?"

"그렇습니다. 그래서 그 지도를 열심히 연구해 봤습니다. 연구하면 연구할수록 대단하더군요. 그러나 한편으로는 이용에 많은 불편이 있다는 것도 알게 되었습니다. 그래서 왜 이런 불편이 생겼나 오랫동안 살폈습니다."

"주인장. 대단하시오. 보통 사람이라면 그냥 그대로 베끼면 그것으로 만족할 텐데 말이오."

김정호의 노력하는 자세에 신헌은 입이 딱 벌어질 수밖에 없었다. 놀랄 만큼 훌륭한 지도를 보고도 또 연구하고 검토하여 문제점을 개선하려는 김정호의 자세는 들으면 들을수록 대단하기만 했다.

"나으리, 아닙니다. 저는 지도를 만들며 사는 사람입니다. 농사를 짓는 사람이 어떻게 하면 농사를 잘 지을 수 있을까 고민하듯 지도를 만드는 사람도 어떻게 하면 지도를 잘 만들 수 있을까 고민할 뿐이죠."

"주인장. 미안하오만 그 말씀은 좀 문제가 있소. 모든 농사꾼이 그런 것은 아니요. 사명감 있는 농사꾼만 그럴 뿐이지요. 주인장이 말한 사람을 살린다는 일을 하는 사람들도 마찬가지요. 내 요즘 보니까 관리가 된 것이 참 부끄러울 때가 많소."

"나으리의 말씀이 저를 칭찬하고 있는 것이라 여겨져 송구스럽습니다. 나으리가 나으리의 일을 있는 그대로 말씀해 주시니 저도 말하기가 더 편해집니다."

"나도 주인장이 솔직하게 말씀해 주시니 편하오. 계속 하시오."

"알겠습니다. 저는 그 지도의 불편한 점을 개선하기 위해 어떻게 하면 될지 많이 연구했습니다. 그래서 최대한 모을 수 있는 지도를 다 모아 비교하고 검토하여 장단점을 살펴봤죠. 더 나아가 과거의 지도에 대한 기록을 제 힘 닿는 한 수집하여 옛 사람으로부터 배웠습니다. 그 결과 만들어진 것이《청구도》의 초간본입니다."

"초간본도 있었습니까?"

"예. 그렇습니다. 저기 구석에《청구도》밑에 가지런히 놓여 있는 것이 그것입니다."

"아 이거 말이오? 내가 봐도 되겠소?"

"그렇게 하십시오. 하지만 하나밖에 없는 것이라 드리기는 어렵습니다. 나중에 서울로 오시면 한 부를 베껴놓았다가 드리도록 하겠습니다."

"주인장 고맙습니다. 내가 종이와 물감 값, 그리고 사례비를 이서방 편에 보내도록 하지요."

"나으리 감사드립니다. 그러나 사례비는 보내지 마십시요. 종이와 물감의 값이야 워낙 비싸서 어쩔 수 없지만 사례비까지 받을 수는 없습니다. 나으리께서 누추한 저의 집을 찾아주신 것에 대한 답례로 해 드리겠습니다."

"고맙소 주인장. 더는 강제하지 않으리다. 주인장의 말씀대로 하십시다. 그 얘기는 이것으로 끝내고 아까 하던 이야기를 계속해 보시오. 들으면 들을수록 궁금해서 견딜 수가 없구료."

신헌은 알 수 없는 힘에 이끌려 시간 가는 줄 모르고 김정호에게 더 많은 얘기를 부탁하고 있었다. 김정호도 아무 거부감 없이 들어주는 신헌에 반해 얼마나 많은 이야기를 자신이 하고 있는지 의식하지 못하고 있었다.

해는 중천에 떴는데 이야기는 끝날 줄 모르고 계속되고 있었다.

"예, 나으리. 《청구도》의 초간본을 완성한 순간 저는 감격에 겨워 최생원님을 찾아갔습니다."

"아니 최생원이 누구요?"

"예, 창동에 살고 계신데 저를 이해하고 도와주시는 분이지요."

"알겠습니다. 최생원이 누군지는 저도 나중에 잘 알아보지요. 오늘은 계속 《청구도》에 대한 이야기만 하면 좋겠소."

"예, 나으리. 저는 《청구도》의 초간본을 만든 후 진짜 황홀한 기분이었습니다. 그러나 시간이 지날수록 기분이 이상해졌습니다. 제가 참고한 지도의 내용이 맞는지 그른지 저는 알지 못합니다. 그 지도를 만든 분들의 양심과 능력을 믿어야 하나, 지도를 만드는 사람은 자신이 만든 것이 아닌 한 그것이 맞는지를 확인할 필요가 있습니다."

"나도 동감하오. 비록 내가 지도를 만드는 것은 아니지만 내 일에서도 그와 비슷한 일은 참 많이 일어나오."

"나으리도 그런 경험 해보셨나 봅니다. 이해해 주시니 계속 말씀드리겠습니다. 확인 작업은 지리지에 쓰여 있는 위치 정보의 방향과 거리를 통해 할 수 있지요. 그러나 요즈음 만들어진 지리지를 몇 권 보았습니다만 내용들이 통일되어 있지 않았습니다."

"주인장. 아까 말했듯이 조선에는 『여지승람』이란 훌륭한 지리지가 있지 않소? 그것을 참조하면 되지 않겠습니까?"

"『여지승람』은 저도 입수하여 가지고 있습니다. 그러나 만들어진 지 이미 300년이 지났습니다. 그동안 많이 옮겨간 것이 있고, 새로 만들어진 것도 부지기수입니다. 제가 《청구도》의 초간본을 만들 때 참고한 지도는 아주 자세한 지도입니다. 그 속에 나오는 내용을 『여지승람』만으로는 확인할 수가 없었죠."

"아 그렇습니까? 내 미처 그런 것을 몰랐소."

"나으리. 저는 최근에 만들어진 지리지를 입수하고자 백방으로 뛰어다녔습니다. 그러나 구하기가 너무나 어려웠습니다. 최근에는 활자본으로 찍어낸 지리지가 없었기 때문입니다. 물론 필사본을 몇 권 구하기는 했습니다. 그러나 그 지리지들도 『여지승람』과 같은 통일된 체계가 부족했습니다. 도대체 어떤 것이 맞는 것이고, 어떤 것이 틀린 것인지 알 수가 없었죠. 물론 『여지승람』에서도 정종대왕 때 만든 『문헌비고』와 비교해 볼 때 틀렸는지 맞았는지 확인하기 어려운 것이 많았죠. 그래서 저는 절망하고 말았습니다."

절망이라는 표현을 사용하는 김정호의 이야기를 들으며 신헌은 더욱 알 수 없는 세계에 빠져들고 있다는 느낌이었다. 그토록 훌륭한 《청구도》가 완벽한 것이 아니라느니, 그것을 만드는데 절망했다느니 도대체 이해할 수 없는 말만 하고 있었다. 그러면서도 절망했다는 김정호가 《청구도》를 어떻게 만들게 되었는지 더욱 궁금해지기만 했다. 김정호도 너무나 진지하게 들어주는 신헌의 자세에 취해 자신의 모든 이야기를 몇 시간 사이에 토해내고 있었다.

"주인장. 절망이라니. 그러면서도 어떻게 《청구도》를 만들게 되었소? 더욱더 궁금하기만 하오."

"나으리 계속하겠습니다. 절망한 저는 역시 최생원님을 찾아갔습니다."

"주인장. 최생원이 또 나오는구려. 그런 최생원이 누군지 더욱 알고 싶습니다. 그러나 그것은 나중에 알아보도록 하겠소. 주인장. 계속 하시오."

"나으리. 제 나름대로의 완벽한 지도를 만들고자 노력했던 제가 절망하는 모습을 보면서 최생원님은 대뜸 완벽한 것이 있느냐고 물었습니다. 저는 얼떨결에 그렇게 생각한다고 했습니다. 저는 이번에 완벽한 지도를 만들 수 있다고 생각했었기 때문입니다."

"음. 완벽이라. 나에게도 어려운 문제입니다. 나도 옛날에는 완벽한 세상이 있다고 생각했지만, 직접 관리가 되고 보니 점점 의문만 늘어가고 있소."

"최생원님은 어제와 내일, 여기와 저기를 고려하면 오늘 이곳의 것이 과연 완벽할 수 있겠느냐고 했습니다. 그러면서 완벽은 마음속에만 있는 것이라고 했습니다. 사람들은 그런 완벽을 좇아 평생을 산다고 했습니다."

"참 어려운 말들을 나누었던 것 같습니다. 주인장의 말 속에는 나도 배울 것이 참 많소. 계속해 보시오."

"완벽을 좇지만, 완벽을 이룰 수 없다고 생각하면 허망한 좌절감만 남게 되지 않느냐고 여쭤봤습니다. 최생원님은 마음속의 완벽을 좇는 꿈은 소중하다고 대답하시더군요. 그러면서 그 꿈을 좇는 과정 하나하나에 보람이 있다고 했습니다. 그 과정에 조그만 완벽이 있기 때문이라고 했습니다. 그런 완벽이 모여 더 큰 완벽이 되고 그 때의 보람은 이루 말할 수 없을 것이라 했습니다. 그러나 그 완벽 역시 긴 시간 속에서 보면 또 고쳐야 할 대상이라고 했습니다."

"주인장. 점점 더 어려운 말만 하시는구려. 그러나 나에게는 계속 재미있는 이야기로 들리니 계속해 보시오."

"저는 최생원님의 말씀을 듣고 제가 꿈꾼 완벽은 이 세상에 없다는 것을 알게 되었습니다. 그러나 한편으로는 현재의 입장에서 본 완벽도 있다고 생각하게 되었습니다. 그래서 《청구도》를 완성하기로 했습니다. 《청구도》는 그때까지의 저의 능력과 노력에 의해 만든 완벽한 작품이라고 생각했기 때문입니다. 그러나 《청구도》는 완성되는 그 순간 이미 완벽한 작품이 아니게 됩니다. 또 다른 완벽을 위해 고쳐야만 되는 시작점에 불과한 것입니다."

"어려운 말 같지만 이해가 됩니다. 두 사람이 그런 말을 했다니 놀랍습니다. 나는 두 사람의 대화 속에서 많은 것을 배우고 있습니다."

"죄송합니다만 나으리 계속하겠습니다. 저는 최생원님을 만나고 나서 그때 제가 할 수 있는 능력을 벗어나는 것은 일단 포기하기로 했습니다."

"그것이 무엇입니까?"

"예. 다름 아니라 《청구도》의 초본을 확인하고 고쳐나가는 것입니다. 그 일은 아까도 말씀드렸듯이 당시에는 제가 할 수 없는 일이었습니다. 그래서 《청구도》의 초본에 요즈음 사람들이 필요로 하는 정보가 무엇인지, 어떻게 하면 그 정보들을 효과적으로 이해할 수 있는지에만 초점을 맞추었습니다. 그리고 그 일을 위해 여러 지도를 다시 한번 검토하고, 가능한 한 많은 지리지를 찾아보았습니다. 그렇게 해서 만든 결과가 바로 《청구도》입니다. 《청구도》에는 최생원님의 서문이 적혀 있습니다. 분에 넘치게도 최생원님은 그 서문에서 저를 벗이라고 표현해 주었습니다. 나으리께서 이해해 주시기 바랍니다."

신헌은 이제서야 김정호가 《청구도》는 완벽한 지도가 아니라고 한 말, 만들면서 깊은 좌절감에 빠졌다는 말, 그러면서도 《청구도》를 완성하게 된 과정을 이해할 수 있게 되었다. 그러나 신헌의 마음 속에는 또 다른 궁금증이 생겼다.

"주인장. 그러면 《청구도》를 만든 후 어떻게 하려고 했습니까?"

"예. 나으리. 그 부분은 이미 아까 말씀드렸습니다. 제가 좌절했던 것은 지도의 내용이 맞는지 틀리는지 확인할 수 없었기 때문입니다. 맞았다면 그대로 놔두는 것이고, 틀렸다면 고쳐야 하는 것이지요. 그런 일은 지도 위에 표현된 위치 정보를 다시 정리하고 검토하여 어느 것이 정확한지 알아내는 것입니다. 그러나 그것은 전국적으로 수만 개의 지점을 재보는 것이기 때문에 저 혼자의 힘으로는 도저히 하기 어려운 일입니다. 그래서 나라에서 해주길 바랐으며, 그 방법에 대해서도 《청구도》의 범례에 구체적으로 적어놓았습니다."

"그랬습니까? 그 부분은 자세히 읽어보지 못했습니다. 내 다시 검토해 보겠소."

"나으리. 죄송합니다만 그 바람은 《청구도》를 완성한 조금 후에 바로 포기하였습니다. 요즈음의 형편을 살펴보면 나라에서 그만한 일을 해줄 것이라 기대하기 어렵기 때문입니다."

"주인장. 나라의 녹을 먹는 한 사람으로서 정말 미안하게 생각하오."

"아닙니다 나으리. 나으리 한 분만의 힘으로 가능한 일이 아닌데 어찌 그렇게 말씀하십니까?"

"그렇긴 그렇소. 내가 생각해봐도 요즈음의 형편상 그런 일은 거의 불가능합니다."

"그렇습니다. 그래서 저는 저 스스로 하기로 결심하였습니다."

"아니 그건 무슨 말이오? 주인장이 온 나라를 다 다니면서 재볼 수는 없는 일임이 분명한데, 어떻게 하겠다는 것입니까?"

"나으리께서 말씀하셨듯이 제가 온 나라를 돌아다니며 재본다는 것은 불가능합니다. 저는 그렇게 무모한 짓을 할 만큼 어리석지는 않습니다."

"주인장. 나도 알고 있소."

"지난 백 년 동안 나온 지리지도 훌륭한 내용을 담고 있습니다. 다만 체계가 들쭉날쭉하다는 단점을 가지고 있을 뿐입니다. 저는 이런 지리지를 모두 모아 비교, 검토하고 보다 체계적인 지리지로 정리하려고 합니다. 물론 『여지승람』도 그 일의 대상이 됩니다. 또한 지금까지 만들어진 수많은 지도도 검토의 대상이 됩니다."

"힘들지 않겠소?"

"힘들다는 것은 알고 있습니다. 그러나 힘들다고 시도하지 않으면 저는 좌절감에 하루하루를 살아가게 됩니다. 그것보다는 시도하는 것이 낫습니다. 나중에 제가 죽을 때까지 다 할 수 있을지는 모르겠지만 해보려고 합니다. 만약 죽기 전에 그것이 끝나면 다시 지도를 만들 것입니다. 그리고 그 지도를 목판에 찍어 많은 사람들에게 보급하고 싶습니다."

신헌의 놀람은 여기서 극에 달했다. 일개 평민에 불과한 김정호가 이토록 원대한 꿈을 꾸고 있다니. 신헌은 자신이 최고 양반층이기 때문에 김정호보다 훨씬 많은 특권을 누렸고, 그만큼 책임도 크다는 것을 잘 알고 있었다. 그런데 자신은 지금 무엇을 하고 있으며, 무엇을 꿈꾸고 있는가?

"주인장이 그 꿈을 이루길 바라오. 그런데 그 꿈을 이루는데 비변사나 규장각에 있는 자료가 도움이 되지 않겠습니까? 내가 듣기로는 비변사와 규장각에 있는 자료가 가장 정확한 것이라고 합니다만."

"저도 그것은 알고 있습니다. 그러나 저의 힘으로는 그것을 볼 수가 없습니다. 그래서 안타깝기만 합니다. 그렇다고 할 수 없는 것을 자꾸 한탄만 해서야 무엇을 하겠습니까? 제가 할 수 있는 한 최선을 다해서 해보는 방법밖에요."

"주인장. 정말 대단하오. 나는 주인장의 의지와 노력에 그저 감탄할 뿐이오. 그리고 부끄럽다는 생각뿐이오."

"나으리 왜 이러십니까? 몸둘 바를 모르겠습니다."

"주인장. 아니오. 정말 부끄럽소. 앞으로 주인장에게 부끄럽지 않은 사람이 될 수 있도록 열심히 살아가도록 하겠소. 나는 백성을 살리는 관리이니 백성을 살릴 수 있는 정치를 할 수 있도록 최선을 다하겠소."

"송구스럽습니다."

"주인장. 주인장은 나에게 큰 가르침을 주었소. 가르침은 양반과 평민이란 신분을 뛰어넘는 것이오. 내 주인장의 가르침을 잊지 않겠소. 그리고 주인장의 꿈을 이루는데 큰 보탬이 되고 싶소."

"나으리 말씀만이라도 정말 감사합니다."

"주인장. 그런 말 하지 마시오. 말만 하는 것이 아니오. 내 주인장을 위해 힘닿는 데까지 비변사와 규장각의 자료들을 알려주도록 하겠소. 지금은 비록 내가 비변사와 규장각 자료들을 직접 볼 수 없는 지위에 있으나 그렇다고 그 자료들을 전혀 볼 수 없는 것은 아니오. 내 주위에는 그것을 볼 수 있는 많은 분들이 있소. 그들에게 부탁하여 내 주인장에게 어떻게든 도움이 되도록 하겠소. 밖으로 유출할 수 있으면 그렇게 할 것이고,

내 베껴올 수 있으면 베껴올 것이고, 눈으로만 볼 수 있으면 내 입으로라도 전해주겠소."

"나으리 정말이십니까?"

"주인장. 오늘의 이야기는 내 두고두고 잊지 않겠소. 너무 고맙소. 주인장이 꿈을 이룰 수 있도록 내 최선을 다해 도와주겠소."

해는 어느덧 뉘엿뉘엿 서산을 넘어가고 있었다. 그제서야 김정호와 신헌은 점심도 거르고 이야기를 나누었다는 것을 알게 되었다. 밥은 걸렀지만 전혀 배가 고프지 않았다.

양반과 평민의 만남. 그 속에서의 존경과 믿음. 그것만으로도 두 사람은 웃을 수 있었다. 신헌은 다음의 만남을 기약하며 김정호의 집을 나섰다. 신헌을 배웅하는 김정호의 눈가에는 감사와 존경, 믿음과 희망의 엷은 웃음이 가득했다.

『동여도지』의 준비와
낱장 목판본 지도의 제작

　　　　　　　　　　최고위층 양반인 신헌과의 만남으로 김정호의 지리지 편찬작업은 가속도가 붙게 되었다. 그동안 어렵사리 구하던 지리지의 수집이 신헌을 통해 쉬워졌기 때문이었다.

　신헌은 아직 높은 관직에 오르지는 못했지만 최고위층 양반이었기 때문에 인간관계의 폭이 매우 넓었다. 비록 그와 직접적으로 만나는 사이는 아니라고 하더라도 그 관계를 통해 마음만 먹으면 부탁을 할 수 있었다. 또한 김정호에 대한 신헌의 믿음은 매우 컸고, 도우려는 자세 역시 적극적이었다. 따라서 약간의 위험을 감수하면서도 신헌은 김정호의 요구를 어떻게든 들어주려고 하였다. 이에 따라 김정호의 지리지 수집 작업은 매우 순조롭게 진행될 수 있었다.

　게다가 신헌은 비변사와 규장각에 보관된 최신 자료의 일부도 김정호에게 전달해 주었다. 물론 신헌이 직접 비변사와 규장각의 자료를 열람하거나 다룰 수 있는 지위에 있었던 것은 아니었다. 그러나 김정호를 도우려는 마음이 강했기 때문에 주변의 모든 인적 관계를 동원하거나, 그것도 안 되면 뇌물을 줘서라도 김정호가 원하는 자료가 있는지 알아보았다. 만약 있는 것이 확인된다면 역시 물불을 안 가리고 그 자료를 빼내려고 애를 썼다.

　지리지의 편찬을 위한 과정은 필요로 하는 자료의 양이 엄청나게 많았기 때문에 지도의 제작 과정보다 훨씬 힘들었다. 《청구도》를 제작하기까지 수집했던 지리지 자료는 새 발의 피에 불과했다. 지리지의 편찬에는 국내의 자료만 필요한 것이 아니었다. 중국의 자료 역시 대단히 많이 필요했다.

　고대의 사실들을 규명하기 위해서는 특히 중국의 자료를 볼 수밖에 없었다. 그렇게 하기 위해 사기史記, 전한서前漢書, 후한서後漢書, 삼국지三國志, 진서晉書, 북사北史, 수서隋書, 구당서舊唐書, 신당서新唐書를 모두 구해 보아야 했다. 또한 신라 이후 확장된 대동강 이북 지역의 사실들을 정리하기 위해서는 송서宋書, 요사遼史, 금사金史, 원사元史, 명사明史 등을 보지 않을 수 없었다. 이밖에도 대명일통지大明一統志나 성경지盛京志 등을 비롯하여 많은 중국의 서적을 수집하여 검토하였다.

　국내 자료의 경우도 홍만기의 만기요람萬機要覽을 필두로 하여 문헌비고文獻備考 등 이루 헤아릴 수 없이 많았다.

　이런 서적의 구입에는 막대한 비용이 들어갔는데 김정호는 대부분 스스로 해결하려 하였다. 그러나 워낙 많은 비용이 들어가는 것이었기 때문에 최한기와 또 다른 후원자가 된 신헌의 도움을 받기도 하였다.

김정호의 방은 쌓여만 가는 책 때문에 점점 좁아지게 되었고, 결국 발 디딜 틈도 없게 되었다. 이것은 한편으로 김정호가 섭렵해야 하는 책이 엄청나게 많아졌다는 것을 의미하기도 했다. 그야말로 김정호의 하루 생활은 책을 잡고 시작했다가 책을 놓고 잠을 자는 연속의 나날이었다. 그러나 그렇게 한다고 하더라도 김정호는 그 많은 책들을 다 볼 수는 없었다. 이 책을 다 읽어야 지리지를 제작할 수 있다면 죽을 때까지 해도 지리지를 만들 수 없었다. 아니 김정호가 백 년을 산다고 하더라도 이룰 수 없는 것이다.

김정호는 책의 모든 부분을 읽는 것이 아니라 지리지 부분을 중심으로 읽었다. 그리고 그냥 읽은 것이 아니라 필요한 것이 나오면 꼼꼼하게 정리하면서 읽는 방법을 택하였다. 전국 330여 개의 고을 이름을 겉표지에 쓴 수십 장의 백지를 준비하였고, 각 고을에는 그동안 자신이 작성해둔 지리지의 항목을 한 장씩 적어 두었다. 그리고 각 지리지에 나오는 내용을 고을의 각 항목에 적어두는 방식을 택하였다. 물론 모든 지리지의 내용을 다 적어두는 것은 아니었다. 가장 기본적인 것을 『여지승람』에서 정리한 후 이 내용과 다르거나 새로운 내용이 나오면 추가하는 방법을 선택하였다.

새로운 지리지의 편찬을 위해 김정호는 차근차근 준비해 나갔지만 아무리 좋은 방법을 개발했다 하더라도 몇 년 만에 끝낼 수 있는 작업이 아니었다. 워낙 많은 양의 자료를 읽고 정리해야 하며, 그것을 다시 비교하여 옳고 그른 것을 선택하는 과정이었기 때문에 지도의 제작에 소요되는 시간과는 비교가 되지 않았다. 영종대왕(영조)과 정종대왕 때도 십수 명의 학자를 동원하여 십여 년에 걸쳐 지속적으로 지리지의 편찬을 시도했지만 결국 번듯한 지리지를 만들지 못했다.

그런 것을 김정호 혼자의 힘으로 하려고 하니 그것은 고난의 연속이었다. 끝없는 망망대해를 항해하는 선원들의 심정보다도 더욱 답답했다. 망망대해를 가는 선원들은 어느 방향으로 며칠을 가면 도착할 것이라는 기대심리라도 있으나 지리지의 편찬을 위해 자료를 정리하고 검토하는 김정호에게는 그러한 기한의 제한이 없었다. 언제 끝날 지도 모르는 작업을 지속적으로 벌여야 했다. 봄이 오면 꽃이 피고, 여름이 되면 열매를 맺는다. 또 가을이 되면 수확을 하고, 겨울이 되면 내년을 준비한다. 그러나 김정호에게는 그런 계절의 변화가 아무런 의미가 없었다.

벌써 김정호는 30대 중반을 넘어 마흔에 가까워지고 있었다. 김정호는 《청구도》를 만들고 나서도 틈틈이 판각 일터의 일을 감독하였고, 먹고 사는 데는 큰 지장이 없었다. 그러나 지리지의 편찬을 위한 자료의 정리가 길어지면 길어질수록 판각 일터의 일에 점점 소홀해질 수밖에 없었다. 늘 묵묵히 일해오던 동료들도 점점 소홀해지는 김정호가 못미더웠던지 점점 불안해하기 시작했다. 내색하지 않던 아내도 가계가 점점 걱정되었는지 말없이 광주리장사에 나섰다.

어느덧 김정호는 이러한 주위 사람들의 변화조차도 느끼지 못하는 사람이 되어 있었다. 지리지의 정리에 여념이 없어 다른 것에 신경 쓸 여력이 없었기 때문이었다. 사람이 오랜 시간 하나에 집중하면 미친다고 했던가? 김정호는 그렇게 미쳐 있었다. 일단 자료가 수집되고 나니 간혹 만나던 최한기와 신헌도 거의 찾지 않았다. 그러니 주변의 변화에 아주 둔감해질 수밖에 없었던 것이다.

급기야 같이 일하던 동료들이 더 이상은 같이 일하지 않겠다고 항의하였다. 그제서야 김정호는 문제의 심각성을 알게 되었고 자신에게 알리지 않고 몰래 광주리장사에 나섰던 아내의 존재도 새삼 깨닫게 되었다. 너무 어려워진 주변 상황을 인식하고 나자 지리지 편찬을 위한 정리 작업을 과감히 멈추었다. 아무리 그것이 중요하다고 하더라도 주변 사람들을 굶기면서 할 수는 없는 것이었다. 자신의 원대한 꿈을 이루기 위해서라도 주변 사람들을 굶겨서는 안 되었다. 그래서 새로운 돈벌이로 무엇이 괜찮을까 다시 고민하게 되었다. 그러나 어려워진 주변을 되돌려 놓기란 쉽지가 않았다.

김정호는 더 이상 자신과 일하기 어렵다고 항의하는 동료들을 당분간 판각 일에만 전념하겠다며 겨우겨우 달랬다. 그러면서 지금까지 만들어오던 것이 아닌 더 잘 팔릴 수 있는 것을 개발해보겠다고 했다. 김정호의 실력은 워낙 잘 알려져 있었기 때문에 동료들은 그를 믿었다. 김정호가 발 벗고 나선다면 원 상태로의 회복은 아주 쉬운 일이라고 생각했던 것이다. 김정호는 아내에게도 미안하다고 하며 광주리장사를 그만하라고 했다. 그러나 아내는 남편이 돈을 많이 벌어다 주더라도 군이 계속 하겠다고 했다. 아내는 김정호가 가족들을 굶길 사람은 아니나 그렇다고 호의호식하며 살게 해줄 사람도 아니라고 생각했던 것 같다. 따라서 조금이라도 잘 살려면 자신이 계속 광주리장사를 해야 한다고 생각한 듯 하다. 김정호는 아내의 고집을 잘 알고 있었기 때문에 너무 무리하지 않는 선에서만 하라며 더 이상 말리지 않았다.

김정호는 과연 어떤 것을 만들어야 잘 팔릴 수 있을지 고민하기 시작했다. 일단 고민이 시작되면 그것이 끝날 때까지 깊은 사색에 잠기는 것이 김정호였다. 그래서 그렇게 몇 날 며칠을 보냈다. 결론은 하나였다. 김정호가 가장 자신 있는 것은 지도였다. 지리지에 대해서도 눈을 떴으나 그것에 대한 수요가 별로 없으니 잘 팔릴 리 없었다. 그러니 당연히 지도

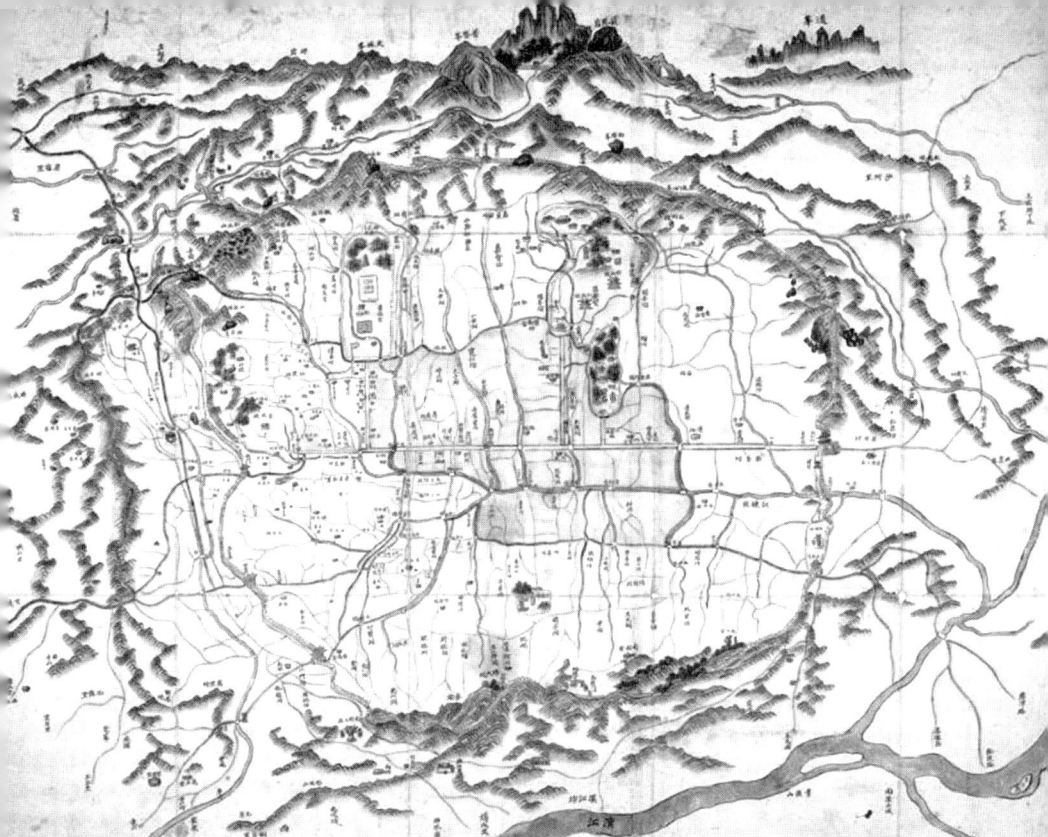

《여지도》(규장각한국학연구원)의 도성도

를 만드는 것밖에 없었다.

그러면 어떤 시도를 만들어야 하는가? 짧은 시간에 만들어 잘 팔리도록 하려면 기존과는 다른 것이어야 했다. 조선전도야 이미 젊은 시절에 많은 고민을 해서 만들었던 것이고, 그것보다 더 좋게 만들 자신은 없었다. 더 자세하고 큰 지도를 만들려면 너무 오랜 시간이 걸린다. 그런 시간을 동료들이 기다려 줄 리 없고, 또 그렇게 만든 지도가 잘 팔릴 것이라는 보장도 없었다. 어쨌든 짧은 시간에 만들 수 있으면서도 사람들이 많이 필요로 하는 지도여야 했다. 과연 그것이 무엇일까?

김정호는 고민 끝에 《청구도》를 만들 때 도성을 특별히 삽입했던 기

10 · 『동여도지』의 준비와 낱장 목판본 지도의 제작   209

억이 났다. 그 어떤 지역보다도 많은 사람들이 잘 알아야 하고, 그곳에 사는 인구도 가장 많았기 때문이었다. 도성도를 잘 만들어 많이 팔면 돈을 많이 벌 수 있을 가능성이 높았다. 이런 결론에 도달한 김정호는 자신이 가지고 있던 여러 도성도를 다시 검토하기 시작했다. 아울러 시중에 떠돌아다니는 도성도도 다시 수집하였다. 이 과정에서 상당히 많은 채색필사본 도성도가 있다는 것을 확인하였다. 이것은 김정호가 도성도를 목판본으로 만들면 잘 팔릴 수도 있다는 판단과 일치되는 것이었다.

김정호는 그런 도성도를 잘 검토, 비교하면 가장 잘 팔릴 수 있는 도성도를 그릴 수 있을 것이라고 생각했다. 물론 이미 수선전도首善全圖라는 이름의 목판본 도성도도 시중에 유통되고 있었다. 따라서 도성도를 만들려면 이렇게 유통되고 있는 도성도보다 사람들의 기호에 더 적합하게 만들어야 했다.

김정호는 이미 《청구도》에 도성도를 끼워 넣은 적이 있었다. 따라서 도성도를 새로 제작하는 것은 그렇게 어렵지 않았다. 그러나 《청구도》에 끼워 넣은 지도를 그대로 목판본으로 만들기에는 약간 문제가 있었다. 우선 기존의 목판본 지도는 주로 성곽 안만 그린 것이었으며, 성곽을 넘었다 할지라도 숭례문과 돈의문 등 주택이 많은 지역에 한정되어 있었다. 물론 《청구도》에 넣은 도성도도 마찬가지였다.

이런 지도의 가장 큰 문제점은 한강가가 그려져 있지 않다는 점이었다. 당시 한강에 있었던 서강, 삼개(마포), 용산, 한강나루, 노들나루(노량진), 서빙고, 동작나루, 두모개 등의 포구나 나루는 도성의 물자를 공급하는 젖줄과 같은 곳이었다. 따라서 이런 곳을 표기하지 않은 지도는 이용에 한계가 있었다. 도성 안만을 왔다 갔다 하는 사람들에게는 충분할지 모른다. 그러나 도성과 한강을 오가는 사람들 역시 매우 많았다. 특히 지도를 가장 많이 사가는 양반이나 관리는 대부분 한강을 안방처럼 드나드는 경우가 많았다.

그런데 김정호가 검토한 필사본 도성도 중에는 도성 안만 아니라 한강까지도 자세하게 표시한 지도가 많았다. 이것은 당시의 사람들이 필요로 하는 지도가 무엇인지를 단적으로 보여주는 것이었다. 그제서야 김정호는 안도의 웃음을 지을 수 있었고, 도성의 안과 밖을 어떻게 그릴 것인지에 대해 생각하게 되었다.

이때 생각난 것이 도성과 한강 사이에는 중요한 건물이나 밀집된 주택이 없었다는 사실이다. 《청구도》를 그릴 때는 전국을 같은 비율로 축소하여 그렸지만 이번의 지도는 꼭 그렇게 할 필요가 없었다. 다시 말해 잘 팔릴 수 있는 지도는 사람들이 실제 이용에서 불편 없이 사용할 수 있으면 되는 것이었다. 따라서 굳이 한강과 도성 사이를 정확하게 그릴 필요가 없이 도로만 정확하게 표시해주면 되었다. 반면에 도성안과 숭례문, 돈의문 바깥처럼 사람들이 많이 모여 사는 곳의 지명이나 도로, 하천은 아주 자세하게 그려줄 필요가 있었다. 아울러 한강가의 각종 포구와 나루 역시 아주 자세하면 된다고 생각했다. 더 나아가 도성 북쪽의 연융대와 북한산성의 정보도 표시하면 좋겠다는 생각도 했다.

이와 같은 생각은 단순히 김정호의 머릿속에서 순수하게 창조된 것이 아니었다. 상당수의 필사본 도성도에서 그렇게 표현하고 있었다. 김정호는 그런 지도를 검토, 비교하면서 지도를 이용하는 사람들의 욕구를 잘 파악하게 되었다. 구상이 끝난 김정호는 지도를 자세히 그리기 시작하였다. 아울러 목판이면서도 회화성을 살리기 위해 도성 사람들에게 중요하게 인식되었던 북악산, 인왕산, 남산, 낙산, 응봉 등을 인상적으로 그려 넣었다. 그 속에 도로와 주요 건물, 다리를 넣었다. 아울러 여러 지도와 지

목판본 〈수선전도〉(규장각한국학연구원)

리지에서 추출한 지명을 하나하나 채워 넣었다.

　드디어 지도가 완성되었고, 다시 거꾸로 그려 목판에 붙인 후 새기기 시작하였다. 이 과정을 지켜보던 동료들은 감탄하지 않을 수 없었다. 그렇게 도성도는 완성되었고, 다른 목판 지도처럼 수선전도라고 하였다.

　김정호가 제작한 목판본 도성도인 수선전도는 나오자마자 인기를 끌기 시작하였다. 필사본 도성도를 가지고 있었던 사람들이 금과옥조처럼 간직하던 지도가 목판본으로 나와 수백 장의 똑같은 지도가 유통되고 있었으니 그 가치는 떨어질 수밖에 없었다. 그러나 가치가 떨어진다는 것은 한편으로 그만큼 많은 사람들이 사보게 되었다는 것을 의미한다. 이로써 김정호의 지도에 대한 식견은 다시 한번 사람들로부터 인정을 받게 되었다. 당시에 사람들이 필요로 하는 욕구를 잘 파악하고, 자신의 지도적 소질을 충분히 발휘한 것이 김정호의 뛰어난 식견이었던 것이다.

　지리지의 편찬을 위한 작업에 빠져서 하마터면 동료들과의 불화로 이어질 뻔 하였던 상황은 수선전도의 간행으로 다시 원상태로 돌아갔다. 수요가 많았으니 값도 높게 받을 수 있었고, 돈도 많이 벌었다. 그 덕분에 김정호는 다시 시리지의 편찬을 위한 작업을 안정적으로 할 수 있게 되었다.

　김정호는 판각 일에 들어가는 최소한의 시간을 제외한 모든 시간을 다시 지리지의 정리와 검토에 쏟아 부었다. 주위 동료들 아무도 그러한 김정호의 모습에 이의를 제기하지 않았다. 방안에 틀어박혀 뭔가 하고 있는 김정호. 밥을 먹는지 잠을 자는지 밖에서 시켜보는 사람들은 큰 관심을 가지지 않았다. 김정호가 밥을 굶기지 않을 것이라는 믿음이 깔려 있었기 때문이었다.

봄이 왔고, 다시 여름이 되었으며, 쌀쌀한 가을을 지나 눈 내리고 바람이 쌩쌩 부는 겨울이 다가왔다. 아무런 일이 없는 듯 계절은 계속 바뀌었고, 김정호도 나이를 먹어갔다. 도대체 일의 진척이 있는 것인지 아닌지에 대해 아무도 알지 못했다. 아주 특별한 일이 아니면 김정호는 최한기와 신헌과의 만남도 극히 자제하고 있었기 때문이었다. 아니 자제하고 있었다기보다는 잊고 있었던 것이다. 간혹 만나더라도 자신의 일에 대해서는 별로 말을 하지 않았다. 그냥 일상사에 대한 대화를 하거나 필요한 자료에 대한 도움을 요청할 뿐이었다. 최한기 역시 자신의 일만 열심히 하였고, 그동안의 생각이 정리될 때마다 책을 써나갔다.

김정호가 마흔한 살이 되었을 때 최한기는 또 하나의 세계지도를 판각으로 새겨 줄 것을 부탁하였다. 이 지도는 알레니(한자명 艾儒略, 1582~1649)라는 서양 선교사가 중국에서 간행한 직방외기直方外紀라는 책에 나오는 것으로서 김정호가 《청구도》를 만든 해에 새겼던 〈지구전후도〉보다 더 오래 전에 만들어진 것이었다. 최한기는 중국으로부터 들어오는 책을 구입할 때마다 그 속에 있는 지도가 유실될까봐 판각으로 새겨 놓으려 했던 것이다.

이번 지도는 오대주도五大洲圖라고 이름 붙였는데 여기서 이 오대주란 아시아, 유럽, 아프리카, 아메리카, 그리고 마젤란이 발견했다는 메갈라니카였다. 처음에 〈지구전후도〉를 새길 때 자신이 알고 있었던 세계와 달랐기 때문에 호기심을 가지고 최한기에게 물어보았던 적이 있었다. 이번의 세계지도를 만들 때에는 이미 한 번 보았던 것이기 때문에 자세히 물어보지는 않았다. 그런 것에 깊은 관심을 갖기에는 자신의 할 일이 너무 많았다.

최한기의 부탁은 김정호가 지리지의 편찬을 위한 작업에서 잠시 손을 멜 만큼 강력한 것이었다. 그러나 최한기가 그렇게까지 강력하게 부탁한 것은 아니었다. 김정호가 최한기를 너무나 소중하게 생각했기 때문에 그의 부탁이라면 자신의 일이 아무리 중요해도 잠시 일손을 놓고 들어주려 했던 것뿐이었다. 최한기의 부탁을 들어주면 곧바로 자신의 일로 돌아왔다.

봄, 여름, 가을, 겨울은 또 그렇게 무심하게 지나갔다. 시간은 흘러가는데 김정호의 작업은 어느 정도 진척되고 있는 지 도대체 말이 없었다. 김정호가 남에게 말하고 싶지 않아서 그렇게 된 것은 아니었다. 무언가를 완성하지 않으면 특별한 말을 하지 않는 김정호의 성격 탓이었을 뿐이었다. 이제 김정호의 나이는 40대 중반으로 들어서 있었다. 김정호가 판각 일에 손을 떼지 않았다고 하더라도 세월의 무게는 동료와 가족에게 또다시 위협을 가하고 있었다. 동료들은 김정호에게 저번처럼 강력하게 요구하지는 않았으나 생계에 위협을 받게 되었으니 신경좀 써달라고 조용히 말하였다. 예전처럼 김정호는 그때서야 자신이 너무 자기 일에만 빠져 주위를 돌보지 않고 있음을 발견할 수 있었다.

그런 상황을 타개하는 것은 역시 돈을 벌 수 있는 지도의 간행밖에 없었다. 그러면 이번에는 무슨 지도를 간행할까? 앞서 제작했던 조선전도와 도성도 두 작품에 쏟은 김정호의 정성이 컸기 때문에 그것을 뛰어넘는 새로운 것을 만든다는 것은 어려운 일이었다.

그러면 이번에는 무엇을 만들어야 할까? 이리저리 궁리하던 김정호는 최한기를 위해 판각했던 세계지도를 들춰보게 되었다. 혹시 이것을 만들면 어떠할까란 생각에 가슴이 뛰고 있었다. 실제로 어린 시절부터 아무런 생각 없이 만들어오던 지도책에도 천하노라는 세계지도가 있었다. 김정호는 최한기의 세계지도를 보면서 그런 지도가 실제 세계에 바탕을 두고 만들어진 것이 아니라 조선 사람들의 상상적 세계를 그린 것임을 잘 알고 있었다. 그렇다고 하더라도 세계지도에 대한 조선 사람들의 욕구를 보여 주는 것이며, 그것은 잘만 만들면 가능성이 있다는 것을 의미하기도 했다.

그러면 어떻게 만들어야 할까? 최한기에게 파 주었던 세계지도는 실제 세계와 거의 일치한다는 이야기를 들었다. 그러나 정확하다고 해서 좋은 것은 아니었다. 아무리 정확해도 그것이 정확한 것인지 아닌지 판단하기가 쉽지 않은 것이 조선 백성들의 일반적인 수준이었다. 또 대부분의 지도 수요자들은 그렇게 정확한 세계지도가 진짜라는 것을 잘 믿지 않았다. 그들은 정확한 세계지도보다는 자신들의 세계관을 반영하는 그런 세계지도를 더 원하고 있었다.

아마도 정확한 세계에 기반하지 않고 상상의 세계를 그린 기존의 천하도가 아무런 저항을 받지 않고 당시의 조선에 잘 받아들여진 것도 그런 사회적 분위기 때문이었는지도 모른다. 물론 최한기의 목판본 세계지도인 〈지구전후도〉도 일부의 선진적인 학자들에게 각광을 받고 있었다. 그러나 그것은 극히 일부에 불과했고, 대다수의 양반이나 관리, 더 나아가 일반 백성들에게는 쉽게 수용되지 않고 있었다.

최한기로부터 간간이 들었던 세계의 이야기를 다른 사람들은 다 믿지 않을지라도 김정호는 믿고 있었다. 다만 자신의 일이 많기에 그런 것에 대한 관심을 많이 기울이지 못하고 있었을 뿐이었다. 그러니 최한기의 세계지도를 새겨준 김정호가 그것과 전혀 다른 세계지도를 만든다는 것도 웃긴 일 아닌가? 김정호는 아무리 생각해봐도 그렇게 할 수 없었다. 그렇다고 천하도 같은 지도를 만들어봐야 그것이 팔릴 리도 만무했다.

정확한 세계지도를 무시할 수 없다는 점, 일반적인 사람들의 욕구를 반영해야 잘 팔릴 수 있다는 점. 두 가지 모순된 상황을 어떻게 타개할 수 있을까? 김정호의 머리는 또 복잡해지고 있었다. 생각하고 또 생각해도 답이 잘 나오질 않았다. 그래서 불가능한 것이 아닌가란 생각에 포기하려고도 했다. 그러나 힘겨워하는 주위 사람들을 무시할 수도 없었고, 새로운 다른 지도를 만들기도 쉽지 않았다. 고민 고민하던 김정호는 하나의 타협점을 찾았으나 그것을 자기 마음대로 발행하기는 어렵다는 생각을 갖고 있었다. 정확한 세계지도의 정보를 알려준 최한기에게 문의하고, 그가 이해해 줘야 간행할 수 있다고 결정을 내렸다.

정말 오랜만에 찾아온 벗을 맞이하는 최한기의 얼굴에는 반가움과 함께 뭔가 어려운 문제가 생겼을 것이라는 걱정이 동시에 나타났다. 김정호의 얼굴이 예전에 좌절했을 때 만큼은 아니더라도 약간은 굳어져 있었기 때문이었다. 인사를 나눈 후 둘은 방으로 들어갔고, 전혀 의외의 말이 김정호의 입에서 튀어 나오고 있었다.

"이보게 최생원. 세계지도를 간행하여 팔고 싶네만."

"아니 그게 무슨 말인가? 자네가 세계지도에도 그렇게 큰 관심을 갖고 있었는가?"

"이 사람아 그렇지 않다는 것은 자네도 잘 알면서 나를 떠보고 있는가? 나는 우리 조선의 지도를 만드는 것만으로도 힘겹네. 요즘 하고 있는 지리지의 정리 작업도 언제 끝날지 모르는데 내가 세계지도에 대해 그렇게 관심 가질 시간이 어디 있겠나?"

"나도 당연히 그렇게 생각하고 있었네만 지금 자네가 세계지도를 간행하여 팔고 싶다니까 하는 말이네."

"최생원. 요즘 우리 판각 일터가 힘드네. 내 그동안 나의 일에만 매달려 그렇게 힘든 줄 미처 모르고 있었거든. 나만 믿고 사는 사람들인데 나는 나의 일에만 빠져서 그들의 상황을 잊고 있었다네. 정말 못된 짓을 하고 있었던 것이지."

"이 사람아. 왜 그렇게 생각하나. 자네는 지금까지 그들을 잘 먹여 살려왔네. 그들도 이제껏 자네를 믿어 왔고, 앞으로도 믿을 것이라고 확신하네. 그런데 못된 짓을 하고 있다니 말이 되는가?"

"아닐세."

"이 사람. 자꾸 그러지 말게나. 어쨌든 그래서 세계지도를 목판으로 만들어 팔아서 상황을 개선하고 싶었던 것이구만."

"바로 맞췄네."

"그러면 어떤 세계지도를 목판으로 만들어 팔고 싶은가? 자네의 식견을 봐서는 내가 자네에게 부탁했던 〈지구전후도〉와 오대주도를 그대로 찍어서 팔고 싶다는 것은 아닐 것이고."

"역시 최생원 자네의 식견도 대단하네. 그저 공부만 하는 사람이 지도를 찍어 파는 사람의 마음을 너무나 잘 알고 있으니 말일세. 자네는 그 지도를 나에게 부탁하여 목판으로 찍어냈네. 그러면서 내가 그대로 찍어서 팔려고 하지 않는다는 것은 어떻게 알았나?"

"이 사람아. 자네 나를 시험하고 있구만. 다른 사람이 나를 시험했다면 내 기분 나빠 답하지 않겠네만 자네의 시험은 일부러 하는 것이라 생각되니 답해 주겠네."

"어 이 사람. 내가 무슨 시험을……."

"어쨌든 말해 주겠네. 자네는 내가 부탁해서 파낸 〈지구전후도〉나 오대주도가 실제 세계와 동일하다고 믿고 있을 걸세. 물론 그런 것이 맞는지 아닌지 자세히 검토해서 판단한 것은 아니겠지. 그저 나에 대한 믿음과 내가 간간히 해준 이야기 때문에 그렇게 생각하고 있을 것이라고 보네."

"맞네. 정말 정확하네. 역시……."

"그러면서도 그 지도를 그냥 찍어서 내 봤자 잘 팔리지 않을 것이라고 생각했을 것으로 보네."

"그것도 맞네. 어떻게 그런 생각을 맞췄는가?"

"이 사람 정호. 자꾸 나를 시험하지 말게. 자네는 내 입으로 자네의 생각을 듣고 싶은 거야. 그렇게 함으로써 내가 자네의 생각에 동의하고 있는지 알고 싶은 것이고."

"역시……."

"역시라는 말 하는 것 보니 정확하게 맞추고 있구만. 내 자네가 생각하는 것을 계속 맞추어 보겠네. 자네도 그걸 원하지?"

"이 사람 쑥스럽게 자꾸 왜 그러나. 다 알면 계속 이야기나 해 주게나."

"그러세. 자네는 내 지도가 잘 안 팔릴 이유에 대해서 곰곰이 생각했을 것이네. 이유야 간단하지 않겠나? 그 지도가 진실이라고 믿는 사람이 없으니 잘 팔릴 수 없겠지. 억울하지만 그것이 바로 지금의 현실이라네."

"맞네. 계속 하게나."

"그렇다고 자네가 지금 떠도는 천하도와 같은 목판본 지도를 만들 리도 없네. 현실 세계와 전혀 다른 상상속의 지도를 만든다는 것은 양심에 가책을 느낄 수밖에 없기 때문이지. 그러나 세계지도를 만들어 지금의 어려운 현실을 타개해야 하는 것이 자네의 상황이기도 하고. 두 가지 모순되는 점 때문에 많은 고민을 했을 것으로 보네."

"그렇네. 그러면 내가 어떻게 해야 되겠나?"

"더 이상 나에게 묻지 마시게. 내가 그것을 생각할 줄 안다면 자네만큼 지도에 대해 많이 알고 있는 그런 사람일 걸세. 그러나 그렇지가 못한 것은 자네도 잘 알지 않는가?"

"최생원. 정말 솔직하구만. 그럼 이제부터 내가 이야기할 차례인가?"

"당연하지 않겠나? 이제부터는 그 모순을 어떻게 해결하려 하는지 듣고 싶네."

"최생원. 우선 이해해 줘서 고맙네. 지금부터 말할 테니 잘 듣고 자네의 의견을 이야기해 주게나."

"우선 이야기부터 해 보게나."

"그럼…… 일단 자네의 지도를 그대로 세상에 내놓는다는 것은 잘 팔리지 않을 것이니 당연히 안 되네. 그렇다고 그 내용을 모두 포기하고 천하도로 돌아가는 것도 말이 안 되네. 결국 자네의 지도 내용을 넣으면서도 천하도처럼 조선 사람들의 욕망을 채울 수 있는 방법을 곰곰이 생각해 보았네. 자네의 지도를 세상 사람들이 잘 안 받아 들이는 것은 그들이 알고 있던 세계와 너무 다르기 때문이지. 그렇다면 자네의 지도 내용을 일부 수정할 필요가 있네. 즉 사람들이 옳다고 생각하는 형태로 일부 바꿔 줄 필요가 있는 것이지. 그것의 핵심은 바로 중국과 조선에 대한 표현이네. 자네의 지도를 보면 중국은 그냥 세계 속에 있는 하나의 나라일 뿐이네. 그러나 사람들에게 중국은 세계의 전부이지. 또 조선도 아주 작은 나라에 불과하네. 그러나 사람들에게는 중국 다음 가는 나라라는 자부심을 갖고 있네."

"이보게 정호. 정말 재미있는 이야기이네. 계속 해 보시게나."

"그렇다면 중국과 조선을 자네의 지도와 달리 중심에 크게 그려야 하네. 그렇다고 있는 것을 없다고 할 수 없으니 자네 지도에 있는 다른 나라나 대륙도 그려야 한다고 생각하네. 다만 그런 부분은 중국과 조선에 비해 상대적으로 작게 그려야 하네. 그래야 사람들의 마음속에 나타날 저항 심리를 최대한 줄일 수 있지."

"자네 대단하구만. 내 실제 세계를 그대로 전달하는 것이 학문의 도리라고 생각하네. 그러나 학문이 사람들에게 다가가기 위해서는 알아들을 수 있는 방식을 새로 개발해야 된다고 보네. 물론 나는 그런 방법을 개발하지 못해 다른 사람들이 내 이야기를 잘 이해하고 있지 못하지. 또한 쏟아져 들어오는 정보가 워낙 많아 그것을 정리하여 새롭게 구성해내는데도 엄청난 시간이 들어가기 때문에 그런 방법을 개발할 여력도 없네. 그래서 나는 그런 방법을 죽을 때까지 개발하지 못할 것이라고 스스로 판단하고 있네. 다른 사람이 그런 일을 해주기를 바라지만 과연 그런 사람이 있을 지, 그런 날이 올 지는 나도 잘 모르네."

"나는 자네가 항상 자기 방식만 고집하는 줄 알았더니 꼭 그렇지만도 않구만. 내 자네를 새롭게 보게 되었네."

"이 사람아. 꿈이 있는 사람은 다 비슷하다고 생각하네. 혼자만 잘났다고 하는 것이 뭐 그리 대단하겠는가? 비록 죽을 때까지 다른 사람에게 전달되지 못할 지라도 자신이 만든 것이 다른 사람에게 전달되이 도움이 되기를 바라는 것은 꿈이 있는 사람이라면 똑같지 않겠는가?"

"맞네. 그러면 나의 생각에 대한 자네의 생각을 최종적으로 이야기해줄 수 있겠나?"

"자네가 바란 것이 바로 그것 아닌가? 나는 자네의 생각에 동의하네. 그러나 오해하지는 말게나. 내 지네 생가에 동의해줘야 자네가 그 일을 잘 할 수 있을 것이라고 생각해서 동의해 주는 것은 아니네. 자네의 빙식이 내가 생각해도 적합하고 옳다고 생각해서 동의하는 것이네."

"나는 자네가 옳다고 생각하지 않는 것을 동의해주는 그런 사람은 아니네. 만약 그렇게 생각했다면 내 자네를 찾아오지도 않았을 걸세. 나를 위해서 마음에 들지 않아도 어차피 동의해줄 것이라고 생각했다면 그냥 만들고 와서 이야기해도 큰 문제가 될 리가 없지 않은가?"

"또 그렇다고 쑥스럽게 자네까지 꼬리표를 달고 있나?"

"최생원. 하나만 더 이야기하겠네. 사람들은 중국을 중심에 놓고 볼 때 잘해야 일본이 동쪽의 끝이라고 생각하네. 천하도에도 그렇게 그려놓고 있네. 그래서 일본 동쪽은 생략하려고 하는데 어떻게 생각하는가?"

"그런 생각도 했는가? 내 지구는 둥글다는 것을 알고 있네. 둥근 것에서는 끝이 어디고, 시작이 어디라는 말은 원래 맞지 않는 말이네. 그러나 사람들은 둥글다는 것을 인정하지 않고 세상이 평평하다 생각하니 끝과 시작이 있다고 보는 것이지. 그리고 그런 생각을 쉽게 바꿀 수 없다는 것도 잘 알고 있네. 그런 사람들에게 일본 동쪽에 또 무엇을 그리면 이해하기 어렵지. 내 자네의 말에 동의하네. 자네의 생각처럼 그려도 서쪽에 뭐가 있다는 것 정도는 새롭게 소개해주는 것이 되지 않겠나? 어쩌면 조금씩 사람들의 세계를 바꿔나가는 첫걸음이 되는 것인지도 모르네."

"고맙네. 처생원."

"이 사람아. 내가 자네의 말이 옳다고 생각한 것뿐인데 그게 고맙다면……."

"그래도 고맙네."

혹시나 했던 김정호는 역시나 하면서 최한기의 집을 나오게 되었다. 최한기의 이해와 동의를 구하지 않으면 김정호로서는 세계지도를 편집해 나가는 작업을 할 수 없었다. 그것은 자기에게 정확한 세계지도를 알려준 최한기에게 최소한의 예의를 갖추는 것이었다. 다행히 최한기의 이해와 동의를 구했으니 이제 본격적으로 세계지도 제작을 시작하면 되었다. 그러나 세계지도 제작은 김정호에게 아주 색다른 일이었다. 최한기의 것을 판각으로 새겨줄 때는 그냥 하면 되었지만 이번의 세계지도는 자신이 다시 편집해야 하는 것이었기 때문에 오랫동안 꼼꼼히 검토하였고, 모르거나 필요한 것은 최한기에게 부탁하였다.

그렇게 하길 여러 달 만에 새로운 세계지도가 탄생하였고, 김정호는 그것을 〈여지전도輿地全圖〉라고 이름 붙였다. 당시에는 지리를 일반적으로 여지輿地라고 하였고, 지도는 여지도라고 하였다. 그리고 세계지도를 〈여지전도〉라고 하는 경우도 많았다.

동료들은 〈여지전도〉를 보면서 김정호가 언제 세계지도에 대해서도 관심을 가졌느냐며 감탄했다. 물론 그들이 〈지구전후도〉나 〈오대주도〉를 못 본 것은 아니었다. 그러나 그런 지도는 만들어 판 것이 아니니 그들에게 그냥 스쳐지나가는 것이었을 뿐이었다. 물론 새롭게 간행한 세계지도는 앞서 간행한 조선전도나 도성도만큼 많이 팔리지는 못했다. 그래도 상당히 많은 사람들이 구입했고, 동료와 가족의 생계에 새로운 활력을 불어넣어줄 정도는 되었다.

이제 또 다시 김정호는 지리지의 정리 작업에 매진할 수 있었다. 이렇게 어려운 과정을 겪으면서 지리지 정리 작업은 차츰 진전이 있어 얼마 안 있으면 초고본 형태의 지리지로 만들어질 수 있으리라는 확신이 들고 있었다. 김정호의 나이는 그렇게 40대 중반을 넘어가고 있었다.

『동여도지』 초본의 완성과 최성환과의 만남

김정호가 마흔 여섯이 되던 해, 고대하던 일이 하나 일어났다. 김정호를 적극적으로 도와주던 신헌이 평안도 중화부사와 전라우도 수군절도사, 황해도 봉산군수, 전라도 병마절도사라는 외직을 거치다가 드디어 내직의 금위대장禁衛大將이 되었던 것이다. 이때 신헌의 나이는 마흔 살이 되어 있었다.

　신헌은 외직을 전전하면서도 김정호를 극진히 도와주었다. 잠시라도 도성에 올라올 기회가 있으면 김정호를 불러서 어떤 자료가 필요한 지 꼼꼼히 물어보았고 자기의 힘이 닿는 한 어떤 식으로든 그 자료를 구해주려 하였다. 민간에서 돌아다니는 자료이면서 김정호가 구하기 어려운 것은 대부분 신헌이 구해주었다. 그런 자료의 대부분은 당시 최고의 대가댁에서 소장하고 있던 것으로서 일개 평민에 불과한 김정호가 그런 자료를 구하려면 각고의 노력을 기울여야만 했다. 그런 노력은 김정호의 작업에 방해가 되었다. 그에 들어가는 시간과 비용이 만만치 않았기 때문이다. 그러니 신헌의 도움은 김정호에게 자료 이상의 의미가 있었던 것이다.

신헌이 대가댁에 있던 자료만 김정호에게 제공한 것은 아니었다. 첫 만남에서 약속했듯이 관에 있는 여러 자료도 힘이 닿는 한 다 구해주었다. 당시 비변사와 규장각의 자료는 김정호에게 꼭 필요한 것이었다. 이런 자료는 평민인 김정호에게 단지 그림의 떡이나 마찬가지였는데 그런 자료에의 접근을 가능하게 해준 것이 바로 신헌이었다. 물론 신헌은 그의 관직이 이런 자료를 마음대로 볼 수 있는 위치에 있지 않았기 때문에 비변사와 규장각에 있던 모든 자료를 제공해 줄 수는 없었다. 또한 원본을 마음대로 유출할 수 있는 것도 아니었다. 그렇다고 하더라도 어떤 방식을 동원해서라도 김정호가 필요한 자료를 제공하려는 사람이 신헌이었기 때문에 비변사와 규장각 자료의 상당부분이 김정호에게 입수될 수 있었다.

김정호의 지리지 편찬을 위한 작업에서 신헌은 어쩌면 최한기 이상의 존재였다고 보아도 큰 무리가 아니었다. 이런 신헌이 금위대장이 된 것은 김정호에게 아주 특별한 의미가 있었다. 지금까지 보지 못한 비변사와 규장각의 자료에 대한 접근 가능성이 높아졌다는 것을 의미하기 때문이었다.

신헌이 금위내장이 되었다는 소식을 듣고 김정호는 뛸 듯이 기뻤다. 신헌은 김정호를 만날 때마다 잘 도와주지 못해서 미안하다는 소리를 여러 번 했다. 그럴 때마다 김정호는 송구스런 마음에 몸 둘 바를 몰랐다.

그렇게 헌신적으로 도와주는 사람이 자꾸 잘 도와주지 못해 미안하다고 하니 무어라 말을 하기 어려웠던 것이다. 그러나 신헌의 그 말은 단지 의례적으로 하는 말이 아니었다. 신헌은 김정호에게 비변사와 규장각의 자료들을 다 제공해도 완성하기 쉽지 않은 일이라고 생각하고 있었다. 그러나 자신이 아무리 노력해도 다 제공할 수는 없었다. 그래서 신헌은 김정호에게 늘 미안했던 것이다. 그런 신헌이 비변사와 규장각의 자료를 마음 놓고 볼 수 있는 금위대장이 되었다는 것은 김정호에게 천군만마가 아닐 수 없었다.

김정호는 신헌의 승진을 축하하기 위해 오랜만에 신헌의 집을 찾았다. 김정호에게 신헌의 집은 그냥 양반 대가댁이 아니라 자신을 가장 잘 이해해 주는 사람 중의 하나가 살고 있어 마음 놓고 숨쉴 수 있는 그런 공간이었다. 신헌과 함께 방에 들어서자 이내 대화가 시작되었다.

"대감마님. 경하 드리옵니다."
"고맙네 김군. 그 누구의 축하 말보다 자네의 축하 말이 진짜 듣고 싶었네."
"대감마님. 송구스럽습니다."
"아니네. 송구할 것 없네. 내 이 자리에 오른 것에 대해 많은 사람들은 내 벼슬이 높아져서 출세하게 되었다고 축하를 한다네. 물론 나와 뜻을 같이 하는 몇몇 사람들은 내가 세상에 하고 싶은 일을 추진할 수 있는 자리에 올랐다는 뜻에서 축하를 해주고 있네. 그러나 그런 사람은 그렇게 많지를 않네."
"대감마님의 높으신 뜻을 이해해 주는 사람이 많았으면 좋겠습니다."
"김군은 그런 몇몇 사람들 중의 하나라고 생각하네."

"대감마님. 지당하신 말씀이십니다."

"그러나 자네에게는 내가 이 자리에 오른 것이 아주 특별한 의미가 있을 것으로 생각되네만."

"대감마님. 무슨 말씀이십니까?"

"내 자네가 겸손하다는 것은 익히 알고 있네. 그렇더라도 오늘만은 속내를 드러내서 나와 대화했으면 좋겠네. 나는 자네가 속내를 다 드러내도 기분 나쁘지 않네. 아니 그것이 나를 더욱 기쁘게 하네."

"대감마님의 넓은 마음에 항상 감사할 따름이옵니다."

"알았네 알았어. 이제 그런 말은 그만 하게나. 진짜 속내를 듣고 싶네."

"대감마님. 그렇게 말씀하시니 있는 그대로 말씀드리겠습니다. 대감마님이 금위대장에 오르셨다는 소식에 저는 뛸 듯이 기뻤습니다. 대감마님의 하해와 같은 은혜에 힘입어 지리지 편찬을 위한 준비 작업은 잘 진행되고 있습니다. 하지만 충분한 자료가 있지 않기 때문에 아직 많이 부족합니다."

"나도 그럴 것이라 짐작하고 있었네. 내 이 자리에 오르면서 생각난 사람 중의 하나가 바로 자네였네. 자네가 참말로 기쁘게 생각할 것이라 생각했네. 솔직히 기뻐하는 자네의 모습이 내 눈에 선하게 보였네."

"송구스럽습니다. 대감마님."

"아니네 아니야. 내 그동안 자네를 돕고 싶은 마음은 굴뚝같았지만 많이 도와주지 못해 항상 미안했네. 내 아무리 힘을 써도 얻을 수 없는 자료가 많았기 때문이시."

"대감마님의 너그러우신 마음 잘 알고 있습니다."

"그런 말은 그만하시라고 말했네. 어쨌든 이제 내가 자네에게 가장 필요한 비변사와 규장각 자료를 마음 놓고 볼 수 있는 자리에 올랐네. 내 자네에게 필요한 자료라고 판단되는 것은 어떤 수를 쓰더라도 제공해주도록 하겠네."

"감사드립니다. 대감마님."

"자꾸 그러니까 내가 더 민망하네. 어쨌든 비변사와 규장각에 있는 것 중 자네에게 필요한 자료가 뭔지 알 수 없으니 내 시간 나는 대로 최대한 검토해서 자네에게 필요한 것을 꼼꼼히 챙겨보겠네."

김정호는 자신이 어떻게 신헌 같은 사람을 만나게 되었을까 신기하기만 했다. 자신과 같은 평민 출신이 완벽한 지도를 만드는 것은 불가능한 일이라고 생각했다. 그 와중에 신헌을 만나게 된 것이다. 그것은 아마도 하늘이 자신에게 지워준 의무이며, 그 의무를 이행하지 않으면 안 된다는 계시인 것 같았다. 비변사와 규장각에 있는 지도나 지리지 관련 자료의 목록이 신헌이 금위대장이 된 지 채 한 달도 되지 않아 김정호에게 배달되었다. 그런데 그 목록을 들춰보니 각 자료의 특징이 일목요연하게 요약 정리되어 있었다. 단순한 목록만으로는 자료의 특징을 이해할 수 없다고 판단한 신헌의 배려였다. 모든 자료를 확보해준다는 것도 쉽지 않은 일이고, 어쩌면 국가의 기밀 사항을 누출하는 것이 되어 큰 불상사까지 일어날 수 있는 가능성도 있었다. 그러니 김정호가 자료의 성격을 확실히 이해한 다음 진짜 필요한 자료만을 선택하여 요청하라는 의미도 있었던 것이다.

물론 이 목록을 신헌이 직접 작성한 것은 아니었다. 신헌은 비변사와 규장각의 자료 담당자들에게 지도와 지리지의 자료 목록을 꼼꼼히 작성하여 자신에게 보고하도록 명령을 내렸던 것이다. 그리고 그렇게 작성된 목록을 검토하면서 미흡한 점이 있으면 다시 작성해 오도록 하는 등 몇 번의 수정 과정을 거쳤다. 거기다 자신이 직접 자료를 검토해서 만약 빠뜨린 것이 발견된다면 큰 불이익을 주겠다는 호통까지 쳐 놓았다. 그래서 자료의 목록은 아주 세세하게 작성될 수 있었던 것이다. 그러나 그렇게 작성하여 확보한 자료 목록을 김정호에게 직접 전달할 수는 없었다. 원본은 업무 일지처럼 관에서 보관했고 혹시 없는 것이 나중에 걸리면 큰일이었기 때문에 신헌은 원본을 손수 베껴 사본을 만들어 보냈던 것이다. 김정호는 자료 목록을 꼼꼼히 검토하면서 신헌의 조치 하나하나를 이해할 수 있었고, 그러면 그럴수록 마음속에서 우러나오는 존경과 믿음의 크기는 더욱 커졌다.

김정호는 신헌의 마음을 모두 읽고 있었기 때문에 자료 목록을 검토하면서 진짜 필요한 것만 선택하였다. 이런 선택과정에서 가장 눈에 띄는 것은 영종대왕과 정종대왕, 순종대왕(순조) 때 제작된 전국의 읍지였다. 그동안 많은 지리지를 확보하기는 했지만 아직도 전국을 모두 섭렵할 수 있는 상황은 아니었다. 상황 탓만 하는 김정호가 아니었기에 구한 자료를 바탕으로 최대한 꼼꼼히 검토하여 정리해 왔지만 자료가 별로 없는 부분에 다다르면 한숨을 짓지 않을 수 없었다. 그랬기에 비변사나 규장각에 보관되어 있는 전국의 읍지는 김정호에게 가장 필요한 자료였고 가장 우선순위로 놓을 수밖에 없었다.

비변사나 규장각에 있다는 지도 목록을 보면서 김정호는 놀라지 않을 수 없었다. 자신이 김대감댁에서 베껴온 지도책의 원본이 거기에 몇 권이나 있었던 것이었다. 특히 요약 정리된 내용을 보니 자신이 베껴왔던 지도책과 달리 20리 방안이 동일한 간격으로 그려진 지도책도 있다는 것을 알게 되었다. 그리고 그 지도는 영종대왕 때 처음 만들어졌고, 이후 정종대왕과 순종대왕 때도 몇 부씩 베껴서 보관했다는 기록도 있었다. 다른 지도나 지도책도 목록에 적혀 있었지만 김정호가 관심이 가는 것은 오직 그 지도책뿐이었다. 김정호는 신헌에게 전국의 읍지 자료와 이 지도책 두 부를 부탁하였다.

신헌은 김정호의 요청 자료 목록을 보면서 역시 김정호라는 생각을 다시 한번 하게 되었다. 우선 그가 예상했던 것보다도 훨씬 빠른 시간에 요청 자료의 목록이 도착하였던 것이다. 이것은 김정호가 자료 목록을 밤낮을 가리지 않고 빨리 검토했다는 것을 의미한다. 김정호는 그만큼 자료에 목말라 있었고, 그를 보는 신헌의 입가엔 놀라움과 만족감이 서려 있었다. 또한 김정호는 자신이 보낸 자료 목록의 극히 일부에 해당되는 것만 요청하고 있었다. 이것은 김정호가 요약 정리된 자료 목록만 보더라도 어떤 자료가 필요한지를 구별해낼 수 있는 능력을 가졌다는 것을 의미한다. 그것은 그가 가장 적당한 자료를 빠른 시간 안에 골라낼 수 있을 정도로 많은 연구를 했다는 의미이기도 했다.

더 많은 자료를 확보하여 보고 싶은 것이 김정호의 심정이었을 것이다. 그럼에도 불구하고 극히 일부에 해당되는 것만 요청했다는 것은 신헌에 대한 끔찍한 배려였던 것이다. 신헌은 김정호의 요청 자료 목록을 보면서 다시 한번 그의 능력을 믿게 되었고, 그가 언젠가는 자신의 꿈을 이룰 것이라고 확신하게 되었다.

김정호가 요청한 자료가 적다고는 하지만 그것을 밖으로 유출해내는 것은 신헌에게도 쉬운 일이 아니었다. 원본을 유출해내는 것은 당연히 있을 수 없는 일이었다. 그렇다면 베껴서 보내는 방법밖에 없었다. 그런데 이렇게 베끼는 작업 역시 만만치 않은 일이었다. 읍지와 지도책 모두 원본과 동일한 수준으로 베껴야 했기 때문에 결코 쉬운 일이 아니었다. 신헌은 김정호를 충분히 배려했기에 원본과 너무 다른 수준의 것을 전달해 줄 수는 없었다. 또한 신헌은 어려운 일을 마냥 미루는 그런 사람도 아니었다. 어떻게든 빨리 김정호의 요청을 들어주어야 했고, 그러기 위해서는 그 방면에 전문적인 사람을 동원해야 했다. 그러나 비변사나 규장각의 자료를 유출한다는 것은 그 자체가 쉬운 일이 아니었다. 많은 사람의 눈을 피해야 하며, 혹시라도 알게 된 사람은 신헌이 직접 나서서 그를 이해하고 설득시켜야 했다. 또한 동원할 수 있는 사람의 범위도 비변사나 규장각에서 자료를 맡고 있는 그런 사람에 한정되어 있었다.

그러나 신헌은 김정호에 대한 믿음 때문에 일을 뒤로 미룰 사람도 아니었으며, 타고난 성실성을 갖춘 주도면밀한 사람이었다. 신헌은 있는 연줄을 다 동원하여 수없는 감시망을 피하거나 느슨하게 만들 수 있는 방법을 모색하였다. 그리고 자료 책임자들 중 그 일을 맡길 수 있다고 판단한 사람들에게는 충분한 대가를 지불하였다. 이러한 신헌의 노력 덕분으로 석 달 만에 원본과 거의 유사한 모든 자료가 김정호의 집에 도착하였다. 자료를 받아본 김정호의 눈가에는 존경과 믿음, 그리고 감사의 눈물이 흘렀고 터질 듯한 가슴을 주체하지 못하였다.

신헌의 김정호에 대한 믿음은 김정호의 작업에 큰 원동력으로 작용하였다. 그런 신헌의 도움이 헛되지 않게 하려면 끊임없이 작업하여 완성품을 신헌에게 바치는 방법밖에 없었다. 그러나 요청 자료를 받은 지 두 달 만에 임금이 돌아가시게 되었고, 신헌은 반대파들의 공격에 휘말려 전라도의 녹도로 유배가게 되었다. 머리를 풀어헤치고 유배를 떠나는 신헌을 본 김정호는 어떻게든 말 한마디라도 하고 싶었다. 멀리 김정호를 발견한 신헌도 관헌들에게 김정호와 짧게나마 대화할 수 있는 시간을 요청하여 허락을 받았다.

"김군. 자네를 만나고 갈 수 있어 내 기쁘기 그지없네."

"대감마님. 이 무슨 청천벽력과 같은 일이십니까? 어떻게 대감마님 같은 분을……"

"이보게 김군. 너무 슬퍼하지 말게나. 세상일이란 다 그런 것이네. 내 하고자 하는 일이 모두 순조롭게 풀린다면 그것이 어디 이 세상이랄 수 있겠는가? 내 뜻이 아무리 좋다고 하여도 세상이 받아주지 않으면 그것을 원망해서는 안 되네. 다 나의 능력 부족 탓이라네."

"대감마님. 어인 말씀이십니까? 대감마님의 숭고하신 뜻을……"

"자꾸 그러지 마시게. 내 미래가 어떻게 될지 나는 모르네. 그러나 희망만은 버리지 말아야 한다고 보내. 혹시 아나? 이것이 세옹지마일지?"

"대감마님의 믿음과 도움 덕택에 제 일을 잘할 수 있게 되었습니다. 대감마님이 안 계시더라도 저는 눈이 오나 비가 오나 그 은혜에 보답하기 위해 이 일을 꼭 마쳐 완성품을 바치겠습니다."

"이 사람 김군. 내가 뭘 얼마나 도와주었다고 그러나. 다 자네의 덕이네. 나에 대한 감사보다는 자네의 꿈에 대한 열망만 생각하시게."

"대감마님. 송구스럽습니다."

"또 송구하긴? 내 이렇게 빨리 엉어御䤃의 놈이 될 줄은 미처 몰랐네. 빨리 서두르지 않았다면 자네에게 도움을 줄 수 있는 기회를 놓칠 뻔했네 그려. 참말 다행이야."

"대감마님의 은혜 잊지 않겠습니다."

"이보게 김군. 은혜가 아니라 다 자네의 덕이라니까. 내 금위대장 자리에 오래 있었더라면 자네를 조금이나마 더 도와줄 수 있었을 텐데 이렇게 빨리 내려가게 되어 오히려 자네에게 미안하네 그려."

"대감마님. 무슨 말씀을 그렇게……."

"시간이 많지 않네. 내 이제 자네와 작별을 해야 할 시간이네. 멀리서도 자네가 그 꿈을 이루도록 빌어주겠네. 그리고 자네가 그 일을 하는 한 장면 한 장면을 상상하면서 가끔 무료함도 달래보겠네. 부디 세상이 힘들더라도 실망하지 말고 꿋꿋이 꿈을 완성하시게나."

그리고 속으로만 이야기했던 한 마디가 더 있었다. "내 자네를 만나고 갈 수 있어 유배가는 이 길이 정말 즐겁게 되었네."

신헌은 유배를 가는 그 순간까지도 김정호에 대한 믿음과 배려의 마음이 철철 넘쳐흐르고 있었다. 신헌을 보내는 김정호의 마음은 이제 안타까움을 넘어 더욱 굳은 결심으로 똘똘 뭉쳐지게 되었다. 어떤 일이 있어도 자신이 갈 길은 하나뿐이었다. 꿈을 이룰 수 있을지 확신할 수는 없지만 어떤 고난이 있어도 꼭 가야만 하는 길이었다. 더 나아가 꼭 이루어야 하는 일이기도 했다. 그것만이 신헌과 같은 최고 양반이 자신을 믿고 도와준 것에 대한 보답이 될 수 있었다. 집으로 돌아온 김정호는 자신의 방으로 들어갔고, 평소의 모습으로 돌아가 있었다.

김정호의 지리지 정리 작업은 더욱 가속도를 내고 있었다. 이제 전국적인 읍지도 모두 확보했기 때문에 꼼꼼한 검토와 정리, 그리고 그것을 체계화시키는 일만이 남아 있었던 것이다. 밤을 낮삼아 작업을 진행시키면서 서서히 새로운 지리지의 모습이 세상에 드러나게 되었다.

그해 가을 총 37권 22책으로 이루어진 지리지의 초본이 완성되었다. 김정호는 그 지리지의 이름을 『동여도지東輿圖志』라고 붙였다. 동東은 조선을 가리키는 용어 중의 하나인 동국東國 앞에 대大를 붙이고 국國을 생략한 대동大東의 줄임말이었다. 그리고 여도란 지도란 뜻이었으며, 지지는 지리지地理志란 의미이기 때문에 『동여도지』란 조선의 지도와 지지를 합해 놓았다는 의미였다. 그러나 지도와 지지가 동일 수준에서 다루어진 것은 아니었다. 지도는 각 고을이 어디에 있는지를 확인할 수 있게 도별도 수준에서만 수록된 것이고, 기타 도성도나 역사지도가 더 붙어 있는 정도였다. 따라서 아직은 『동여도지』 자체가 초본의 형태일 뿐 더 많은 교정과 체계적인 정리가 필요한 지리지였다. 어쨌든 김정호 스스로 아직 미완성의 초본이라고 생각했지만 일단 하나를 완성했다는 만족감에 감격스러웠다. 《청구도》를 만든 후 10년이 훨씬 넘는 공력을 들여 완성한 것이었다.

이 지리지의 편찬에 가장 많은 도움을 준 것은 신헌이었다. 따라서 『동여도지』 초본의 완성 후 제일 먼저 찾아가야 하는 사람이 신헌이었으나 아직 유배에서 풀리지 않은 관계로 찾아가고 싶어도 찾아갈 수 없었다. 『동여도지』 초본을 손에 든 김정호의 머릿속은 신헌에 대한 감사와 존경으로 가득 찼고, 책을 앞에 두고 멀리 신헌을 향해 큰 절을 올렸다. 찾아보고 싶은 신헌이 곁에 없었기 때문에 김정호는 『동여도지』 초본을 보자기에 곱게 싸서 최한기의 집을 찾았다. 그 사이 최한기가 이사하였다는 소식은 접했으나 지리지 편찬작업이 막바지에 이르러 만나러 갈 겨를이 없었다. 그러나 그 위치가 어디라는 것은 이미 듣고 있었다.

『동여도지』 초본을 들고 가는 김정호의 머릿속에는 《청구도》 초본과 완성본을 들고 최한기를 찾아가던 때가 아련히 떠올랐다. 물론 수선전도를 간행했을 때나, 〈여지전도〉를 간행했을 때도 찾아갔지만 자신이 진짜 하고 싶었던 작품을 들고 갈 때와는 느낌이 달랐다. 오랜만에 찾아온 김정호를 보면서 최한기는 그가 무언가를 이루었다는 것을 감지하였고, 반갑게 방으로 안내하였다.

"이보게 정호. 하던 일은 어떻게 되었나?"

"이 사람 최생원. 우선 축하부터 하네. 내 새집이라는 의미보다는 막상 와서 보니 자네가 연구에 전념하기에 딱 좋은 집이라는 생각이 드네. 역시 자네는 남에게 자랑할 수 있는 집보다는 자네의 연구가 잘 이루어질 수 있는 집을 골랐네그려."

"고맙네. 자네로부터 그런 축하를 받으니 더욱 즐겁네. 남들은 큰 새집으로 이사해서 좋겠다고 하던데 역시 자네의 눈은 다르구만. 내 마음도 자네가 말한 것과 같은 이유 때문에 즐거웠네. 자 그런 말 그만하고 자네가 갖고 온 그 보따리를 빨리 보고 싶네."

"자네의 관심은 내가 무엇을 가져왔나 하는 것인가 보네. 이 사람아 미안하지만 새집으로 이사했다고 가져온 선물은 아니네."

"여보게 정호. 자네도 농담을 할 줄 아는구만?"

"허허허. 자 풀어볼 테니 보게나."

"『동여도지』라…… 자네 드디어 완성했구만."

"이 사람은 아직 완성이란 의미를 잘 모르는 것 같구만."

"또 농담인가. 나도 잘 아네. 자네가 내게 가져오는 것은 항상 초본이었네. 이번의 것도 그럴 것이라 예상은 했지만 자네가 워낙 자신의 일에 대해 말해주지 않았기 때문에 단정 지을 수 없어 그렇게 이야기한 것이네."

"자네 말대로 이것은 『동여도지』라는 내 지리지의 초본에 해당되네. 10년 넘게 작업해서 겨우 37권 22책의 이것을 만들었네."

"이 사람아 '겨우'라니 말도 안 되네. 이럴 때는 너무 겸손한 자네보다는 약간은 거만한 자네가 보고 싶다네."

"최생원 그건 그렇고. 자꾸 신헌대감이 생각이 나네."

"자네의 마음 잘 아네. 그러나 신헌대감도 자네가 자꾸 안타까워하는 것을 바라지는 않을 걸세. 그저 묵묵히 작품을 만들어가는 자네의 모습이 신헌대감에게 즐거움을 줄 것일세. 그러니 신헌대감의 일은 자네의 마음속에만 묻어 두게나."

"알았네."

"이보게 정호. 그럼 앞으로는 어떤 일을 할 것인가?"

"자네로부터 그와 똑같은 질문을 전에도 몇 번 받았던 기억이 나네."

"그런가?"

"그렇지. 뭔가 완성해 오면 자네는 늘 그렇게 물어봤거든. 오늘도 내 대답은 늘 같을 수밖에 없네. 또 시작해야지."

"그래 항상 나는 자네에게 그렇게 물어봤고, 자네는 항상 그렇게 대답하곤 했지. 오늘도 역시 구체적으로 답해줄 것 아니겠나?"

"그렇다네. 내 『동여도지』를 더 완벽한 체계로 다듬어 가려고 하네. 그리고 이름에 걸맞게 지도와 지지를 곁들인 그런 『동여도지』를 만들어 보려고 하네. 저번에 신헌대감이 보내온 지도책을 좀 더 꼼꼼히 검토해 봐야겠네."

"아니 뭐 새로운 지도책을 입수한 것인가?"

"자네에게 말을 하지 않았는가 보군. 내 그것을 받은 지 벌써 2년이 다 되어가는데 자네에게도 말을 안 했다니. 나는 자네에게 말을 안 했다고까지 생각하고 있지는 못했네. 아마도 『동여도지』 초본 자체를 완성하느라 그 지도책을 잠시 잊고 있었기 때문이 아닌가 하네."

"어쨌든 그 지도책은 어떤 것이었나?"

"옛날에 김대감댁에서 베껴온 지도 기억나나? 아마도 잘 기억하고 있을 거야. 이번의 지도는 그 지도의 원본이라고 보네. 그 지도와 내용은 동일한데 모든 고을의 20리 간격이 같게 되어 있다는 점, 지리지 부분이 첨가되어 있지 않다는 점 등이 다를 뿐이네. 영종대왕 때 처음으로 만든 것이라고 하더구만."

"그런가? 그러면《청구도》의 내 서문과 자네의 범례에 정종대왕 때 처음으로 가로 세로 선을 그어 각 고을의 지도를 만들었다고 썼던 부분은 틀린 것이 되겠구만."

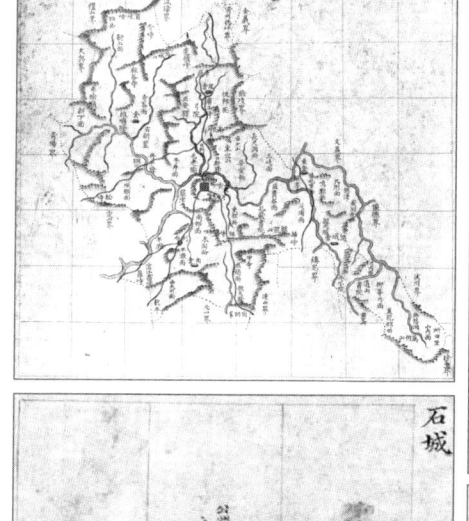
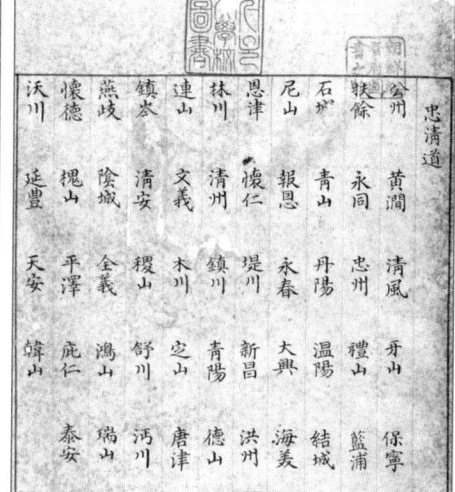
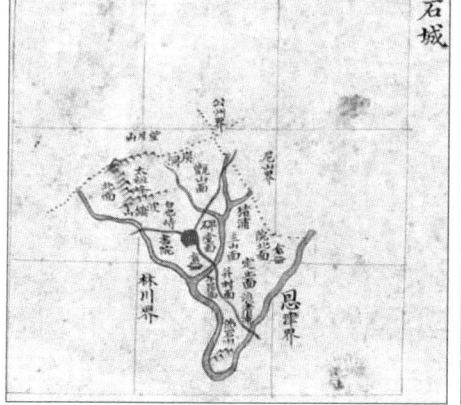
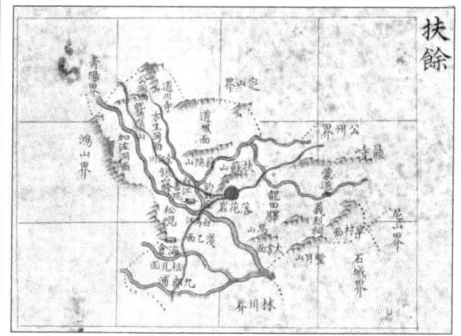

《조선지도》(규장각한국학연구원)의 충청도 일부

"그렇다네. 그러나 이제 와서 그것이 언제 만들어졌는지는 큰 의미가 없다네. 다만 그 지도책을 다시 검토하면서 『동여도지』에 각 고을 지도를 다시 그려 넣고 좀 더 체계적으로 정리할 생각이라네."

최한기를 만나고 돌아온 김정호는 새로운 지리지는 어떻게 만들 것인가 곰곰이 생각하게 되었다. 『동여도지』의 초본도 나름대로 체계화시켜 만든 것이기는 했지만 막상 만들어놓고 보니 좀 더 체계화시켜야 되겠다는 생각이 들었기 때문이었다. 즉, 처음에 시작할 때는 그래도 완벽하다고 만든 체계가 다 만들고 나니 잘 맞지 않거나 너무 번잡스러운 단점이 노정되었기 때문이었다.

우선 37권에 달하는 체계부터 다시 정리할 필요가 있었다. 그래서 합칠 것은 합치고, 나눌 것은 나누어서 새로 32권으로 편제하는 것이 더 옳다는 결론에 도달하였다.

그 결과 1권은 경도(도성)와 한성부, 2-4권은 한성부 주위의 사도四都(개성, 강화, 수원, 광주)와 경기도로 편제하였다. 그리고 5-24권은 적은 도는 두 권씩, 많은 도는 네 권씩 편제하였다. 이어 25권에 산수고山水考를, 26권에 변방고邊防考를, 27-28권에 정리고程里考를 따로 독립시켰으며, 29-32권에 방여총지方輿總志라는 역사지리 부분을 배치하였다. 이렇게 새롭게 체제를 개편하는데도 두세 달이 걸렸다. 이미 자신이 만든 『동여도지』 초본 자체가 또하나의 분석 대상이 되어 그 장단점을 꼼꼼히 검토하여 새로운 체제를 만들어야 했기 때문이었다.

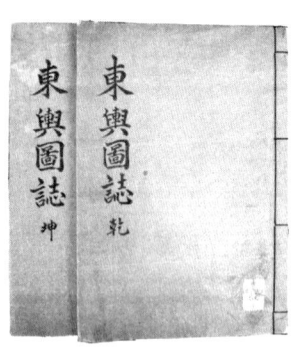

『동여도지』(규장각한국학연구원)의 일부

다음으로 신헌이 비변사에서 베껴 전해준 지도책을 다시금 꼼꼼히 검토하였다. 그 과정에서 일부 틀린 부분들이 새롭게 나타나기 시작했다. 이것은 《청구도》 자체가 틀린 부분이 나타난 것과 마찬가지였다. 김정호는 이제 이러한 오류를 바로잡으면서 새로운 지도를 만들어야 한다고 생각했다. 그 첫 단계로서 새롭게 정리되는 『동여도지』 각 고을 부분에 지도를 새롭게 첨가하면서 고쳐 나가기로 하였다. 그리고 이렇게 고쳐나가는 과정에서 더 정확하게 만들기 위해 몇 가지 방법을 고안하여 사용하기로 하였다.

첫째, 20리 간격이 아니라 《청구도》처럼 10리 간격의 가로와 세로선을 그어 만들기로 했다. 둘째, 방향도 동서남북 네 방향이 아니라 동남, 동북, 서남, 서북을 합한 여덟 방향으로 설정하여 교정해 나가기로 했다. 셋째, 면의 경우 사각형의 기호를 사용하여 위치를 쓰고, 그 옆에 이름만 적는 형태를 취하였다. 넷째, 나중에 헷갈리지 않게 하기 위해 중요 지점의 거리에 동그라미를 표시하고 리수里數를 적어 넣기로 하였다. 다섯째, 산줄기와 하천의 관계를 분명히 하고 더 상세하게 하기 위해 산을 산줄기로 표시하기로 하였다. 이것은 산줄기를 확인하면 그 사이에 하천을 표시하고, 하천을 확인하면 산줄기를 표시하는 방법으로 이미 《청구도》의 범례에 써놓았던 것이다. 이 과정에는 이미 더 자세히 정리된 산천의 정보를 적극적으로 이용하였다.

김정호는 이런 방식으로 각 고을의 지지를 먼저 정리하고 나서 지도를, 그리고 합책하는 길을 택하였다. 그러나 이런 방식으로 완성해본 경험이 없었기 때문에 과연 합당한 것인지, 얼마나 시간이 걸릴지 알지 못했다. 그래서 이번에는 효율성을 높이기 위해 시범적으로 강원노와 황해도를 선정하여 해보기로 하였다. 김정호는 먼저 각 고을의 지지를 정리한 후 그것을 바탕으로 지도를 그려나갔다. 역시 자신이 예상했던 것처럼 비변사에서 베껴온 지도보다 좀더 자세해질 수 있었고, 일부 교정도 할 수 있었다. 이렇게 각 고을이 완성되고 나면 40리 간격의 가로와 세로선을 그어 각 도별도를 앞쪽에 붙였다. 그러자 『동여도지東輿圖志』의 이름에 걸맞게 지도와 지리지가 결합된 새로운 책이 만들어질 수 있다는 확신이 서게 되었다.

그러나 강원도와 황해도를 만들어가면서 문제점을 하나 발견하게 되었다. 그것은 다름이 아니라 시간이 상당히 많이 걸린다는 것이었다. 이미 김정호는 쉰 살을 넘어 쉰한 살이 되어 있었다. 김정호의 마음은 이제 급해지기 시작했다. 자신이 앞으로 더 살 날이 과연 얼마나 될지 가늠하기가 어려웠다. 당시 쉰한 살이란 나이는 노인으로 취급받던 시절이었다. 따라서 언제 죽을지 모르는 불안한 나이였다. 일반 양반들은 자손의 번창과 가문의 번영을 위해 살다가 가는 것이 가장 큰 목표였다. 일반 평민들도 정도야 덜 했지만 거기에서 크게 다르지 않았다.

김정호도 이런 큰 흐름에서 벗어나 있지 않았지만, 그에게는 《청구도》를 만들 때 다짐했던 완벽한 지도에 대한 꿈을 이루는 것이 급선무였다. 그래서 방대한 양의 자료와 많은 시간을 들여 지리지를 편찬한 것이기도 했다. 물론 지리지의 편찬 과정에서 지리지 자체의 완성도가 있다는 것을 알게 되었지만 나이가 들어 노인이 되자 다시 옛 꿈이 모락모락 피어오르고 있었다. 어쩌면 그동안 잊어왔던 옛날의 꿈이 다시금 살아났다고나 할까.

김정호는 이렇게 하다가는 영영 지도를 그리지도 못하고 죽을 것만 같다는 생각이 들어, 일단 지리지를 빨리 정리한 후 지도를 본격적으로 시작해야 한다는 결론에 도달하였다. 그래서 이번에도 시험삼아 경기도의 지지를 정리해 보았다. 물론 지도와 기타 내용들을 생략하고 각 항목에 해당되는 것만 정리하였다. 그렇게 해도 시간은 생각보다 많이 걸렸다. 어쩌면 급한 마음에 그렇게 여겨졌다고 보는 것이 옳을 것이다. 죽음에 대한 두려움, 아니 죽음 그 자체보다는 자신의 꿈을 이루지 못하고 죽을 지도 모른다는 두려움은 짧은 시간도 길게 느껴지는 법이다. 그래서 김정호는 더욱 초조해질 수밖에 없었다.

그때 뜻밖의 손님이 그를 찾아왔다. 처음 보는 사람이었는데 행색이 깔끔한 것이 평민은 아닌 것 같았다. 워낙 바쁜 김정호인지라 최한기도 찾지 않는 시절이었기 때문에 누군가를 만난다는 것 자체가 부담스러웠다. 그러나 일단 찾아온 손님을 그대로 돌려보낸다는 것도 있을 수 없는 일이었다. 게다가 당시로서는 자신보다 높은 신분의 사람이 찾아오면 그를 무조건 돌려보낼 수 없는 것이 사회적 분위기였다. 김정호는 이 손님이 자신보다 높은 신분일거란 생각에 일단 방으로 안내하였다.

"나으리. 어쩐 일로 저의 누추한 집을 찾으셨습니까?"
"아 예 노인장. 전혀 모르는 사람이 찾아와서 많이 놀라셨으리라 봅니다. 저는 종4품의 선략장군중추부도사宣略將軍中樞府都事로 있다가 벼슬길이 저의 길이 아니라고 여겨져 올 봄에 사직한 최성환이라고 합니다만."
"예 나으리 그러십니까? 그런데 저의 집은 어떻게 알고 오셨습니까?"
"내 상동에 있는 최공을 우연히 만나게 되었습니다. 그때 이 얘기 저 얘기가 잠깐씩 오가다가 우연히 주인장의 소식을 접하게 되었습니다."
"최공이라는 분이 혹시 최자 한자 기자의 성함을 가진 분이십니까?"
"예 그렇습니다. 노인장을 매우 잘 알고 계시던데요."
"예 그렇습니다. 최생원님을 제가 만나 뵙고 알게 된 지도 벌써 삼십 년이 넘은 것 같습니다."

"아 그렇게나 오래 되었습니까? 최공께서 그런 얘기까지는 하지 않으셔서 잘 모르고 있었습니다. 두 분은 정말 엄청난 인연의 끈으로 맺어진 것 같습니다. 제가 듣기에는 노인장의 신분은 평민이라고 하던데 양반인 최공께서 노인장을 굉장히 존경하고 믿는 느낌이었습니다."

"나으리. 별 말씀을 다 하십니다."

"아닙니다. 내 느낌은 정확할 것입니다. 저는 최공께서 언뜻언뜻 노인장에 대해 이야기하는 것을 듣고서 주인장이 도대체 무엇을 하는 분이길래 그렇게까지 생각하게 되었는지 여쭤보았습니다. 그랬더니 평소에는 별로 말이 없으신 분이 노인장에 대해서는 상당히 흥분되어 말씀하시더군요. 물론 내용도 자세히 이야기해 주셨구요."

"최생원님께서 저를 너무 과찬하셨던 것 같습니다. 나으리 저는 그냥 평범한 평민에 불과하오니 너무 최생원님의 말씀에 귀를 기울이지 마십시오."

"아니오 주인장. 최공은 그렇게 함부로 말하는 분이 아니라는 것은 노인장께서도 잘 알고 계실 겁니다. 어쨌든 저는 노인장이 어떤 분인지 궁금했고, 무엇을 하고 계신지 직접 보고 싶었습니다. 물론 최공께 직접 들은 바가 있어 대략은 압니다만 제 스스로 확인해보고 싶었습니다."

김정호는 자신이 가장 아끼는 벗인 최한기가 자신의 일에 대해 이야기한 분이라면 믿을만한 사람이라고 생각했다. 최한기는 어디 가서 자신이나 주변의 일을 함부로 이야기하는 사람이 아니었다. 최한기가 자신의 이야기를 했다는 것은 그만큼 믿을 만한 사람이라는 의미나 다름없었다. 그래서 김정호는 최성환에게 자신이 그동안 해 왔던 작업을 아주 세세하게는 아니더라도 대략적인 개요를 말해 주었다. 그랬더니 최성환이 그렇게 대단한 일을 해오면서 큰 문제점은 없었느냐고 정중하게 물어왔다. 그런 물음 속에는 평민인 김정호가 그토록 원대한 꿈을 갖고 지도제작을 추진했다는 사실에 대한 놀라움이 들어 있기도 했다. 재차 물어보는 최성환의 물음에 김정호로서도 대답을 피해갈 수 없어, 세세한 이야기를 하게 되었다. 김정호의 이야기를 듣고 있는 최성환의 얼굴은 상당히 진지했고, 한편으로는 최한기가 존경과 믿음을 보낼만한 사람임을 실감하고 있었다.

최성환은 점점 구체적으로 묻기 시작했다. 김정호라는 훌륭한 사람을 일찍 만났더라면 자신도 김정호를 "도와주는 기쁨을 맛볼 수 있었을 텐데"라고 아쉬워하며 앞으로라도 도와주고 싶다고 했다. 한사코 거절하는 김정호에게 자신에게도 그러한 기쁨을 누릴 수 있도록 해달라고 간곡히 부탁하였다. 그런 최성환의 적극적인 자세는 김정호로 하여금 요즘의 고민을 세세하게 털어놓게 만들었다. 그런 고민을 들은 최성환은 새로운 지리지의 편찬을 잠시 멈추고 지도의 제작에 매진하는 것이 어떠냐고 물어왔다. 이렇게까지 적극적으로 자신에게 다가설지 몰랐던 김정호는 당황하면서도 상당히 반가웠다.

그러나 김정호는 『동여도지』 초본을 새롭게 정리하지 않으면 새로운 지도 작업에 들어갈 수 없다고 정중히 거절하였다. 때를 기다렸다는 듯이 최성환은 『동여도지』 초본의 정리 작업은 자신이 하겠노라고 했다. 게다가 그것을 목판 활자본으로 찍어 인쇄하고 싶다고도 했다. 너무 뜻밖의 제안에 어리둥절했지만 김정호는 최성환에게 그런 작업을 정말로 할 수 있는지를 다시 한 번 물어보았다. 그랬더니 최성환은 자신은 이미 몇 권의 책을 편집하여 간행해 왔으며, 앞으로도 그러할 예정이기 때문에 자신의 목표와도 일치한다고 하였다. 물론 그동안 작업한 책의 대부분이 시집이기는 하지만 편집에 있어서만큼은 자신이 있기 때문에 『동여도지』 초본의 새로운 편찬도 충분히 할 수 있다고 말했다. 너무 늦어 오래된 지도 제작의 꿈을 이루지 못할까 고민하던 참에 최성환의 적극적인 자세는 그를 설득시키기에 충분했다.

그러나 최성환이 아무리 편집에 능하다고 하여도 지리지를 전문적으로 해온 사람은 아니었기에 편집 방식은 김정호가 정하기로 하고, 그날의 만남을 마무리 하였다. 최성환이 돌아가고 난 다음날부터 새로운 지리지의 편찬을 어떻게 하여야 할지에 대해 곰곰이 생각하였다. 아무래도 『동여도지』 전체를 재편집하는 것은 무리라는 생각이 들었다. 그것보다는 도성과 한성부, 그리고 각 도의 차원에서만 재편집을 이루는 것이 좋겠다고 결정하였는데, 이것은 아직 지리지에 대한 관심과 연구가 적었던 최성환에 대한 배려 때문이었다.

그러면서 새롭게 편찬되는 지리지는 내용면에서 『동여도지』보다 훨씬 양이 줄고, 최성환이 편집하는 것이기 때문에 책의 이름도 바꾸어야 한다고 생각하였다. 다만 아무리 최성환이 새롭게 편집한다고 하더라도 자신이 이미 만든 『동여도시』를 모본으로 하는 것이기 때문에 최성환 혼자만의 작품으로 할 수는 없었다. 그래서 자신의 이름도 적어 넣어야 한다고 보았으며, 도별 차원에서의 지도를 삽입하여 그 근거로 삼고자 했다. 새롭게 만들어질 지리지의 이름을 김정호는 『여도비지輿圖備志』로 하리라 마음먹었다.

이렇게 결정하고 나서 최성환을 만나자 그도 김정호의 생각을 전적으로 수용하였다. 김정호도 그런 최성환의 모습을 보면서 더욱 믿음이 갔고, 이제는 지도에 전념할 수 있게 되었다. 그렇게 시작된 『여도비지』는 3

년 후에 완성된 필사본으로 세상에 그 모습을 드러냈다. 그러나 목판 활자본으로까지 인쇄되지는 못하였다. 그렇게 된 이유는 최성환이 다른 시집의 발행에 너무 적극적이었기 때문이기도 하고, 김정호 자신도 『여도비지』를 완벽하다고 생각하지 않아 최성환에게 적극적으로 작업을 요구하지 않았기 때문이기도 했다.

어쨌든 김정호는 쉰한 살이 되던 해의 후반부부터 지도의 제작에만 전념할 수 있게 되었다. 그와 아울러 최성환이라는 든든한 재정적 후원자를 얻었다. 이제는 김정호도 자신이 너무 늙었고, 하고 싶은 일에 전념하기 위해 가게의 일로부터 대부분 손을 떼기로 하였다. 다행히 가게는 어린 시절 자기만큼 적극적이고 실력을 갖춘 젊은이가 있어 그에게 안심하고 일을 넘길 수 있었다. 그렇더라도 김정호는 자신과 아내의 생계를 책임져야만 했다. 다만 젊은 시절부터 생계에 대해서는 스스로 책임지려고 하던 자신의 고집을 꺾고 최소한의 선에서 최성환의 도움을 받기로 하였다.

《동여도》의 완성

 김정호는 보다 완벽하고 체계적인 지리지를 만들겠다는 꿈은 잠시 접어두고 지도를 만들기 위한 작업에 본격적으로 나섰다. 새로운 지도는 자신이 21년 전에 만들었던 《청구도》의 내용을 교정하는 작업으로부터 시작되어야 했다. 《청구도》를 앞에 놓고 보니 완벽한 지도라고 생각했다가 좌절하였던 자신의 지난 시절이 주마등처럼 스쳐 지나갔다. 21년이 지나서 다시 완벽한 지도를 만들기 위한 작업을 시작한다고 생각하니 감회가 새로웠다. 김정호의 눈가에는 눈물이 다시 주르륵 흘러내렸다. 그러나 그 눈물은 아쉬움의 눈물이라기보다는 새롭게 시작하는 일에 대한 다짐의 눈물이었다.

 《청구도》의 내용에 대한 교정 작업은 이미 『동여도지』의 초본을 재편집 하는 과정에서 해보았던 일이었다. 따라서 그렇게 어려운 일은 아니었다. 그러나 그때 했던 일을 그대로 답습한다는 것은 김정호에게 있을 수 없는 일이었다. 그때는 지리지와 지도를 함께 수록하여 발행하려는 것이 목표였고, 이번에는 지도만 만드는 것이 목표였다. 목표가 다르니 가는 방법도 달라야 한다는 것이 그의 생각이었다.

우선 그동안 정리해두었던 『동여도지』의 자료를 가지고 《청구도》에서 잘못 비정되었다고 생각되는 부분부터 찾기 시작하였다. 이미 기존의 자료에 대한 정리와 검토, 그리고 비교와 교정이 끝난 상태이기 때문에 그렇게 어려운 작업은 아니었다. 또한 이미 10리 간격과 여덟 방향을 설정하여 만들었던 경험이 있던 터라 방법은 잘 터득하고 있었다. 그렇더라도 《청구도》에 있는 지명 하나하나의 방위와 거리를 모두 검토하며 교정하는 작업은 그렇게 만만한 것이 아니었다. 새로 교정을 할 부분이 여러 군데 나타났고, 이미 자신이 검토를 끝낸 자료임에도 불구하고 다시 한 번 원전을 들춰보면서 재검토를 하였다.

김정호는 함경도의 명천 해안가에 대한 자료를 검토하면서 뭔가 이상하다는 생각을 갖게 되었다. 『여지승람』이나 『문헌비고』를 보면 이곳에 있는 갈마산葛亇山이 동남쪽 173리에 있다고 나와 있었다. 그리고 그때까지 보았던 정상기 이후의 지도에도 모두 이 기록에 입각하여 갈마산을 명천 동남쪽 약간 북쪽의 173리 지점에 위치시켰다. 이렇게 해서 이 지역의 해안선이 동해 바닷가 쪽으로 튀어나가게 되었고 김정호도 《청구도》에서는 김대감댁의 지도를 교정하지 않았기 때문에 동일하게 그렸다. 그러나 새로 입수한 자료 중의 하나에는 갈마산이 동남쪽 70리에 있다고 되어 있었다. 김정호는 위치가 다르게 기록된 두 내용 중 어느 것이 맞는지 곰곰이 생각하게 되었다. 과연 과거에 모든 사람이 그려왔듯이 그리는 것이 맞는지, 아니면 새로운 자료에 입각하여 그리는 것이 맞는지 판단해야 했

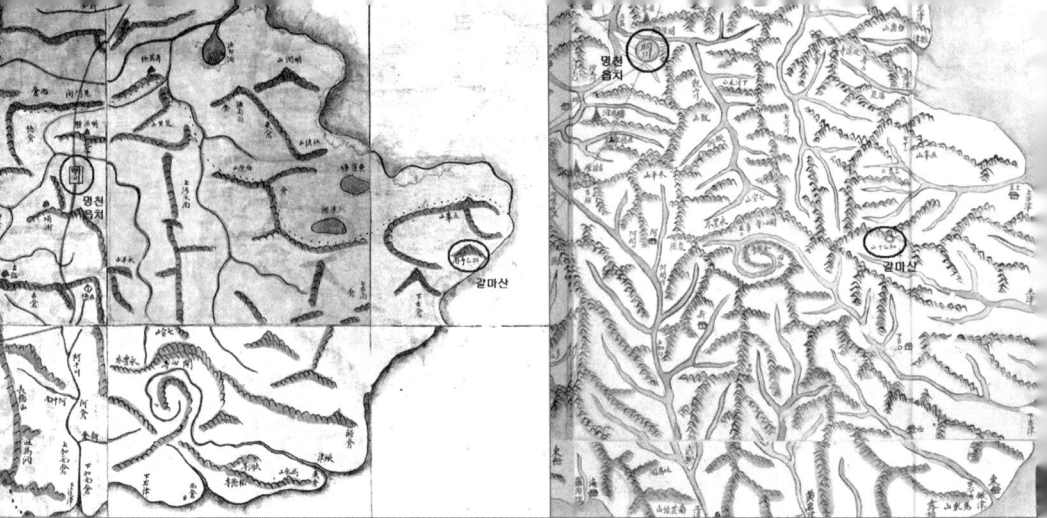

《청구도》와 《동여도》(규장각한국학연구원)의 함경도 명천

다. 기록만 봐가지고는 어느 것이 맞는지 판단하기 어려웠다.

그래서 명천 지역에 표시된 지명의 위치를 하나하나 비교하며 대조해 나가기 시작했다. 그랬더니 지리지 기록과 틀린 것이 너무 많이 나왔다. 혹시나 해서 새 기록에 입각하여 갈마산을 동남쪽 70리로 배치하여 다시 그려 보았다. 그랬더니 지리지 기록과 틀린 것의 대부분이 제자리를 찾아갈 수 있었다. 그제서야 김정호는 아무리 옛 지도가 다 똑같이 표시하더라도 틀린 것이 있음을 깨닫게 되었고, 과감하게 교정하였다. 그래서 김정호의 《동여도》와 《대동여지도》의 명천 부분은 그 이전 지도에서는 발견되지 않는 모양을 하게 되었다.

김정호는 이리저리 검토해 나가다가 강원도의 통천 남쪽에서도 여러 자료에서 각기 다르게 나오는 것을 발견할 수 있었다. 김대감댁과 비변사에서 베껴온 지도, 그리고 그것을 아무 교정도 하지 않고 따랐던 《청구도》에는 통천 남쪽의 바다가 육지 쪽으로 쑥 들어간 형태로 그려져 있고, 그곳에는 세 개의 작은 섬이 있었다. 그런데 다른 지도들을 검토해 보면

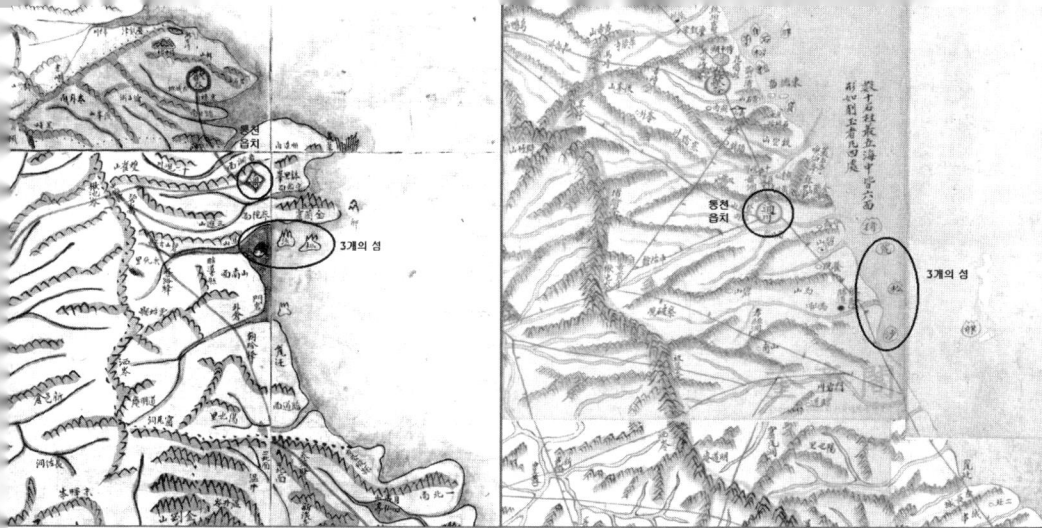

《청구도》와 《동여도》(규장각한국학연구원)의 강원도 통천

이곳의 해안선이 서북쪽에서 동남쪽으로 거의 직선의 형태를 취한 것이 많았다.

도대체 어떤 것이 더 합당한가? 『여지승람』에는 이 세 개의 섬이 읍치 남쪽에 있는 것으로 되어 있었다. 그리고 김대감댁과 비변사에서 베껴온 지도에서는 『여지승람』의 기록에 맞추기 위해 읍치 바로 남쪽에 바다가 육지쪽으로 들어간 것처럼 그려서 그 안에 세 개의 섬을 위치시켰다. 김정호는 지도 위에 표시된 다른 지명에 대한 비교 작업에 들어갔고, 그 결과 해안가를 거의 직선의 형태로 취한 지도 자료와 같이 표현해야 더 합당하다는 결론을 내리게 되었다. 그래서 그의 지지에서는 세 개의 섬을 남쪽이 아니라 그냥 바닷가에 가깝다고 바꾸어놓았다.

강원도 울진 지역에서도 의심나는 곳이 발견되었다. 다른 지도와 비교해 볼 때 비변사와 김대감댁에서 베껴온 지도와 《청구도》에는 이곳이 바다 쪽으로 툭 튀어나간 형태를 취하고 있었다. 그러면 이것은 어느 것이 맞는 것일까? 우선 지리지를 찾아보니 『여지승람』에는 울진 읍치로부터 서쪽으로 안동 경계까지 81리, 남쪽으로 평해 경계까지 48리, 북쪽으로 삼척 경계까지 44리로 나와 있었다. 반면에 다른 지리지에는 울진 읍치로부터 서쪽으로 안동 경계까지 100리, 남쪽으로 평해 경계까지 40리, 북쪽으로 삼척 경계까지 50리로 나와 있었다. 두 기록은 서쪽으로 약 20리의 차이가 나 어느 것을 선택하느냐에 따라 해안선이 다르게 그려지게 되어 있었다. 김정호는 지도 위에 표시된 다른 지명 위치와 지리지에 기록된 것을 대조하여 보았다. 그랬더니 『여지승람』의 기록이 합당하다는 결론이 나왔고, 그에 따라 《청구도》에 있었던 것을 과감히 교정하게 되었다. 이렇게 교정할 부분은 이런 지역 말고도 여러 곳에서 나왔다.

김정호는 《청구도》에 있는 모든 지명에 대해 여러 자료를 비교, 검토하였다. 그러다보니 시간이 많이 소요되었고, 고도의 집중과 꼼꼼한 검토가 아니면 안 되었기에 엄청난 에너지를 소비할 수밖에 없었다. 그렇게 하여 여러 군데를 모두 고치는데 꼬박 일 년의 세월이 걸려, 이제 김정호는 쉰두 살이 지나가고 있었다.

그러나 《청구도》의 내용 교정 작업만으로 일이 끝난 것이 아니었다. 이미 여러 지리지를 정리하면서 많은 자료가 축적되어 있었다. 그리고 지도에 어떤 것을 추가해야 하는 지에 대해서도 지리지를 편찬하면서 미리 생각해 두었다. 그 중에서 가장 많은 것이 바로 산과 강에 대한 자료였다. 김정호는 《청구도》에서 산을 산줄기 형식으로 이어 그리지 않았다. 그런 판단을 하게 된 가장 큰 이유는 《청구도》에 많은 내용의 주기가 문장의 형식으로 들어가 있어 산줄기까지 그려 넣으면 너무 복잡한 지도가 되기 때문이었다. 그리하여 궁여지책으로 《청구도》의 범례에 산줄기를 파악하는 방식을 적어 넣었다. 이제는 청구도를 만들 때와는 사정이 달라졌다.

그때는 지리지를 만들어놓지 않았기 때문에 지지적인 내용을 지도 위에 많이 삽입할 수밖에 없었다. 그러나 김정호는《청구도》를 완성한 이후 약 20년의 시간을 들여 『동여도지』 초본을 만들었고 비록 성사되지는 않았지만 완벽한 지도 제작을 시작할 때는 최성환이 『여도비지』를 목판 활자본으로 찍어낸다는 것을 전제로 하였다. 이것은 지도에 굳이 지지적 내용을 넣지 않아도 많은 사람들이 『여도비지』와 비교하면서 보면 된다는 것을 의미했다.

또 하나 《청구도》의 범례에 적어 놓은 산줄기의 파악 방식을 일반 지도 이용자들은 잘 이해하지 못했다. 산줄기의 파악 방식은 김정호가 생각했던 것보다 당시 사람들에게는 상당히 전문적인 내용이었던 것이다. 당시 조선 전체를 살아있는 유기체로 이해하는 풍수적 사고가 풍미하고 있었기 때문에 사람들에게 산줄기의 파악은 상당히 중요하게 인식되고 있었다. 작은 목판본 지도에서는 드물었지만 대부분의 큰 필사본 지도에서 산을 산줄기로 그리고 있는 점도 당시의 사회적 인식을 반영하고 있었다. 김정호도 이 점을 모르고 있을 리 만무했다. 다만 《청구도》를 만들 때는 궁여지책으로 그렇게 표현하지 못했던 것일 뿐이다. 그러나 이제 지리지가 목판 활자본으로 나올 것을 전제로 하자 김정호도 당연히 산을 산줄기로 그리고자 하였다.

그런데 산과 강은 아주 밀접한 관련이 있다. 따라서 산에 대한 풍부한 자료를 바탕으로 산줄기를 많이 그리면 그릴수록 강줄기도 자세하게 그릴 수 있었다. 반대로 강에 대한 자료가 풍부하여 강줄기를 많이 그리면 그릴수록 산줄기도 자세하게 그릴 수 있었다. 김정호가 지리지를 만들면서 산과 강에 대해 자세하게 조사한 것도 바로 이와 같은 원리를 알고 있었기 때문이었다.

김정호는 이외에도 어떤 정보를 더 추가시켜야 할지에 대해 많은 고민을 하였고 지리지를 만들면서 대부분 결정해 놓은 상태였다. 이로써 지도에 어떤 위치 정보를 넣어주어야 할 것인지에 대해서는 거의 다 정해놓았다. 김정호는 이미 《청구도》를 만들 때 많은 고민을 해 보았던 경험이 있으므로 위치 정보의 선택과 교정 다음에는 그것을 어떻게 표현할 것인가를 고민해야 함을 알고 있었다. 이런 고민에서 중요한 것은 역시 《청구도》를 만들 때와 이번의 완벽한 지도를 제작할 때의 차이점을 인식하는 것이었다.

　우선 《청구도》를 만들 때는 지리지가 없었다는 점을 고려했다. 그때 채택한 방법은 각 고을의 경우 파견된 관리의 높낮이와 옛 지명을 두 자의 고을 이름 옆이나 아래에 적어놓는 것이었다. 그러나 이번에는 지리지가 간행될 것이기 때문에 굳이 그렇게 할 필요가 없었다. 그런 것은 지리지와 대조해 가면서 보면 되는 것이었다. 《청구도》에는 각 진보에 파견된 관리 등급의 높낮이도 표시해 주어야 했으며, 그것 때문에 김대감댁에서 사용한 마름모형 기호를 포기하고 글자가 들어가기 좋은 사각형 모양으로 바꾸게 되었다. 그러나 각 진보에 파견된 관리 등급의 높낮이도 이제는 지리지와 비교해 가면서 보면 쉽게 이해할 수 있었기 때문에 특별히 표시해줄 이유가 없었다.

　김정호는 완벽한 지도의 제작을 위해 문제를 하나씩 해결해 가면서 자신이 생각했던 것보다 지리지의 제작이 지도의 제작에 미치는 영향이 엄청나게 큼을 다시 한번 깨닫게 되었다. 지리지 없이 여러 정보를 지도에 표시하는 것과 지리지의 이용을 전제로 지도에 표시하는 것은 하늘과 땅의 차이가 있었던 것이었다. 그것은 정보를 표현하는 방식에서의 자유로움도 새롭게 보장해 주게 되었다. 김정호는 그동안 많은 지도를 검토해

오면서 동일한 정보는 동일한 기호로 표시해주는 것을 많이 보아왔다. 그러나 《청구도》를 제작할 때는 동일한 정보일지라도 그 안에서의 차이를 나타내기 위해 그런 기호 표현 방식을 대부분 포기해야만 했다. 이제 상황은 바뀌었고, 김정호는 기존의 지도에서 많이 사용하던 기호 표현 방식을 적극적으로 도입하기로 결정하였다.

기호 표현 방식은 이용자들에게는 지도의 내용을 체계적으로 이해할 수 있는 장점이 있다. 또한 제작자에게도 지도의 내용을 보다 간편하게 표시해줄 수 있는 장점을 제공해 준다. 다만 이런 장점은 지리지와의 비교 이용을 전제로 했을 때만 발휘될 수 있는 것임을 김정호는 이미 잘 알고 있었다. 그래서 이번에는 그런 기호의 사용을 적극적으로 검토하기로 했다.

일단 어떤 정보를 동일한 기호로 표시할 것인지에 대해 결정해야 했다. 이것은 당시 지도를 이용하는 사람들에게 꼭 필요한 정보를 파악하는 과정이었다. 새롭게 제작되는 완벽한 지도에 꼭 들어가야 하는 정보를 선택하는 것은 한편으로 그가 지리지를 정리해 나가면서 선택했던 항목에 해당되는 것이기도 했다. 그는 이러한 몇 가지 절차를 생각하면서 동일한 기호로 표시할 정보를 선택해 갔다.

그 결과 첫 번째로 선택한 것은 감영과 통영·수영·병영이었다.(영진營鎭) 이러한 곳은 각 도의 중심지였고, 군사적 방어의 핵심지역이었다. 두 번째로 선택한 것은 각 고을이었다.(주현州縣) 각 고을에 대한 위치 정보는 가장 보편적인 것이었다. 세 번째로 선택한 것은 중앙에서 관리를 파견한 군사기지였다.(신보鎭堡) 이러한 군사 정보는 김정호가 보았던 어떤 지도에서도 가장 중요하게 다루는 것이었다. 네 번째로 선택한 것은 중앙과 지방의 업무나 서류 등을 전달해 주는 곳이었다.(역도驛道) 이곳은

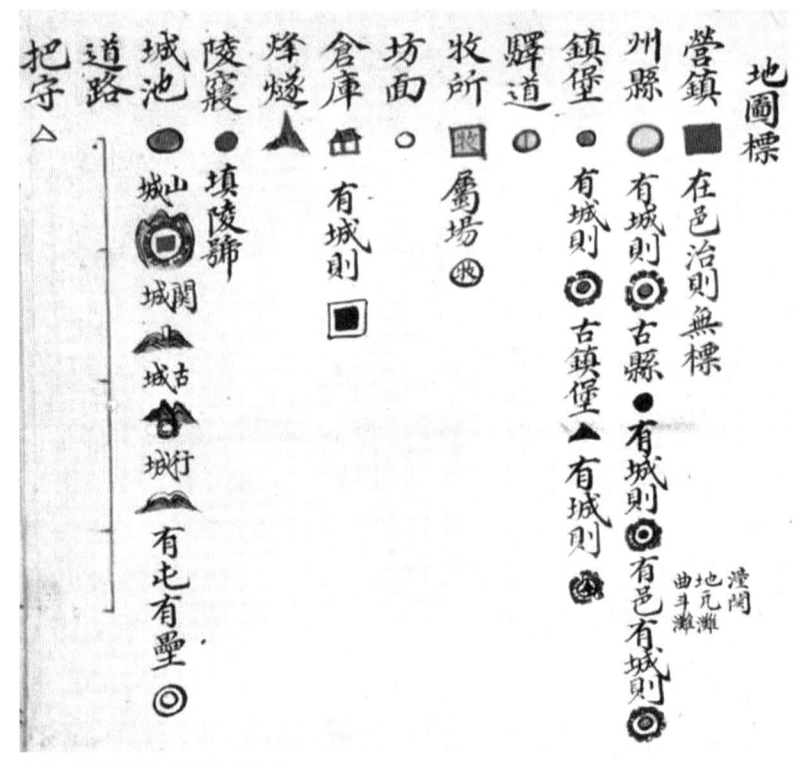

《동여도》(규장각한국학연구원)의 지도표

중앙에서 종6품의 관리가 파견된 찰방역과 그것에 속해 있는 속역으로 나눌 수 있었다. 그러나 그런 구분은 지리지와 대조해 보면 알 수 있기 때문에 굳이 표시해줄 필요가 없었다. 다섯 번째로 선택한 것은 정보의 전달과 전쟁 때 필요한 말, 제사에 사용할 양이나 소 등을 사육하는 곳이었다.(목소牧所) 여섯 번째로 선택한 것은 고을 밑의 최고 행정단위였다.(방면坊面) 이것은 각 고을의 사정을 이해하고자 하는 사람에게는 꼭 필요한 정보였다. 일곱 번째로 선택한 것은 지방의 물자를 모아 중앙으로 올려 보내기 위해 세곡을 보관하던 곳이었다.(창고倉庫) 여덟 번째로 선택한 것은 변방에서 긴급한 일이 발생했을 때 불을 피워 중앙으로 전달하는 곳이었다.(봉수烽燧) 아홉 번째로 선택한 것은 조선의 정통성을 상징하는 왕가의 무덤들이었다.(능침陵寢) 열 번째로 선택한 것은 전쟁이 발발했을 때 일반 백성들을 데리고 들어가 방어하거나 외적이 꼭 거쳐야 하는 곳이었다.(성지城池) 열한 번째로 선택한 것은 기존의 지도에는 잘 표시하지 않았지만 군사적으로 중요한 국경초소였다.(파수把守)

김정호는 열한 개의 정보를 동일한 기호로 표시하기로 결정해놓고 더 세분될 수 없는지 곰곰이 생각해보았다. 그 결과 성곽이 있는지 없는지에 대한 정보가 매우 중요함을 알게 되었다. 이런 정보로 분류된 성지城池가 있었지만 그것은 다른 정보와 겹치지 않았을 경우에만 해당되는 것이기 때문에 한계가 있었다. 그런 성지에는 성곽의 형태나 종류에 대한 구분만 해주면 되었다. 실제로 감영이나 통영, 수영, 병영, 각 고을, 진보, 창고 등에도 성곽이 있는 경우와 없는 경우가 있었다. 김정호는 이런 정보를 표시해 주지 않는다면 전쟁이 발발했을 경우 방어 전략을 짜는데 혼란이 발생할 우려가 있다고 생각했다. 김정호가 보았던 지도의 상당수에서도 성곽의 유무를 표시해 주고 있었다.

다음으로 사람들에게 필요한 역사 정보도 표시해 주어야 했다. 이것은 《청구도》를 만들 때부터 이미 고려하고 있었던 부분이다. 당시 역사 정보는 그냥 죽은 정보가 아니라 실생활에 생생하게 살아 있는 그런 것이었다. 다만 그런 역사 정보의 구체적 내용은 지리지를 참조하면 되기 때문에 지도에는 위치 정보만 표시해 주면 되었다.

이제 이렇게 구분된 정보를 어떤 기호로 표시해야 적당할 것인가를 결정해야 했다. 기존의 지도에도 많은 기호가 사용되고 있었고, 기호의 종류도 많았다. 따라서 그러한 검토 과정에서 김정호는 이미 기호의 형태에 대한 고민을 충분히 하고 있었고, 상당수의 기호를 기존의 지도로부터 가져왔다.

그러나 김정호처럼 열한 개라는 많은 수의 정보를 선택하여 기호로 표시한 지도는 거의 없었다. 또 성곽의 유무, 그 형태와 종류, 과거의 것인가 현재의 것인가와 같이 세분해서 기호를 사용한 경우도 거의 없었다. 따라서 김정호는 기존의 지도에 표시된 기호로부터 자신이 새롭게 제작하는 지도의 모든 기호를 가져올 수 없었고, 상당수를 새롭게 창안해야 했다. 기호란 단순히 정보의 차이만 알려주면 되는 것이 아니라 그 정보가 갖고 있는 성격도 반영할 수 있으면 최대한 반영해 주어야 하는 것이었다. 김정호는 이러한 점들을 고려하여 어떤 기호를 사용할까 시범적으로 여러 개를 만들어 보았고, 그 중에서 가장 적당한 것을 선택하게 되었다.

다 만들어 놓은 기호를 보면서 김정호는 흐뭇했다. 이렇게만 하면 사람들이 지도를 보는데 매우 편리할 것이라는 생각을 하고 있었기 때문이었다. 김정호가 추구한 것은 자세하고 정확한 지도일 뿐만 아니라 사람들이 이용하기 좋은 지도였다. 이제 이런 것을 잘 이용해서 그리면 지도는 완성될 것이라고 생각했다.

그러나 그에게는 고민이 하나 더 있었다. 사람들에게 가장 필요한 정보 중의 하나는 각 도로가 어떻게 연결되어 있고, 그 도로를 지나 목표 지점까지 가는데 얼마나 걸리는지 하는 것이었다. 김정호는 이러한 당시의 사회적 욕구를 잘 알고 있었기 때문에《청구도》를 그린 후에 각 도로에 대해 상세한 파악을 해 놓은 상태였다. 아울러 그러한 도로가 어디를 거쳐 어떻게 가는지, 각 지점을 통과하기까지 얼마나 멀고 얼마의 시간이 걸리는지에 대한 정보를 모두 정리해 두었다. 여기서 중요한 것은 그러한 정보를 지도에 어떻게 표현해 주는가였다. 이런 고민에서 가장 중요한 것은 지도 이용자들이 쉽게 이해할 수 있는 방법을 개발하는 것이었다.

《청구도》를 만들 때는 도로에 대한 자세한 정보가 정리되어 있지 않았기 때문에 도성에서 각 고을까지의 거리만 적어주었다. 그렇게 적어주는데 가장 참고가 되었던 것은 그 당시에 많이 간행되어 사람들에게 자주 이용되는 목판본 지도였다. 이런 지도에는 거리를 적어주는 방식과 일정, 즉 며칠 걸리는가를 적어주는 두 가지 방식이 있었는데 김정호는 거리를 적어주는 방식을 선택하였다. 그러나 이번에는 그것보다 훨씬 많은 도로 정보를 정리해 놓았고, 그것을 지도에 표시하면 이용자들에게 큰 도움이 될 것이라고 생각하고 있었다.

도리표라는 것도 있었다. 이미 김정호는 젊은 시절에 조선전도를 그리면서 그 도리표를 뒷부분에 달아준 적이 있다. 도리표는 세로와 대각선으로 각 고을의 이름을 적은 다음 각 고을 이름으로부터 가로 세로로 겹치는 부분에 거리를 적어두는 방식으로 만들어져 있었다. 이 방식은 각 고을 사이의 거리를 찾아보는데 편리하였다. 그러나 지도와 분리되어 있었기 때문에 각 고을 사이의 거리를 알아보려면 도리표를 다시 찾아보아야 하는 불편이 있었던 것도 사실이었다.

김정호는 《청구도》의 방식을 그대로 사용하기에는 자신이 표현하고 싶은 도로의 내용이 너무 많다고 판단하고 있었다. 또한 도리표처럼 분리된 것이 아니라 거리 정보를 지도에 직접 표시하여 이용자들이 두 번 찾아보는 수고를 하지 않게 만들기로 했다. 그러면 어떻게 해야 할까? 일단 자신이 표시하고 싶은 도로는 지도에 직접 그려 넣기로 했다. 다만 아무리 생각해도 구불구불한 도로의 구체적인 부분까지는 다 표시할 수 없다는 결론에 도달하였다. 그렇게 하면 편리한 측면도 있겠지만 많은 도로가 표시되고 있기 때문에 너무 복잡하다는 단점이 있었다. 따라서 구불구불한 측면은 그냥 무시하고 통과하는 중요 지점들 사이를 거의 직선에 가까운 형태로 그리기로 했다.

그러면 그 많은 도로에 거리를 어떻게 표시할까? 김정호에게 이 문제는 매우 어려운 것이었다. 아무리 궁리해도 쉽게 답이 나오지 않았다. 과거처럼 거리나 일정을 숫자로 적기에는 도로의 수가 너무 많았다. 또한 서울로부터의 거리뿐만 아니라 각 지점 사이의 거리도 표현해야 이용하는 사람들에게 훨씬 도움이 되었다. 김정호는 이제껏 이러한 것에 대해 고민하고 그린 지도를 본 적이 없었다. 그러니 자신이 새롭게 창안해야 했다.

그때 생각난 것이 정상기가 만들었다는 백리척이었는데, 거기에는 10리마다 눈금이 그어져 있었다. 김정호는 혹시 자신의 지도에도 이것을 원용할 수 없을까 생각하게 되었다. 물론 백리척은 지도에 하나만 그려져 있는 것이기 때문에 김정호는 자신의 지도에서는 그대로 사용할 수 없다고 생각했다. 그러면 어떻게? 그냥 도로 위에 10리마다 눈금을 그어 놓으면 어떨까라는 생각이 떠올랐다. 이렇게 하면 숫자를 적어놓는 번거로움을 없앨 수 있으며, 아울러 이는 지점 사이의 거리인지도 쓸 필요가 없었다. 또한 정상기의 백리척에서처럼 산지가 많은 곳에서는 10리를 짧게, 평지에서는 10리를 길게 그려놓으면 실제 거리를 알고 싶어 하는 사람들에게 쉽게 이해될 수 있을 것이라고 보았다.

여기서 산지가 많다는 것은 단지 높다는 것뿐만 아니라 벼랑길이 이어져 있어 어쩔 수 없이 돌아가야 하기 때문에 나타나는 구불구불한 길도 고려해야 했다. 어쨌든 높든 구불구불하든 그런 것은 산지가 많은 지역에 주로 나타나는 현상이었다. 이렇게 생각하고 나니 도로의 표현에 대한 김

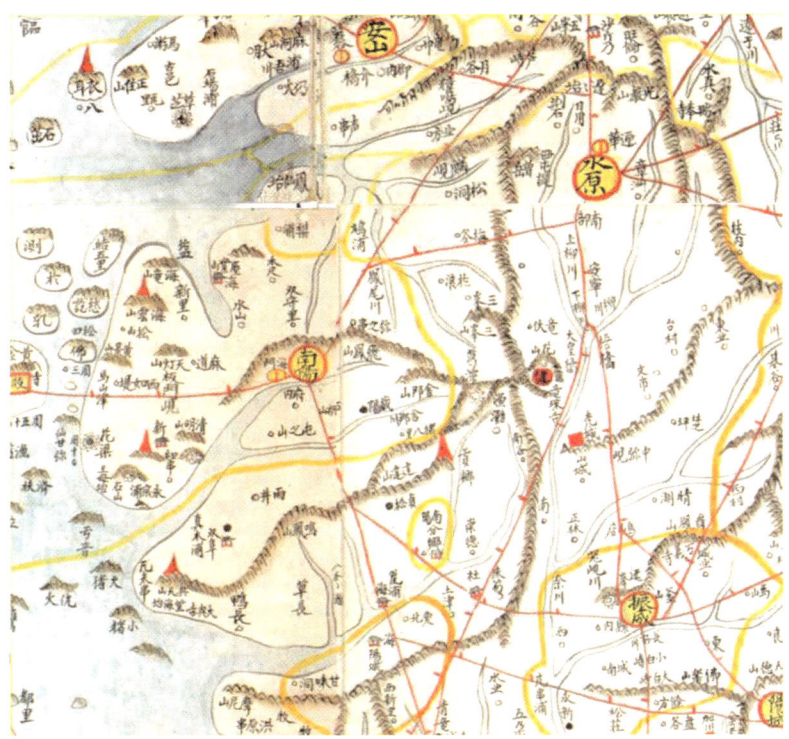

《동여도》(규장각한국학연구원)의 도로와 거리 표시

정호의 고민은 거의 해결된 것 같았다.

도로의 표현에 대한 고민이 끝난 김정호는 각 기호의 형태를 지도 이용자들에게 설명하는 문구가 필요하다는 생각을 하였다. 《청구도》에서도 이미 했던 방식이었고, 다는 아니지만 김정호가 검토한 일부의 지도에서도 하던 방식이었다. 그러나 문장으로 설명한다는 것은 지도 이용자들에게 쉽게 이해되기가 어려웠다. 지도 이용자들이 그 문장을 꼼꼼히 검토하면 모르겠지만 대부분의 이용자들은 그렇게 하지 않고 바로 지도를 보는 것이 일반적이었다. 지도를 수없이 만들어보았고, 그것을 이용하는 사람들과 자주 접촉했던 김정호이기에 이러한 고민을 하는 것은 아주 자연스러운 것이었다.

이런 저런 고민 끝에 문장으로 표현하는 것을 포기하는 대신에 그런 기호를 한 구석에 따로 그려주고 간단한 설명만 붙이면 좋겠다는 결론을 내렸다. 김정호는 어떤 지도인지는 확실하지 않으나 문장 속에 기호의 모양을 그대로 그려놓은 것을 본 적이 있었다. 그는 그것에서 착안을 하였고, 그냥 그대로 따온 것이 아니라 문장을 최소화하고 기호만 표시하는 새로운 방식을 개발했던 것이다. 그리고 그것에 지도의 여러 가지 기호표를 정리해 놓았다는 의미로 지도표地圖標라는 이름을 붙이기로 하였다.

아울러 이미 선택한 열한 개의 기호에 도로도 하나의 기호로 인정하여 첨가하기로 하였다. 도로의 표현 역시 어떤 식으로든 설명이 붙어야 하는데 역시 문장보다는 기호가 훨씬 낫다고 보았던 것이다. 그래서 지도표에는 12개의 기호가 들어가게 되었으며, 세부적인 분류까지 합치면 기호는 모두 26개가 되었다.

이제 지도에 들어갈 내용과 그 표현 방법을 모두 결정했다고 생각했다. 그러나 김정호는 항상 다 끝내고 나서 혹시 미비한 것이 없나 다시 생각해보는 버릇이 있었다. 이번에도 역시 마찬가지로 심사숙고 하면서 다시 하나하나 검토해 나갔다. 그렇게 며칠을 해도 더 이상 문제점이 발견되지 않자 지도에 들어갈 내용과 형태는 확정되게 되었다. 이제 본격적으로 그려나가야 되는 단계가 된 것이다. 그러나 이 단계에 들어섰을 때 《청구도》를 만들 때와 마찬가지로 어떤 크기와 체제로 만들어야 가장 효과적으로 이용할 수 있을까를 고민하고 있었다. 물론 《청구도》를 만들 때도 이런 고민을 충분히 하였었기 때문에 그냥 《청구도》의 형식대로 만들면 된다고도 생각했다.

그러나 김정호에게는 그냥 그대로란 방식의 행동은 용납되지 않았다. 다시 한번 검토해서 더 편리한 방법을 찾아야 직성이 풀리는 것이 김정호였다. 아무리 검토해도 더 편리한 방법이 나오지 않으면 그때서야 과거의 것을 그대로 답습하는 것도 괜찮다는 결론을 내렸다.

김정호는 자신이 지도의 제작자가 아니라 이용자라 생각하며 다시 한 번《청구도》를 한장 한장 넘기면서 꼼꼼히 검토하였다. 특별한 문제점이 발견되지 않아 그냥《청구도》의 체제로 가려고 결정하려던 그 순간, 머리 속에 퍼뜩 스쳐가는 생각이 있었다. 책으로 만든 것의 가장 큰 단점은 동쪽과 서쪽을 서로 이어볼 수 없다는 것이었다. 만약 이어 보려면 책을 모두 풀어야 했다. 그러나 그런 과정이 자주 일어나면 책은 금방 손상되게 된다.《청구도》를 만들 때는 남쪽과 북쪽을 서로 이어볼 수 있는 부분에만 초점을 맞추었다. 동쪽과 서쪽을 서로 이어볼 수 없어서 나타나는 불편한 점에 대해서는 크게 고려하지 않았던 것이다. 실제로《청구도》를 베껴다가 이용했던 사람들 사이에 동서를 이어볼 수 없기 때문에 불편했다는 소리도 들은 적이 있었다.

그러면 이러한 문제점을 극복하는 방식은 무엇일까? 답은 간단했다. 당시 목판본 지도에서 자주 사용되던 방식 중 병풍식으로 동서 또는 가로로 이어붙인 작은 지도들이 많았다.《청구도》때도 이 방식을 고려하기는 했다. 그러나 그런 작은 병풍식 지도들이 동서 또는 가로로 이어붙인 것이긴 했지만 서로 연결되지 않는 내용들을 이어붙인 것에 불과하기 때문에 별로 주목하지는 않았었다.

이런 점에 초점을 맞추어 병풍식으로 지도를 만들면 어떨까라고 생각하고 나자《청구도》식으로 만들 수 없는 다른 부분들이 서서히 생겨나기 시작했다. 우선 병풍식으로 만들면《청구도》처럼 하나 또는 두 개의 책

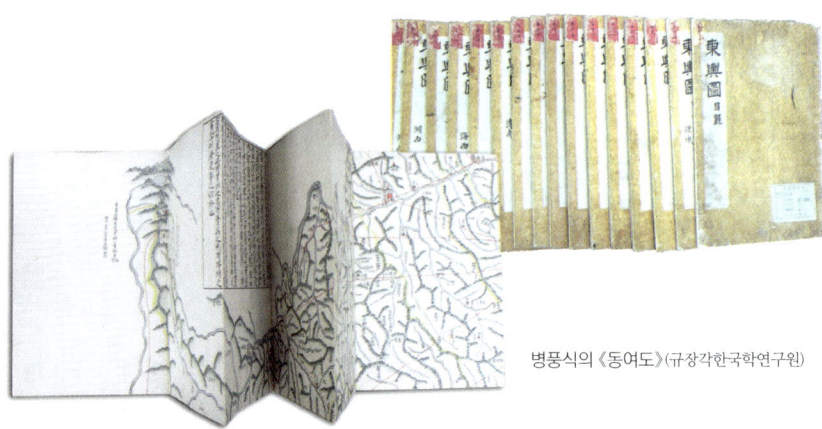

병풍식의 《동여도》(규장각한국학연구원)

으로 만들 수가 없다. 책으로 만들면 병풍식으로 만든 부분을 펼쳐보기가 어렵기 때문이다. 물론 펼쳐볼 수 있도록 만들 수는 있었다. 그러나 자주 접었다 폈다 해야 하기 때문에 얇게 만들면 접은 부위가 손상될 위험이 있었다. 그것을 극복하는 방법은 지도 뒤에 여러 장의 종이를 덧붙여서 두껍게 만드는 것이었다. 그러나 두꺼워지면 《청구도》처럼 두 권의 책으로 만드는 것은 어려워진다. 따라서 전국을 몇 권의 책으로 만드는 것은 포기해야만 했다.

그러면 어떤 방법으로 하면 될까? 《청구도》에서 나눈 각 층을 그냥 한 권의 병풍으로 나누어 놓으면 되는 것이었다. 《청구도》의 경우 남북 또는 상하 2개만 연속으로 볼 수 있었다. 그러나 각 층을 한 권의 병풍으로 만들면 필요한 만큼 남북 또는 상하로 연결해서 볼 수 있다. 지도를 이용하는 모든 사람에게 필요치는 않겠지만 필요로 하는 사람도 있을 것이니 그렇게 나쁘지는 않다고 보았다.

문제가 없을 것 같아서 그냥 넘어가려다가 새로운 문제점을 찾아 해결하고 나니 김정호는 분명히 또 다른 문제점이 더 나타날 것이라고 생각하게 되었다. 그래서 다시《청구도》를 넘겨 보며 꼼꼼히 검토해보니 각 고을의 위치를 잘 찾아갈 수 있도록 만든 '본조팔도주현도총목本朝八道州縣圖總目'이 특별히 필요하지 않을 수도 있다는 생각이 들었다. 각 층을 따로 나누어 놓았으니 겉표지에 각 층에 속해 있는 고을의 명칭만 적어놓으면 되지 않을까? 물론 이럴 경우에도 문제점은 있었다. 각 고을이 하나의 층에만 걸쳐 있지는 않을 것이었다. 또한 조선 전체를 일목요연하게 볼 수도 없었다.

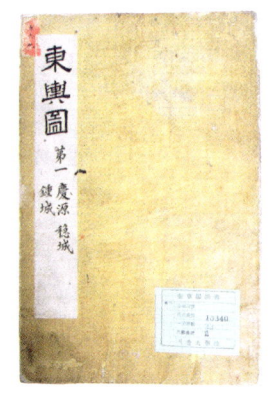

《동여도》(규장각한국학연구원)의 표지

그러면 어떤 것이 더 나을까? 이리 저리 고민하던 김정호는 자신의 지도를 이용할 사람이라면 이미 조선 전도 정도는 모두 구비하고 있으리라는 결론에 도달했다. 자신이 젊었을 때 만들었던 조선 전도뿐 아니라 아주 단순하게 만든 조선 전도도 훌륭한 '본조팔도주현도총목'의 역할을 할 수 있다고 생각했던 것이다. 그러니 굳이 자신이 이런 지도를 더 만들어 삽입하는 수고를 할 필요가 없다고 생각했다. 이렇게 생각하게 된 김정호는 그냥 각 층의 겉표지에 고을 이름만 수록하는 방식을 택하기로 했다.

그러면 또 무슨 문제가 없을까?《청구도》를 다시 처음부터 펴보던 김정호에게 도성의 지도가 눈에 들어왔다. 도성은 사람들이 가장 잘 알아야 되는 곳이었기에《청구도》에 넣어 주었고, 이번 지도를 만들 때도 그 생각에는 변함이 없다. 그런데 김정호는 이미 수선전도를 목판으로 만들어 판 적이 있었다. 그때 김정호는 여러 도성 지도를 검토하면서 도성뿐만 아니라 남쪽의 한강과 북쪽의 연융대 및 북한산성의 정보도 표시할 필요가 있다고 생각했다. 그렇게 생각하게 된 이유는 도성을 오가는 사람들

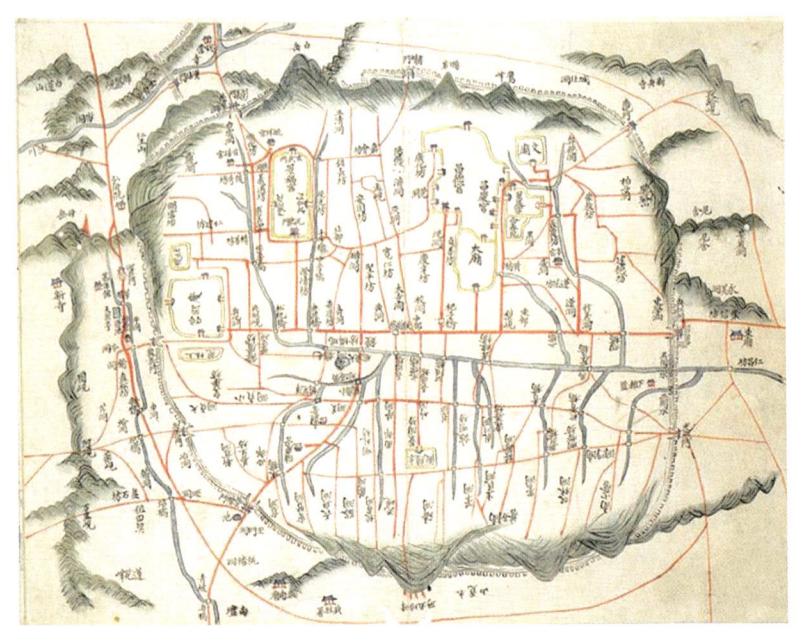

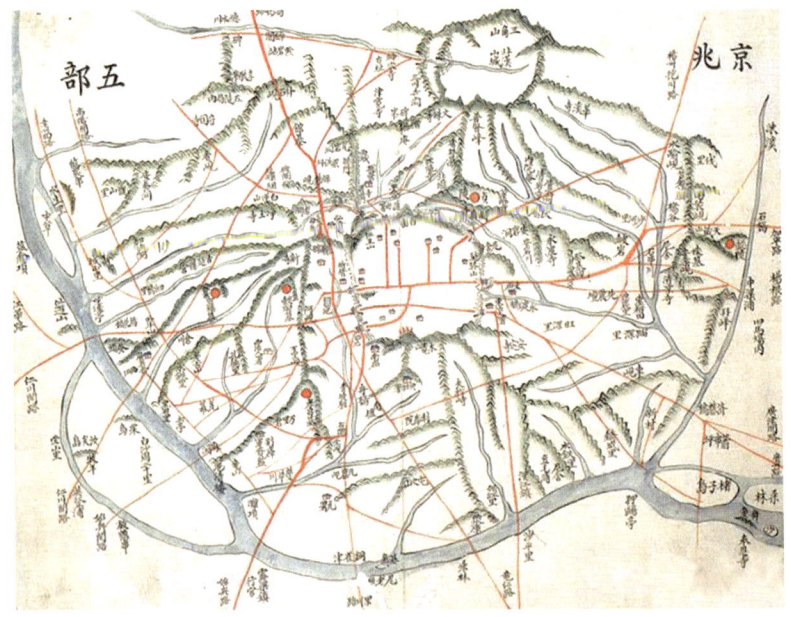

《동여도》(규장각한국학연구원)의 〈도성도〉와 〈경조오부도〉

에게 이 공간에 대한 정보는 필수적인 것이었기 때문이었다. 이번 지도에도 그런 것이 꼭 필요하다는 생각을 하게 되었다. 그런데 수선전도에서는 사람들의 욕구에 맞추기 위해 도성 밖의 공간을 축소해서 표현하였다. 과연 그것이 더 좋을까? 물론 수선전도처럼 한 장의 지도를 만들 때는 그런 방식이 당연히 더 효율적이었다. 그러나 자신이 만들 이번의 지도는 조선 전체를 동일한 비율로 축소하여 그리는 것이었다. 이런 원칙을 하나쯤 벗어나는 지도를 그려도 되지 않을까 생각했지만 전체적으로 원칙의 일관성을 유지하는 것이 올바르다는 생각을 하게 되었다.

그런데 그렇게 하자고 결정하고 나니 또 하나의 문제점이 발생하였다. 도성 안과 밖을 동시에 한 장으로 표현하여 다른 지도의 크기에 맞추려고 하니 도성 안의 정보가 다 표시될 수 없었다. 그렇다면 도성 안만 그린 지도를 하나 그리고 도성 밖을 중심으로 그린 지도를 또 하나 그리면 되는 것이었다. 다만 도성 밖을 중심으로 그린 지도는 더 작게 그릴 수밖에 없기 때문에 도성 안은 그냥 도로 정도만 표시해주면 되었다. 이제 더 검토할 내용이 없나 이리 저리 살펴보았다. 몇 날 며칠을 검토해 보았지만 더 이상 문제를 찾아낼 수 없었다. 그래도 혹시 문제가 없지 않나 다시 검토하면서 또 하나를 생각하게 되었다.

《청구도》는 기존의 일반적인 책 크기를 고려하여 가로 70리와 세로 100리로 나누어 만든 것이다. 그런데 꼭 그렇게 할 필요가 있을까? 좀 더 크게 만들면 더 넓은 지역을 한번에 볼 수 있을 텐데. 이런 생각이 들자 자신이 가지고 있던 여러 책들의 크기를 한 번 재보기 시작했다. 가장 일반적인 책의 크기는 《청구도》만한 것이었다. 그러나 그런 크기만 있었던 것이 아니라 그것보다 조금 더 작거나 큰 책들도 상당수 있었다. 그 중 더 크면서도 흔히 쓰이는 크기를 《청구도》와 비교해 보니 가로 80리와 세로

120리 정도가 되었다. 김정호는 각 지도의 면이 이상할 정도로 크면 안 되겠지만 당시에 유통되고 있는 책 중에서 더 큰 것에 맞추어도 큰 무리는 없다고 생각하게 되었다.

이런 검토가 끝났지만 아직도 미심쩍은 것이 많았다. 그래서 보고, 또 보았다. 보다 완벽한 지도를 만들기 위해 자신의 마음속에 어떤 불만이 생기기를 바랐지만 이번에는 진짜로 문제가 나타나지 않았다. 그래서 이제 본격적으로 지도를 만들기 시작하였다. 이번의 지도는 그냥 《청구도》를 베끼고 그 위에 내용을 교정하거나 첨가하는 정도의 지도가 아니었다. 표현 방식이나 면의 크기 모두를 바꾸는 그런 작업이었다. 그러니 새롭게 지도를 만드는 것과 마찬가지였다.

김정호는 가로 80리, 세로 120리에 해당되는 종이를 수백 장 잘라서

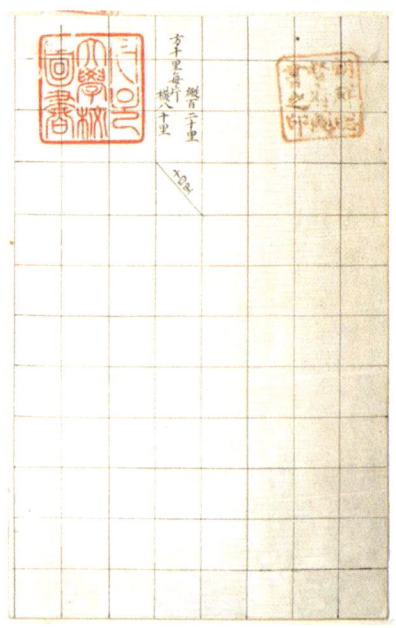

《동여도》(규장각한국학연구원)의 경위선도

준비해 두었다. 그런 종이는 모두 밑이 비치는 얇은 종이여야 했다. 이미 《청구도》에서 한 것처럼 가로 80리, 세로 120리의 선을 동일 간격으로 그린 두꺼운 종이를 밑에다 대고 작업을 해야 했기 때문이었다.

드디어 김정호의 새로운 지도에 대한 제작 작업이 본격적으로 시작되었다. 지도의 제작이 본격화 되면서 밑에 대고 그렸던 것 중에서 하나쯤 지도의 여백에 넣어주는 것도 괜찮다고 생각하였다. 여기에 하나의 사각형 선이 10리라는 문구를 써넣어주고, 지도 전문가라면 간과하기 쉬운 대각선의 길이가 14리라는 것도 적어넣었다.

새로운 지도를 제작할 당시의 김정호 나이는 쉰셋이었고, 계절은 바야흐로 꽃이 피는 봄이었다. 붓을 잡고 지도를 그려가는 김정호의 손은 먹이를 향해 조심조심 다가가는 호랑이 같았다. 발소리와 숨소리 하나 들리지 않았고, 오직 형체만이 조금씩 움직이고 있었다. 억수 같은 장대비가 쏟아지는 초여름이 지나고, 늘 거기에 서 있던 정자나무까지 날릴 듯 바람이 불어댔다. 쌀쌀한 가을에 수확하는 사람들의 분주함도 잠시, 모든 것이 고요한 겨울이 다가왔다. 새해 설날이 되어 사람들의 마음은 들떠 있었지만 조심스레 움직이는 김정호의 붓놀림에는 여전히 변함이 없었다.

또 다시 꽃이 피고 벌과 나비가 날자 김정호는 어두운 감방에서 나오듯 자신의 방을 나왔다. 눈부신 햇살을 바라보지 못해 한참동안 눈을 뜨지 못하더니 이내 기지개를 펴면서 활짝 웃고 있었다. 오랫동안 골방에 처박혀서 작업을 했기 때문에 눈은 이미 밝은 빛에 대한 적응력을 잃었다. 햇살을 받으며 얼굴에 활짝 핀 웃음은 새로운 지도가 이 세상에 나왔음을 알려주는 신호탄이었다.

김정호는 새 지도의 이름을 《동여도東輿圖》라고 했다. 이 이름은 《대동방여도大東方輿圖》의 줄임말이었다. 대동이란 조선을 지칭하던 동국東國에서 국을 빼고 대를 첨가한 것이다. 이 지도를 보는 이로 하여금 자랑스런 조선을 느끼게 하고 싶었던 것이 김정호의 마음이었다. 아니 현재 자랑스럽지는 못하더라도 자랑스런 조선을 만들어나가려는 꿈을 갖자는 뜻이었는지도 모른다. 그러나 그는《대동방여도》라는 전체의 명칭을 붙이지 않았고, 그냥《동여도》라고만 하였다. 김정호는 자신의 새로운 지도가 아직 완성이라고 보지 않았기 때문이었다. 그래서 나머지 두 자를 써넣을 새로운 지도를 만들기 위해 미완이란 뜻을 지도에 아로새겨 넣고 싶었던 것이다.

그가 완성하고 싶은 지도는 많은 사람들이 이용할 수 있는 그런 지도였다. 그런 지도는 채색하여 손수 그린《동여도》가 아니었다.《동여도》를 이용하려면 그것을 하나하나 베껴가야 했고, 그렇게 베끼는데 엄청난 시간이 들었다. 그러니 많은 사람들이 이용할 수는 없는 것이다. 많은 사람이 이용할 수 있는 지도는 역시 목판본으로 만드는 지도였다.《청구도》를 만들기 시작했을 때도 이런 꿈을 갖고 있었으나 그 때에는 자신의 마음에 드는 완벽한 지도를 만들 수 없다고 생각했기에 그 꿈을 접을 수밖에 없었다.

그러나 이제는 꿈을 이룰 때가 온 것이었으며, 그랬기에《동여도》역시 완성일 수 없었다.

13
《대동여지도》의 간행

　　　　　　　　　　《동여도》를 다 만들기 한 달 전쯤 김정호에게는 한 가지 경사스런 일이 있었다. 자신에게 그동안 많은 자료를 제공해 주었던 신헌이 유배에서 풀려난 것이었다. 신헌은 유배에서 풀려나 집에 돌아온 후 김정호에게도 그 소식을 알려주었으나 그가 유배에서 풀려났다고 하더라도 김정호는 자신의 일을 멈출 수가 없었다.

　그래서 신헌이 그동안 고대하던 지도가 거의 끝나가고 있으니 다 만든 후 만나뵙고 싶다는 회답을 보냈다. 회답을 들은 신헌은 역시 김정호란 생각을 하게 되었고, 아무 걱정 말고 하던 일 마무리하라는 답신을 보냈다. 그 답신을 받은 후 김정호는 작업에 더욱 매진하여 《동여도》를 완성하였다.

　김정호가 《청구도》를 완성했을 때 가장 먼저 찾아갔던 사람은 최한기였다. 그러나 이번에는 《동여도》 제작에 필요한 수많은 자료를 구해주었을 뿐만 아니라 오랜 유배 생활에서 돌아온 신헌을 먼저 찾아가고 있었다. 그의 손에는 역시 큼직한 보따리가 쥐어져 있었다. 거의 10년 만에 보는 신헌 앞에서 김정호는 땅바닥에 엎드려 흐느껴 울었다.

"대감마님. 그동안 고초가 얼마나 심하셨습니까?"
"이보게. 무슨 고초가 심했다고 하나. 그냥 푹 쉬다 왔네."
"대감마님. 그렇게 말씀하시지만 실제로는……."
"이 사람아 그만 하게나. 내 지금 여기 있는 것이 더 중요하지, 다 지난 일에 대해 말해야 무슨 소용이 있겠나? 나는 지금 유배 생활에 대한 자네의 위로를 듣는 것보다 자네가 만들었다는 그 지도를 보는 것이 훨씬 더 중요하다네. 오늘 들고 온 보따리에 그 지도가 있다는 것을 내 잘 알고 있네. 자, 어서 지도나 보여주게나."

김정호는 누구보다도 더 《동여도》를 보고 싶어 하는 신헌의 마음을 헤아리기에 더 이상 말을 하지 않고 보따리를 풀기 시작했다. 서서히 《동여도》의 모습이 보이기 시작하였고, 다 풀어 헤치자 목록 1권을 포함한 23권의 《동여도》가 빛을 발하고 있었다. 신헌은 그동안 김정호가 어떤 지도를 그릴 것인지 들어본 적이 없었다. 그저 보다 완벽한 지도를 만들 것이라고만 짐작하고 있었을 뿐이었다.

《동여도》를 한장 한장 넘기는 신헌의 손은 놀라움에 파르르 떨렸다. 입에서는 감탄사가 절로 나왔으며, 눈은 휘둥그레졌다. 신헌의 모습을 지켜보는 김정호의 얼굴에도 그동안의 믿음과 배려에 대한 보답을 이제야 할 수 있게 되었다는 안도감이 돌고 있었다. 얼마 동안인가 《동여도》를 넘겨보던 신헌이 다시 자리를 고쳐 앉았다.

"이보게 자네가 드디어 완성했구만. 내 얼마나 보고 싶었는지 아나? 자네의 출중한 재주와 끊이지 않는 욕망, 성실한 자세를 내 알고 있었기에 언젠가는 이와 같은 지도를 볼 날이 올 것이라고 생각했네."

"대감마님 송구스럽습니다."

"이 사람아 송구스럽다니. 내 자네를 믿은 보람을 오늘 맘껏 느껴보고 싶다네."

"대감마님. 그렇게도 좋으십니까?"

"이보게 당연한 것 아닌가? 이 지도는 비록 내가 만들지는 않았지만 내 마음을 다해 고대하던 지도였네."

"대감마님. 이 지도는 대감마님께서 만든 것입니다. 대감마님이 아니 계셨다면 그 지도는 나올 수 없었습니다."

"이 사람아 농담하지 말게나. 나는 약간의 도움만 주었을 뿐인데 내가 만들었다니 말도 되지 않네. 형식적인 이야기라도 그렇게 하면 안 되네."

"그래도……."

"이 사람아 이 지도는 누가 뭐래도 자네가 만든 거야. 어디 가서 농담으로라도 그런 말 하지 말게나. 그런 말이 오히려 나를 곤혹스럽게 한다네."

"알겠습니다 대감마님."

"내 천천히 시간을 두고 검토해 보겠네만 궁금한 것이 있네. 왜 지도의 이름이 《동여도》인가?"

"대감마님. 《동여도》는 《대동방여도》의 줄임말입니다. 그 지도를 보는 사람들이 모두 우리 조선을 대동이라고 부르며 자랑스럽게 여길 수 있기를 기대하면서 붙인 이름입니다."

"아니 이보게. 그러면 《대동방여도》라고 할 것이지 왜 《동여도》라고 줄여서 붙였나?"

"대감마님. 죄송합니다만 그 지도는 저의 궁극적인 목표가 아니라서 그렇게 붙였습니다."

"아니 그게 무슨 말인가? 이렇게 완벽한 지도를 만드는 것이 자네의 꿈 아니었는가?"

"대감마님. 제가 꿈꾼 완벽한 지도는 많은 사람들이 볼 수 있는 그런 지도였습니다. 그런데 그 지도는 베끼는 데에도 엄청난 시간이 들 것이기 때문에 많은 사람들이 볼 수는 없습니다. 그러니 아직 제 꿈이 완성되지 않았다고 생각하기에 그렇게 붙인 것입니다."

"그럼 많은 사람이 볼 수 있는 그런 지도를 다시 만들겠다는 것인가?"

"예 그렇습니다. 이제부터 바로 시작하려고 합니다."

"그것이 무엇인가?"

"목판으로 만들어 찍어내는 것입니다. 《청구도》도 원래 그렇게 계획했던 것입니다. 그러나 대감마님을 처음 만나 뵈었을 때 말씀드렸듯이 《청구도》는 완벽한 지도가 아니기 때문에 목판으로 만들어 찍어낼 수 없었습니다. 그러나 이 지도는 완벽하게 만들어졌다 여겨지기에 목판으로 만들어 찍어내려고 합니다."

"자네 그렇게까지 원대한 생각이 있었는가? 내 미처 그런 생각은 듣지 못했네. 처음 만났을 때처럼 오늘도 자네는 나를 놀라게 하네그려."

"대감마님. 송구스럽습니다."

"아니네. 자네는 나의 스승이나 마찬가지네. 내 자네를 보며 많은 것을 배우고 있네."

"대감마님. 자꾸……."

"되었네. 내 비록 양반이라 신분을 무시하지 못함은 지금도 어쩔 수 없네만 마음속으로는 자네가 항상 나의 벗이자 스승이라고 생각해 왔네. 그건 그렇고. 내 이 지도책 하나 가질 수 있겠나?"

"당연히 드려야지요. 그 지도가 나오기까지 대감마님께서 쓰신 공력을 생각하면 몇 부라도 더 드려야 한다고 생각되오나 그 지도를 베끼는데 시간이 너무 많이 들고 좀 전에도 말씀드렸듯이 곧바로 시작해야 하는 일이 있습니다. 대감마님 죄송하지만 한 부만 드리겠습니다."

"이 사람. 당연한 이야기 아닌가? 한 부를 가질 수 있는 것도 감지덕지라 생각하네. 내 이 한 부에 대한 비용은 자네에게 후하게 치르겠네."

"대감마님 무슨 말씀이십니까? 제가 어떻게 대감마님께 대가를 받겠습니까? 만일 제가 대가를 받는다면 저는 도둑놈입니다. 대감마님께서 도와주신 은혜에 대한 보답이라 생각하시고 아무 부담 없이 받아 주십시요. 다만 이것은 아직 한 부밖에 없기 때문에 다시 가져가서 한 부를 더 만든 후 다시 들르겠습니다."

"이 사람아, 그래도 대가를……."

"천부당만부당하신 말씀이십니다. 절대로 대가는 받을 수 없습니다."

"알았네. 내 자네를 욕되지 않게 하기 위해 자네의 말을 따르겠네. 그리고 미안하네. 내 이 지도가 몇 부나 있는 줄 알고 이것을 달라고 했네. 가지고 가서 한 부만 더 만들어서 주게나. 그리고 부탁이 하나 더 있네. 나에게 갖다 줄 때는《대동방여도》라는 본래의 이름을 다 써 주게나."

신헌의 집을 나온 김정호는 최한기의 집에도 들렀다. 그 다음으로 나향해 있는 최성환에게도 소식을 띄워 지도가 완성되었으니 와서 보라고 하였다. 최한기와 최성환 모두 감격에 겨워하고 있었지만 김정호가 목판으로 찍을 것이라는 사실을 이미 알고 있었다. 그러기에《동여도》를 베껴 달라는 무리한 부탁은 하지 않았다.

김정호는 신헌에게 갖다 줄《동여도》만 다시 베낀 후 곧바로 목판본 지도의 제작을 위한 고민에 빠져들기 시작하였다. 처음에는《동여도》를 그냥 목판으로 새기면 될 것이라고 생각하였다. 그러나 손으로 그리는 일과 목판으로 새기는 일은 상당히 다른 것이었다. 이미 그 전에도 목판작업은 많이 하였었지만《동여도》는 그것에 비해 몇배의 시간과 공력이 들어가는 작품이었다.

이미 50대 중반을 막 넘어가고 있는 김정호에게 많은 시간은 허락되지 않았다. 항상 자신이 죽을 날이 다가오고 있다고 생각한 김정호이기에 마음은 늘 초조했다. 죽고 나면 다 부질 없는 짓이라고 생각할 사람도 있었겠지만 김정호에게는 많은 사람들이 자신의 지도를 보면서 도움을 받을 수 있기를 바라는 자신의 꿈이 소중했다.

《동여도》와 새롭게 목판으로 찍어낼 지도는 또 하나의 차이점이 있었다.《동여도》는 목판으로 새긴 것이 아니기 때문에 많은 지명을 넣는데 큰 장애가 없었다. 그러나 새롭게 만들 지도는 목판이기 때문에 지명이 너무 많으면 새기기가 쉽지 않았다. 그래서 할 수 없이《동여도》에 있었던 많은 지명을 생략할 수밖에 없었다. 지리지와 비교해서 보면 되기 때문에 그런 지명의 생략도 가능하다고 본 것이다. 게다가《동여도》의 여백에 많이 넣었던 주기도 꼭 필요한 것만 남기고 모두 생략하였다.

물론 이런 문제들이 단순히 목판으로 새기기 어려운 점 때문에 발생한 것만은 아니었다. 김정호는 이미 당시에 최고의 판각쟁이였다. 시간만 허락한다면《동여도》의 내용을 모두 목판에 새길 수 있었겠지만 김정호에게는 그럴 시간이 별로 없었다. 그는 늘 죽음에 대한 두려움을 갖고 있었다. 그래서 지명이 너무 많으면 이용에도 불편할 것이라는 생각으로 합리화를 시도하였다. 또한 어렸을 적부터 그의 일을 지켜보면서 지도 제작과 판각일에 대해 상당한 재주를 가지고 있었던 이미 혼인한 딸과 아들을 불러 일을 돕도록 하였다.

동여도와 새롭게 만들 지도 사이에는 차이점이 또 하나 있었다. 그것은 표현 방법이 너무 복잡하면 목판으로 새기기 어렵다는 점이었다. 대표적인 것이 산지의 표현이었다. 《동여도》에는 산줄기를 포개진 산의 모양으로 그렸으나 목판으로 그렇게 새기기는 정말 힘들었다. 물론 이것도 시간이 많으면 새길 수는 있었다. 그러나 양이 너무 많고 어쩌면 단순하게 표현하는 것이 보기에 편리할 수도 있었다. 김정호는 곰곰이 생각하게 되었다.

산줄기를 어떻게 표현하면 이용자들도 좋고 판각으로 새기기도 편할까? 이런 저런 궁리에 몰두하던 김정호는 어린 시절부터 판각으로 새겨 보았던 대가댁의 산소 지도를 떠올리며 그 지도를 다시금 꺼내 보았다. 산줄기를 포개진 산이 아니라 연속된 선으로 그리고, 주변의 인상적인 산들은 산의 모양처럼 그리고 있었다. 그리고 강조하고 싶은 산줄기는 굵은 선으로, 그렇지 않은 것은 얇은 선으로 표시하고 있었다. 바로 이것이라고 생각하였다. 산줄기를 산으로 표현하되 굵고 얇은 선은 험함의 정도를 표현하고, 중요한 산은 산의 모양으로 그리면 되었다. 더 나아가 조선인에게 전국적으로 가장 인상 깊은 산은 특별히 산의 특징을 따서 좀 더 웅장하게 그리면 된다고 생각했다. 《동여도》를 그릴 때에는 이와 같은 생각을 하지 못했었다. 손으로 색을 넣어 그렸기 때문에 기존의 필사본 채색 지도의 기법을 아무 생각 없이 그대로 따랐었다.

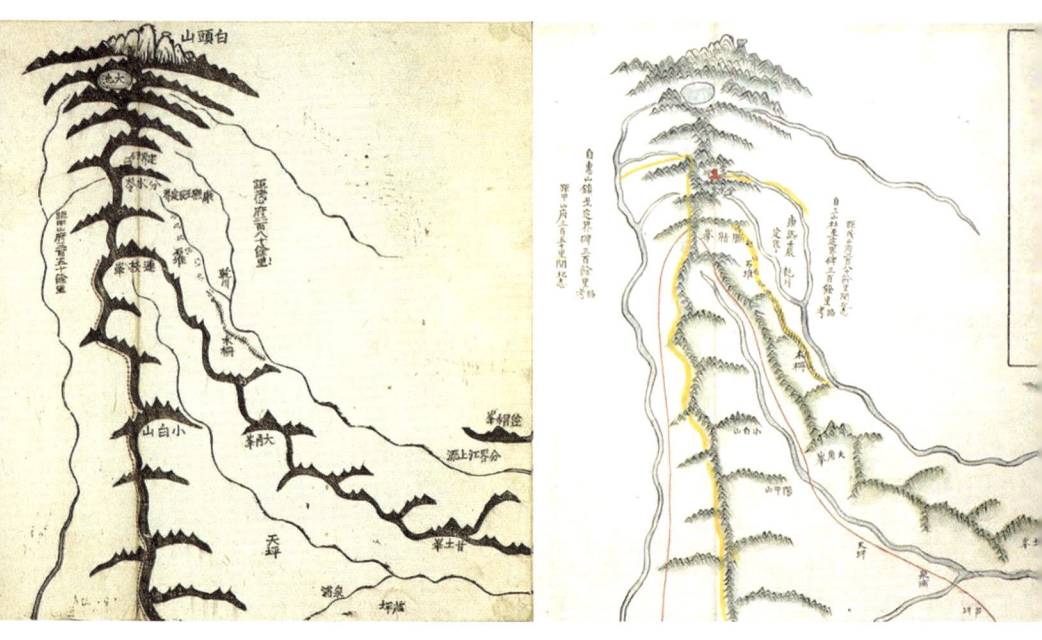

《동여도》와《대동여지도》(규장각한국학연구원)의 백두산 부근 산줄기 표현

산줄기의 표현 방식에 대한 정리가 끝나자 강줄기에 대한 새로운 표현 방식은 없을까에 대해서도 고민하기 시작했다.《동여도》에는 김대감댁과 비변사에서 베껴온 지도처럼 다른 정보들과 확실히 구별되도록 강줄기를 두 개의 선으로 표시하였다. 그러나 그것은 강폭의 넓이가 전혀 반영되어 있지 않았기에 지도를 이용하는 사람들은 많은 혼란을 겪을 수밖에 없다. 어디까지 배가 다닐 수 있는 곳인지를 구별할 수 없었기 때문이었다.

당시 배가 다니는 하천은 물자의 흐름에 중요한 정보였다. 단거리 운송이야 사람이나 소를 이용하였지만 장거리 운송은 모두 배를 사용하고 있었다. 도로를 만들자는 일부 선각자들의 주장도 있었지만 장거리 운송에서는 수레를 이용하는 것보다 배를 이용하는 것이 수십 배의 비용을 줄일 수 있는 방식이었다. 그러니 수레를 이용하자는 주장은 관철될 수 없었다. 다만 배가 이용될 수 없으면서도 물자의 흐름이 많은 도성이나 한강변으로 연결되는 그런 곳에서만 수레의 이용이 도움이 될 수 있었다.

어쨌든 배가 다닐 수 있는가 없는가는 하천의 정보에서 가장 핵심적인 것이었고, 김정호는 이 점을 깨닫게 되었다. 그래서 『동여도지』의 산천山川 항목을 다시 검토하면서 배가 운행되는 지점을 모두 확인해 나갔다. 이런 문제점을 살펴보고 나서 김정호는 배가 운행되는 지점까지는 쌍선으로 그리고 나머지는 단선으로 그리기로 하였다.

김정호는 다른 문제가 없나 이리저리 고민하다가 또 하나를 발견하게 되었다. 《동여도》는 색을 넣어 구별해 줄 수 있는 반면에 목판 지도는 흰색과 검은색 두 가지만을 사용하였다. 그래서 기호를 다시 조정해야 했고, 일부의 기호는 누락시켜야 했다. 그 결과 새로운 지도의 지도표는 14종류로 재편되었고, 세부 항목까지 합하면 총 22개가 되었다. 물론 이렇게 만드는 과정에서 단순히 채색지도가 아니라 목판이기 때문에 기호의 사용에 더 많은 제한이 있었다고 볼 수는 없었다. 김정호는 그것을 극복하기 위해 보다 간편한 방식으로 여러 가지를 창안해 내려고 했기 때문이었다. 그리고

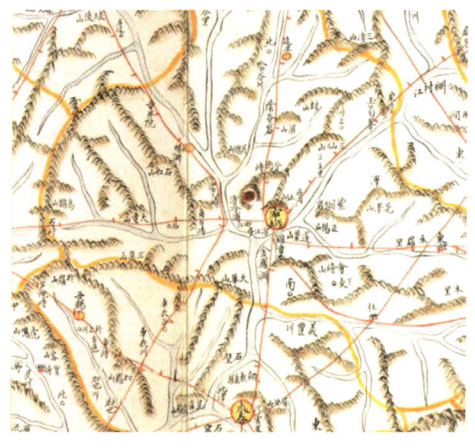

《동여도》와 《대동여지도》의 강원도 영월부근 물줄기 표현

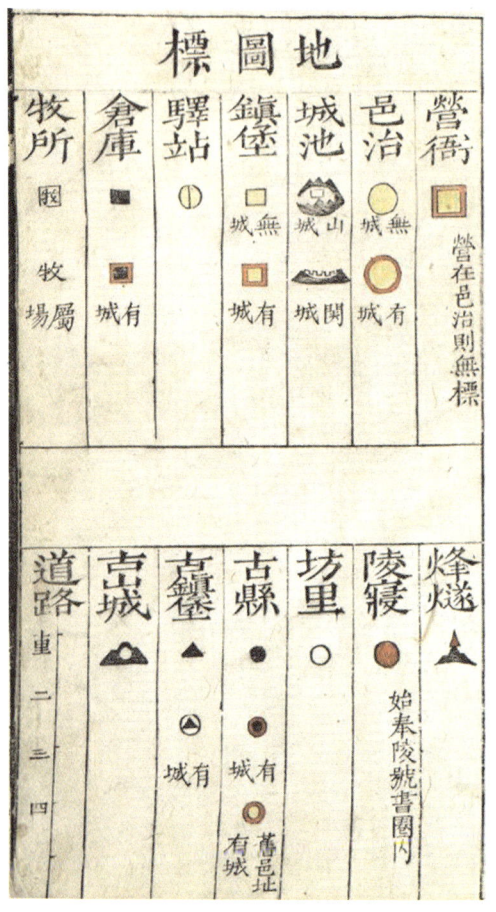

《대동여지도》(규장각한국학연구원)의 지도표

너무 복잡한 해안선은 단순화시킬 필요가 있다는 생각도 하게 되었다. 이후 몇 날 며칠을 살펴보았으나 더 이상의 문제점은 찾을 수가 없었다. 그래서 본격적으로 지도의 제작에 들어가게 되었다. 이 때 김정호는 쉰여섯이 막 지나가던 참이었다.

김정호는 다시 밑이 비칠 정도로 얇은 흰 종이 수백 장을 준비하였고, 밑에는 10리 간격의 가로와 세로선을 동일하게 그은 두꺼운 종이가 다시 깔렸다. 《동여도》의 체제를 바꾼 것은 아니었지만 그대로 베끼는 것이 아니었기 때문에 이번에도 다시 그리는 것과 마찬가지였다.

이제 한장씩 그려 나가기 시작했고 계절은 또 그렇게 왔다가 또 그렇게 가고 있었다. 그의 곁에는 열심히 일을 돕는 딸과 아들이 있었다. 이제 나이가 많아 기력이 쇠해진 김정호였기에 딸과 아들의 헌신적인 도움이 없이는 일을 해나가기가 쉽지 않았다. 조금이라도 틀리면 어떻게 하나 마음 졸이며 정성을 다했기 때문에 한장 한장 그려질 때마다 김정호는 긴 한숨을 쉬었다.

너무 집중한 탓에 며칠동안 앓아눕기도 여러 날 했다. 그럴 때마다 자식들을 바라보는 김정호의 눈가엔 고마움이 서려 있었고, 이러다가 죽는 것은 아닌지 두려움이 다가오기도 했다. 그러나 자신의 꿈을 이루고자하는 욕망으로 그런 모든 어려움을 극복해 나갔다.

지도가 다 그려지자 김정호는 목판을 다듬기 시작했다. 이날을 위해서 어렵사리 구해둔 목판이었다. 최한기나 신헌, 최성환에게 부탁하면 목판을 구하기는 그리 어려운 일은 아니었다. 그러나 김정호는 그들에게 거의 부탁하지 않았다. 그런 김정호의 모습이 안타까워 그들은 몰래 도와주기도 했지만 그럴 때마다 너무 미안해 하는 김정호를 보게 되었다. 그런 모습을 보면서 세 사람은 그가 먼저 부탁하기 전에는 도와주지 않는 것이 위하는 길이라고 생각했다.

그가 풍족함을 목표로 삼았다면 출중한 재주덕에 아마 풍족하게 살 수도 있었을 것이다. 그러나 김정호는 자신의 꿈에 대한 욕망이 자신도 조절할 수 없을 만큼 컸고 그런 꿈을 이루기 위해서는 최소한의 생계를 제외하면 모든 것을 다 쏟아 부을 수 있는 사람이었다. 그런 자신을 잘 알았기에 김정호는 늘 절약하며 살았다.

목판도 필요한 양만큼만 구입해 놓았다. 정성들여 다듬는 목판의 수를 세어 보면서 딸과 아들도 걱정을 했다. 과연 그것으로 지도를 다 새길 수 있겠느냐고 아버지에게 물었지만 김정호는 충분하니 걱정하지 말라고 했다. 목판이 다 다듬어지자 그려진 지도가 반대로 붙여지게 되었고, 섬세한 김정호의 손끝이 끌을 통해 하나하나 새겨지게 되었다. 한장 한장 끝날 때마다 김정호의 기력이 나하는 것 같았다.

지도를 종이에 그릴 때도 그러했으나 목판으로 새길 때는 그 몇 배의 기력이 소모되었다. 빈 공간이 많은 목판에는 또 다른 지도도 새겨 넣었다. 이것은 나중에 필요한 부분에만 먹물을 칠해 종이를 붙이면 아무런 문제가 없었기 때문이었다. 어떤 것은 뒷부분에도 새겨 넣었다. 이럴 때는 정말 목판이 더 있었으면 하는 바람을 갖기도 했지만 한탄만 하고 있을 때가 아니었다.

그렇게 목판은 하나하나 완성되었고, 드디어 단 하나만이 남게 되었다. 그것은 이 지도의 이름과 간행자, 간행일자가 적히는 부분이었다. 물론 딸과 아들은 이것을 알지 못하고 아버지에게 이제 다 완성되었으니 너무 감격스럽다고 했다. 그러나 김정호는 아직 완성된 것이 아니라며 고개를 가로 저었다. 의아해하는 딸과 아들에게 아직 지도의 명칭과 자신의 이름, 간행일자가 만들어지지 못했다고 대답해 주었다. 김정호는 끌을 내려 놓고 몇 날 며칠을 고민했다.

과연 지도의 명칭을 무엇으로 할까?《대동방여도大東方輿圖》라고 이미 정해놓고 있었으나 과연 그것이 적합한 것인지에 대해 다시 한 번 고민하고 있었다. 김정호는 여러 날 고민한 끝에《대동여지도大東輿地圖》란 명칭으로 확정하였다. 이 이름은 어디서인지는 분명하지 않지만 다른 곳에서도 본 적이 있었던 것 같았다. 당시의 사람들은 지도를 보통 여지도라고 불렀으며, 이러한 사회적 흐름에 맞추기 위해 방여전도라는 표현을 포기한 것이었다.

드디어 세로로 큰 글씨의《대동여지도》가 써졌다. 그리고 왼쪽 아래에는 자신의 호를 따서 고산자교간古山子校刊, 오른쪽 위에는 1861년을 의미하는 당저십삼년신유當宁十三年辛酉라는 글씨가 작게 써졌다. 드디어 목판에 거꾸로 붙인 후 새겨지기 시작했는데, 당저십삼년신유 부분은 다른 것과 전혀 다르게 새겨 넣었다. 즉, 홈을 파서 글씨를 다시 새겨 끼어 넣었던 것이다.

전혀 의외의 상황을 보게 된 딸과 아들이 의아하게 생각하면서 왜 그렇게 하느냐고 물었다. 그 때 김정호는 아무리 자기가 정확하게 그렸다고 자신할지라도 후에 틀린 곳이 새로 확인되면 다시 고쳐야 할 것이고, 그것을 처음 것과 구별해 주기 위해 연도를 다시 써 넣는 방법을 생각해 둔 것이라고 했다. 김정호는 스스로 완벽한 지도라고 생각해서《대동여지도》를 만들었지만 그것 역시 틀릴 가능성이 있다는 것을 인정하는 사람이었던 것이다.《청구도》를 만들다가 좌절하여 최한기를 찾아갔던 김정호에게 최한기가 해주었던 말은 그만큼 김정호의 삶 속에 뿌리 깊게 자리잡고 있었다.

　드디어《대동여지도》의 목판이 완성되었다. 김정호가 새긴 마지막 목판이 방안 한쪽에 가지런히 정렬되어 있던 다른 목판의 맨 앞줄에 놓여졌다. 안도의 긴 한숨을 쉬던 김정호가 별안간 털썩 주저앉았다. 옆에서 지켜보고 있던 딸이 깜짝 놀라 아버지를 부축하여 겨우 일어났다. 오랜 긴장이 갑자기 풀어지자 잠시 온 몸에 기가 빠져나가면서 생긴 현상이었다. 다시 일어서며 정신을 차린 김정호의 눈에는 눈물이 그렁그렁하였다. 가지런히 정렬된《대동여지도》의 목판을 보면서 김정호는 천장을 바라보았다. 자신이 이 지도를 만들기로 작정하고 거의 40년에 가까운 세월을 보냈던 것이다.

　처음으로 지도를 목판에 파 내려가던 어린 시절의 자신이 떠올랐다. 잘 팔릴 수 있는 지도를 만들겠다며 임진사댁을 찾아가던 10대 후반의 모습, 자신의 지도를 보고 감동받았다며 찾아왔던 최한기와의 만남, 완벽한 지도를 만들겠다며 다짐하던 20대의 모습,《청구도》를 만들다가 좌절하던 그 시절, 그리고《청구도》가 완성품이 아니라고 말하던 30대 초반의 혈기왕성함. 벌써 시간은 수십 년이 흘렀고 자신은 이미 머리에 백발이 성하고, 눈가에는 주름이 겹겹이 잡힌 50대 후반이 되어 있었다.

　천장을 가만히 바라보던 김정호는 아무 말 없이 서서히 발을 옮겨 다른 방으로 들어가 누웠다. 김정호는 그렇게 누워 다음 날 점심까지 눈을 뜨지 않았다. 혹시 무슨 일이라도 생긴 것이 아닌가 아버지 옆에서 노심초사하던 아내와 딸의 눈에 서서히 일어서는 김정호가 보였다. 김정호는 그 전날 해질녘부터 자기 시작하여 다음날 해가 중천에 떠 있을 때까지 잠을 잤던 것이다. 그동안의 피로와 긴장이 온 몸에 퍼져 그러했던 것이지만 다시 깨어나자 딸에게 목판을 찍을 종이와 벼루 그리고 먹을 준비하라고 했다. 아내가 미리 차려두었던 밥상을 물린 김정호는 다시 옆방의 작업장으로 향했다.

　방문을 열며 들어선 김정호는 책과 지도를 만드는 여러 도구로 가득 찬 방을 죽 둘러보았다. 그러면서 딸에게 빨리 최생원과 신헌대감에게 지도가 완성되었으니 해가 지기 전에 집으로 오시라는 소식을 전하라고 하였다. 딸이 돌아오기도 전에 최한기는 득달같이 달려왔고, 작업장 안에 곱게 정렬된《대동여지도》의 목판을 보면서 놀라움과 감격으로 가슴 벅차했다. 신헌이 도착한 후 함께 목판을 종이에 찍어내려 하였으나 그가 며칠 오지 못할 곳으로 출타중이라 하여 김정호는 하는 수 없이 먼저 목판본《대동여지도》를 찍어내기로 했다.

　먹물을 갈아 목판에 칠한 후 종이를 덮었고, 혹시 문드러지지는 않을까 조심스레 눌러준 후 종이를 서서히 떼었다. 종이를 든 김정호의 손에는 지나온 30년의 세월이 묻어 있었고, 옆에서 지켜보던 최한기와 딸 그리고 아내의 눈에는 눈물이 담겨 있었다.

　그렇게《대동여지도》의 첫 장이 인쇄되었고, 계속해서 다른 것들도 한

장씩만 만들어 나갔다. 해가 막 지기 시작할 무렵 한 부의 《대동여지도》가 완성되었다. 그러나 다시 더 찍지는 않았으며 밤새 김정호와 최한기는 지난날을 회상하며 대화를 나누었다. 며칠 간격으로 도착한 신헌과 최성환 앞에서도 똑같이 한 부씩만 찍어냈다. 그리고는 또 똑같이 지난날을 회상하며 밤새 이야기를 나눴다. 김정호의 집을 나서는 세 사람 모두 얼굴에 미소가 가득했고 그들을 배웅하는 김정호의 얼굴에도 자신의 오랜 세월에 대한 만족감에 웃음이 가실 줄 몰랐다.

한 달 후, 최한기, 신헌, 최성환의 집에 《대동여지도》의 완성품이 도착했다. 김정호의 집에서 《대동여지도》를 찍는 것을 모두 본 사람들이지만 그때에는 아직 완성품은 아니었다. 각 지도 뒷부분에 몇 장의 종이를 덧붙이고 각 층마다 이어 붙여야 했다. 또한 각 층의 표지도 곱게 만들어야 했고, 지도 전체를 하나로 묶는 틀도 짜야 했기 때문이다.

세 사람에게 보내기 위해 지도를 만드는 김정호의 손길은 유난히 정성이 담겨 있었고, 그런 결과물이 세 사람의 집에 배달된 것이었다. 지도를 받은 세 사람은 조심조심 보따리를 풀어 밤새 한장 한장 넘기며 김정호를 느끼고 있었다. 김정호는 여러 달에 걸쳐 수십 부의 《대동여지도》를 찍어냈고, 엽전꾸러미를 들고 나타난 이들에게 흔쾌히 《대동여지도》를 건네주었다. 그렇게 《대동여지도》는 퍼지기 시작하였고, 지도를 필요로 하는 사람들 사이에 장안의 화제가 되어 있었다.

《대동여지도》의 재간과
『대동지지』의 미완성

오랜 노력 끝에 완성한《대동여지도》는 퍼져나가고 있었고, 김정호도 오랜만에 휴식을 취했다. 한여름의 녹음과 더위, 늦여름의 태풍, 초가을의 파란 하늘이 김정호에게 새삼스레 느껴지고 있었다.

쌀쌀한 늦가을, 김정호는 다시 방안에 앉았다. 그의 앞에는 『동여도지』의 초본들이 잘 정리되어 있었고, 그것을 바라보는 김정호의 입가에는 새로운 결심의 흔적이 보였다. 최성환이 『동여도지』 중 중요한 부분만 정서하여 『여도비지』를 간행하기는 했지만 사정 때문에 아직 목판 활자본으로 찍어내지 못하고 있었다.

김정호는 《동여도》와 《대동여지도》를 만들면서 이용자들이 지리지를 함께 참고하는 모습을 항상 꿈꾸고 있었다. 그러나 지도는 발간되었지만 아직 지리지는 발간되지 못했으니 지도는 짝을 찾지 못해 그 역할을 다하고 있지 못했다. 김정호는 이제 최성환에게 기대지 않았다. 자신이 언제 죽을지는 모르지만 죽는 그날까지 자신의 꿈을 끝까지 좇아야 되는 것이 꿈을 가진 자의 운명이었다. 김정호는 그런 자신의 운명을 잘 알고 있었고, 짝을 찾지 못해 헤매는 지도에게 짝을 만들어주어야 한다는 생각에 한시가 급했다.

이제 『동여도지』 초본에도 완성본으로서의 혼을 불어넣어 주어야 할 때가 된 것 같다는 생각이 들었다. 『동여도지』 초본은 아직 《대동여지도》의 짝이 되기에는 체계적이지 못했다. 그래도 20년 가까이 만들어온 『동여도지』였기에 이제 초본의 딱지를 떼고 완성본이라는 딱지를 붙여주어야 했던 것이다. 그래야 《대동여지도》의 짝이 되는 새로운 지리지를 만들기 위한 시작도 가능했다.

김정호는 벼루에 먹을 갈아 먹물을 만들었고, 붓에 찍어 서서히 빈 종이에 글을 쓰기 시작했다. 『동여도지』의 서문을 쓰고 있었던 것이었다. 벌써 『동여도지』를 시작한 것이 27년이나 되었다. 27년만에 시문을 쓰고 있는 김정호의 마음은 미어질 것 같았다. 오랫동안 미완으로 있어 『동여도지』가 얼마나 서러워했을까? 그런 『동여도지』에 완성본의 성격을 부여하기 위해 서문의 마침표를 찍고 있는 김정호의 손은 또 떨리고 있었다. 그렇게 『동여도지』는 초본 또는 미완이라는 딱지를 떼었고, 역사 속에 완성품으로 당당하게 등장할 수 있었다.

『동여도지』를 완성한 김정호는 《대동여지도》와 짝을 이룰 수 있는 지리지를 만들기 시작했다. 이번에는 자신이 언제 죽을지도 모르기 때문에 먼저 이름부터 지었다. 《대동여지도》와 짝하는 지리지이기 때문에 이름은 자연스럽게 『대동지지大東地志』로 정해졌다. 『동여도지』의 조금은 산만한 체계를 《대동여지도》와 짝해서 볼 수 있도록 깔끔하게 재정립하였다. 각 권의 순서를 달리 했으며, 각 고을의 항목도 《대동여지도》의 체제에 맞게 새롭게 정리하였다. 이렇게 새로 정립된 체제에 맞게 김정호는 내용을 채워나갔다.

그러나 이렇게 내용을 채워나가는 작업도 만만한 것이 아니었다. 『동여도지』 초간본이 완성된 이후의 변화를 바꾸어주는 것은 말할 것도 없거니와 『동여도지』에 있는 내용 중 적당한 것과 그렇지 않은 것을 선택하는 것도 쉽지 않았다. 또한 김정호의 나이는 이제 예순을 넘고 있었으니 작업 속도도 젊을 때처럼 빠를 수 없었다. 게다가 더 중요한 사실은 자료를 새롭게 정리하면서 몇 가지 잘못된 것들도 나타나기 시작했다는 점이다. 김정호는 이런 것들도 꼼꼼하게 정리해 놓았으며, 자신이 죽기 전에 할 수 있다면 《대동여지도》의 재간본에 반영하려 하였다.

김정호의 나이가 이제 예순한 살이 되어 있었고, 그의 손에서는 힘이 점점 빠지기 시작했다. 『대동지지』를 저술하던 시기에도 《대동여지도》의 소문은 알게 모르게 퍼져나갔고, 《대동여지도》를 더 발행하지 않으면 안 되었다. 그래서 다시 수십 부를 발행하였고, 《대동여지도》는 기존 지도 이용자들의 범위를 넘어 그렇지 않은 사람들까지 갖고 있게 되었다. 그러나 그때 다시 발행한 지도들은 초간본의 내용을 전혀 바꾸지 않았던 것이기 때문에 발행 날짜를 바꾸지 않았다. 그러나 3년에 걸친 『대동지지』의 저술 과정에서 바꾸어야 할 곳이 여러 곳에 나타났기 때문에 새롭게 간행된다면 내용을 수정한 후 발행 날짜까지 바꾸어야 할 형편이 되었다.

《대동여지도》에 대한 수요는 계속 있었고 다시 찍어내야만 하는 상황

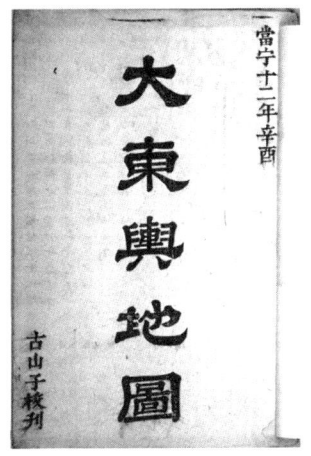 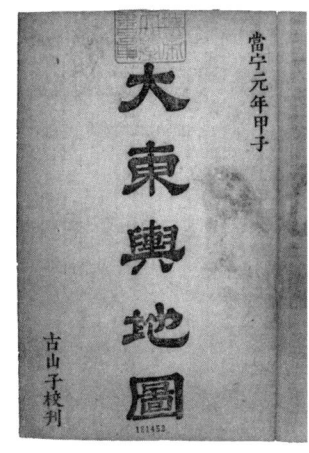

《대동여지도》(규장각한국학연구원)의 초간본과 재간본 표지

이 도래하였다. 『대동지지』의 저술을 잠시 멈춘 후 한달 여를 초간본 수정 작업에 바쳤다. 잘못된 것은 파내고, 새로 삽입해야 하는 것은 상감기법으로 이루어졌다. 드디어《대동여지도》초간본을 간행한 후 3년 만에 다시 수십 부의 재간본이 나오게 되었고, 김정호는 미리 파두었던 연도 부분을 고쳐서 찍어내게 되었다.

재간된《대동여지도》의 인기는 여전했다. 김정호의 생활은《대동여지도》로 인해 들어오는 수입으로 안정을 되찾고 있었다. 관에서도《대동여지도》의 소문을 듣게 되었고 김정호에게 돈을 주고 사가게 되었다. 더 나아가 관에서는《대동여지도》보다 더 자세한《동여도》가 있다는 소문도 입수하게 되었고, 그것을 신헌이 갖고 있다는 것도 알게 되었다. 관에서는 신헌이 갖고 있었던《동여도》, 아니《대동방여도》를 빌려다가 똑같이 베끼기도 했다.

이렇듯 김정호의 지도가 관으로까지 흘러들어가 이용되었지만 관에서 김정호에게 포상과 같은 조치는 취하지 않았다. 그것은 김정호가 양반, 더 나아가 중인의 신분에도 끼지 못하는 사람이었기 때문이었다. 그래서 쉬쉬 하면서 이용하기만 했을 뿐이었다. 김정호는 자신이 관에서 포상을 받고 안 받고에 대해서는 전혀 관심이 없었다. 그저 세상 사람들이 자신의 지도를 사다가 이용한다는 사실만이 기쁠 뿐이었고, 그 이상의 무엇도 바라지 않았다. 어쩌면 김정호는 관에서 자신의 지도를 이용하고 있었다는 것 자체를 알고 있지도 못한 듯 했다.

김정호는 재간본을 내고 나서도 『대동지지』의 편찬에 박차를 가하고 있었다. 그는 이 『대동지지』가 완성되면 목판 활자본으로 나오기를 바라고 있었다. 그래야만 자신이 진정 원했던 지도와 지리지의 동시 이용에 대한 꿈이 이루어지는 것이기 때문이었다. 김정호는 세상이 자신의 지도를 이용한다는 사실에 흐뭇했지만 그의 훨씬 큰 관심은 『대동지지』를 빨리 편찬하는 것이었다.

그의 나이 이제 예순셋이 넘어가고 있었기 때문에 더욱 초조해지고 있었다. 기력은 점점 나빠지고 있었고, 『대동지지』의 편찬을 위한 작업이

『대동지지』(규장각한국학연구원)

중단되는 경우도 자주 생기게 되었다. 그래도 『대동지지』의 편찬에 대한 욕망이 워낙 강했기 때문에 김정호의 일에 대한 집념은 사라지지 않았다. 김정호에게 세월은 너무 빨리 지나갔다. 벌써 봄인가 했더니 어느새 여름이 되어 있었다. 이제 초가을이라고 생각했더니 어느새 바람이 차가워지고 서리가 내리고 있었다. 그렇게 추운 겨울은 다시 다가왔고, 이제 예순네 살이 되어가고 있었다.

예순네 살이 된 김정호의 몸에 이상이 나타나기 시작했다. 자꾸 몸이 말을 듣지 않았다. 옆에서 자신을 묵묵히 도와주는 딸과 늘 그렇게 침묵을 지키고 있는 아내가 알아챌까봐 김정호는 자신의 몸 상태를 어떻게든 감추려고 하였다. 그가 몸이 안 좋은 것을 딸이나 아내가 안다면 일을 멈추도록 하고 병을 고치려고 할 것이 분명하기 때문이었다. 그렇게 해서라도 병이 낫는다면 김정호도 일을 잠시 멈추고 몸을 추스리려 했을 것이다. 그러나 병이 낫는다는 보장이 없었기에 김정호는 몸을 추스릴 시간조차도 아깝다고 생각했다. 그러다 그대로 죽기라도 한다면 조금이라도 더 쓸 수 있는 시간을 빼앗긴 것이나 마찬가지라고 생각하고 있었다.

어렵게 어렵게 『대동지지』는 거의 완성에 가까워지고 있었다. 김정호는 자신이 죽기 전에 『대동지지』의 완성을 볼 수 있을지 모른다는 희망을 갖게 되었다. 그러나 그것을 목판 활자본으로 찍는 것은 스스로도 무리라는 생각을 하게 되었다. 그러면 어떻게 할까? 안타깝지만 『대동지지』가 완성되기만 하면 다른 사람에게 목판 활자본으로 찍어 배포해 달라고 부탁하는 방법밖에 없었다.

그러나 세월은 김정호를 기다려주지 않았다. 늦더위가 기승을 부리던 그해 여름 어느날, 김정호의 몸이 전혀 말을 듣지 않게 되었다. 딸과 아내에게 어떻게든 들키지 않으려고 애써왔던 노력이 물거품이 되는 순간이었다. 그는 이제 붓을 잡지 못하게 되었고, 눈도 침침하였다. 딸은 아버지의 안 좋은 상태를 알아채자 즉시 최한기와 신헌, 최성환에게 연락하려고 하였다. 그러나 김정호는 세 사람을 동시에 부르지 말라고 딸에게 부탁했고, 딸은 우선 최한기에게만 알렸다.

김정호의 소식을 들은 최한기는 부랴부랴 김정호의 집을 찾았다. 김정호를 본 지도 벌써 오래되었다. 《대동여지도》가 간행되었을 때 보았고, 가끔 그의 안부를 물어보기 위해 하인을 보냈던 것이 전부였다. 두 사람은 세상 그 누구보다도 친한 사이였지만 특별한 일이 아니면 잘 만나지 않는 관계였다. 서로가 서로의 일을 존중했기에 바쁜 시간을 빼앗으려 하지 않았다. 한편으로는 서로가 서로를 믿었기 때문에 굳이 자주 만나 이야기를 할 필요도 없었다.

이제 다 늙고 병들어 움직이기도 힘들어 누워 있는 김정호를 보는 최한기의 눈가에는 눈물이 방울방울 맺혔다. 오랜만에 누워서 벗을 보는 김정호의 얼굴에는 반가운 웃음이 서렸다.

"이보게 최생원. 와줘서 고맙네."
"이 사람이. 그게 무슨 말인가? 내 더 일찍 왔어야 하는데 너무 늦었네."
"최생원. 늦지 않았네. 빨리 온 것이야. 더 빨리 왔다면 그것이 이상한 일이지. 어쨌든 내가 자네를 만난 건 행운이었네. 자네를 만나지 않았다면……."
"이 사람 정호. 자네는 나를 만나지 않았더라도 행복하게 살았을 것이네. 그런데 나를 만난 것이 행운이라니 말도 안 되네."
"자네 말이 맞네. 나는 자네를 만나지 않았더라도 행복했을 거야. 그러나 그것은 다 가정일 뿐이고, 나는 자네를 만났고 그래서 즐겁게 여기까지 살아왔네. 즐겁게 살았으니 자네를 만난 것이 행운일 수밖에 없지 않겠나?"

"어쨌든 자네가 즐겁게 살았다고 하는 말을 나는 이해하겠네. 자네는 내가 봐도 정말 즐겁게 살았어. 남들이 보기엔 힘든 삶이었다고 생각할지 모르지만 내가 보기엔 그렇지 않네."

"최생원의 말이 맞네. 최생원은 지금 이 순간에도 나를 이해해 주고 있구만."

"이보게. 내가 꼭 억지로 이해해준 것처럼 남들이 오해하겠네. 나는 일부러 자네를 이해해준 적이 없네. 그냥 내 생각만을 말했을 뿐이지."

"맞네. 자네가 자네의 생각을 그냥 말해도 그것은 그대로 내 마음이었어. 정말 자네의 마음이 내 마음이었고, 내 마음이 자네의 마음이었던 것 같네. 자네도 그렇게 생각하지 않는가?"

"이보게 정호. 그런 말 안 해도 내 다 안다네. 자네와 내가 언제 자주 만나기나 했는가? 그래도 우리는 세상 그 누구보다도 서로를 잘 알고 있었지. 안 그런가?"

"그래. 지금 돌이켜보면 정말 우리는 자주 만나지 않았네. 아니 사주 만나지 못했다는 말이 맞네. 우리 너무 바쁘지 않았는가? 만날 시간도 아까웠던 것이 우리의 삶이었다고 생각하네. 나는 일에 빠지면 자네도 잊고 살았다네. 내 생각엔 자네도 일에 빠지면 나를 잊고 살았다고 생각하네만."

"정확히 맞혔네. 나도 일에 빠지면 자네를 생각할 겨를이 없었지. 남들은 이런 자네와 나를 이상하게 볼 지도 몰라. 그러나 자네와 나만은 아무렇지도 않았네. 서로가 서로의 일을 존중해주는 것. 그것이 자네와 나의 관계였다고 보네."

"그래 맞네. 자네가 나의 일에 대해 내가 요청하지도 않았는데 이러쿵저러쿵 했다면 내 자네를 잘 보지 않았을 걸세. 나 역시 자네의 일에 이러쿵저러쿵 하지도 않았고."

"나도 그렇게 생각하네. 내 자네의 일에 대해 신경 쓸 여력이 없었네. 내 일 생각하기도 바빴거든. 그러니 자세히 알지 못했고, 자세히 알지 못하니 내 자네의 일에 대해 함부로 말할 수가 없었지. 만약 같은 일을 했다면 좀 달랐을 것이라 보네."

"나도 그렇게 생각하네. 나도 자네와 같은 일을 했다면 그러했을 거야."

김정호와 최한기. 두 사람은 같은 일을 하지 않았다. 한 사람은 조선의 지도와 지리지에 미친 사람이었고, 또 한 사람은 외국에서 쏟아져 들어오는 문물을 어떻게 이해하고 앞으로 어떻게 대처해야 할까에 대해 미친 사람이었다. 두 사람은 그냥 서로 관심 있는 분야를 각자 열심히 해왔을 뿐이었다. 두 가지 일이 어떻게 연관되어 있는가에 대해서도 별로 대화를 나눈 적이 없었다. 두 사람은 그냥 자신이 가장 잘 할 수 있는 일을 했을 뿐이며, 상대방도 가장 잘 할 수 있는 일을 하고 있을 것이라 믿고 있었을 따름이었다.

두 사람은 그냥 그렇게 자신의 길만 열심히 갔다. 그런 상대방의 모습에 동질감을 느껴 가까워졌고, 그것이 세상에서 둘도 없는 벗의 모범을 만들어냈던 것 같다. 각자의 일은 달랐지만 성실하게 살았다는 것, 신분은 달랐지만 꿈이 있다는 것은 같았다. 둘은 성실하게 꿈을 좇으며 살아왔다. 그 꿈은 마음속에만 있는 완벽이었지만 그들의 삶에는 항상 완벽이 있었으며, 그런 완벽은 항상 또 다른 시작점이었다. 그랬기에 그들의 삶은 후회가 없었고, 이제 죽음에 가까이 다가선 김정호의 마음도 편안하고 즐거웠다. 이 날도 김정호와 최한기는 구체적인 일에 대해 아무런 이야기를 하지 않았다.

쓸쓸하고 아쉽지만 한편으로는 편안하게 돌아서는 최한기의 모습을 보는 김정호 역시 똑같은 마음이었다. 최한기는 이후 김정호를 보지 못했다. 김정호가 최한기를 부르지 않았기 때문이었다. 최한기 역시 자신을 부르지 않는 김정호를 이해하였다.

최한기가 돌아간 후, 김정호는 몇 날 며칠을 심하게 앓았다. 원래 김정호는 신헌과 최성환을 순서대로 보려고 마음먹었으나 시간은 그런 만남을 허락하지 않았다. 마음 같아서야 심하게 앓던 시간에라도 신헌과 최성환을 부르고 싶었다.

두 사람을 만나면 그동안 만나오면서 겪었던 수많은 추억에 대한 이야기를 하고 싶었다. 그러나 그 상태로는 이야기를 하기가 어려웠고, 건강이 호전되면 두 사람을 만나려고 하였으나 여러 날이 지나도 병은 호전될 기미를 보이지 않았다. 몇 번의 고비를 넘기기도 했다. 딸과 아들 그리고 아내는 그런 김정호의 옆에서 잠시도 떨어져 있지 않았다.

초가을 어느 새벽, 딸과 아들 그리고 아내가 깜빡 졸다가 깨었을 때 김정호는 곱고 편한 얼굴로 잠들어 있었다. 다행이라 생각하면서 안도의 한숨을 쉬고 보니 방안이 너무 고요했다. 이상하게 생각한 가족들은 김정호의 입과 가슴에 귀를 갖다 대었다. 그러나 어떤 숨소리도 들리지 않았다.

김정호는 평민이었다. 지도를 이용하는 사람들은 김정호를 잘 알고 있었지만 김정호와 일상적인 친분을 갖고 있는 사람들은 거의 없었다. 김정호 자신의 성격 탓도 있었지만 김정호는 지도 제작자였고, 그들은 지도 고객이었을 뿐이었다. 김정호는 자신이 만든 지도가 잘 이용되고 있으면 그것으로 만족했다. 지도를 만들 때마다 돈도 많이 벌었지만 그 돈은 또 다른 지도 속으로 모두 녹아들어갔다.

김정호는 자신을 칭찬하거나 높여주는 그 어떤 것도 바라지 않았다. 아니 바라지 않은 것이 아니라 그런 생각을 가질 여유가 없었다고 해야 할 것이다.

또한 김정호가 바랐다고 하더라도 당시는 그를 칭찬해주고 모범으로 이야기해 줄 수 있는 그런 사회가 아니었다. 그랬기에 김정호의 죽음은 그냥 이 땅에 태어나 살다가 저 세상으로 가는 그런 평민의 죽음이었을 뿐이었다.

딸과 아들 그리고 아내의 대성통곡 소리에 이웃 사람들이 그의 죽음을 알게 되었다. 함께 일하던 판각 동료들에게도 이 소식이 전해졌고, 동료들이 김정호의 집에 도착하였다. 그러나 최한기를 제외한 그 이상의 사람들은 오지 않았다.

며칠 후, 조촐하게 짜여진 관 속으로 김정호의 시신이 옮겨졌다. 딸과 아들 그리고 아내의 울음소리가 커지고 몇몇 사람들의 움직임이 분주했다. 옆에서 가만히 지켜보고 있는 사람은 최한기뿐이었다. 최한기의 눈에서는 눈물이 주르르 흘러내리고 있었다. 그러나 그의 얼굴에는 알 듯 모를 듯 잔잔한 미소도 흐르고 있었다.

김정호가 편안히 누워 있는 관은 이웃집 개똥이의 지게에 옮겨졌고, 만리재의 이름모를 기슭을 향하고 있었다. 딸과 아들 그리고 아내와 몇몇 사람이 뒤를 따랐다. 최한기도 벗이 가는 마지막 길을 따라 걷고 있었다.

사람들이 미리 파놓은 땅 속에 관이 놓여졌고, 가족은 더욱 큰 소리로 울부짖었다.

분주하게 삽질하던 사람들의 모습도 사라지고 숲 속은 아무런 일도 없었던 양 그렇게 조용해졌다. 여기저기 다람쥐가 나무를 오르락내리락하고, 산까치는 나뭇가지를 옮겨 다니며 까까 울어댔다.

며칠 후, 하인 하나를 대동한 50대 후반의 한 노인이 김정호의 무덤가에 나타났다. 좌참찬겸훈련대장 신헌이었다. 무덤 앞에 선 신헌은 눈이 시리도록 푸르른 하늘을 쳐다보며 숨을 길게 내쉬고 있었다. 다시 무덤을 가만히 쳐다보는 신헌의 눈가엔 눈물이 촉촉이 젖어 있었고, 하인은 그런 신헌을 물끄러미 바라볼 뿐이었다. 아무 말 없이 한참 동안 무덤만 쳐다보던 신헌은 하인에게 눈짓을 하였고, 하인이 앞장서서 길을 내려갔다.

다시 며칠 후, 이제 막 50대에 접어든 또 한 사람이 만리재 사람 하나를 대동하고 나타났다. 낙향하여 저술과 출판에만 몰두하던 최성환이었다. 최성환은 김정호의 무덤을 보자 무릎을 꿇고 고개를 숙였다. 목메어 흐느끼는 소리와 뚝뚝 떨어지는 눈물이 보였다. 한참 만에 최성환도 말없이 산기슭을 내려갔고, 이후 김정호의 무덤을 찾는 사람은 거의 없게 되었다.

| 저자 소개 | 이기봉

경기도 화성시 비봉면에서 태어나 수원 수성고등학교를 졸업하였다. 서울대학교 대학원 지리학과에서 박사학위를 취득하였으며, 규장각한국학연구원 책임연구원을 거쳐 현재 국립중앙도서관 학예연구사로 재직하고 있다.

저서로는 『고대도시 경주의 탄생』(2007), 『조선의 도시, 권위와 상징의 공간』(2007), 『지리학교실』(2008), 『조선의 지도 천재들』(2011), 『근대를 들어올린 거인 김정호』(2011), 『땅과 사람을 담은 우리 옛 지도』(2014), 『슬픈 우리 땅이름』(2016), 『천년의 길』(2016), 『임금의 도시』(2017), 『난 고3 아빠고 파이팅을 맡고 있어』(공저, 2018), 『우산도는 왜 독도인가』(2020), 『독도는 환상의 섬인가』(공저, 2020), 『잃어버린 우리말 땅이름』(2021) 등이 있다.

평민 김정호의 꿈   값12,000원

2010년 1월 25일 초판발행
2019년 6월 25일 초판2쇄
2021년 5월 6일 초판3쇄

저 자   이 기 봉
발행인   김 혜 숙
발행처   **새문사**
등록번호 제2018-000259호(1977.9.19)

주소 : 서울시 서초구 강남대로 309 코리아비지니스센터 1715호
전화 : (02)715-7232(代) Fax : (02)715-7235
E-mail : hmgbp@hanmail.net
website : www.saemoonbook.com
ISBN : 978-89-7411-271-4 03810

* 저자와의 협의하에 인지는 붙이지 않습니다.